校园随笔

紫藤园夜话

ZITENGYUAN YEHUA

第一辑

千里青 著

西北大学出版社
·西安·

图书在版编目（CIP）数据

紫藤园夜话.第一辑/千里青著.—西安：西北大学出版社，2022.7
ISBN 978-7-5604-4966-1

Ⅰ.①紫… Ⅱ.①千… Ⅲ.①随笔—作品集—中国—当代 Ⅳ.①I267.1

中国版本图书馆 CIP 数据核字（2022）第 126228 号

ZITENGYUAN YEHUA

紫藤园夜话（第一辑）

作　者	千里青	
出版发行	西北大学出版社	
（西北大学校内　邮编：710069　电话：029-88303404　88303593）		
http://nwupress.nwu.edu.cn　　E-mail: xdpress@nwu.edu.cn		
经　销	全国新华书店	
印　装	西安华新彩印有限责任公司	
开　本	889 毫米×1194 毫米　1/32	
印　张	14.875	
版　次	2022 年 7 月第 1 版	
印　次	2022 年 7 月第 1 次印刷	
字　数	400 千字	
书　号	ISBN 978-7-5604-4966-1	
定　价	49.00 元	

如有印装质量问题，请拨打电话 029-88302966 予以调换。

夜话百篇字々句々皆甴衷．
业縢洒園枝々葉々总闗情

读丁诚佳作业縢園夜话

刘邦思
一九九七年
六月

学人俊彦
走着时代风云
校园沧桑
反映社会巨变

九十一岁翁李锐波
一九九七年八月

出版说明

大学是知识的殿堂，更是文化的沃土。自1902年陕西大学堂和京师大学堂仕学馆始，西北大学已经走过了120年的光辉历程，虽历程坎坷，但弦歌不辍、底蕴深厚，是一代代西大人的奋斗之地、向往之地和怀念之地，留下了许多可歌可颂的故事。将其中的大事、故事、趣事记述下来，对建设富有特色的大学文化，增强师生文化自信，在学校百廿历史的熏陶中治学求知，意义重大。

20世纪90年代，学校原党委书记董丁诚以千里青为笔名，在《西北大学报》开设《紫藤园夜话》专栏，以随笔形式，撷英式记叙西北大学建设发展中的人和事，受到了师生和广大校友的喜爱和好评。1997年和2002年，应广大读者呼吁，出版社将发表在校报上的文章进行整理，分别出版了《紫藤园夜话》第一辑和第二辑。后来校报又开设《朝花夕拾》专栏，继续邀约董书记撰稿，其间曾有中断，在校报编辑和读者的强烈请求下，作者又克服困难坚持写作，是校报20多年来的经典栏目，也是西大人习惯性等待阅读的经典文章。

作者在西北大学学习工作生活66年，从学生到老师、从教授到学校领导，时间跨度长、经历事情多、掌握史料丰富，加上高深的语言文字能力和对学校的深厚感情，每一篇文章都深深打动着西大师生，触动着读者的心灵。这其中的人和事,大部分是他亲身经历的,也有少部分是他搜集整理的,篇篇闪现着传承西大精神、深埋荣校种子的印记,处处展示着大师的爱国之心、学生的英姿勃发,既是学校发展的生动写照,也体现着作者对学校的热爱、对西大人的热爱。

学校双甲子校庆深深牵动着所有西大人和关心西大的人的心。藉此之际,出版社将《朝花夕拾》专栏的文章进行了整理,出版《紫藤园夜话》第三辑,并再版第一辑和第二辑。这既是百年老校深厚文化积淀的体现,也是以文化人、以文育人的生动读物。希望给大家带来追忆与启迪的同时,能够进一步厚植文化底蕴、彰显文化特色、凝聚文化伟力,增添认同感、激发责任感,鼓舞全体西大人在西大精神的鼓舞和厚重文化的滋养下不负厚望、砥砺前行,努力书写西北大学的美好新篇章。

序 一

张岂之

我很喜欢千里青陆续在西北大学校刊上发表的《紫藤园夜话》的一系列随笔。这些文章中饱含着作者对于高等教育,以及对于曾经为西北大学作出过贡献的人们的热爱;将事实与情感,将现实与理想,将赞美与惋惜,将回忆与瞻望,将信心与希望融汇在一起,读起来使人爱不忍释。

《夜话》的作者在西北大学读书、教书、担任领导工作已经40个春秋,他今年恰好是"耳顺"之年,他对于西北大学的深情那是不言而喻的。唯其有这样的爱,所以他笔下的事实与人物都被灌注了深情,这样,写出的文字就不是干巴巴的校史叙述,而成为扣人心弦的乐曲。我从这些随笔中听到了作者的心声,由此引为知己,这也许是"以文会友"的一种新解吧。

我读这些随笔感到特别亲切,可能与我在西北大学工作已经45年有关,对学校在近半个世纪沧桑变化中所取得的成就,以及令人惋惜的教训有着亲身的体验。因而千里青的随笔集可以从多种角度去读它。它既是学校近几十年曲折发展的形象史,又是西大教职工辛勤耕耘的艺术纪实,而且是作者对于教育工作沉思的结晶。像这样的作品,我想,西大校友肯定会喜欢,并将引起教育界和文化界朋友们的兴趣。

读了千里青的随笔集,我在心里默默地祝愿:西北大学紫藤园在未来的岁月更加青翠,更加美好。

1997年6月27日

序 二

张 华

一

千里青的《紫藤园夜话》陆续刊出时，不仅引起了西大校园内师生的瞩目，而且在星布全国甚至海外的校友中，也引起了广泛而浓厚的兴趣。紫藤园是西大在20世纪80年代新修的一个美丽景点，《紫藤园夜话》也就是西大史话，记录了坐落在古城的西北大学几十年来的光荣而艰苦的发展历程。自然，这并不是学校的正史，而只是一鳞一爪，一人一事，但这一幅幅画面和一个个镜头，使我们浮想联翩，感受到历史的沧桑，感受到时代的前进步伐；同时，也分享着一个个活生生的人的喜怒哀乐，赞叹着学校的兴废盛衰。西北大学的前辈们欣喜地看到母校的壮大成长，被叙写的当事者兴奋地回忆起那峥嵘美好或者荒诞的岁月，年轻的后来者饶有兴趣地读着学校的漫长历史和解颐的逸闻逸事。一部《夜话》把好几代西大人的心联结在一起了。

西北大学是一所历史悠久的大学，也是国内外享有盛誉的大学。它始建于1912年，不久即停办。20年代初重建了一次，也只勉强维持了3年。但1924年暑期，邀请了包括鲁迅在内的京、津、宁著名学者来陕讲学一事，使学校声名大振。1937年抗日军兴，日寇侵犯华北，北平的平大、北师大和天津的北洋工学院相继迁陕，联合成立国立西安临时大学，旋改称国立西北联合大学，后迁至陕西省城固县更名为国立西北大学，1946年抗日胜利又迁回西安，以迄今日。

关于西北大学的历史，1987年有李永森、张立民执笔的《西北大学校史稿》出版，以后又有《西北大学英才谱》《西北大学学人谱》《西北大学教授专家名录》等出版，这些都为积累史料，展示西大历史风貌作出了贡献。尤其是《校史稿》，用力甚勤，搜集材料堪称丰富，也作出了分析和总结，是一本打基础填空白的著作。但它只写到1949年，对一些校史人物的评价还有可商之处，如：傅铜确系英国大哲学家罗素的学生，而且在20年代邀请罗素来华讲学过程中也起了一点点穿针引线的作用，他能邀请鲁迅，也说明并不顽固，对于这样一个基本是学者的人物，似乎不必一笔抹杀。即使对刘镇华，虽然他劣迹多端，但就他办西北大学一事来说，办总比不办好。《校史稿》以及其他著作，在写到人物时，限于体例，多侧重教学成绩、工作成绩及出版著作等，缺乏立体感，难以感受到人物的个性和风范。

因此，我们盼望有更多的类似《夜话》的文章和著作出现。如果几代西大人都能就自己感受最深的人和事写出情真意切的回忆文章，将会大大有助于校史建设。

二

我国有重视教育尊敬教师的优良传统，学校作为文化教育机构历来在社会中占据重要地位，而高等学校更是一国的观瞻所系，标志着学术文化水平，同时又以百年树人的光荣职责而促进着国家的千秋大业。因此，一个学校的变化和发展，既受整个社会的发展和制约，又往往是社会发展的缩影。

我们且把视野限制在1949年以后。1949年以后的前30年，我们国家由正确路线逐渐发展到"左"倾思想路线的严重干扰再发展到"文化大革命"的十年浩劫。因而一方面我们国家经济文化迅猛发展，国防力量大大增强，国家空前统一，人民万众一心，国家地位日益提高，在国际上声誉日隆；另一方面经济曾遭严重挫折，人民生活提高缓慢，思想文化领域"左"倾肆虐日甚，最终导致"文化大革命"的浩劫。1978年党的十一届三中全会以后，转到了正确路线上来，十几年来各个方面都有飞速的发展和可观的成就，但在社会转轨的动荡中，各类矛盾猬集，稍微处置不当，也会带来很大的弊病和后患。这些在西北大学的发展过程中都有清楚的反映。

西北大学在解放后是一派欣欣向荣的景象。教师和学生成几倍地增加，校内建筑不断旧貌换新颜，教学设备不断更新充实，图书资料不断增加；校园内热气腾腾，学生们勤奋学习，要为新社会的建设贡献自己，青老年知识分子向心力极强，要为新时代的文化教育事业建功立业。《英才谱》和《学人谱》的众多材料雄辩地证明了这一点。就拿《夜话》中谈到的陈直来说，他原是一个银行普通职员，虽然热爱历史和考古，但以前是绝不可能登上大学讲坛的，但新的时代给他提供了良机，他不仅自己著书立说，成就了学问，而且培养出一大批如林剑鸣、黄留珠、周天游、余华青等杰出的后继者。

然而好景不长。思想改造、反胡风、肃反、"反右"一系列政治运动的扩大和过火的斗争，使知识分子噤若寒蝉，无所适从，自然积极性也无从发挥，文科尤其如此。《夜话》中的"捷径事件"，现在看来荒谬已极，但当时却是由党的高层领导决定的。对于属于老革命的知识分子李熙波尚且毫不留情，则一般知识分子的命运可想而知。到了"文化大革命"，如《夜话》中的《惜乎年轻的生命》所记，对在校的大学生也不放过，必置于死地而后快。于是，到了70年代初期，出现了西北大学偌大校园里没有一个学生的现象，教职员大部分也到农场或农村劳动，学校为一群丝毫不懂教育的军宣队工宣队所左右，实在是到了山穷水尽的地步。

最近十几年，总的说来西北大学是处于持续上升的势头，《夜话》中用很多篇什多方面地描述了这些年来兴旺发达的景象，人们一目了然，此处不再赘述。但80年代末以来，由于社会转轨的深入，也在教育领域中暴露出不少矛盾。《夜话》中说学生不擦黑板，一方面表现了学生的思想素质问题，一方面表现了他们浓重的厌学情绪。这些都是很深层次的矛盾。50年代"反右"以后知识分子贬了值，大学毕业生的工资降了一级，是58.5元，现今物价涨幅最低估计当为50年代的10倍，那么现在大学毕业生工资应为585元，但现在却不足300元，还不如一个没有技术没有文化的打工者。那么学生的厌学，青年教师的流失，根子确是很深，不是一时三刻可以解决的。

三

《紫藤园夜话》在形式上也颇具特色。它写着西大的历史，但不是抽象的概括性的总结和论述，不是引用枯燥的数字和材料来验证，不是让人厌烦的高头讲章；它只是叙说着一个个表现人物思想、感情、气质、风度、个性和命运的故事，用它来打动读者，令人深思，让人喟叹，让人快慰。将这一个个故事联结起来，就在一定程度上把握住了西大的历史发展。

我国自古以来有掌故、杂录、外史、丛话、笔记这种文体。它自然不是正史，但由于它简短、自由、灵活、多样，能从不同的角度去反映繁富的社会面貌，因此它可能补足正史，并且还有呆板的正史不可企及之处。《夜话》显然是借鉴了这种传统的文体而加以革新，用这种短小精悍、舒卷自如的体裁来撰写学府春秋，人们觉得耳目一新，趣味盎然。

作者在西北大学连学习带工作已达40年，近10年来又处在鸟瞰全局的位置，这自然是撰写本书极为有利的条件。此外我还觉得他记忆力强，观察敏锐，见解独到，而且不乏幽默风趣，这都是本书成功不可缺少的因素。举一个例：40年前西大演话剧《阿Q正传》，哪个角色是由哪个系哪个同学演的，作者都能一一准确无误说出，如数家珍，令人佩服！

我比作者早一年来到西北大学，共同在这所学校生活了40年有余。因此作者的每一篇文字，都引起我极大的兴味，并使我回忆起更多的往事，既有振奋，也有感慨。我们都把一生奉献给了西北大学，这里有欢乐，有欣慰，有辛酸，有苦楚，也有悲愤。我们都希望西北大学好，希望中国好。正因为如此，我很高兴写这么一篇文章，虽然我自知文笔拙劣、思想迟滞，而且我也不是写序的一个适当的人选。

1996年8月19日

目 录

序一 ························· 张岂之 Ⅰ
序二 ························· 张 华 Ⅲ

人物篇

毛泽东和他的老师黎锦熙 ············· 3
黎锦熙写校歌 ··················· 5
一半是火焰,一半是海水
　　——悼罗章龙 ················ 7
毛泽东诗赠罗章龙 ················ 11
"老太婆"传奇 ·················· 15
奖章不了情 ···················· 19
听侯外庐讲大课 ················· 22
刘端棻与霍力攻 ················· 25
郭琦校长的风范 ················· 29
山高水长君子风
　　——忆吴大羽同志 ············· 32
张宣和他的两个学生 ·············· 36

李熙波与"捷径事件"
　　——一桩鲜为人知的理论公案……………… 39
田汉在西大…………………………………… 47
阎愈新二访茅公……………………………… 49
邵逸夫先生两次来西大纪略………………… 52
宋汉良情系母校……………………………… 55
安启元和他的同学们………………………… 57
西大有个傅庚生……………………………… 60
述而不作刘持生……………………………… 64
单演义的鲁迅研究情结……………………… 67
刘不同走出"阴阳界"………………………… 70
名家一瞥……………………………………… 76
永远年轻的徐中玉…………………………… 86
黄晖与《论衡校释》…………………………… 89
墙里开花墙外红
　　——"陈直现象"反思………………………… 93
摹庐五弟子…………………………………… 97
长跑无尽头…………………………………… 101
戏说"三子"…………………………………… 103
戈壁舟与"将进酒"…………………………… 106
杨教授的粉墨生涯…………………………… 111
师兄何西来…………………………………… 114
新村两弥勒…………………………………… 119
好人一生平安………………………………… 123
我与靳老总…………………………………… 125

梁文亮和他的水彩画 …………………………… 129

他在拥抱明天中逝去 …………………………… 132

老游印象 ………………………………………… 135

校园"拗相公" …………………………………… 137

坐冷板凳　做大学问 …………………………… 141

芷萍学画 ………………………………………… 145

小青开店 ………………………………………… 148

贾平凹在西大 …………………………………… 151

西大出身的散文家 ……………………………… 154

书道高手谢德萍 ………………………………… 161

久违了，王木椟 ………………………………… 164

靖边来了个李三原 ……………………………… 166

肖华的自强之路 ………………………………… 169

难忘郭峰 ………………………………………… 172

咱们的火头军 …………………………………… 175

金铮
　　——悲喜剧角色 ……………………………… 178

陈辉：去也匆匆 ………………………………… 182

纪事篇

《放下你的鞭子》与"二刘事件" ……………… 187

忆话剧《阿Q正传》的演出 …………………… 190

金丝猴漫游校园 ………………………………… 192

"触电"记 ………………………………………… 195

遥远的金盆湾 …………………………………… 199

"文革"短镜头 …………………… 204
背靠背，脸对脸 ………………… 212
沙苑之夜 ………………………… 214
想起了"黄飞虎" ………………… 218
"四五"在延安 …………………… 221
1976年中秋日记 ………………… 224
广场今昔 ………………………… 227
梦回"炭市街" …………………… 230
发生在"半边楼"的故事 ………… 233
历史的足印 ……………………… 236
孔子像前漫思 …………………… 239
润物细无声 ……………………… 243
看教授怎样过年 ………………… 245
省里开大会　满座西大人 ……… 247
不绝如缕秦之声 ………………… 249
群星灿烂的时刻 ………………… 251
新村的寡居者 …………………… 254
追寻消逝的青春 ………………… 257
新村，市声依旧 ………………… 260
花儿朵朵 ………………………… 263
马路喋血记 ……………………… 266
校园命案纪实 …………………… 270
访美掠影 ………………………… 273
日本见闻 ………………………… 281
坐车的感觉

——《人生百味》之一 ·················· 290
第一次出差
　　——《人生百味》之二 ·················· 292
语言障碍
　　——《人生百味》之三 ·················· 295
善哉白衣人
　　——《人生百味》之四 ·················· 297
戏缘
　　——《戏迷独白》之一 ·················· 300
戏怨
　　——《戏迷独白》之二 ·················· 303
戏魂
　　——《戏迷独白》之三 ·················· 306
初登讲台
　　——《杏坛忆旧》之一 ·················· 310
我做班主任
　　——《杏坛忆旧》之二 ·················· 313
告别讲台
　　——《杏坛忆旧》之三 ·················· 316
绵绵师生情
　　——《杏坛忆旧》之四 ·················· 319

言论篇

二月的哀思 ································ 325
在纪念辛亥革命80周年时所想到的 ············· 329

从一副对联说起	331
像钱钟书那样钟爱读书	333
"追星族"引起的话题	336
是非之心不可无	338
且说"父子同学"现象	340
团拜会上的家常话	342
短论三则	345
校园细事问答录	349
西大的未来不是梦	352
党代会感言	355
西大人的精神魅力	358
送陈校长市府赴任有感	362
校园诗话	364
讲点"关系学"	368
校园何事起纷争	372
校徽亮晶晶	379
对新生说	382
看我学子多风雅	387
惜乎,年轻的生命	390
谁来擦黑板?	393
我看《半边楼》	396
《半边楼》与西大	399
校园文化与人才成长	401
孝顺未必是亲儿 ——《屠夫状元》的启示	404

也说戴厚英 ·················· 407
武复兴《乡情秦韵》序 ············ 411
赵发元《曲江雨》序 ············· 413
李焕卿《心理障碍的消除与预防》序 ······ 418
李浩《姓名与中国古代文化》序 ········ 422
笔名千里青 ·················· 424
闲话"作家" ················· 427
"随笔"随谈 ················· 430
校园故事多
　——答客问 ················ 436

附　录

学府春秋新篇章
　——读千里青《紫藤园夜话》 ········ 443
读《紫藤园夜话》 ··············· 450
熟悉的地方也有风景 ·············· 452
千里草青青 ·················· 454
少年临江仙 ·················· 457

人物篇

RENWU PIAN

毛泽东和他的老师黎锦熙

翻阅校史,发现国内许多著名学者曾在西大任教,黎锦熙(劭西)便是其中一位。城固时期,他是中国文学系教授,并一度担任系主任。

此公大有来头,是毛泽东的老师。他早年在长沙第一师范教历史课时,毛泽东是他班上的学生,毛仅小他三岁,二人关系亦师亦友,交往时间很长。他在日记中记述了他和毛泽东的交往过程,并一直冒着危险保存着毛泽东给他的一些信件,直到解放后才献给中央档案馆。

1939年,毛泽东得知多年失去联系的黎锦熙在陕西城固西北大学任教时,便从延安寄赠了一本《论持久战》给他。1942年,西大文学院院长马师儒(后来当过西大校长)回陕北米脂原籍奔丧,顺便参观了延安的工厂、学校、机关,并应邀在抗大发表演说,谒见了毛泽东。毛泽东宴请马师儒时,介绍了国共两党建立抗日民族统一战线的过程,介绍了自己的家庭和革命经历,同时也询问了西大和陕南教育的情况,并深情地说:"返陕南后,请代我问候我的老师黎劭西先生。"

1949年6月,北平解放不久,毛泽东从北师大校长汤藻贞处打听到黎锦熙的下落,便驱车到北师大宿舍探望黎锦熙。黎锦熙闻讯已先从家中赶去迎候。毛泽东一见面就叫"黎老师",黎锦熙忙说不敢。几十年后重逢,亲切叙旧,两人都十分高兴。此后,毛泽东多次接黎锦熙去中南海家中叙谈,饭后又同在中南海漫步谈天。有一次荷花盛开,毛泽东还特意接黎锦熙同赏。黎锦熙后来担任中科院哲学社会科学部委员、中国文字改革协会副主席，又是中国大辞典编纂处总主任，他的工作一直得到毛泽东的关怀和支持。

"文革"中，黎锦熙受到冲击，他的全部图书资料被查封。毛泽东知道后，立即指示启封。据说他曾拿出毛泽东写给他的信，来抵挡红卫兵的骚扰。黎锦熙当时的居住条件，根本无法工作，在毛泽东和周恩来的关怀下，他迁居北小街四合院，有了工作室和书房，得以继续进行语言文字研究。

1978年3月，黎锦熙在北京逝世，终年88岁。西大学报当年第三期发表黎锦熙《纪念鲁迅先生》的诗作，作为对这位已故老校友的纪念。

（原载《西安晚报》1994年1月1日）

黎锦熙写校歌

近来,校刊选载了一些应征的校歌。校内同志的反映是,写得都还不错,但要正式确定,又觉得还不够理想。校歌难产,由此我想到黎锦熙。

黎锦熙教授曾于1938年秋天撰写了一首《国立西北联合大学校歌》,歌词是:

> 并序连黉,卅载燕都迥;
> 联辉合耀,文化开秦陇。
> 汉江千里源蟠冢,
> 天山万仞自卑隆;
> 文理导愚蒙;
> 政法倡忠勇;
> 师资树人表;
> 实业拯民穷;
> 健体明医弱者雄。
> 勤朴公诚校训崇。
> 华夏声威,神州文物;
> 原从西北,化被东南;
> 努力发扬我四千年国族之雄风!

歌词前六句，追溯西北联大的前身北洋工学院、北师大、北平大学都创立于光绪末年，此时已历四十载，因时势所迫，遂联为一体，由平津迁来西北，又从西安转移到城固，说不定还会向天山进发呢。中间六句，介绍联大的内部实力和校风，学校曾先后设立文理、法商、教育、师范、农、工、医诸学院，以"勤、朴、公、诚"四字为校训。后五句，说的是学校的使命和目标所在，结尾落到发扬中华民族雄风上，十分昂扬有力。

这首校歌，经联大常委会议决议修正通过后，托作曲家制谱，谱未成而学校改组，终告流产。黎锦熙不甘心，于1944年5月，以歌词为纲，写了一部简明的《国立西北大学校史》，并自重其文曰："斯亦史家创体也欤！"

这位语言大师的经历证明，校歌确实难产。思前想后，我以为写校歌难就难在：既不能太笼统、太抽象，又不能太具体、太琐细；既不能太深奥、太文雅（"并序连篹"唱出来就很难听懂），又不能太通俗、太直白（与高等学府的地位不相称）；既要具有西大特点，又要上升为民族精神；既要以情动人、鼓舞人心，又要出之自然真切、避免矫情煽情。而且"仁者见仁，智者见智""仁者乐山，智者乐水"，很难达成共识。

世上无难事，只怕有心人。我们殷切盼望一首大家都能称心如意的校歌出现。我校艺术系兼职教授、著名作曲家孙韶，在偕其夫人负恩凤来西大演出时，曾表示："只要歌词写好，我来谱曲！"但愿孙团长不要等得太久。

（原载西大校刊1994年6月2日）

一半是火焰，一半是海水
——悼罗章龙

在 2 月的料峭春风中，老校友罗章龙驾鹤西去，终年 99 岁。在这个多彩的世界上，他生活了差不多一个世纪。他漫长的一生，有过辉煌，也有过暗淡，有过风雷，也有过寂静，用一句流行的话来形容："一半是火焰，一半是海水。"

罗章龙是喝浏阳河水长大的。青年时期他来到新文化运动的中心北平，受到新思潮的影响而成为一个"到中流击水"的革命者。他的名字与中国无产阶级革命初期的许多重大事件紧密相连。1918 年，他与毛泽东一起发起成立新民学会。1919 年，他参加了划时代的"五四"爱国运动。在中国共产党成立前，他与李大钊一起组织了马克思主义学说研究会和共产主义小组。1921 年，中国共产党成立时，他成为 50 多名最早的党员之一，担任北京大学党支部书记。他是一个披荆斩棘、开辟革命新天地的拓荒者和前驱者。1922 年 7 月，中共召开"二大"，他是出席大会的 12 名代表之一。他先后参与领导了陇海铁路、长辛店铁路工人和开滦煤矿工人大罢工。1923 年，他又参与组织京汉铁路总工会，是著名的"二七"大罢工的主要领导人之一。1923 年 6 月，中共召开"三大"，他被选为中央执行委员，并与陈独秀、毛泽东、蔡和森、谭平山一起组成五人中央局。此后召开的党的"四大""五大""六大"，他都参加了，并当选为中央委员。这一时期，他担任过中共中央秘书长、宣传部部长、工委书记、中华全国总工会党团书记,主编全总机关刊物《中国工人》。在20世纪20年代的历史舞台上,他是一颗耀眼的革命之星。

1931年,对罗章龙来说是大起大落、急转直下的一年。就在这一年,他的人生道路拐了一个很大的弯。这年1月7日,中共召开六届四中全会,王明在共产国际代表米夫的支持下登台了,他以"百分之百的布尔什维克"自居,打着反对"立三路线"、反对"调和路线"的招牌,推行其"为中共更加布尔什维克化而斗争"的极"左"的政治纲领,从此开始了第三次"左"倾机会主义路线对中共中央长达4年之久的统治。10天后,即1月17日,罗章龙利用他负责的全国总工会党团组织公开打出反对六届四中全会的旗号,随后发表《力争紧急会议反对四中全会报告大纲》,成立了"中央非常委员会""第二省委""第二区委""第二工会党团"等组织。再过了10天,即1月27日,中共中央政治局通过"关于开除罗章龙中央委员及党籍的决议"。此后,他便和他所反对的王明一起成为中共党史上的反派角色,而且他的情况比王明更糟,王明的错误路线后来虽然遭到清算,但王明一直留在党内,1956年召开的"八大"还选王明做中央委员,而罗章龙被开除党籍后再没有回到党内。附于《毛泽东选集》第三卷的党的经典文献《关于若干历史问题的决议》毫不含糊地指斥罗章龙"分裂党"的"反革命行为"。"文革"中大讲"党内十次路线斗争",罗章龙是所谓第四次错误路线的代表人物。事过多年,党史上许多有争议的人物、事件和积案,被理清了头绪,有了一个实事求是的公正看法,那么,对罗章龙的问题有没有什么新的认识呢?没有。经重新修订的1991年版《毛泽东选集》在罗章龙名下加的注释仍坚持这样的结论:"1931年1月中共六届四中全会后,组织'中央非常委员会',进行分裂党的活动,被开除党籍。"不言而喻,这其中必有缘故。原来党为了维护自身的团结和统一,有一条必须遵循的原则,就是"在任何情况下,都不许用其他形式的组织取代党委会及其常委会的领导"(《关于党内政治生活的若干准则》)。"任何情况"自然包括错误路线统治的情况。罗章龙组织"中央非常委员会",正是触犯了"用其他形式的组织取代"中央领导的党规党法,因而不能翻案。新华社为罗章龙逝世所发的消息,没有提及此事。隐恶扬善、为逝者讳已成讣告、悼词之惯例。本文没有讳言此事,则是为了向校内同仁和同学们介绍这位老校友的完整历史。

被迫离开火焰熊熊的革命营垒,罗章龙泛舟学海,成为一名经济学教授。开始,他执教于河南大学。从1938年到1947年,他一直待在陕西,在西大法商学院经济系从事教学和研究工作,做过系主任。为了不引人注意,他换了个名字,叫罗仲言。后来,他还任教于华西大学、湖南大学、湖北大学。年轻时,他曾就读于北大哲学系,还去德国柏林大学政治经济学院深造过,因而有着极为坚实的哲学社会科学根底。他在西大完成了《中国国民经济史》一书的写作,被教育部列入大学丛书。晚年他出版了回忆录《椿园载记》和《椿园诗草》。他的译作则有《为人类工作——马克思生活记述》《康德生平》等。他还曾给西大出版社寄来一部经济学方面的书稿,因故未能付梓。他是一级教授,1991年还被授予"国家级有突出贡献的专家"的称号。曾经在西大生活和工作过十年的罗老,对西大有着鲜明的印象和深厚的感情。同样,西大也没有忘记这位对学校作出过贡献的资深教授。学校不时有人去看望他,并盛情邀他来校参加校庆活动。他一度考虑故地重游,终因年事太高未能成行,他寄来了祝贺校庆的题词,刊于校刊。我曾问比罗章龙小4岁的西大元老王耀东教授:"当年罗章龙在西大时你和他相熟吗?"王老答曰:"很熟,在城固时我和他同住法商学院所在地,常见面,他平时穿着长袍马褂,很神气,他还送我一本他写的书,不过,那时只知他是罗仲言,不知他就是大名鼎鼎的罗章龙,直到'文革'中见到小报上登的罗章龙的照片,我一眼就认出来,这不就是罗仲言吗?"

也许海水般平静的教书生活使他远离政治风暴,不担政治风险,从而得以长寿,得以过上相当长一段宽松舒心的日子。进入新时期后,"阶级斗争"和"路线斗争"不再年年讲、月月讲、天天讲了,罗章龙作为一个历史老人,一个难得健在的中国无产阶级革命早期历史的创造者和见证人,受到人们理所当然的敬重。他连任第五、六、七、八届全国政协委员。1978年,他担任中国革命博物馆顾问,举家迁往京城,得到妥善安置。他在耄耋之年,为抢救和搜集整理党的历史资料工作做出了巨大努力。去年3月,他已98岁高龄,还热心地出席了全国政协的会议。九九归一,罗老带着火焰与海水的深深的生活印痕含笑而归。"身后是非谁管得?"在泉台路上,当这位姗姗来迟者与他早年的革命战友和政治对手见面时,又将是何等情景呢?俱往矣,火焰也罢,海水也罢,都将在岁月的冲刷下淡出。数风流人物,还看今朝!

(原载《西安晚报》1995年4月5日)

毛泽东诗赠罗章龙

"文革"前公开发表的毛泽东诗词,最早的一首是写于1925年的《沁园春·长沙》。这首词的下阕:"携来百侣同游,忆往昔峥嵘岁月稠。恰同学少年,风华正茂;书生意气,挥斥方遒。指点江山,激扬文字,粪土当年万户侯。曾记否,到中流击水,浪遏飞舟?"说的是毛泽东在长沙读书期间,和一些志气相投的"同学少年"交游的往事。与毛泽东同游的"同学少年"中就有罗章龙。因罗章龙后来被开除党籍,这段历史事实也被众多毛泽东诗词注释者讳莫如深。

1979年,罗章龙在中国革命博物馆党史研究室印发的内部资料上刊登了《回忆新民学会(由湖南到北京)》一文,在小范围内公开了这段历史事实。罗章龙与毛泽东相识于1915年。当时罗在长沙第一联中上学,毛在长沙第一师范上学。毛以"二十八画生"的化名写了个"征友启事",油印若干份张贴于各校。罗在联中会客室外偶然看到这个"启事",很感兴趣,就按地址写信约定时间面谈,署名"纵宇一郎"。罗章龙很快收到毛泽东的回信。两人第一次会面是一个星期日,地点在定王台湖南省立图书馆,相约手持报纸为记。他们见面后,找了一个僻静的地方,坐在石头上,整整交谈了三个小时,非常投机,表示"愿结管鲍之谊"。此后,两人频频互访,通信,以诗文互相酬答,互看日记、笔记,在一起交谈的尽是治学、教育、身心锻炼、做人处世、人生价值、社会改造、科学宇宙观等大问题,可谓"指点江山,激扬文字"。他们还一同旅行游学,到过许多地方。两人志同道合,相见恨晚,成为至交。这时毛22岁,罗19岁。后来他们又联络了一批有理想有抱负的青年成立了新民学会。

1918年4月,新民学会干事会开会决定派三人去日本留学,其中有罗章龙。罗很愿去,却因家庭经济条件差,有些为难。毛说,这不是你个人的事,有困难大家想办法。罗便筹集了一些钱,加上会员们帮了一半,就决定动身了。为送罗远行,新民学会在长沙北门外平浪宫举行聚餐,大家互相激励,豪情满怀。就在这次聚会中,毛泽东以"二十八画生"的笔名写了一首七古赠给罗章龙,诗题是《送纵宇一郎东行》,诗曰:

> 云开衡岳积阴止,天马凤凰春树里。
> 年少峥嵘屈贾才,山川奇气曾钟此。
> 君行吾为发浩歌,鲲鹏击浪从兹始。
> 洞庭湘水涨连天,艨艟巨舰直东指。
> 无端散出一天愁,幸被东风吹万里。
> 丈夫何事足萦怀,要将宇宙看稊米。
> 沧海横流安足虑,世事纷纭从君理。
> 管却自家身与心,胸中日月常新美。
> 名世于今五百年,诸公碌碌皆余子。
> 平浪宫前友谊多,崇明对马衣带水。
> 东瀛濯剑有书还,我返自崖君去矣。

这首写于78年前的诗在毛泽东逝世20年后才公之于世。1996年由中共中央文献研究室编辑、中央文献出版社出版的《毛泽东诗词》收入这首诗,首次公开了这首诗。这首诗是截至目前公开发表的毛泽东诗词中写作年代最早的一首,是《毛泽东诗词》的首篇。这首诗可与毛泽东七年后写的《沁园春·长沙》对照着读，前诗可作后词的内容注脚，后词乃是前诗的意境升华。两篇作品在思想境界上一脉相承，毛泽东青年时代的博大胸怀，鲲鹏击水之志，救国济世之情溢于言表，由此可知毛泽东后来成为翻转乾坤的一代伟人绝非偶然。

　　再说当年，罗章龙带着毛泽东这首寄予深情和厚望的赠诗到了上海，预订了去日本的船票，正待出发时却发生了"五七"事件，使他最终未能成行。5月7日是一个屈辱的日子，1915年的这一天，日本政府发出最后通牒，迫使袁世凯签订臭名昭著的《二十一条》。1918年的这一天，日本政府警察恣意侮辱、殴打中国爱国留学生，迫使他们回国，留学生进行反抗，发生了流血冲突。消息传到上海，各界人士组织了支援中国留日学生的运动，罗章龙积极投入这一爱国运动，并接待了一些从日本回来的学生，听他们控诉日本反动军政当局的暴行，义愤填膺，当即决定不去日本了。罗章龙回到湖南，与毛泽东等新民学会骨干商议去北京开展工作。他们在北京大学的三眼井吉安所七号住了半年多，毛泽东在《新民学会会务报告》里说："几个人居三间很小的房子里，隆然高炕，大被同眠。"后来有人曾问罗章龙："你们是否盖一床大被？"罗解释这是唐人的一个典故，有个姓张的倡议全家住在一个屋里，盖一个大被子，这是象征团结的意思。而他们实际是"打通铺"，因为地方窄，被子摊不开，不能各人盖各人的被子，大家拥挤在一起。罗章龙还记得他们睡觉的顺序，他和毛泽东紧挨着。

　　1995年2月罗章龙去世后，我曾在悼念文章中简略记述了他在建党前后的辉煌业绩，也提到他离党后的教学和治学生涯。在沉浮、荣辱、毁誉交替的漫长岁月里，他始终保存着、牢记着毛泽东赠他的这首诗，"恰同学少年，风华正茂，书生意气，挥斥方遒"的那段往事是难忘的。他虽然被迫离开了党，但他却从来没有背叛党。解放后，他写信给毛泽东，毛泽东了解他的情况后，妥善安排了他的生活和工作。1979年，毛泽东去世三年后，罗章龙为中国革命博物馆内部刊物《党史研究资料》写的回忆文章中非正式发表了这首诗,当时他思想上仍有顾虑,竟将毛泽东对他寄予厚望的"世事纷纭从君理"一句,谦虚地擅改为"世事纷纭何足理"。后来他觉得这样做不妥,又恢复了原诗句。

罗章龙是一位曾在西大任教十年的老校友,笔者看到毛泽东早年赠他的诗公开发表,又翻阅了他写的回忆文章,觉得这两个不寻常的人物的相识、交游以及后来的离合聚散,挟着时代风云,具有深厚的历史内涵,很不寻常。特记述如上,以飨读者。

(原载《三秦都市报》1997年2月8日)

"老太婆"传奇

"西大有个'老太婆'",我在上中学时就听说了。来校后一打听,此人已经去世多年,但是关于他的传奇式经历和奇特怪诞的言行仍在继续流传着。近日看到台湾出版的西大校庆纪念文集,海峡那边的老校友对这位"老太婆"亦未能忘怀,写了不少回忆文章。

"老太婆"实为男性公民,原名许兴凯,号志平,北京人,生于1900年。"老太婆"以及"老摩登""大小孩"等,都是他发表文章和小说时用过的笔名。他的长相不敢恭维,矮胖身材,满脸麻子,几茎鼠须,穿着宽袍大褂,袖子如同理发店里的荡刀布,脚蹬空前绝后鞋,走起路来像鸭子一样摇摇摆摆。有人作诗调侃道:"生成子羽相,却富无盐才。疯语满乐城,自称摩登来。""子羽",即澹台灭明,孔子弟子,貌丑而品行端正;"无盐",即钟离春,齐宣王后,貌丑而贤惠多才。这一男一女,都是历史上出名的丑陋者,以此来形容他,他的尊容便可想而知了。"乐城",即城固,抗战时西北大学所在地。他讲的"疯话"至今人们记忆犹新。如他常说"要出名,先骂人"。对一些名流学者,诸如郭沫若、顾颉刚等,他就根本不在话下,对他们说些极其鄙薄的话。他还说:"要出名,多放屁,屁放得多就臭了,也就有名了。"走在路上,与熟人相遇,或不理不睬,视若不见,或冷不防一个揖作到地,或用京剧韵白念着人家的名字,紧接着是"我的儿啊"!他高兴起来,不分时间和场合,高歌大叫,毫无顾忌。

他的历史很复杂，作为一个文化人，他却时常登上政治之舟，红的白的都有。而毕其一生，既未参加过共产党，也未参加过国民党。社会主义青年团（S.Y）和三民主义青年团，他都进去过，随后又退出了。他自称既无党籍，又无团籍，不论是哪一家的。青年时期，他受到"五四"新思潮的吸引，曾与中共先驱李大钊有过交往，两人关系据他自称是"半师生半朋友"，并经李大钊介绍做过北京《晨报》记者，参与过《新青年》杂志的具体事务，还在中国劳动组合书记部短期工作过，与邓中夏相熟，楚图南、罗章龙是他的同学。他在自传中坦言：李大钊牺牲后，"本人因胆小，退出实际政治运动，而走专门教书著作之路"。说退出，也不全是。他曾去沈阳担任张学良支持的《新民晚报》主笔，因敢骂日本人，销路很广。他写过一本《日本帝国主义与东三省》，被日本人松浦珪三（《阿Q正传》译者）译为日文，影响极大。"九一八"后，他以日本问题专家的身份，被请到庐山讲演，受到蒋介石接见，并得到赴日留学的机会。双十二事变前从日本回国，蒋介石介绍他去见张学良，张问："你看，日本究竟走上共产主义还是法西斯主义？"他未敢正面回答。当年，他讨得一个小小的官职，做了一年多河南滑县的县太爷。滑县沦陷后，他先后在程潜的第一战区司令长官部、商震的29集团军总司令部、沈鸿烈的资源委员会任过短期的参议。1938年来西北联大任教授，学校改名后又任西北大学教授，跟随学校，从西安搬到城固，又从城固迁回西安，直至1952年病故。

  说到他的学术经历，他29岁就被北平大学聘为教授，除短期从政外，大部分时间是在讲台上度过的。他在北平师范大学上学时学的是理化，后来却讲授政治和历史，先后开过《中国政治制度史》《日本史》《中国经济史》等课程。他讲课很随便，笑话、故事从他那特有的虚字重叠吃吃的语音中道出来，真是妙趣横生，令人绝倒。对一些社会政治问题，他常有独到见解。有个学生记下了他对国民党统治时期贪官污吏的看法，那简直是破口大骂："很多人唯恐不能做官，做了官唯恐不能贪钱,贪了钱唯恐贪得太少。于是官一到手就大贪特贪起来,什么仁义、道德、廉耻都置诸脑后。这些聪明过度、贪赃枉法的混账东西,可真是天下第一号的大傻瓜。不管他黄金美钞何其多也,有朝一日,眼睛一瞪,两腿一伸,完了蛋,也不能带到阎罗地府半根条子、一张美钞。光着屁股来,还是叫你光着屁股去。老摩登奉劝诸位,为子孙计,做了官,钱,千万贪不得也。记着!为子孙积德,比为子孙积财,可要高明得多。"解放后他大讲唯物论、辩证法,常能发人之所未发,如认为:"王阳明的极端观念论中有极大的唯物论","孔子、老子、佛、马克思都是深明辩证法的人,其不同在:老子——由反入正,佛——重无,孔子——中(维持现状),马克思——斗争"。这些观点当时被看成奇谈怪论,现在看来也并非全无道理。

听他讲课者毕竟有限,他的名声多半是靠他发表的大量文章和小说传扬出去的。他不仅有前述《晨报》和《新民晚报》的记者、编辑经历,他在陕还担任过《民众导报》《阵中日报》《新生晚报》和《城固周报》的总编辑。他所撰写的《摩登女郎》《巴山采药记》等作品在报上连载,颇受读者欢迎。尤其是当过一年多"县太爷"的他写了一部名叫《县太爷》的长篇小说,在《大公报》连载,曾经风靡一时,声价之高驾乎当时走俏的《三毛流浪记》之上。发表这些作品时,他都署名"老太婆"。于是,知有"老太婆"者众,知有许兴凯者寡。许多学生都是慕"老太婆"之名而上西大历史系的。一些学生竟仿效他的名士派头,也变得疯疯傻傻,胡言乱语。

刚解放,因他早年有过一段"红色"历史,多少接触过马列的著作,曾得意于一时。他自封为"三十年的老马列",宣称"我的时代来了",还大言不惭:"我的马列主义有市场了,不过,目前还谈不到,因为大家的思想还没有提高,过些时,就用着我了。"他估计错了,由于他平时的古怪脾气、奇谈怪论,再加上解放前曾被老蒋接见过三次的历史污点,在随后开展的思想改造运动中,很自然地被当成批判帮助的重点对象。开始，他检查自己有自高自大、行为恣肆、胡言乱语、装疯卖傻、爱摆臭架子、总希望别人来"三顾茅庐"等毛病，被认为不深刻，没有触及思想实质。于是他便言不由衷地"上纲上线"，给自己戴上资产阶级思想、封建思想、法西斯思想、买办思想等一堆大帽子，别人又说"你没有那么多思想"，"要实事求是嘛"！他深受感动，觉得大家还是客观的。他在思想总结中谈到对新社会的认识就实实在在，显得很真诚，如他谈道：解放军纪律严明，不扰民，还帮助老百姓，粮价下跌，物价平稳，金融秩序也稳定；抗美援朝，把美帝打得落花流水，实为平生一大快事；枪毙了以功臣自居的刘青山、张子善，显示出共产党的大公无私。他谈论共产党和人民政府时，处处与腐败的国民党政府对比，结论是：一个在天上，一个在地下。正当蝉蜕新生之际，"老太婆"倒下去了，死于脑出血，终年52岁。子女多人，尚不知在何方。

  本文名曰"传奇"，实则"实录"。"老太婆"之生平实录本身即具浓重的传奇色彩，想读者必有同感焉。

（原载《统一战线纵横》1995年5期）

奖章不了情

曾任中华体育总会副主席的体育界元老王耀东教授,晚年诸事顺遂,唯有一桩不了情:那枚失落的金质奖章至今未能找回。

事情得从头说起。

73年前,即1921年5月,第五届远东运动会在我国上海举行。20岁的王耀东作为中国男篮主力队员参加了比赛。经过艰苦激战,中国队先后击败了"四连冠"的菲律宾队和东方劲旅日本队,夺得冠军,为国争了光。这次赛事,以旧中国参加国际体育比赛中唯一胜局而载入体育史册。

岁月不饶人,参加这次夺冠的队员皆已先后离世,只有王耀东健在。他曾撰写《远东篮坛夺冠纪实》一文(载《三秦文史》第四期),回忆了这次比赛的情况。当时中国队物质条件很差,全队只有两个篮球,队员每人只发一件背心、一条短裤、一双布鞋。每天在饥一顿饱一顿的情况下,徒步往返在简陋的宿舍与场地之间,进行艰苦的训练。正式比赛前,菲律宾队为显示实力,先声夺人,与上海外国人组成的西侨联队进行热身比赛,我国队员却因买不起门票只能在窗外观战。菲队赢了这场球,声威大振。国际舆论普遍看好菲队。还有英商押宝相赌,断定菲队必胜无疑。我国队员偏不信邪,他们说:"不听那一套,篮球场上见。"原定中、菲决战的时间到了,却下起雨来。我国队员用绳带捆绑好布鞋,准备冒雨迎战。菲队却提出延期比赛。天晴后进行比赛时，看台上坐满观众，绝大部分是为中国队助威的同胞，气氛十分热烈。中国队出场队员是：中锋王鉴武，前锋王耀东、魏树恒，后卫孙立人、翟荫梧。平均身高 1.83 米，这在当时就算占了高度优势。他们临阵不慌，勇猛顽强，配合默契，整个比赛有条不紊，打出许多精彩场面。尤其在比分接近，甚至几次落后的情况下，队员们依然斗志昂扬，毫不气馁。最后，在终场前 30 秒，中国队巧妙配合，两次投篮得分，转败为胜，以 30∶27 战胜菲队。据说决定胜负的关键一球就是王耀东投中的。

当时，大会组委会给冠军队每个队员颁发了一枚金质奖章。王耀东得到一枚，极为珍视，保存了将近半个世纪，"文革"中却被造反派抄去。粉碎"四人帮"后，落实知识分子政策，清理抄家物资，王耀东教授多么盼望这枚奖章能够重归故主，但却无踪无影，亦无从查找。学校党委落实政策领导小组曾与王先生商议，可否补偿一些钱以了却此事。怎奈王先生是以"不爱钱"而出名的，当年西大从城固迁回西安，校长刘季洪请王先生主持迁校工作，就因为他有这个好名声。王先生除希望继续寻找这枚奖章外，还提出一个要求："不用组织补偿，望作一证明。"于是，党委于 1987 年 6 月 2 日开具了"关于王耀东同志获金质奖章的证明"，郑重盖上党委组织部的印章。这份证明说明当时比赛获奖情况后，对奖章本身作了文字描述："金质奖章为圆形，直径约四公分，正面上方铸有凸状北京天坛祈年殿图案，下面铸有：The Fifth Far Eastern Olympic Games Shanghai 1921.5，奖章背面为板平，刻有：Basket Ball First, 10K，金质奖章正上缘有一环，系着绣制的'中华民国'国旗，旗上有戴用的别针。"这一纸证明，对王先生来说，无异于"画饼充饥"，只能聊以自慰了。

王耀东教授与世纪同龄，虽已 95 岁高龄，但身子骨依然硬朗。脸上布满的皱纹，如同年轮般写下了老人久经沧桑的历史，而高高的身材，挺直的腰板，却让人们联想起他当年驰骋球场的英姿。王老仍不能忘情那枚失落的奖章,如今它究竟在何处呢?是被无知者视同敝屣、随意抛弃呢?还是被有心者妥为收藏、待价而沽呢?但愿在王先生有生之年,这枚奖章能够完璧归赵,使老人得以睹物生情,眼前再现昔日辉煌。

奖章兮,归来!

(原载《西安晚报》1995年7月15日,题为《奖章兮,归来!》)

听侯外庐讲大课

对当代史学巨匠侯外庐,我一向是"高山仰止"的。还是在天水上中学时,我在新华书店书架的最高层,看到一排很厚的书,书脊呈深红色,是多卷本的《中国思想通史》,仰首辨认著者姓名,头一个是"侯外庐",从此这三个字便在我脑海里留下了一种近乎神圣的印象。高中毕业时选报高考志愿,听教导主任任佩璋老师介绍:侯外庐是西北大学校长。于是,我便毅然填报了西北大学。最终如愿以偿,我成为西大中文系一名学生。

慕侯外庐之名来到西大,却很难见到这位校长的面。原来他这时虽挂着西大校长之名,却常年住在北京,兼任历史研究所二所副所长,主要从事研究工作。校内日常工作由副校长刘端棻主持。大约在我进校两个月之后,侯校长从北京回校了。我在1956年10月10日的日记中写道:"昨天就听到侯校长回校的消息,还不大相信,今天吃午饭时广播里通知侯校长下午要作报告,我们在饭堂里兴奋得鼓起掌来。"这天下午,同学们带着小方凳,早早就聚集在西树林,等待着瞻仰侯校长的风采。我在日记里记道:"侯校长看上去还不太老,有点像郭沫若,只是没戴眼镜,讲话声音洪亮,很带劲。"侯校长主要讲治学态度和治学方法,他强调作为一个专家必须要有渊博的知识,要通晓古今中外,这就得下苦功夫,耐得住寂寞,不急于求成,他举例说明了大器晚成的道理。他鼓励学生们要从小处入手,苦练基本功,他说他自已经常翻《辞海》，翻熟了，查阅时不用看部首，差不多一下子就能揭到要找的地方。从10月12日到10月15日，侯校长给历史系学生讲大课，题目是"谈谈中国哲学史"，我自然不能放过这个机会，混在历史系学生中，从头到尾听了一遍。侯校长从先秦孔子的学说讲起，按时代顺序一直讲到近现代孙中山的哲学思想，内容非常丰富，对许多问题都有独到的见解。我原先翻阅过《中国思想通史》，因知识浅，底子薄，啃不动，这回当面亲聆侯校长的讲述，仍有不少地方嚼不烂，但对中国哲学史的发展线索获得了虽然简略却很清晰的印象。可以说，1956年10月中旬的这几天，我一直围着久已仰慕的侯校长转，侯校长并不认识我这个大一学生，而我却从这位大学者春风化雨般的教导中，得到了知识，初步懂得了什么是正确的治学态度和科学的治学方法。随后，侯校长的学术助手张岂之先生又为我们讲了整整一年"中国哲学史"课，给我们奠定了较为深厚的中国传统思想文化的基础。

侯校长给我们讲大课的第二年，即1957年，就不再担任西大校长了。侯校长担任西大校长总共七年，实际主持校务只有三年，但却是起根发苗，筚路蓝缕，建树良多，影响深远。他当年播下的种子如今正在开花结果；他当年栽下的树苗如今已经绿荫如盖；他当年倡导的"求实创新"的学风和校风依然滋润着、影响着一代又一代学子；他当年适应经济建设需要所创办的石油地质专修科被誉为"中华石油英才之母"，这一成功经验启示我们必须面向国民经济主战场，把人才培养和现代化建设的实际需求紧密结合起来。他不再担任校长了，但是西大人从来都亲切地称呼他为"侯校长"。经过"文革"十年的磨难，侯校长的健康受到严重损害，他坐上了轮椅。1987年，在筹备西大75届校庆时，学校原本要请他回校的，但因他实在难以成行，筹委会便派人去北京录了像。不料录像后不久，侯校长就与世长辞了。校庆时，西大校友一遍又一遍观看录像中他的音容笑貌，缅怀他对学校建设和发展的不可磨灭的功绩。

这里，还有一个小插曲值得一提。侯校长辞去西大校长时，正值1957年春夏之交大鸣大放之际，学生们少不更事，只知其一，不知其二，就贴大字报抨击党内宗派主义，指责"党员副校长排斥非党校长"。经过解释，我们才得知侯校长并非党外人士，而是1928年在巴黎入党的老资格共产党员，是我党早期的马克思主义理论家，《资本论》的最早中译者，他既是一个大学者，也是一个革命家。

（原载《教师报》1996年3月3日）

刘端棻与霍力攻

刘端棻,党的教育家和理论家,20世纪30年代后期至40年代在延安从事教育工作,50年代初期至60年代中期主持西大党务和校务。在解放后的西大办学历史上,他是一个主事时间最长、影响最大的领导人。

霍力攻,曾做过县新华书店经理,于1954年考取西大历史系,1957年当他上到三年级时因发表"异端邪说"被打成右派,随后被开除学籍劳动教养。为制服这个"冥顽不化"的学生,校方曾经煞费苦心,大动干戈。

在一般人看来,这两人,一个是老革命,一个是小干部;一个是学校最高领导,一个是普通学生;一个是马克思主义理论家,一个是喜欢钻研理论的"初生牛犊";在运动中一个是刀俎,一个是鱼肉。如此而已,岂有它哉?

深察之,事情并非如此简单。根据霍力攻后来的记述,他和刘端棻之间有一种十分微妙的关系,是师生,又是对手,有共识,又有分歧,是是非非,恩恩怨怨,味在咸酸之外。

两人初次接触是1955年寒假后。霍力攻在渭南农村老家,听到了农民"一夜睡到社会主义"的议论,引起了他关于怎样建设社会主义的思考,回校后便找到刘端棻汇报请教。刘并未多谈,主要是听霍陈述自己的想法。霍认为合作化本身并不是社会主义,而是由前资本主义的个体生产过渡到社会主义去的中间环节，是促进生产力逐步由个体小生产到社会化大生产发展或转变的手段、途径、方式和方法。绝不能降低标准，今天是初级社，明天就成高级社，一个晚上"睡"到社会主义，这是靠不住的。霍侃侃而谈，一谈就是几个小时，告辞时刘表示深受启发，希望常来交换意见。此后，霍就成为刘办和刘府的常客。

在党的"八大"召开之前，霍力攻根据自己平日的思考，写了几篇关于经济问题的论文，总名为《论法则》。他将稿子送给刘端棻审阅，刘因公务繁忙拖延未看。年轻气盛的霍急着要乘"八大"召开之机，将文稿寄送中央，祈望引起注意。老练沉稳的刘却不以为然，劝阻道："学术理论问题要实事求是地深入研究和探讨，不能动不动就把问题提到中央去裁决。"霍不听劝，执意将稿子寄往中办，被转到《学习》杂志，结果受到审阅者的批评和嘲讽。霍不好意思再去找刘，刘却主动找霍谈心，告诫他"不要急于求成"。

1957年6月6日，大礼堂挤满听众，在大鸣大放的氛围中，霍力攻登上了"自由论坛"，讲的还是经济理论问题：两种商品观，但题目很吓人：《共产党有无建设社会主义的诚意》。刘端棻坐不住了，找霍谈话："你是全校有名的研究马克思主义的学生，你怎么给我研究到党有无建设社会主义的诚意这个问题上去了呢？你伤了党的感情了。"霍分辩道："哪个牛犊不顶娘？你看我讲的内容是什么，问题的实质在哪里！标题是尖锐些，刺激性大些，但并未超越合理性界限。"刘指出："你这样认识自己的问题不行，你要好好地、深刻地从思想深处彻底认识这个问题。"这时，政治气候已经大变，"反右"的枪声打响，霍力攻成为一个重要目标。

从6月下旬到7月中旬，全校性的大会总共开了7次，名为辩论会，实为批判会，对象就是霍力攻。天气正热，霍穿着短裤，摇着扇子，不慌不忙，从容应战。如果说辩论会的反方是霍，那么正方的主辩就是张宣。张宣是一个资深的革命家和理论家，1952年在西北民族学院院长任上受到错误处置，被开除党籍，安排在西大当哲学教研室主任，职称是副教授。这7次辩论会我都参加了，我的感觉是生姜还是老的辣，霍力攻不是张宣的对手，但霍毕竟是一个学生，引经据典，顽强抗争，也够厉害的了。7月12日，最后一次会，没有让霍力攻上台，由张宣先生唱独角戏，整整讲了5个小时，他做的结论很形象："霍力攻是托洛茨基站在污水坑旁缩小了的倒影。"几个月后，又发生了戏剧性突变，张宣也被收进网内，划为右派。当时校内流传一个歇后语：张宣批判霍力攻——自家人认不得自家人，整个一出《三岔口》。在批判霍力攻的公开场合，没有见到刘端棻，但幕后导演是他却是无疑的。当然，人在官场，身不由己，刘端棻只是一个"反右"扩大化错误方针的执行者，后来的事实证明，他其实是一个极富同情心和人情味的领导人。38年后，我向张宣老人提起旧事，他以低沉的声调慢慢道出一句话："那时我们对问题的认识还比较浅啊！"一个"浅"字，包含着多少世道沧桑和心路历程……

"文革"中，戴着"极右分子"帽子的霍力攻不甘寂寞，对两报一刊发表的"权威"文章《无产阶级专政与无产阶级文化大革命》公然进行批判，找出不少理论上的"硬伤"，又被戴上"现行反革命"的帽子，投入监牢，判处20年徒刑。刘端棻"文革"前调任省委宣传部部长、文教办主任，"文革"中自然在劫难逃，被打成走资派、黑线人物，经历了七斗八斗，他本来就瘦骨嶙峋，戴上高帽子，被造反派推来搡去，架喷气式、假枪毙，还被中文系一个红卫兵在屁股上捅了一刀，吃尽了苦头，惨得很。噩梦总算过去，春天终于到来，刘端棻复出工作，担任省委党校副校长兼省社科院副院长。霍力攻的冤案也于1979年5月获得平反和改正。劫后余生，两人见面，刘紧紧握住霍的手，多少心曲，多少感慨，多少反顾，多少悔悟，尽在不言中，半天挤出一句话："现在我们才认识了。"在刘的举荐下，霍到省社科院从事理论研究工作。刘于1981年调任社科院党委书记兼院长，霍便在刘的直接领导下工作了。霍力攻这只当年的小牛犊如今已变成老牛，但牛犄角般的理论锋芒仍不减当年。1995年初，他将几十年执着探索的理论成果汇成35万字的《商品论》一书出版。该书内容提要上写着："本世纪走社会主义发展道路，在实践上发生历史性挫折的理论根源，就在于现实商品观的共产主义公有制科学社会主义，演变为观念商品观的两种'公有制'工农社会主义。本书对其作了系统的分析与说明，从而坚持和发展了马克思主义科学的理论体系。"

令人遗憾的是刘端棻没有看到霍力攻正式出版的著作，他于1992年12月11日走完曲折漫长的人生道路与世长辞，享年83岁。霍力攻撰写的题为《老师的风采》的纪念文章附于书后，他深情地说："历史发展过程是曲折复杂的，历史发展规律又是不以人的意志为转移的。作为党的教育家，您循循善诱地教育自己的学生要审时度势，按照党的政策善处各种复杂的具体情况；作为党的理论家，您高瞻远瞩地指导自己的学生，始终坚持马克思主义的普遍真理，深信社会主义必定胜利，把历史的曲折性与必然性辩证地结合起来。您是真正认识和了解自己的学生的。我们永远怀念您！"

霍力攻也没有忘记给"不打不成交"的张宣老师送去一本他的《商品论》。顺便提一句，张宣在"文革"结束后，在胡耀邦同志亲自过问下来了个"双平反"，既平反了1957年的右派错案，也平反了1952年的"反党"错案，并又回到他跌过跤的地方——西北民族学院，院长、书记一肩挑，甩开膀子，大刀阔斧地干了两年后离休回到西大，得以安度晚年，亦为不幸中之大幸。

（原载《陕西日报》1995年11月25日，《报刊文摘》1995年12月7日转载）

郭琦校长的风范

"文革"劫难之后,西大校园满目疮痍。正当此时,"文革"留给自身的创伤尚未平复的郭琦同志受命来校,担负起拨乱反正、治理整顿的重任。他以一个老布尔什维克的丰富政治经验和超人的工作魄力,在短时间内即取得明显成效,赢得了广大教职员工的信赖。我作为一个中文系教师,因担任教工党支部书记,就被他吸纳为"积极分子",时常受到他的直接点拨。正是这一段看似寻常的"缘分",实际上改变了我后半生的生活道路,把我从"粉墨生涯"("粉"指粉笔,意谓教学;"墨"指笔墨,意谓写作)引向行政管理和党务工作。说起来,郭琦同志在西大工作时间并不长,但他的影响却是深远的,我个人也从他那里获得许多教益。

有一件事是难以忘怀的。粉碎"四人帮"之初,全国开展清查和揭批"四人帮"及其帮派势力的斗争,这种扫除政治垃圾的工作是必需的。但在西大有没有"帮派体系",我们一些积极分子和郭琦同志之间认识有差距。我们出于对"四人帮"的义愤,对校内紧跟"四人帮"极"左"路线的那些人不满,认定"西大也有帮派体系"。而郭琦同志却摇头。他不愿挫伤大家的政治热情,没有简单地否定大家的看法,而是从不同角度提出问题,引导大家反复讨论,具体分析,冷静思考,逐步提高认识。我开始很不理解,后来慢慢想通了。在政治斗争中,我们首先应当严格区分两类不同性质的矛盾。校内有些人虽然对"四人帮"那一套跟得紧一些,但大多属于认识问题,尚未超出人民内部矛盾的范围。而所谓"帮派体系"是指"四人帮"的死党和打手,多有恶迹,是属于敌我矛盾性质的。西大那点事怎么能上到"帮派"的纲上去呢?由于郭琦同志始终保持清醒头脑,准确地把握着这个"度",对激进者循循善诱,防止了斗争扩大化,避免了后遗症。"政策和策略是党的生命"。郭琦同志是遵循这一原则的典范。后来我主持学校党委工作,遇到了颇为棘手的政治事端,我以郭琦同志为榜样,严格按照党的政策和策略办事,团结了大多数,平稳地渡过了这一关。

我生长于陇南山区,生性耿介,说话不拐弯。作为一个教师,与人相处,直来直去,倒也罢了。待我当了系副主任,处理教师中发生的一些事,也是这样硬邦邦,就有麻烦了。1983年,几个业务很不错的教师策划办班,由于和系上通气不够,我声色俱厉地批评了他们,他们不服,找到郭琦同志。晚上,他便找我谈话。我态度激昂,据理力争。他笑了笑,心平气和地开导说:"你对这件事的看法并没有错,但你的态度应该注意一下嘛!你大小也是一个领导,总得讲究一点工作方法嘛!你们搞文学的都知道,写小说最忌直奔主题。有时候就得迂回作战,以屈求伸。他们都是系上有点影响的教师,即使有什么不到之处,也要好好商量嘛!"他在讲"迂回"战术时,打着手势,做两厢向中心包抄状,这个镜头时常在我脑际映现。后来我进入学校工作岗位,接触范围更大了,我是尽量按郭琦同志传授的真经行事。但是,"江山易改,禀性难移",有时遇到难缠的事,心里一急,"直杠"脾气便又上来了。我深知自己的道行尚不足,我还得继续钻研郭琦同志传授给我的"迂回"战术。

郭琦同志令人钦佩之处很多。他真正做到了礼贤下士,尊重知识,尊重人才。1982年5月,由他倡议发起成立全国唐代文学研究会,在止园召开成立大会暨第一届年会,我陪他看望与会代表,我发现他和许多学者一见如故,谈得很投机。他在哲学、社会科学和文化艺术界结识了许多朋友。上海著名画家戴敦邦来西安时没有忘记给他带一坛绍兴老酒。他与艺术大师石鲁过从甚密,保存着这位艺术家的不少作品。他对校内许多教师尤其是文科教师情况有较深入的了解。有一次,陕西人民出版社的编辑杨健禧来校联系业务,先见老郭。他如数家珍地介绍文科各系的科研情况和教师特长,讲得很细,还怕有遗漏,让老杨再到系上作进一步了解。事后,老杨对我说:"系主任还没有郭校长谈得具体。"我在学报上发表一篇小文章,自觉没有什么分量,署了笔名,不料却引起他的注意,问我:"钟较弓是谁?这篇文章写得很生动。"我心想,他这么忙,阅读范围还这么广,连这么一篇小文章都不放过。再一想,他注意看学报上的文章,恐怕还有一层意思,就是通过文章深入了解他麾下这支教师队伍的实力。他称得上老九们的一个"知音"。他是一个具有独特品格的老干部。就他的经历和经验水平来说,他是一个标准的职业革命家,而就他的学识和志趣来说,他又是一个十足的文化人。

郭琦同志留给我的最后印象也是十分鲜明的。那是他去世那年春节,大雪纷飞,路上积雪盈尺。他的身体已很虚弱,却冒雪来到西大,看望故旧相识。我见他步履维艰,在雪地里留下深深的脚印,心里不由得透出一丝悲凉,同时却又升起几多敬意。斯人已去,风范长存!

(写于1992年,收入《郭琦》一书)

山高水长君子风
——忆吴大羽同志

1996年2月17日傍晚,离春节只有一天之隔,吴大羽同志以83岁高龄病逝于陕西省人民医院高干病房。接到张钧华同志的电话,我即匆匆赶往病房,揭开白色床单,只见老吴安详地躺在那里,像是在酣睡,我拉起他的手,似乎还有余温。我一面倾听钧华同志断断续续陈述发病经过,一面回忆起我和老吴交往的前前后后。

1957年底,吴大羽同志奉中央调派,从国务院法制局副局长的高位上来到西大,挑起领导这所全国重点大学的担子。刚来时,他曾在大礼堂内外召开的全校师生大会上亮相,讲了几句话,给我的感觉是并没有京城大官的派头,也没有唱什么高调,发什么宏愿,显得平易、谦逊、温文尔雅。接着引起我注意的是,他的亲笔题词公布在学生大食堂门口的布告栏里,一手好字,博得众人称赞。后来,在全校运动会的开幕式上,令人意外地安排了老吴一个节目:舞剑。全场人的目光都集中到老吴身上,老吴扎个势,便从容地舞起来,剑法娴熟,刚柔相济,绝非一日之功。当时,我作为一名学生,无缘接近老吴,仅凭这些印象,我觉得他是一个多才多艺、文武双全的领导干部。

光阴荏苒,到了60年代,一场"社教"运动在城乡掀起。算我幸运,居然摊上了3期,依次是市郊、高陵、咸阳。前两次是带学生进行社会实践,而在咸阳第三次参加社教,则完全因为老吴的缘故。老吴当时是校党委代理第一书记,要去咸阳农村蹲点,学校为老吴配备了工作班子,因我已参加过两期社教,在高陵县团时出手过不少经验总结,刊登在总团和省上的简报上,有一点影响,就选派我跟随老吴写材料。老吴的点选在周陵公社南贺大队,这是咸阳原上一个不小的村子,村外田地里隆起一个又一个千年荒冢,多是汉代帝王家归葬之处,表明这里风脉不错。这时,"文革"腥风越刮越紧,我看老吴少言寡语,表情有些茫然,从交谈中发现他对政治形势的发展,也和我们一样,很不理解。他是1929年入党的老同志,跟党干了几十年,党龄比我们年龄还要长许多,他对运动的态度当然是尽量理解、尽量跟中央保持一致。一天晚饭后,在夕阳的余晖下,我随老吴漫步在村间小道上,交谈着如何把"文革"与社教结合起来,应该采取哪些举措,临了他要我以他的名义起草一份在农村"四清"中开展"文革"的意见书。我琢磨他的思路,总是离不开"破四旧"的框子,因为下到农村,接触到的实际,就是封建腐朽文化、落后迷信的东西还有很大市场,借着这场运动扫一扫这些垃圾,确有必要。岂不知所谓"文化大革命",很快发展为"政治大革命",党内阴谋家、野心家趁机以售其奸,与"文化"已相去十万八千里,而老吴还严格地从"文化"的范畴考虑问题,自然落后于形势,跟不上趟。有次我跟他去咸阳市开会,住在宾馆,我的房间就在他对面,晚上无事,与他闲谈。那时电视尚未普及,新闻全凭广播渠道获悉,他刚刚收听到批判周扬的消息,显得忧心忡忡,满脸抑郁,他长叹一声,自言自语似的对我说:"唉,周扬也挨批判了!我年轻时,经常阅读周扬的文章和他主编的杂志,从文化观念到理论认识,对我有很深的影响。想不到现在会成为这样……"他再也说不下去了。看得出他对被指斥为"四条汉子"之首、"文艺黑线头目"的周扬是充满同情和惋惜的。没有多久,他就接到了召他回校的通知,在等待来车的那会儿他心情沉重,坐立不安,他对这次提前回校,究竟是吉是凶,一点也没有底。看他那样子,我真替他发愁,照那时流行的说法,就是"老革命遇到了新问题"。

在"文革"恶浪冲击下,老吴沉浮不定,毁誉交替,不必细述。进入新时期,老吴奉调进京参与他的老上级董必武同志遗著的整理工作,事竣即告离休。在家闲来无事,就读书、写字、刻章,生活得饶有情趣。建党70周年时,他精心构思,撰成一联,道是:"万里黄河经遇九重曲折依然汹涌前进直奔东海,千仞华岳历尽亿年风雪犹且巍峨矗立欲摩青天。"这是对党的历史、党的形象的高度概括,是一位资深党员发自内心的对党的礼赞,其中也包含着老吴自己"烈士暮年,壮心不已"的情怀,同时又显示出作者深厚的文化知识底蕴。我很喜爱老吴这副联语。一日,在新村门口与老吴相遇,我便求他给我写字,就写这副联语,老吴当即应允。过了不久,老吴心脏病复发,住进医院,一住就是大半年,我估计写字的事必定无望了。岂料老吴逝世后,张钧华同志整理遗物时,竟然发现老吴已为我写好了字,写的就是这副联语,并有"吴大羽撰"、要我"两正"的字样,签名之下盖了两方印章,一名一号,一阴一阳,十分正规。钧华同志特意叫孩子拿到街上为我装裱,待老吴逝世百日后,郑重赠我。我如获至宝,大喜过望,持回立即悬挂于办公室显眼处,每日反复观赏着,思念着。忽然想起,在咸阳社教时,老吴看着我起草的文稿,批评我的字东扭西歪、太不规范,并要求我注意把字写得工整些、顺溜些。说实话,在此之前,我从不注意自己的字写得怎么样,也从未下过什么功夫,而这以后,每当我提起笔时,耳边就仿佛响起老吴的谆谆告诫,于是便尽力往规整里写,这样过了若干年,我的字便有了些微进步,但自觉距老吴的要求仍很远,我还须继续努力。看着老吴的手书,我深深领悟到老吴透过字面所表达的崇高的人生追求、坚韧不拔的奋斗精神,这是老吴留给我的一笔宝贵的精神财富,我必须格外珍惜。

说来惭愧,在"文革"刚结束的那段时间,我也曾冒犯过老吴同志,多有不敬之处,但他豁达大度,不存芥蒂,照样善待我,见面总是问长问短，热情有加。到了晚年，他竟成了我的知音。自从我在校刊开辟《紫藤园夜话》专栏以来，老吴每期必读，并当面鼓励我继续写下去。据钧华同志讲，老吴住院期间，新校刊一到手，就让她把我的文章念给他听，听完还要戴上眼镜自己再细读一遍。我心里想，在这位老领导一生中最后的日子，我的文章能为他茶余饭后增加一点兴味，也算没有白写，为了回报老领导的厚爱，我应当写得更多、更有意思些。

在老吴的居室，我看到著名书法家启功为老吴写的条幅，上写范仲淹评价高士严子陵的几句话："云山苍苍，江水泱泱，先生之风，山高水长。"启功是知人的，这几句话也是对老吴的评价和写照，老吴当之无愧。

（原载西大校刊 1996 年 8 月 13 日）

张宣和他的两个学生

张宣是一位革命家,也是一位教育家。他的人生道路十分曲折,他的从教经历也非常独特。

20世纪30年代中期,他在川大上学时就积极参加进步活动,这在川大中文系系史上有所记载。1938年3月,22岁的张宣加入中国共产党,先后担任处于地下的成都市委青年部部长、宣传部部长、组织部部长。1942年他来到延安,在"抢救"运动中被诬为"敌特",关押3年。在陕甘工作期间,他来来去去,始终未离教育岗位;不论是党校、延大、民大、民院、西大,他总是在学校工作。作为有知识的老干部,他主要从事学校的领导和管理工作,但是不论在台上掌权还是台下受难,他都亲自上课,他的政治理论课和形势报告颇受学生欢迎,有几年他还教过中文系的基础写作课。他的学生很多,可谓桃李满天下。而在他身处逆境时,他发现:同是学生,却有天壤之别。他常常忆起噩梦般的延安"抢救"运动,忆起运动中一些学生对他截然不同的态度。其中西北党校的两个学生给他留下的印象最深。

一个叫朱助周,比张宣还大七八岁,参加革命也比张宣早,但他来到党校学习,就在张宣带的班上,当然是学生了。这是个南方人,上课爱提问题,讨论问题爱坚持己见,有些傲气,前任班主任对他印象不佳,平时张宣对他也不怎么注意。而恰恰是这个学生,却能在关键时候站出来替张宣辩护,称得上一条硬汉子。说来好笑,在"抢救"

运动中，西北党校的干将们攻不下张宣这个"顽固堡垒"，竟然劳驾高岗这个大人物亲自出马。那场面，张宣至今记忆犹新。高岗一上来，把灰军帽往后一推，露出满脸的大麻子，同时右脚一抬，踩到给他准备的凳子上，咄咄逼人地喝令张宣交代问题。当张宣谈到1939年在重庆中山公园上厕所时，不慎把藏在贴身短裤口袋的党的关系掉到水中被冲走时，高岗大声喊道："胡说！你不要欺负我们陕北土包子！我高岗也到好多大城市转悠过，在西安就住过。从来没听说贴身短裤后面还有什么口袋！你这个特务骗得了谁！"张宣争辩说："贴身短裤后面靠右边，的确有个小口袋。"高岗咆哮一声："放屁！"几百人的会场被镇住了，鸦雀无声。忽然人群中站起一个江浙口音的瘦瘦的中年男同志开口道："报告高司令，我知道，有的贴身短裤上有口袋。"高岗转过头问他："你怎么知道？你叫什么名字？"他回答："我叫朱助周，15班的学员，我穿过有口袋的短裤。"这下搞得高岗下不了台，很难堪。朱助周因此也被"隔离审查"了。岁月沧桑，周而复始。35年后，随着陕工大的撤销，曾任该校党委书记的朱助周又戴着"叛徒"的帽子被监管在西大图书馆，从农场劳改回来等待处理的张宣与他不期而遇，互相都认出了对方，虽有千言万语，却不是说话的时候，只淡淡地打了个招呼。未等"文革"阴霾过去，朱助周即含冤而逝，张宣闻讯，倍感悲痛，不顾自己的"牛鬼"身份，打破几十年的沉默，特意买了一个大花圈，署上自己的姓名，敬献于灵前，深情悼念这位见义勇为的好同志、好学生。

还有一个学生，张宣也是一辈子忘不了的。这人在西北党校学习时，张宣做过他的班主任，与朱助周相反，这是一个成色十足的白眼狼，曾狠狠地咬过张宣一口，给张宣心头留下了深深的伤痕。那是1945年，中央已经察觉"抢救"运动中出现的问题，开始纠偏，一批又一批错关的同志，得到甄别平反，获得自由，恢复工作，这就给尚在押的多数同志带来了新生的希望。张宣的"问题"迟迟不能解决，他有点急不可待了，就打报告给保安处，要求早日解决自己的"问题"。这时，这人就在保安处担任侦察科长，他派人把张宣叫去，青着脸讯问张宣近来有什么活动，张宣说："就是写报告要求早日甄别我的问题，让我早日为党工作。"听了这个回答，这人的脸扭得更难看了，厉声训斥道："你没有这个权利！"张宣义正词严地说："我有这个权利！从西北党校到现在已经3个年头了，你们证明不了我是特务。现在党的政策端正了，要分清是非曲直，我当然应该关心你们是怎么执行政策的。"这人蛮横无理，睁眼不认人，在自己的老师面前暴跳如雷，大喊："来人！把这个老特务绑起来！"随着他的喊声，立即走出两个壮汉，将张宣的双手背剪起来，一根麻绳从颔下经两肩勒到背后，绕两臂紧紧缠了几道，把张宣捆了个结实，然后提着绳子，把张宣的双手直拉到后脑，张宣只觉得半身麻木，呼吸困难，快要窒息了。本来对张宣的看管已有些放松，这回反而把张宣升级了，捆绑之后关进"严"字号窑洞里，上了锁。写到这里，笔者不禁要发点议论。纵观我党历史，跟着错误潮流跑的多数还是认识问题，而这个家伙如此丧心病狂，对自己的老师下此毒手，则完全属于个人品质问题，是不可原谅的。

张宣在西北党校的这两个学生，一好一坏，一正一反，代表了两种不同的典型。在他此后的教学生涯中，由于他的特殊身份和际遇，也曾遇到过这样的两类学生：有的敬重他、同情他，视他为"真人"，不管他头上戴着什么"帽子"，都以革命老前辈看待他，明里暗里保护他，"文革"中西大数学系学生姚羞就不惜引火烧身，公开贴大字报替张宣抱不平，也有的批过他、打过他，把他从讲台上推下来，给他戴过高帽子，搞过"喷气式"。各色人物，各种表演，他见得多了，也就见怪不怪，人性总有善恶之分，人心总有好坏之别，如今提起这些往事，他只是一笑置之。

（原载西大校刊 1996 年 9 月 20 日）

李熙波与"捷径事件"

——一桩鲜为人知的理论公案

在西大新村老干部活动中心,常常可以看到一位身着绿呢军服的白发老人,手持一卷报纸,缓缓移动脚步,时不时停下来,半仰着脸张望着,探寻着,凝视着。那是一张饱经沧桑的脸,黑里透红,布满皱纹,显示出老人坚毅而倔强的性格。

他叫李熙波。在抗日烽火中入了党,参加了革命部队,转战南北。解放后在青海转为地方干部,做过县委书记、省政府办公厅副主任。1958年,他在中央党校学习期满,毕业留校任教。1965年调来我校工作,现已离休。这个虽是行伍出身的革命老干部,却深通文墨,有着扎实的理论基础和古文功底。他的旧体诗写得很好,还在陕西省老干部书法比赛中获过奖。他一生的历史是红彤彤的,但在中央党校的一段时间,却无意间陷入一场笔墨官司,罩上了深重的阴霾,久久难以廓清。这就是所谓的"捷径事件"。

这个事件,一度闹得沸沸扬扬,惊动了诸多大人物,演出了不少颇具戏剧性的场面,中央党校老一点的教员、干部和当时在那里学习的学员恐怕无人不知,而在外界对这桩公案,就不明其详了。对现今的年轻人来说,恐怕很难理解这样的怪事。后来,在公开发表的文章中提及此事的是老一辈马克思主义理论家杨献珍所写的《屠害忠良,终身阴贼》一文(见《红旗》1981年第一期)。文章写道:"捷径事件里，有位语文教员在修改一个学员的语文作业时，把文章中的一句'学习毛泽东思想是学习马列主义的捷径'抹掉了。有人说他犯了原则性的错误。这位同志不服，问是否有关于捷径的文件，文件没拿出来，却出了新道道。说'捷径'是林彪提出来的，林彪是党的副主席，抹掉'捷径'的词句，就是反对党的副主席。"这里提到的"语文教员"就是李熙波同志。

最近，年届87岁高龄的李老撰写了《捷径事件回忆录》，自印成书，赠我一册。细读一过，感慨良多，觉得有必要介绍给更多的读者知道。下面的文字就是我根据李老的回忆录并查阅了有关资料整理而成的。

捷径事件的缘起 李熙波从青海调到中央党校后，先在艾思奇领导的哲学教研室工作，后又调入新成立的语文教研室。语文教研室主任是康生的老婆曹轶欧。李熙波本不愿意离开哲学教研室，经不住曹轶欧三番五次登门鼓动，勉强来到语文教研室。语文教研室担负着给全国各省培训理论工作干部的教学任务，重点放在提高学员写作水平上。李熙波的主要任务就是给学员改文章。他在理论观点上、文字上，一向抠得很严、很细，一丝不苟，绝不马虎。一次，他发现有个学员的文章引用了林彪所说"学习毛泽东思想是学习马列主义的捷径"的话，他盯着"捷径"两个字，左看不顺眼，右看也不顺眼，总觉得别扭，不大对劲。我们共产党人的老祖宗马克思说过嘛："在科学上没有平坦的大道，只有不畏劳苦沿着陡峭山路攀登的人，才有希望达到光辉的顶点"，学习和掌握马列主义、毛泽东思想是需要狠下功夫、艰苦实践的，哪里有什么"捷径"？这个满腹经纶的"老学究"又想起宋朝大儒朱熹的话："何必读书，自有捷径法，便是误人深坑也。"在学习上，抄近路，走便道，讨巧，绝不是什么值得提倡的科学方法。他终于没有放过"捷径"二字，经过一番深思熟虑，动手把学员引用林彪的这句话改为"学习毛泽东思想是学习中国当代的马列主义"。现在看来，李老改得很对，改得很好，改得很确当。毛泽东思想是马列主义与中国革命实际相结合的产物，因此，毛泽东思想理所当然是中国当代的马列主义，学习毛泽东思想也就是学习中国当代的马列主义，这一论断是无懈可击的。我们党一直坚持这一科学论断。江泽民同志在十四大报告中指出："建设有中国特色社会主义的理论，是马克思主义同中国实际相结合的最新成果，是当代中国的马克思主义。"李老虽然干了几十年部队政治工作和地方领导工作，仍脱不了书生气，他只认理不认背景，只管这个话的对错而不大理会是谁说的。他在学员的文章中抹去"捷径"一词后，自觉真理在手，在写文章或会议发言中一再反复申述自己的看法，旗帜鲜明地坚持这一观点。他在中央党校写作刊物《习作》上发表的题为《对五九班写作上的几点意见》的文章中就引用了这个例子。他没有想到，这一下就批了逆鳞，惹了麻烦，酿成了一个持续数年的事件。

叶群召见 这件事很快就反映到林彪那里去了。叶群曾两次派车把素昧平生的李熙波接到毛家湾八号林彪住处，名义上是请李熙波给她讲古文。李熙波心想，陈伯达、康生都是喜欢咬文嚼字的"老夫子"，又是林彪的座上常客，为什么不请教他们，找到我头上来了，还不是为了改"捷径"的事。一交手，叶群与他谈起她发表在《人民日报》上的一篇谈论三国时期陆逊的文章。李熙波揣度，这大概是给他一个下马威，说明她并不是真不懂古文，不懂古文怎么能写出研究古人的文章呢！这个女人满肚子花花肠子。接着就谈到读古文过文字关的问题，叶群转入正题，阴阳怪气地说："我想找一条捷径。"李熙波接住话头，也不点破，回说："读古文只能一步一步渐进，我没有什么捷径。"他不想把话说死，应付说："回去问问我们教研室副主任何家槐，看他有没有一条捷径？"过了几天，叶群再次派车接李熙波去林宅谈论如何读古文。这回她拿出《宋史纪事本末》中《太祖代周》一篇，询问其中"不如先册检点为天子""匡胤时被酒卧，欠伸徐起""掖之上马"等句的解法,李熙波一一作答,心里却思忖:她为什么独对这篇文章感兴趣呢?"九一三"事件后,他才恍然大悟,林贼篡党夺权蓄谋已久,他要学赵匡胤收买内外,使大家都来拥戴他,而他自己却摆出一副不屑为帝的样子,真是野心毕露。这次谈话中,叶群又提起学古文的"捷径"问题,李熙波回答:我问过何副主任,他说他也没有什么好方法,使学古文能速成。绕过这个弯子,叶群单刀直入问道:"听曹大姐(曹轶欧)说你改了捷径?"李熙波不再回避,正面回答:"我在改学员文章时确实改过,我觉得不要'捷径'二字,意思表达得更准确。"谈话至此,有医生来给林彪看病,李熙波借驴下坡,乘机告别。没多久,林办又来电话,要接李熙波去毛家湾。李觉得情况严重,做了最坏的打算。他当时的思想活动很复杂:中国封建社会有文字狱,明朝有个"殊方",清朝有个"维止",林彪得势,也要制造个"捷径"了。现代如果还要出现文字狱,请自李熙波始。他写了两首诗,藏在衣底,准备被扣或牺牲后借此明志,诗曰:"革命涛中了此生,人生处处不波平。林家接我非虚席,不是求师是斗争。""花有落时月有亏,耿耿为党死何悲。此去泉台问马列,学寻捷径是耶非。"不知何故,这次却未成行,李熙波虚惊一场。

某理论家发难 1961年1月28日,在中央党校召开的全校大会上,面对全体教员、干部和来自全国各地的学员,某理论家(副校长)首先发难,大张挞伐,声色俱厉地批判了"改捷径"的问题,批来批去,无非是一个简单的逻辑:"捷径"是林副主席提出的,改了"捷径"就是反对林副主席,反对林副主席就是反对毛主席,就是反对毛泽东思想。因而李熙波改"捷径"不是一般性问题,是一个原则性错误。这似乎成为一个不可改变的结论,最后变成了组织意见、支部意见。阵势造得很大,李熙波却强项不服,并不认为自己有错。某理论家又召开十七级以上干部会再次对李熙波进行批判,重复了上面那一套逻辑后,封口说:以后再别提这个事了。李仍不服,坚持自己的观点。在一次会上，李熙波与这个理论家、副校长短兵相接，激烈地争论起来。李说：我看到中央有关文件把"捷径"改为"最好方法"了，原文是"认真学习毛泽东著作，是学习马克思列宁主义的最好方法"，假如"捷径"是对的，为什么要改成"最好方法"呢？这个理论家气急败坏地说："最好方法"等于"捷径"！李针锋相对地顶过去：既然"等于"，那就照旧好了，何必改呢？面对这个认死理的语文教员，"理论家"只好无可奈何地说："捷径"是对的，改成"最好方法"也是对的！这次争论后，李熙波仍不罢手，他向党校机要室查询有没有哪份中央文件出现过"捷径"的提法，回答很干脆：没有。李心想这个副校长、理论家如此武断地做结论，是否他有什么文件依据，于是便给此人写了封短信："关于有'捷径'提法的中央文件，你如有，请借我一阅。是否可以，望告。"这下把"理论家"给难住了。事过两年，"文件"终于出来了。1964年5月，总政出了一本《林彪同志关于政治思想工作言论摘录》，赫然列入林彪关于"捷径"的语录。从这年七月开始，在康生策划下，中央党校开展了对杨献珍同志"合二而一"论的大批判，李熙波被挂到杨献珍线上，"捷径事件"旧话重提。还是那位理论家、副校长，这回有了"尚方宝剑"，在全校学工人员大会上暴跳如雷，点名批判李熙波："1962年中央党校明显地发生反对毛泽东思想的言论，'捷径事件'就是一个。我说李熙波改捷径是胡说，李熙波给我下了'哀的美敦书'，要我马上拿出文件来。今天有文件了，你干不干？"十年后，当李熙波得知这个理论家已经去世时，心中暗想，他到毛主席面前也得承认反对毛泽东思想的，不是改"捷径"的，而是他自己。

背后有鬼 李熙波明白，站在前台批他的虽是某理论家，背后却是康生、曹轶欧在捣鬼。康生是长期潜伏在党内的一个害人精，罪恶累累，罄竹难书。按常理，李熙波这样一个"小人物"，尚不在康生注视的范围之内。但是，偏不偏李熙波与曹轶欧同在一个教研室工作，李沾了曹的光,从而引起这个巨枭的注意。李熙波又与杨献珍站在一起,拥护杨的办学方针,而杨早已是康生加害的对象。李又改了"捷径",触犯了林彪,康与林是一丘之貉,康整李也是为了效忠于林。曹轶欧于1963年调离中央党校,但在"捷径事件"中始终扮演着极不光彩的角色,先是告密于叶群、林彪,尔后又回党校助阵,坐在批斗大会的主席台上。1965年,李熙波被赶出党校,赶出北京,是康、曹一手指挥的。李熙波被安置在西大,学校得到的指示是:不宜做领导工作。于是,李成为校内一个研究所的普通工作人员。"文革"中,红卫兵们尚不知悉李熙波的底细,只觉得其出身贫苦,参加革命早,历史清白,没有担任什么领导职务,自然与"走资本主义道路的当权派"无缘,便以"革命领导干部"对待,结合进历史系革委会任副主任。哪知康、曹这帮豺狼,并未遗忘被他们咬伤的羔羊,一旦看到羔羊站立起来,便又扑将过来。康生对赴京的西安群众组织头头,点了许多同志的名,如彭康、刘海滨、李启明等,提到李熙波时,他说:"北京不要的,你们要!"李熙波从小报上看到这个消息后,想到"狼吃小羊"的那个著名的寓言,心里思量:我来西大既不是出于自愿,也不是西大点名要的,而是你们一伙容不得我,硬把我赶出北京,塞给人家,现在却又说这种话,真是蛮不讲理。曹轶欧则以私人名义,正式给西大革委会来信,证明李熙波反林副主席,反毛主席,反毛泽东思想,煽动把"三反分子"李熙波揪出来。这封信被抄成大字报公布于校园。一夜之间,李熙波便从"革命领导干部"变成"现行反革命分子",关进牛棚,受尽折磨。拨云见天康生一命归阴,"四人帮"一朝覆灭。满天的乌云散去,复现万里晴空。大难不死的李熙波终于迎来了幸福的晚年。1978年12月中央党校党委批准了该校落实政策第二领导小组《关于解决我校一九六四年运动中存在一些问题的请示报告》,并指出:"应切实抓紧解决问题。"1979年1月,中央党校党委致函西大,为李熙波同志恢复政治名誉。1980年,中共中央有关文件的附件列出遭康生、曹轶欧诬陷者的名单，李熙波列于其中。李熙波高兴地说："党中央也为我平反了。"中央党校给西大的函中有"恢复其政治名誉，妥善安排其工作"的字样，遗憾的是，"廉颇老矣"，李熙波已逾七旬。1982年，李熙波光荣离休，享受厅局级老干部待遇。战争期间，他负过伤，是二级残废，现在耳背，几乎失去听力，不能与人正常交谈。但他人老心不老，身残志不残，仍坚持每日读书看报，参加各种政治活动，有时还写点文章、诗词在报刊发表，他的书法作品长年挂在老干部活动室，供人品赏。他在"捷径事件"中表现出的那种坚持真理、不畏权势的斗争精神，得到老战友、老同志的赞誉。他的入党介绍人、新中国成立后曾任我国驻外大使的杨琪良同志，写诗赞曰："壮哉熙波志，宁死不低头，两请毛家湾，敢与'捷径'斗；杀头何所惧，原则不能丢，壮哉复壮哉，预庆八百寿。"还有一件趣事，李熙波因改"捷径"遭到围攻，承受巨大精神压力之际，看到华君武画的一幅漫画，题目正是："捷径"。画面是两个人坐在几十级的高阶之下，一人指着高阶对另一个发问："有什么捷径爬上去？"那人回答："一步一步爬上去。"李熙波精神为之一振，受到很大的支持和鼓舞，更加增添了斗争的勇气。事过之后，他写信向华君武同志致谢，华回信说："我的那幅漫画《捷径》是针对某些同志（包括年轻人）的不科学态度，并没有想到对你有如此之感触，实在汗颜。漫画，在新社会的任务就是应当批判旧思想、旧作风、旧意识，我当为此努力。至于你的赞词，实不敢当。"1992年李熙波曾写信请杨献珍为其《捷径事件回忆录》写序，杨老因年迈体衰、无力写序，嘱秘书复信，建议将他写的《屠害忠良，终身阴贼》一文中有关"捷径事件"的论点作为代序。李熙波照办了。杨老不久即与世长辞。这个代序，分为两段，我们在开头已引了前段，再看后段是这样写的："我们对这些新理论实在不理解。既然毛泽东思想是马克思主义的最高标准、最后标准、是'顶峰'，那么，马克思列宁主义岂不是成了'较低标准、初步标准'

了吗?为什么又要找一条'捷径'去学'较低标准、初步标准'的主义,从'顶峰'往下滑呢?上面说的那位教员把'捷径'抹掉,就犯了原则错误,要是不把'捷径'抹掉,我们岂不顺着'捷径'走入'较低的、初步的'沟谷中去了吗?"杨老以子之矛,攻子之盾,林记那一套心怀叵测的市侩哲学,就现出了自相矛盾、破绽百出的丑恶原形。

"捷径事件"已过去多年,但它留给人们的启示和思索是深长的……

(原载《西安晚报》1993年10月23日)

田汉在西大

1957年4月，当代戏剧大师田汉以文化部戏剧事业管理局局长的身份来陕视察。整天开会、座谈、作报告、调查研究、参观访问、和文艺界人士见面，日程安排得满满的。但是，他还是爽快地接受了我们的邀请，于4月28日下午驱车来到西大中文系，向师生们作了亲切的讲话。

这是一个星期天，天色灰蒙蒙的，像要下雨的样子。出面邀请田汉同志的是系学生分会的一位学生干部，事先并未向学校领导打招呼，纯粹是怀着敬慕的心情打电话"试一试"，预料田汉同志工作那样忙，是不会分身来校的，因而也没有做什么准备。田汉同志一到，反而慌了手脚，才临时通知大家到教室去，系里的负责人都出外了，就请在家的傅庚生教授作陪，许多同学是从街上回来后听到消息急忙赶去听讲的。当时，教室里挤满了人，来迟的就站在门口听。大家都为田汉同志不摆架子、不恃才傲物、平易近人、关怀和爱护青年的精神深深感动。

田汉同志讲话的范围极为广泛，内容极为丰富，从古代戏剧史讲到话剧运动，从戏剧理论讲到表演艺术。他针对同学们对表演艺术缺乏了解的实际情况，用通俗的语言解释了什么是生、旦、净、丑、末，什么是唱、做、念、打，什么是手、眼、身、法、步。他娓娓而谈，如拉家常，大家都听得津津有味。讲话中间，他生怕同学们听不懂他的南方口音，不时地用粉笔在黑板上写下那些重要的词句、概念。最后，他讲到理论联系实际的问题，他希望我们学文学理论的要重视艺术实践，多看看戏剧演出，进行分析、评论。同时他又希望剧团的同志在实践的基础上注意学习、总结，从理论上提高。总之，这两方面要加强联系，互相取长补短。他还特别提醒我们要重视、扶植自己的地方剧种——古老而有影响的秦腔。这些话讲得多么中肯、多么切当啊！正如傅庚生教授在田汉同志讲话结束时代表全体师生致谢时所说的："听君一席话，胜读十年书"。就在田汉同志的启发和倡导下，我系同学后来纷纷成立戏剧评论组、电影评论组、当代文学作品评论组，注意把书本知识和文艺实践紧密结合起来，使学习生活更加生动活泼，收到了很好的效果。

田汉同志讲了两个多小时，讲完即匆匆告别。师生们在楼前目送他乘坐的小车开动，消失了，才缓缓而归。回来后，大家热烈地交谈着这位艺术巨匠留给自己的印象，都感觉到他还像谱写《义勇军进行曲》歌词时那样精力充沛、满腔热情！田汉同志虽然惨遭林彪、"四人帮"和那个"顾问"的迫害，离开了我们，但是他那种火辣辣的性格，他那种永远年轻、永远前进的战士形象，是不可磨灭的，他还在继续鼓舞着我们"前进！前进！前进进"！

(原载《西安日报》1979年9月6日)

阎愈新二访茅公

茅盾是我国新文化运动的先驱，现代文学的开拓者和奠基人之一，成绩斐然的小说家和文艺理论家，人们尊称他为"茅公"。中国文学史上，素有"李杜""韩柳""苏辛"之类称谓，对现代文学的代表人物，则有"鲁郭茅"的流行说法。这就是说，茅盾和鲁迅、郭沫若同为中国现代文学史上领一代风骚的旗帜性人物。这种看法已成为公论，不可动摇。鲁迅早逝，郭沫若亦先走一步，茅盾便成为中国文坛的绝对班首。1981年3月，茅公辞世，中文系同仁不禁发出文统"不得其传"的感慨。前两年有人企图贬低茅公在文坛的地位，遭到一致谴责。

茅公没有来过西大，但和西大有着诸般联系。曾任西大图书馆馆长的历史系教授王耘庄，是茅公的亲戚。西大中文系研究鲁迅的单演义教授，与茅公有较多接触，并长期保持着书信往来。我在单教授主持的鲁迅资料研究室和他的住宅内，都看到茅公为其所写条幅高高悬挂着，十分雅致。单教授曾撰文详细介绍鲁迅与茅盾的战斗友谊（见《鲁迅研究年刊》1981）。特别值得一提的是，茅公仙逝前为我校书写了校名，成为他的绝笔，弥足珍贵。1996年，茅公百年诞辰之际，学校将茅公手书"西北大学"四字，勒于巨石，矗立图书大楼西侧，距鲁迅雕像不远处，作为永久纪念。字迹飘逸隽秀，颇具神韵。

说起茅公手书，我校《鲁迅研究年刊》主编阎愈新教授功不可没。老阎曾二访茅公。第一次访问是1979年6月17日，老阎同研究生阎庆生（现为陕师大中文系教授）一起来到北京茅公寓所，与茅公进行了较长时间交谈。茅公向他们披露了他早期从事革命活动的情况。他是中共最早的党员之一，建党初期他是直属中央的联络员，他任职的商务印书馆编译所，是党中央的联络站。1926年初，他到广州参加国民党二大，会后担任国民党中央宣传部秘书，宣传部部长汪精卫未到职，毛泽东代理部长，他就和毛泽东住在一起，毛泽东外出时，由他代理宣传部部务。这些情况长时期鲜为人知。1940年5月，茅公随朱老总由西安到延安，曾与毛泽东多次见面谈话。在延安期间，他向党中央总书记张闻天提出恢复党籍的意愿，经中央书记处研究，认为他留在党外对革命事业更为有利，并安排他到重庆开展工作，利用他在国内外享有的崇高声望，可以发挥更大的作用。他听从将令，把一女一儿留在延安，踏上新的征途。这次访问，茅公还着重谈了如何深入学习和研究鲁迅的问题。茅公是鲁迅作品的第一个知音。鲁迅的《狂人日记》《阿Q正传》相继发表后，茅公最早给予高度评价。这次他旗帜鲜明地指出："鲁迅研究中有不少形而上学，把鲁迅神化了，把真正的鲁迅歪曲了。鲁迅最反对别人神化他。鲁迅也想不到他死了以后，人家把他歪曲成这个样子。"他还说："鲁迅研究中也有'两个凡是'的问题，比如说有人认为凡是鲁迅骂过的人就一定糟糕，凡是鲁迅赏识的人就好到底。我看并非如此。这类事情要实事求是。"他希望《鲁迅研究年刊》"不要搞形而上学，不要神化鲁迅，要扎扎实实、实事求是地研究鲁迅"。茅公这次谈话的内容以《答鲁迅研究年刊记者的访问》为题，发表在同年11月17日的《人民日报》上，产生了深远的影响。可以说，茅公这一席话，是对"文革"前后荒谬、混乱的鲁迅研究状况进行拨乱反正的宣言，具有重要指导意义。

老阎第二次访问茅公是1980年冬天。当时的西大校长郭琦委托他请茅公为西北大学书写校名，茅公欣然应允，表示要等天气晴朗、精神好的时候书写。1981年1月，学校收到茅公的书品。此后不久，茅公即沉疴不起。一代文坛巨星陨落了,但他留存的大量著作将永放光芒,他的西大校名手书饱含着这位文化巨人对我校的深切关注之情,亦将传之久远。

阎愈新教授在主编《鲁迅研究年刊》的同时,下了很大功夫探寻鲁迅、茅盾致中共中央贺信这一重要文献的踪迹。他不断有所发现,两度引起舆论重视,成为新闻人物。1986年,他从50年前中共河北省委编的油印刊物《火线》第61期看到杨尚昆写的一篇纪念"八一"的文章,题目是《前进!向着抗日战争的胜利前进》,写于1936年7月24日,文中引用了鲁迅致党中央贺信的文字。各传媒纷纷报道这一新发现。阎愈新再接再厉,继续探寻。他从童小鹏的《军中日记》中发现一条重要线索,顺着这条线索,他找到1936年4月17日出版的中共西北局机关报《斗争》(油印刊)第95期,上面刊有《中国文化界领袖××、××来信》,××、××显系鲁迅、茅盾。这一重大发现使学术界多年争论不已、悬而未决的难题有了正确答案,画上了一个完整的句号。阎愈新雄辩地证明:①过去流传的所谓"贺长征胜利"实为"贺东征胜利";②原以为是"贺电"实为"贺信";③原以为是鲁迅单独署名,实为鲁迅、茅盾两人联名;④贺信的确切写作日期是1936年3月29日;⑤流传几十年的名言"在你们身上寄托着人类的光明和幸福的未来"并非出于贺信,而是张冠李戴,把同期刊物上登载的《全国×××抗日救国代表大会来信》的一段话,误为鲁、茅贺信语。1996年第3期《新文学史料》以专稿形式刊出阎愈新教授精心结撰的发现经过和考证论述的长文。各报在报道和介绍这一最新发现时,充分肯定和赞扬了阎愈新教授锲而不舍的坚韧探索精神。

(原载西大校刊1997年3月7日)

邵逸夫先生两次来西大纪略

香港爱国人士、邵氏兄弟影业公司董事长邵逸夫先生，慷慨解囊，连年以巨款资助内地教育事业。我校亦受其泽惠，得到他1000万港币的赠款，建成一座面积为1.5万平方米的现代化图书大楼。从筹建到开馆，邵氏曾先后两次亲临西大考察，我曾参与这两次接待活动。正当香港回归之日，特记述邵氏来校情况以作纪念。

邵氏首次来校是1987年夏天，援建图书楼事宜刚定下来。当时，学校机关办公的红楼尚在，就在红楼外宾接待室接待了邵氏一行。邵氏年届八旬，脸色黑里透红，看上去很精神，个头略高，体态适中，腰板笔直，并不似一般大亨那样大腹便便。据说他出身寒微，全靠艰苦创业，才在海外和香港地盘占了一席之地。他为电影事业奋斗60余载，取得令世人瞩目的成就，是一位非常成功的实业家。校方给邵氏敬赠了精致的铜车马仿制品，宾主在红楼前合影留念。中午在校宾馆餐厅宴请，设两席。张岂之校长出差不在校内，由张棣副校长主陪邵先生与方逸华女士。另一席，由我陪其他随行者就餐，我不知这些人的身份，也无人介绍，又不便相问，只见他们多为中年，有男有女。心里想，像邵先生这样的大富翁，出门在外，安全保卫和保健工作是头等重要的，莫非这些人是保镖或保健医生？饭菜是特邀西安饭庄高级厨师掌勺，十分讲究。但见邵先生就像《红楼梦》中的史太君吃饭，只略动了几下，就站起身来，大家跟着一齐离座。这次来西大，邵先生尚称满意,只是由于厕所卫生条件较差,留下不良印象,认为学校管理工作实有改进之必要。

1989年逸夫图书楼建成。6月间老图书楼一场大火,倒促进了搬迁工作,新楼提前投入使用。次年举行开馆仪式,邵氏再次移驾来校。这回随行人员较多,坐满一大轿车,其中颇有一些名流,如后来担任全国政协副主席的安子介等。但安子介并不引人注意,倒是香港影星狄龙一跳下车就被围观学生认出,高呼"狄龙!狄龙!"邵先生与方女士在新馆接待室落座,与先期到达的白清才省长、国家教委滕藤副主任交谈。服务小姐殷勤献茶,邵先生端起茶杯,客气地请大家同饮,自己也轻轻啜了一口。我事先获悉,这茶水非同一般,是国家教委港澳办主任王富荪特别交代,学校专门派人到北京王府饭店买的法国进口矿泉水,因时间紧迫,买水人来回乘坐飞机,试想这一杯茶水价值几何。想到这里,我便如刘姥姥尝"茄鲞"似的认真喝了几口这茶,亦未品出什么特殊滋味。

典礼就在新馆门口举行。众人在楼前端详,五层的大楼全用乳白色瓷砖贴面,显得雅洁大方。右上方是西安榜书名家吴三大题写的"逸夫楼"三个大字。正上方仍沿用老校长侯外庐为旧馆题写的"图书馆"三字。除了常规的横幅、彩旗、气球、标语、敲锣打鼓之类,还专门从信鸽协会租了几百只鸽子放飞空中,以增加庆典气氛。人们翘首张望,鸽阵在上空盘旋一圈,即向北飞去,消失在化工楼顶端。在白省长、滕副主任及张岂之校长致辞后,邵先生站到麦克风前,清清嗓子,操着内地人已经很熟悉并喜欢效仿的香港影视中人物的语调,发表了简短讲话。接着是剪彩。剪彩之后,请邵氏参观一楼图片展览,这是科研处精心制作的,口才流利的马家骅处长正要开讲,却在王富荪的催促下,一掠而过。请邵氏签名留念,也被王富荪挡驾了,只由方女士签了自己的名字。据说方年轻时是一位歌星,大概经常签字,字写得很艺术。这回邵氏一行没有在学校用餐,典礼一毕即乘车离去,由省委统战部隆重宴请。邵氏一行下榻金花饭店,在西安逗留期间,游览了秦俑馆等几处名胜古迹。离开西安,邵氏一行沿丝绸之路去了兰州、敦煌,安子介曾有纪行文字见诸《人民日报》,细读之并未提及来西大的事,可见他对西大印象极淡,不免令人多少有些遗憾。盛典过后,邵逸夫先生巨幅彩照常年悬挂图书馆接待室,西大人不会忘记这位慷慨助学的爱国企业家。

(原载西大校刊 1997 年 6 月 16 日)

宋汉良情系母校

西大历届毕业生中多有从政者，现任台阶最高的要算新疆维吾尔自治区的一把手宋汉良了。

宋汉良是南方人，1952年考入西大地质系，学习石油专业。四年本科的课两年内集中学完，1954年即毕业进疆，在祖国边陲开发石油资源。

宋汉良时常回忆起当时"走西口"的情景：80多名石油专业毕业生，先搭刚刚开通的火车到兰州，然后乘坐三辆大卡车，沿着河西走廊西行，整整颠簸了十天，方抵达目的地——乌鲁木齐。一路上饥餐渴饮，夜住晓行，饱尝风霜之苦。但是大家豪情满怀，志气昂扬，一路烟尘一路歌，毫无小儿女悲切之态。

宋汉良在新疆度过了40个春秋。他从基层技术工作干起，由于实绩突出，德才兼备，受到器重，步步提升，直到自治区石油管理局局长、自治区副主席，最后接王恩茂的班，担任了自治区党委书记的重任。他身居高位，事务繁忙，但对母校感情甚笃。凡西大到新疆出差的学校领导、地质系老师，他都尽可能接见、关照，有时实在抽不出时间，就让他的同班同学、石油管理局地调处的靳仰廉代为接待。靳老总心肠热，为"娘家"办事尽心尽意，不遗余力。还有许多在疆的老校友，都对母校多有贡献。西大人凡到过新疆的，无不感到"西出阳关有故人"。

1987年75届校庆、1992年80届校庆，宋汉良都准备回校参加庆祝活动，却因中央有重要会议未能成行。1991年，姚依林副总理在西安召集西北五省负责人开会，宋汉良打算开完会顺便看望母校，岂料事急不能逗留，在赴机场途经西大时，下车在校门口留影以作纪念。1993年6月，江泽民总书记又在西安召开西北片的高层会议，这回没有上次紧迫，会毕宋汉良停留数日，专程来校探亲。他与学校领导班子座谈，又与地质系老师见面，畅叙师生之情、同窗之谊。他漫步校园，寻访旧踪，感慨万端。他发现红楼消失了，原址矗立起雄伟的逸夫楼；玫瑰路不见了，出现了幽雅的紫藤园、木香园；女生院只剩下一个角落，那里建起了五层的经济楼；西树林依稀尚在，但已改变了昔日容颜。宋汉良不是诗人，却充溢着贺敬之回延安那样激越的诗情，母校的欣欣向荣使他异常振奋，他衷心祝愿母校更加兴旺发达。

宋汉良依依惜别母校，又驱车去地院看望他的老师、原西大地质系元老张伯声教授。目送小车缓缓驶出校门，当年作为领队送宋汉良一行"走西口"的邸世祥教授情不自禁地说了一句："老宋没有忘本。"在场的人都深有同感。

（原载西大校刊 1993 年 12 月 31 日）

安启元和他的同学们

1996年5月,西大地质系石油专业56级的80多位同学,从四面八方来到西安,下榻于长庆油田办事处宾馆。毕业40年重新相聚,大家都很激动。张文经说:"我是一个癌症患者,在有限的时间里,我最想见的是老同学。"

有的同学分手后一直未见过面,乍一重逢,一时认不出来。互相久久审视着对方,透过缕缕华发、重重皱纹,透过岁月留下的种种印痕,搜寻着对昔日同窗的记忆。终于认出来了,紧紧握着手,甚至拥抱起来,亲切地呼叫着外号,互相拍打着,像年轻人那样欢喜雀跃。此情此景令我这个旁观者也为之动容。

陕西省委书记安启元是这个年级的一员。他满面春风,早早来到同学中间,一个挨一个握手问候,热情致意。这天晚上,他作为东道主,特请大家吃陕西地方风味的羊肉泡馍。遵照他的叮咛,主持者于庄敬宣布:老同学聚会,一律直呼其名,不称职务。大家鼓掌赞成。安启元起立致辞:春夏之交,陕西久旱不雨,干涸成灾,我正熬煎着。想不到老同学一来,就降了一场喜雨,真是双喜临门啊!我们毕业整整40年了,人生能有几个40年,今日相聚很不容易。我们的同学,不管是陕西的,还是外省的,不管毕业后在哪里工作,都对我们曾经生活过的陕西,对我们的母校——西北大学怀有深厚的感情。40年前那一段学习生活,我们是一辈子也忘不了的。

安启元以朴实的语言,表达了同学们的共同感情,引起全场活跃,互相走动起来,饭菜晾在那里,谁也顾不得吃,只听到一片问候声、交谈声、欢笑声。许多人带着照相机,抓紧拍摄难得的宝贵镜头。这个年级有甲、乙、丙、丁四个班,于是分班轮流拍照。虽经 40 年漫长岁月,人们都还清楚地记得自己是哪个班的。有个女同学很活跃,为这次聚会热心张罗,出力不小,她原名赖婉琪,同学们亲切地叫她"赖毛"。李仲文赋诗赞道:"生命诚可贵,友情价更高,能有此一聚,首功在赖毛。"

5 月 18 日,同学们来到阔别已久的母校。旧地重游,触景生情,仿佛回到 40 年前,眼前重现青年时期学习、生活的生动镜头。在留学生楼多功能厅聚会时,安启元和同学们如同当年做学生时那样坐在下面,而让学校领导和老师坐在台上。他们向学校赠了刻有"玉不琢不成器"的玉石礼品,安启元还加了一句"生不教不成才",表达他们对母校的感激之情。他们一个接一个站起来汇报毕业后的工作情况。他们毕业时,全国只有个玉门油田,是他们迈着青春的步伐,走向荒原,走向沙漠,走向人迹罕至的地方,唤醒了沉睡万年的大地,至今各地油田已星罗棋布,在共和国创业的历史上,他们留下了光辉的足印。下面是几位同学的人生轨迹:孙希敬、柴达木 5 年、江汉油田 4 年、南阳油田 14 年、大港油田 6 年,任局长;王迺举、柴达木 5 年、大港油田 18 年、胜利油田 5 年、石油部 6 年,任司长;安启元,先在西安地调处,再到松辽石油勘探局,又在大庆干了 7 年,还去过阿尔巴尼亚,都是做技术工作,1973 年转入行政管理工作,先后在石油部、国家地震局、西安市委、陕西省委、中纪委任职。据说有的同学转战过七八个油田。

聚会毕,全体同学在图书大楼前,以大礼堂和草坪为背景,合影留念。照相时,安启元再次把地质系老教师和学校领导让到前排就座,自己则站到后面的凳子上。安启元这样做时,自然而然,毫不做态,给大家留下了极好的印象。照片洗出来，许多人都在第一排中间找安启元，找不到，以为他没有参加照相。

这天上午，同学们还请当年的老师赵重远教授给他们再上一堂课。安启元、孙希敬、于庄敬、张宏涛几位同学则和学校领导开了一个小型座谈会，他们关切地询问了学校目前的状况和存在的问题，满腔热情地共同谋划学校建设的大计。这次会议规模虽小，时间也不长，却对西大今后的发展产生了重要的促进作用。

地质系把妥善保存至今的石油专业56级毕业照，给每人复印赠送一张。大家怀着极大的兴趣寻找着年轻的自己，寻找着年轻的同窗，特别缅怀那些鞠躬尽瘁的先逝者。

毕业时，他们说了声"再见"，直到40年后才"再见"了。这次聚会结束了，他们又互道"再见"，究竟何时才能"再见"呢？

（写于1996年）

西大有个傅庚生

年轻时,我也是一个"追星族"。我追的"星"不是歌星、影星、球星,而是名教授。我曾说过,20世纪50年代我之所以从外省报考西大,皆因西大的校长是著名学者侯外庐。待上了西大中文系,头一件事就是打问系里有哪些名牌教授。

听系秘书朱润宽介绍,中文系有郝、张、刘、傅四大教授。郝御风,清华研究院出身,擅长新诗,翻开解放前出版的文艺刊物,就会发现他用"御风"的名字发表的诗作,写得很朦胧,朱自清很赏识他,解放后到毕达可夫那里学习回来,改教"文艺学引论",没有什么著作,也不写诗了,不大出名,时任系主任;张西堂,经学家,功底很深,著有《诗经六论》《尚书引论》,早年日本出的一本文化名人辞典将他收入,但因研究领域较窄、较冷僻,知名的范围也较小;刘持生,前中央大学出身,称得上饱学之士,却崇尚乃师胡小石的治学风格——述而不作,不大为外界所知;只有傅庚生是个大名人,20世纪40年代就出版了《中国文学通论》,他写的《文学欣赏举隅》与朱光潜的《文艺心理学》齐名,是当时青年读者一致看好的热门读物,直到解放后仍在海外被盗印流行,他本来在北大教书,只因胡适压着不给他教授头衔,才屈就西大,曾任文学院院长,我上学时他刚在商务印书馆出版了厚厚一本《杜甫诗论》,更加名噪一时。

说起傅先生的名气,我们当学生的就深有感受,不论走到什么地方,别人问起:"你在哪里上学?"答曰:"西大。"问者必然要接上一句:"西大有个傅庚生",以示他的博闻和对西大的了解。这样的问答不知重复了多少次,我们就觉得傅先生实实在在是西大的一块牌子,是中文系一面鲜亮的旗帜。于是,我和我的同学在外面就常以"傅庚生的学生"自居,脸上不无得意之色。

不过,说老实话,中文系四大教授中,傅先生给我们授课的时间最短,也没有完整的讲义,每次上课只发几页油印的诗词作品选。他在课堂上眯缝着眼,摇头晃脑,津津有味地品析着,学生们却有些茫然,因为我们的基础太浅,尚达不到与他共鸣的程度。反倒是偏重"小学"的刘先生,一字一句,追根究底,对我们更合适些。因此,我们对傅先生就有些敬而远之了。

我毕业留校,先在文艺理论教研室,后转到古典文学教研室,傅先生是教研室主任。当时,教研室除了本系的青年教师,还有几位从延大和西安师专来的进修教师。傅先生每周五下午,来教研室给大家辅导、答疑,后来他便教大家学写格律诗,从平仄、押韵等基本知识教起,然后让大家动手练习写作,写成后交他审阅、修改,他非常认真地一一指点。这其中学成的有岐国英、武复兴。岐早逝,武已出了好几本诗集,一律是旧体诗,至今常有诗作见报。我刚从文艺理论转过来,又承担近代文学教学,没有跟傅先生学写诗,错过了这个机会,现在想起来好不后悔。

傅先生既有大部头著作,又常在报刊发表文艺鉴赏方面的随笔短论,他是虫龙并雕,笔耕不辍。到他家里一看,案头、床上、椅子上到处是书,有的翻开着,有的夹着纸条,书桌上仅有比稿纸稍大的一点空间供他奋笔。人怕出名,他的名气大了,就被报刊编辑紧紧缠住,有些文章就是在编辑一旁喝茶等候时,急急草就的,真是"倚马可待"。他在陕报开辟了《灯前漫笔》专栏,在晚报开辟了《朝花夕拾》专栏,这些文章后来汇成一书,名为《文学赏鉴论丛》。

傅先生在一次学术报告中,对桐城派"义理、辞章、考据"的说法作了阐释,说就文学研究而言,"义理"重在作品思想内容的分析,"辞章"重在作品艺术特点的鉴赏,"考据"则是对作家的生平和写作、作品的编年、版本、字词的真伪、正误进行研究考校。他认为郝先生是义理派,刘先生是考据派,张先生是义理、考据兼而从之,而他标榜自己是一个辞章派,长于用审美的眼光赏析作品。那时的学术风气,确有重考据、重义理而忽视辞章的倾向,傅先生是要为审美鉴赏争一席之地。他这次报告整理成文,题为《学古阐微》(油印稿),后来想收入文集,却再也找不到了。这一时期,我还听过他《论唐诗的醇美》的学术报告,随后刊于《光明日报》,似是对他的主张的一种贯彻,看样子他是要自立旗号,形成一个学派。可惜"左"的风潮席卷而来,摧残了他的可贵的学术探索和杰出的学术建树。那时的报纸也是"东倒吃猪头,西倒吃羊头",随风转。当初《光明日报》如获至宝地发表了傅先生的文章,风向一转,又来找中文系的青年教师写批判傅的文章,以清除流毒。想想在那时候,编辑也不好当。

"文化革命"实为革文化的命,文化人越有成就越有名就越难挨,傅先生在劫难逃。我曾与他一起下乡割麦,那段生活我在《"文革"短镜头》已写过了,他虽然戴着"反动学术权威"的吓人帽子,厚道的农民却对他另眼看待,不但不歧视他,反而格外尊重他、关照他。说起农村老百姓的厚道,还有一个故事。武功县农村有一个姓李的知识青年,颇有点不识时务,仰慕傅先生之名,三番五次给关在"牛棚"中的傅先生来信,探讨文科教改问题,搞得傅先生哭笑不得。后来,工宣队进校,清理阶级队伍也清不出油水,就开始了所谓"教育革命",正好有李某这个茬,就干脆组织一个小分队到武功农村去,与贫下中农一起搞。这时从上面又刮下来一股"拉练"之风,小分队便采用"拉练"的方式,从学校出发,徒步西去武功。因为李某只认傅教授,工宣队也要傅先生随同前往,但是傅先生毕竟上了年纪,走不动,工宣队便特许傅先生骑自行车跟着队伍走。这次长途拉练,傅先生因自行车帮忙倒不打紧,却把古典文学教研室的副主任岐国英给拉垮了,从此一病不起,死于非命。"文革"后期,对"牛鬼蛇神"渐渐放松了,傅先生缓了一口气,又来了精神,那时浩然的长篇小说《艳阳天》走红,书中有个一心为集体的老饲养员马老四,傅先生读了这部小说很激动,就表示要向马老四学习,好好干一场。未等傅先生披挂上阵,一阵"反击右倾回潮"的恶浪又把他冲倒了。

冬去春来,新时期开始,待傅先生真正可以大干一场时,精力却不济了,从精神到身体都留下了"文革"的深重伤痕。最明显的是他的腿部出了毛病,麻痹,发软,使不上劲,走路只能扶着墙缓缓移动。坐着时,他脚下踩着半截圆木,滚来滚去,以活动筋骨。要到稍远一点的地方去,就得借助轮椅。中文系办公室和教研室都在四层楼上,傅先生上不去,只能望楼兴叹。1982年5月,我校发起成立全国唐代文学研究会,学者云集,盛况空前。我校所以能牵这个头,就因为有傅先生这个令人折服的唐代文学专家。各地来的代表都想一瞻傅先生的风采,于是学校安排傅先生坐着轮椅出席了开幕式,并在主席台就座,全国的同行都目睹了病恹恹的傅先生。万万没有想到,傅先生这一次亮相,竟造成了中文系申报博士点失利的后果。据参加国务院学位评议组的同志说,当研究到西大中文系申报的博士导师时,专家们说:傅先生论学术水平那没得说,只是他病成那样,怎么带研究生呢?就这样,中文系实力雄厚的古典文学专业申报博士点被否决了,"一失足成千古恨,再回首已百年身",徒叹奈何!

傅先生在病中还出版了学术专著《杜诗析疑》,并与其子傅光联手编成《唐宋诗话》《唐宋词话》。傅先生过世后,中文系教师聚在一起,常常会引出这样的话题:"假如傅先生还在……""假若那次唐代文学会傅先生不露面……"似乎人去了,就更显出他存在的价值。傅先生的著作将长存于世,傅先生千古!

(写于1996年)

述而不作刘持生

不如意事常八九。办过傅庚生教授的丧事，人们就担心刘持生先生熬不过今年。果然，11月17日下午传来了刘先生过世的消息。

在中文系，傅刘是并称的，这大概是沿用文学史的惯例吧。傅和刘同治古典文学，刘专攻先秦两汉，傅专攻唐代。老校老系，向来偏重古典，因而"傅刘"便成为学术代表人物，堪称双璧。傅以其著作丰富而蜚声海内外，刘却述而不作，不大为外人所知，而作为门下弟子，我们却对刘先生有着尤为深刻的记忆。

1956年，我们一进大学，就听刘先生讲授先秦文学史。开始讲的是《尚书》，由于内容艰深，佶屈聱牙，加之他口齿不很流利，还爱拖堂（不按时下课），我们都有点受苦刑的感觉，在堂下便学他讲课时把头偏向一边吭哧吭哧的难受样子，来穷开心。熬过几周之后，同学们便逐渐被他渊博的知识所征服，并被他严谨的治学精神和一丝不苟的教学态度深深感染。至今同学们在一起回忆往事，都觉得我们能在古典文学方面打下一点根基，是得益于刘先生这一段教学的。讲《楚辞》时，一个难解的词能讲一堂课，他是"上知天文，下知地理"，只要与课文相关，就一一道来，同学们犹如遨游在知识的海洋里。他考试也很严格，采取口试方法，先抽签，略事准备即回答，往往签上的大问题答对了，却被他临时提出的小问题难住了，我就因为没有注意到《诗经》里一首诗的怪韵脚而只得了四分（五分制），虽然没有得到满分，但是现在想来,他那"学无止境"的教诲要比满分更重要、更有用。

说他述而不作,也不尽然。20世纪50年代后期他为系上学术报告会准备的两篇讲稿,被打印出来,发表于学报,引起古典文学研究界的推重,收入中华书局编辑出版的论文专集中。早就听说他工于诗词,可惜难得显露。20多年间,我只见过三次。一次是1960年前后发表在校刊上一首排律,许多人反复吟诵,爱不释手;另一次是刚粉碎"四人帮"时,他一高兴,写了两首律诗,引经据典,把江青一伙国贼骂了个痛快淋漓;再一次是给《中日友好交流诗选》写的前言,附了一首七绝,虽只28字,行家们却认为出手不凡,很见功力。1978年,省出版社的出版计划中,列了刘先生的一项,省作协主席胡采看到了,摇头说:"你们这回就能把刘老先生动员起来?我不相信。"果然,刘先生一动未动。他去世后,家人打开一只木匣,发现他的讲义、文稿、诗稿都妥善地保存着,于是下了一番功夫,整理出版了他的遗著《持庵诗》和《文学史论稿》,他的一位同学挚友不安地说:"此举未必是持翁意愿啊!"言下之意,刘先生如在世,是绝不允许把他的稿子拿出去出版的。

刘先生的学识和记忆力,确实令人惊服。每次请教他,都能得到比较准确、圆满的解答,一些典故的出处他甚至能具体说出某卷某章来。省电视台任希祥编写《轩辕黄帝》电视片脚本时,曾往刘府咨询,问到某个作家、某部著作是否提及桥山、沮水,刘先生如铁板钉钉,当即便可决定然否。一次我陪延大中文系的赵云天去看望刘先生,坐了一会儿,告辞出门,他一直送到楼门口,顺便问起赵的故里,赵说是甘肃永昌人,于是打开了他的话匣子,他站在那里把永昌的建制时间、历史沿革细细讲了一遍,赵感慨地说:"我白做了永昌人,今天才第一次了解到这些情况。"因他满腹经纶,许多疑难问题转来转去,无人知晓,在他那里却迎刃而解,一些淘气的学生便背地里称他"活字典",不料"文革"中这倒成了刘先生的一条罪名。

刘先生阅读范围极广，品味高雅，对当今出版的一些读物多有不称意之处。如甘肃出的《历代咏陇诗选》，他看着封面书名摇头说："何不改成《陇上题咏集》？"本系编注的《鲁迅诗歌选》，因受"突出政治"的风气影响，有脱离原意、主观臆断的倾向，被刘先生发现了一处"硬伤"，他认真地对我说："怎么能把'两间余一卒'的'两间'解释成两个革命阶段之间呢？'两间'就是天地之间，这个含义是确定的，不可任意解释，你们是怎么把关的？"我替注释者接受了刘先生的批评。

刘先生为人耿介，品格高洁。丁是丁，卯是卯，绝不搞虚与委蛇那一套。有人请他写提职鉴定书，要得很急，建议他在别人写好的文字上签个名就行了，他坚决不干，硬是从头到尾审阅了提职者的论文后，才实事求是地写出自己的意见。兰州一位学者把自己的一部书稿老远寄来，希望刘先生校阅一下，以便付梓，他却一直搁置在那里，我催他："人家等着出版哩，你得加紧看。"他不以为然地说："这部书早先已出版过了，现在又没有增加多少新内容，何必重复出版呢！"他的亲家郭琦当时担任西大校长，请他参与接待日本学者的外事活动，被他婉言谢绝。郭琦喜欢收藏名家字画，斗方大小，装订成册，便于保存、观览，且一般是一画一诗。有次郭琦请刘先生为一幅画题写一首诗，他竟不给亲家面子，一直未动笔，郭琦只得把原画索回。某官员欲以格律诗与日本客人相唱和，托人请刘先生捉刀代笔，被他断然拒绝。刘先生的纯真脱俗于此可见一斑。与刘先生相比，当今某些所谓"文化人"，不择手段，弄虚作假，争名于朝，争利于市，实在是太下作了。

刘先生虽然著述不多，但是他的人格风范却是一笔宝贵的精神财富。"傅刘"已去矣，后生当努力！

（原载《教师报》1996 年 5 月 5 日）

单演义的鲁迅研究情结

在西大文科教授中,单演义先生的知名度是比较高的。他的闻名于世,并不在他是经学大师高亨的高足,也不在他解放前出版过一本关于庄子的书,主要是他几十年痴迷地研究鲁迅产生了深远影响。

单先生学习和研究鲁迅,态度之虔诚,精神之专注,功夫之扎实,实在令人惊叹。他的收入有限,子女又多,三年困难时期不得不在房前屋后种点粮食填补,但在购买鲁迅研究资料、拜访鲁迅生前友好、与研究鲁迅的同行交往等方面,却慷慨解囊,绝不吝惜。学校收发室每天都收到一大堆各地寄给单先生的信件和资料,同时也要送出一大堆单先生寄往各地的信件和资料,寄出的总比收到的多,来来往往,都是有关鲁迅的。

1957 年,单先生在长江文艺出版社出版了《鲁迅讲学在西安》。6.2 万字,薄薄一本,却花费了五六年的心血。他从 1950 年起,就着手搜集和积累资料,访问当事人和知情者,一心想把鲁迅在西安这一段史迹准确详实地记载下来。他发现已有的一些文章和著作,提到鲁迅这一段历史,多有模糊不确甚至错讹之处,经他调查核实,一一作了订正,恢复了历史的本来面目。鲁迅一生去过许多地方,如北京、上海、广州、厦门等,都有专著记载其活动轨迹,而鲁迅在西安的这一段短暂而有特殊意义的历史,则由单先生在这本书中作了最权威的记述。任何人想要了解鲁迅在西安的活动详情,只有一条捷径:翻看单先生这本书。24年后，单先生又根据新的资料和研究成果，扩充内容，重写成12万字的《鲁迅在西安》，由陕西人民出版社出版。

我约略记得，单先生给中文系纪念鲁迅的壁报写过一篇短文，讲他发现1924年鲁迅在西大讲学时合影照片的经过。1924年7月21日的《新秦日报》对鲁迅讲学的这次暑期讲习班开学典礼作了报道，提到"于未开会以前，先在后院摄一影始入场"。看来合影肯定是有的，但是事隔几十年又从何寻找？真如大海捞针。单先生苦用心思，想到了当时参与合影的西大校长傅铜，千方百计寻访他的踪迹，终于探得此人在北京赋闲。单先生风尘仆仆来到北京某胡同傅铜住宅，他原本未抱很大希望，只是碰碰运气，不料却在这里真的找到了这幅珍贵的合影照片。单先生说他此刻的心情，就像鲁迅小说《药》里的华老栓得到人血馒头一般高兴。从傅家出来，一路上唯恐照片得而复失，不时摸摸口袋，感觉就像华老栓摸着口袋里的银圆一般，"硬硬的还在"。现在，我们可以轻而易举地看到刊登在许多报刊上的这幅照片，怎知单先生为寻觅它花费了多少气力！

20世纪60年代初，在单先生多年奔波和筹划下，西大图书馆开辟了一间鲁迅资料研究室。我去参观过，资料相当丰富，不少属独家所有，墙上挂着丰子恺的画、茅盾的条幅，都很难得。"文革"时这间资料研究室被迫关掉，单先生丧魂失魄，比他自己被关"牛棚"还要难过得多。后来毛泽东仍坚持高度评价鲁迅，形成一种"革文化的命，不革鲁迅的命"的滑稽局面，单先生绝处逢生，欣喜若狂，又来劲了。他先后指导和亲自参与编写了《鲁迅语录》《鲁迅诗歌注释》《学点鲁迅》《鲁迅在西安资料汇编》《鲁迅与郭沫若》《鲁迅与瞿秋白》《鲁迅与党及党人》《鲁迅与小说史大略》(附说明)、《茅盾心目中的鲁迅》等，还在日本报刊上发表了几篇研究鲁迅的文章。与此同时，他还推动学校办起了《鲁迅研究年刊》，成立了鲁迅研究室，开展了一系列有关鲁迅的学术活动。单先生平时与人交谈，三句不离鲁迅。在学习和研究鲁迅的问题上，有谁稍微流露出一点轻慢之意，单先生就非要和他辩个水落石出不可；系上或学校对这方面的事稍有疏忽或办得慢一点，单先生立刻亮出尚方宝剑"伟大领袖毛主席指示我们'学点鲁迅'，我们是怎么贯彻执行的"？看着单先生认真得有点神圣的样子，大家都很理解，反正学习、研究鲁迅夫子，大方向不会有错。

80年代中期，学校组织人力撰写"校史"，遇到的头一个问题是建校从何时算起？以王耀东教授为代表，主张从1937年算起，因为王老正是抗战开始随北平几所院校迁来西安一直留下来的，是西安临时大学——西北联合大学——西北大学的历史见证人；而单演义教授态度激昂地主张从1912年算起，即辛亥革命第二年张凤翙创设的西北大学，随后又有1923年刘镇华重建的西北大学，两者应与1937年之西北大学相衔接，成为一部有断有续的校史。单先生不赞成王先生的意见，一个自以为过硬的理由是：如从抗战算起，那就把1924年鲁迅在西大讲学这个辉煌的片段排除在校史之外了，这岂能容忍！

1989年，单演义教授以80岁高龄与世长辞，而他在西大开创的鲁迅研究事业并未停歇。张华教授的鲁迅研究及杂文研究与写作不断取得成果，阎愈新编审主编的《鲁迅研究年刊》成为人见人爱的文化精品，蒋树铭副教授、周健教授、陈学超博士、苏冰博士、任广田副教授以及北师大的王富仁教授、陕师大的阎庆生教授等一批单先生的学生，还有单先生的公子单元庄，都继承着单先生的事业，执着地在鲁迅研究领域耕耘着。新近西大校园很热闹，鲁迅在西大讲学70周年纪念活动隆重举行，中国现代文学研究会年会在西大召开，中国现代文学讲习班在西大举办，国内众多鲁迅研究者和现代文学专家来西大讲学，一座精雕的鲁迅半身花岗岩石像在校园落成揭幕，假若单先生还活着，他定然会像孩子过年那样欢喜，他那洪钟般的声音定然会响彻西大校园……

（原载《西安晚报》1994年5月17日）

刘不同走出"阴阳界"

在解放后西大诸多教授中,论生平经历,没有比刘不同更复杂的了。他一生活动的总趋势是弃暗投明,由阴转阳,他终于走出了"阴阳界";但是,在阳光普照的大地上,他的头上却总是顶着一片阴云。

刘不同,又名刘纯一,外号刘大炮。1905年出生于辽宁孤山县。20岁时毕业于烟台益文商专,并加入国民党,入黄埔军校第四期学习。当时是"蒋家天下陈家党",从黄埔军校毕业后,充当了陈立夫、陈果夫帐下的党棍,参加其核心组织"青白团",成为CC系的一名骨干,曾连续出席了国民党的三大、四大、五大,先后在天津、河南、甘肃等地主持伪党部和党务活动,披着黑斗篷,手持文明棍,威风凛凛,气焰熏天。

1936年,刘不同在国民党五大上获悉自己并未列入中委候选人名单,大失所望,决心脱离CC,另起炉灶。于当年秋赴英国,在伦敦大学做研究生,专攻财政学和经济学。他一面学习、研究新知,一面总结、反省自己走过的道路,开始认识到自己所依附的政治势力实行法西斯独裁统治必将走向绝路。他接受英国资产阶级教育,对英国工党产生了兴趣。他逐渐形成一种新的政治主张,即把国民党改造成英国工党式的政党,把蒋介石的独裁统治变成政党议会政治。他想,这样也许可以扩大自己的影响,取得一定政治地位。

1939年初,从英国回到重庆,他本来想找一个教书治学的工作,一时没有合适的去处，便接受中统局长朱家骅的任命，成为一个中统特务。在这期间，他不像当初干党务那样起劲，而是以大量时间广泛阅读历代文献，积累了丰富的资料，写出了一部《中国财政史》（四册），在大东书局出版。

1940年经国民党中组部部长张厉生介绍，孔祥熙面试后，成为财政部专员兼直接税署科长。这工作和他在英国所学专业知识是对口的。

1942年他结识了孙科，被聘为中山文化馆编审，不久被提名担任"立法委员"，从事财政立法工作。有了"立委"的身份，又有孙科大旗掩护，他渐次公开反蒋了。这期间，他还担任复旦大学（在北碚）、上海法学院分院（在万县）的教授，一面教书，一面参与政治活动。

抗战胜利后他回到南京。1945年英国工党选举的胜利，法、比等国社会民主党选举的成功，给他很大鼓舞。世界的变局，蒋政权的日趋腐败，共产党领导的人民解放运动的壮大，促使他更加公开地揭露蒋介石的罪恶统治，推行其政党议会政治和改良主义经济政策。

在伪国大会议期间，他与金陵大学几位教授在《新民报》发表谈话，劝蒋出国，恢复和谈。他充分利用新闻传媒大造反蒋舆论，南京《民报》浦熙修、上海《大公报》王芸生经常与他联系，刊登他的谈话，香港《星岛日报》、南洋英文报纸和英美通讯也常发表他抨击蒋介石及其帮凶的文章。他自己还发行了《大学评论》周刊，主编了《天下一家》周刊。当时一般舆论都把他看成是"国民党的反对派"，"刘大炮"的外号就是这时候叫起来的。江南一部分青年甚至认为他是一个"进步教授""民主战士"。

1948年秋，香港出版的《群众》周刊、《华商日报》刊出系列文章，剖析刘不同的政治活动符合美帝侵略计划，其实质是汉奸行为。郭沫若《洪波曲》也以批评的口吻提到刘不同。他深受触动，心想：我既和蒋政权对立，又和人民对立，我还有什么出路呢？第三条路走不通，我必须向人民这边靠拢。于是，他在报纸上继续发表反蒋言论的同时，又和南京一部分教授联合发表谈话反美，他个人还发表抨击司徒雷登的言论。

刘不同政治立场的急转弯，招致国民党右派报纸的反击，《中央日报》《华北日报》以及其他机关报一致发表社论指责他是"反动分子"，利用"立委"身份掩护而从事"匪谍"活动。军统和中统均向他发出警告，要他闭嘴，否则便有性命之忧。国民党中宣部下令各报不得刊登刘不同的言论，他发行的《大学评论》也遭封闭。就在这种情况下，刘不同被逼上梁山，加入了反蒋组织——孙文主义革命同盟，并被推为常务委员兼宣传部部长、联络部部长。其后又和尚处地下状态的中共南京市委统战部取得联系，开始迈进革命之门。当伪立法院迁广州时，他一面安排购买机票，伪装要走，一面乘隙跑到进步人士吴仲达家里，迎来了南京解放。这时，国民党仍不放过他，宣布开除他的党籍并下令通缉归案严办。创刊不久的《光明日报》曾刊载刘不同的长篇文章，向关心他的青年详细说明："我为什么没有到台湾去？"

解放后的新中国，阳光灿烂。但是，从旧社会过来的刘不同，带着浓厚的旧习气、旧意识，显得格格不入。他的头顶上时不时出现阴云。这阴云，有的是他自身积习难改造成的，有的是阶级斗争扩大化的错误政策造成的，这两者又常常纠结在一起，互为因果。刘不同在新社会的阳光下举步维艰。

一解放，"孙文主义革命同盟"就解散了，两位负责人许闻天、邓昊明作为进步人士给予妥善的政治安排，因刘不同政治情况太复杂，就让他去华北革命大学学习。学习期满，革大的安置意见是："根据刘反蒋通电来京，经过这次学习，对自己已初步有所批判，可介绍教育部分配工作。"他本来想去北大，被拒绝，1950年来到西北，在长安县参加了三期土改后，于1951年分配到西北大学经济系做教授，级别定为五级。

在西大经济系，由于他过去长期养成的政客作风不自觉表现出来，吹吹拍拍，拉拉扯扯，夸夸其谈，说三道四，大家很看不惯。他对什么事都要发一通议论，参政欲望很强，学校重用了什么人，系上发展什么人入党，他都有不同意见，就连一些小事也不放过，这似乎已成为习惯。我就有亲身体会，我刚成家时在街上买了一只小小的蜂窝煤炉子，提到校北门里，遇到刘不同要出门，我和他并不熟悉，他却停下来看我的炉子，我只好把炉子放在地上，让他看个够，他里里外外仔细看过，便开始评论："这个炉子虽然小巧玲珑，但是只能装两块煤，晚上恐怕封不到天亮，天天生火那多麻烦，不过，还可以将就着用嘛！"刘不同就是这么个人！好发议论到"反右"时就成为大忌，刘不同被搜集了一大堆言论，定为"极右分子"。我记得他和程元斟、钱祝钧三人在大礼堂做过检查，刘不同矮矮胖胖，滚圆的身材，一身黑色料子中山装，在台上点头哈腰，张口闭口"兄弟"如何，仍是一派国民党政客模样，显得滑稽可笑。"反右"后期，对刘不同的处理意见是这样写的："本应从严处理，但考虑到他在社会上有一定影响，故拟撤销一切职务，留校另行分配待遇较低的技术工作。"

1960年8月，刘不同被安排在从西大分出去的陕西财院图书馆做资料员。1962年1月24日，财院党委宣布摘掉刘不同"极右分子"帽子，书面决定写道："刘不同经过党几年的教育改造，对原错误有了较深刻的认识，心服口服，确有悔改表现，在言论上行动上能拥护党的领导和走社会主义道路，拥护总路线、'大跃进'、人民公社，在工作和劳动中表现较好，且有一定成绩。经我院党委研究认为基本上符合中央关于摘右派分子帽子的条件，并征得西北大学党委的同意，于1961年10月10日报请省委组织部批准，根据1962年1月15日省委的批示，同意我院党委摘掉刘不同'极右分子'帽子的决定。"这个决定是比较客观的、实事求是的。摘帽后，刘不同的积极性得到调动，他向组织上表示希望"从事教学与科研工作，因为我有些基础知识，无论哲学方面、政治经济学方面、中国经济史方面，我都钻研过，这几年我并未丢掉这些东西",他还有"应召从事解放台湾工作"的愿望,自荐说:"我对台湾蒋帮统治集团比较熟悉,虽然已经换了不少熟人,但旧人仍占重要地位,他们的派系斗争很厉害,过去如此,现在也不会减轻,利用敌人矛盾来打击敌人、分化敌人,这很重要,我希望组织把我这个愿望反映到中央去。"

刘不同摘帽后,对财院图书馆的工作也更加精心、更加热情。1963年,图书馆干部选他担任毛主席著作学习小组长。1964年,他还被群众推选为学习毛主席著作积极分子。1964年11月23日财院图书馆为刘不同作了这样的鉴定:"该同志工作安心,积极肯干,帮助同学找资料比较热心,对工作能提出改进意见,还能主动地帮助同志搞工作,例如阅览室换报做得很及时,有时在晚饭后报还没来,他就在收发室等候,取报上架后才回家,又如在编目工作中,他主动帮助工作,在这次达标卫生运动时也表现积极,对待同志比较直爽,学习会上发言积极,能遵守国家法令。"

正当刘不同逐步走上自新之路时,政治气候大变。在把阶级斗争讲过头的日子里,许多历史清白的人尚不能免祸,何况刘不同这样一个政治经历极为复杂的人。1965年上半年,刘不同再次成为靶子,财院对他组织了大张旗鼓的批判。如果说过去历次运动,对刘不同的批评多少都触及了他自身存在的一些问题,那么,这一次批判,就完全离开了客观事实,主题先行,颠倒黑白,胡乱上纲,可以说是即将发生的"文革"在财院的预演。给刘不同罗织的主要罪名是"争夺青年学生",依据的事实是他在资料室热心帮助学生查找资料,对学生的论文提纲提出指导意见,还作了统计,说他越权指导论文55篇之多,还揭发他多次到学生宿舍去看学生的论文,送资料上门,说他大年初一还把学生约到办公室辅导,说他竟然向贸经系二三十个学生作了关于写作学年论文的辅导报告,如此等等,真是"黄泥巴塞到裤裆里——是屎(事)也是屎(事),不是屎(事)也是屎(事)"。除此而外,还批他以"左"的和"关心集体"的面目出现,经常向组织汇报他的情况,说党是"母亲",党把他当"家里人看",他也以"家人自居",向党汇报成了他"生活的一部分"。批他对学院各种工作,大至政治运动、组织机构、人员选配、课程设置、教学方法,小至学校给教师发一本两本教材、组织家属从事教材装订,等等,都曾提出过"建议"和"意见"。批他去看望生病的同志是"笼络人心"。批他有病住院时想早日出院工作是假积极。甚至批他管理阅览室时劝止一位学生不要吸烟,自己动手把烟头捡起来,是小题大做。如此等等,真是"欲加之罪,何患无辞"!这样的批判,实际是不准革命,不准进步,不准正常工作,比起"假洋鬼子",还有过之而无不及。

阴云越来越重,"文革"开始了,刘不同陷入灭顶之灾。据当时在财院的梁继宗教授说,红卫兵用打棒球的木棒狠揍他,公安机关不得不实行保护性监管。1968年12月30日,刘不同因高血压病死于狱中。翻阅了刘不同厚厚几袋档案材料,我要说的话是:我们能改造好一个末代皇帝,就不能改造好一个历史复杂的教授吗?

(写于1996年)

名家一瞥

从上学到教书，在西大生活了整整 40 个年头。其间，多有名流学者来校讲学，为了转益多师，我总是不放过听讲的机会。这里记下一些名流学者给我留下的瞬间印象。

翁文灏 此公经历不凡，是前清秀才，比利时洋博士，原是一位资深地质学家，当国民党在大陆的统治处于风雨飘摇之际，出任行政院长，被中共宣布为第 6 号战犯，虽官高位显，却四面楚歌。全国解放时跑出去了，后来又跑回来了。浪子回头金不换，人民政府对他礼遇有加，安排当了全国政协委员。他来陕考察时曾来西大，在大礼堂作地质学方面的学术报告，我出于好奇，也去听了，从口音到内容我都听不懂，只是看看他是什么模样。他貌不惊人，个子特低，黑瘦面庞，在黑板上写字时，脚下需垫上踏板才勉强够得着。

杨振宁 美籍华人，物理学家，因获得诺贝尔奖而名扬天下。曾先后来校多次，记得中文系占据物理楼四层时，他上来参观四层东南角一个房间架设的特制望远镜，由蒋德宾陪同并作介绍，我就近审视这位著名科学家，见他头发梳得一丝不乱，站在那里，一脸严肃，听得极认真，连连点着头，很谦虚的样子。"文革"中物理系分成光学与无线电两个连队，把基础理论完全抛弃了，听说杨振宁坦诚直言："不重视基础理论教学和研究，一时不会觉得什么，过上 10 年、20 年就能看出恶果，要吃大亏。"这一告诫很有远见。现在我们搞教改，既要适当加强应用性专业,又要保住和巩固基础理论专业,就避免了片面性。后来得知,杨是杜聿明的乘龙快婿,我校侯伯宇教授是侯镜如(曾任全国政协副主席)的公子,由于老一辈的关系,杨与侯一直保持着亲密的学术交往。

王　力　北大著名教授,语言学家,著作很多,有《汉语诗律学》,砖头一般厚,主编的《古代汉语》成为国内流行的教科书。他讲课语音并不标准,带着浓厚的广东味。在西大讲学期间,由他的学生、中文系教《语言学概论》的陈惠钦老师前后陪同照料。20世纪80年代初,国务院学科评议组的文科是他负责的,我校中文系古典文学申报博士点,就在他主持的会上被否定了,究其原因还是我们自身的问题,学术带头人傅庚生教授知名度颇高,同时知其患病者也多,沉疴在身,如何带研究生?中文系的博士点就这样告吹,至今缓不过气来。王力对我校中文系语言学硕士点倒很关照,曾亲口告诉北大研究生毕业在我校任教的吴天惠:"你们的硕士点通过了!"但却未见下文,我始终不明白究竟在哪个环节出了毛病。

唐　兰　考古学家,在西大讲学期间,抽空自行外出吃西安特有的羊肉泡馍,学校并不知道,没有派车,学生知道了,就贴大字报指责学校不尊重专家。时当1957年鸣放时期,大字报是一种合法的鸣放形式,只要什么事看着不顺眼,大字报就贴出来了。为唐兰鸣不平的这份大字报贴在学校的布告栏上,被校办干部阎愈新揭掉了,学生不答应,去校办质问,老阎反复申明:"这是学校贴布告、贴简报的地方,不是贴大字报的地方!"唐兰见事情闹大了,赶紧声明这不是校方的责任,是他自己愿意自由行动,随便走走,一场风波才算平息下来。

陈梦家　历史、考古、写诗、写杂文,什么都搞,自称杂家。他口才不错,讲话很有煽动性。他在大礼堂作学术报告,东拉西扯,没有主题,常把自己摆进去,作自我表白,类乎今日之自我宣传,自我推销,话里明显含有牢骚不平之意。当时对"新月派"诗歌的评价是否定的,他说他是新月派就成为一个历史污点,何其芳早年也是新月派为什么现在还那么红?(胡风曾嘲笑"何其芳"是"多么香")。陈梦家从西大回京不久就被宣布为右派。在学者中,像陈梦家这样"畅所欲言""真情流露"的人并不多见,也许这是一种诗人气质,浓重的诗人气质使他站在人面前总要"直抒胸臆",而在当时那种"左"的气氛里,这是最犯忌的,后来在知识层就流行起明哲保身的两句话:莫将言语惊四座,不留只字在人间。陈梦家沉寂了,但他编的那本《历史年表》,我一直置于案头,时不时要查阅一番。

许钦文 浙江绍兴人,小说家,与鲁迅关系极密切。解放后,他不大写小说了,专事鲁迅生平和创作的研究。人们知道他,不是通过他的作品,而是通过他和鲁迅的关系。鲁迅曾指导他写作,为他编印小说集,在他吃官司时还曾营救他出狱,在鲁迅日记里,他的名字频频出现,鲁迅还有一篇文章副题为"拟许钦文"。20世纪70年代来西大时,他年事已高,讲的当然是有关鲁迅的事了。这位20世纪20年代的"乡土作家"乡音极重,说话如同外国人,讲课时给大家发了一个简要的油印提纲,听众从中知道他要讲些什么。这还不行,又安排中文系搞现代文学的浙江籍教师周健做翻译。大礼堂台上支着一块黑板,许老一边吭吭哧哧讲着,周健一边不停地将关键词、关键句用粉笔写在黑板上。如此这般,大家也只能听懂十分之二三。

徐世荣 语音专家,普通话怎么讲就以他讲的为标准,中央人民广播电台的播音员也要向他学习。他在老图书楼东头的台阶教室给中文系师生讲课,当场示范,朗诵了《战国策》中《邹忌讽齐王纳谏》一文,把邹忌与其妻其妾其客三问三答的不同语气,通过精确的语音处理,传达得惟妙惟肖。听他朗读,人们对原文的理解更深入、更细微了。一下课,就听见学生中间一片模仿声:"君美甚,徐公何能及君也!"(妻曰)"徐公何能及君也!"(妾曰)"徐公不若君之美也!"(客曰)据说他灌制了一系列朗读示范的唱片广为流行。

高　亨　著名古文字专家、先秦文化史学者，20世纪40年代曾任我校中文系教授。著述甚丰。本来是一个不问政治的"老古董"，"文革"前后却因某种机缘，成为炙手可热的人物。他曾随手写下赞颂毛泽东诗词的两首词，调寄《水调歌头》："掌上千秋史，胸中百万兵，眼底六洲风雨，笔下有雷声。唤醒蛰龙飞起，扫灭魔炎魅火，挥剑斩长鲸。春满人间世，日照大旗红。　抒慷慨，写鏖战，记长征。天章云锦，织出革命之豪情。细检诗坛李杜，词苑苏辛佳什，未有此奇雄。携卷登山唱，流韵壮东风。"先发表在1964年的《文史哲》上，因一度传为林彪所写，两年后又在《人民日报》上刊登，以正视听。据说毛泽东读过他的书，对他很器重，把他从山东大学调到北京工作。在当时，这都是很不寻常的事，给人们造成的印象是，他是学术界少有的一个老左派。"文革"后期批儒评法时，他又红了一阵，江青也向他请教。其实，知情人说他完全是被动地被潮流推着走，想躲都躲不开。我见到高亨，正是这个时候，他秘密来到西安，住在单演义教授家里，对外保密。曾在山大进修、与高亨相熟的赵俊珩带我去看望他，我只隔门望了望，没有进去问话，只见他睡在躺椅上，形容枯槁，骨瘦如柴，怪可怜的。高亨去世后，在世俗的"易经热"中，他又被目为宗师。1983年夏，我在天水街头书摊看到高亨的《周易大传注》，正犹豫要不要买一本，忽然来了一个类乎屠夫的粗鲁壮汉，将仅有的三本《周易大传注》全部买下，欢天喜地走了，我好生奇怪……

郑伯奇　在中国现代文学史上，要想找一位陕西籍作家，没有比他更出名的了。他是创造社的大员，与郭沫若、郁达夫、成仿吾一起从事进步文学活动，业绩辉煌。但是，他回陕后却悄没声息。他曾两次登上西大中文系的讲台，却都没有引起大的反响。50年代初，他来讲过一次，据说很不成功。10年后，他又一次应邀来校，在老图书楼西头阶梯教室作报告。因为刚刚纪念过创造社成立40周年，他在报刊上发表的回忆创造社的文章引起读者的注意，便有不少人慕名前来，教室挤得满满堂堂。遗憾的是，他实在不善言辞，声音很低，清晰度很差，半小时后，听众开始不耐烦了，一个接一个，一批接一批，起身离去，教室里最后剩不下几个人了。我出于对他的尊敬，坚持听完报告，至于他讲了些什么，脑子一片空白。"文革"中，我去作协，门房值班的是一位老人，仔细一看，正是郑伯奇，这必定是造反派给他派的差事。美人迟暮，英雄末路，大抵如此。

吴晓铃 戏曲史专家，文研所研究员，学术圈的活跃人物，著作不少，口才过人。他在大礼堂讲"晚清宫廷戏"，开场白很生动："常说'秀才人情半张纸'，我连半张纸都没有，我是'秀才人前一张嘴'。"他两手空空，未带片纸，就凭一张嘴，不打绊子，讲了两个小时。他讲的题目很冷僻，人们多不感兴趣，但他讲得很热闹，如同听评书一般，也是一种享受。

陈翔鹤 《光明日报·文学遗产》专刊主编，来校约稿，住在南排招待所。他平易近人，很热情，除拜访一些老教授，还把青年教师邀到他的住处交谈。他陈述办刊宗旨，品评已发表的文章，还畅叙文坛掌故。他说他和李劼人是四川老乡，过从甚密，两人一起下馆子总是李付账，李的收入比他多嘛！他对我校傅庚生教授极佩服，在专刊上发了傅的《谈唐诗的醇美》。他对刚在专刊上分两次连载的长文《桐城派与社会主义建设》啧有烦言，却有不得不发的苦衷，连连摇头。陈翔鹤不仅编专刊，还写了一些历史小说，发表在《人民文学》上，影响很大，如《陶渊明写挽歌》《广陵散》等，也因此而受到猛烈批判，说他是为社会主义唱挽歌，如此妄加罪名，实在荒谬！后来，几次遇到《光明报》的人来校征求意见，我总要提一提陈翔鹤主持的《文学遗产》如何受读者欢迎，希望能够恢复起来，但却始终没有复刊，不免怅然。

蔡　仪 50年代美学大辩论，他坚持美是客观的，被尊为正统马克思主义美学观点的代表人物。80年代初，他偕夫人乔象钟一同来校讲学，这时已是一七旬老者，瘦高个，花白头发，为人正直，不苟言笑,亦不善言谈,讲课很枯燥。乔象钟也讲了李白的文学思想专题。据校友何西来介绍,乔年轻时因崇拜蔡仪学问而与之结合,不失为学术界一段佳话。蔡主编的《文学概论》是我们长期采用的基础课教材,我们文艺理论教研室主任刘建军、副主任张学仁以及留在文研所工作的何西来,都是蔡老的学生,后来我们培养的硕士生吴予敏又去蔡老那里读博士。据说他的弟子们往往不能继承和坚持他的学说,而另立门墙,使他十分烦恼。

吴世昌 从英国回来的老一辈古典文学专家、红学家,文研所研究员。来西大主持中文系古典文学专业研究生答辩,当听了硕士生韩理洲关于陈子昂的评价后,他立即表示不能苟同,他举出陈子昂曾为武后上《劝进表》的失节行为,说明陈子昂并不是那么好,韩理洲与之争辩,一时气氛有些紧张,我们都为韩捏着一把汗,临了做结论时,他仍给韩以"优秀""圆满"的评语,就觉得他毕竟是一个忠厚长者。我去招待所房间看他时,顺手翻了翻放在桌头的一本书,这是武汉大学刘永济教授著的《文心雕龙校释》,他正在阅读,那上面用红圆珠笔密密麻麻批了一些字,细看意思都是批评、指摘、纠谬的,用语很不客气,这可能是他的一贯脾气,直来直去,不掩饰自己的观点。他还为中文系本科生讲了《红楼梦》专题,回答了学生提出的各种问题。

周策纵 美籍华人,文史专家,他关于五四运动的专著和红学方面的成绩,颇受世人注目。来校讲学时抱着一大堆他的著作让听者传看,讲课方式很随便,闲聊似的,据说外国学者差不多都是这个讲法。听他介绍,他和研究生一起,通过现代化的电脑手段,对《红楼梦》的语言表述方式和习惯特征进行测定,发现后40回与前80回并无什么不同,从而否定高鹗续书之说,认为全书皆出于曹雪芹一人之手。这一观点并未得到学术界的认同,连他们使用的手段的可靠性也大可怀疑。周策纵来校通过张宣引荐,张老一直陪同着,其弟周策横是广西一位书法家,也跟随来校。其间,还有一个插曲。周策纵拿出自己带的新式照相机,想要别人替他拍几张他讲课的照片,在场无人会用这种相机,张老显得很着急,不知是谁把高世英叫来了,张老把照相机递给他,露出怀疑的神情,问:"你会用吗?"高世英不屑回答,极熟练地拍了几张,即转身走了,张老开颜一笑,我告诉他:"此人乃摄影高手,在西大数第一,什么机子没有见过!"

周来祥 美学家,山东大学教授。在靠近校北门一间大教室讲课,一下午不休息,一口气整整讲了四个小时,不带讲稿,全凭脑子记忆,引述各家观点均准确无误。他讲课很投入、很专注,有一种拼命精神,一下课就晕了过去。待清醒过来,便由他的研究生用自行车推到他在山大时的同学张华家里,张华设家宴招待他,我作陪。席间闲聊,才知他和研究生一行来西安前,给我们发了一个电报,到西安时却无人接,只好住在外面旅馆,而我们这边确实没有收到这个电报,他表示要查一查,估计是他的某位研究生的疏漏。后来,我们的硕士生牛宏宝考取了他的博士生,靠着小牛的传递,时有音问。

萧　军 中国现代文坛一个具有传奇色彩和独特个性的作家。30年代出版长篇小说《八月的乡村》,写的是东三省被日本侵略者占领的故事,鲁迅作序称其是"很好的一部"小说,"凡有人心的读者,是看得完的,而且有所得的"。他与女作家萧红的婚恋,充满罗曼蒂克,为猎奇好事者所津津乐道。他名气很大,为人高傲,在延安鲁艺时常与人争高低,一直争到延安文艺座谈会上,引起朱老总的一番劝导:"全国第一、世界第一不是自封的,我这个总司令也不是自封的。"40年代后期,在东北写过"来而不往非礼也",与苏军抗衡,遭到批判,从此销声匿迹。50年代出版的长篇小说《五月的矿山》,未引起多大反应。新时期复出,自称"出土文物"。他个头不高,但身材结实,威风凛凛,一副赳赳武夫气概。据说他确曾练过拳脚,当过兵。在大礼堂作报告时,听众爆满,我和许多人是站在后面听的。他主要讲平生曲折坎坷的经历,讲到他在上海滩用老拳教训攻击鲁迅的狄克(张春桥时，满堂掌声雷动，大快人心。他讲了一半，由他的女儿萧耘代讲了一半。

俞振飞 80年代初，曾带领上海昆曲剧团来西安演出。爱好京剧的郭琦校长请来了这位戏曲大师，在红楼第一会议室与部分师生见面，他讲述了他的艺术生涯和艺术经验。他讲到他小时学艺时，父亲如何严格要求他，一句戏词唱不准，往往要重复几十遍、上百遍，终于练出了过硬的基本功。他讲到戏曲的不同笑声时，作了表演示范，十分传神，博得一片掌声。这时他已80多岁，仍显得精神矍铄，使人联想到当年他与梅兰芳配戏时风流倜傥、飘逸潇洒的风度。他原与言慧珠才子佳人一对，言"文革"中受迫害自杀，他又与著名京剧演员李蔷华结为连理，这次来西大就由李蔷华陪伴，有学生欲进前向俞老请教，被李蔷华婉言挡回，她怕俞老过于劳累。1979年11月，在第四次文代会上，俞振飞被选为全国文联副主席，在演艺界算是社会地位最高的了。他担任这个职务直到谢世。

施蛰存 学术界一个奇人。过去，名声不大好，因为鲁迅曾骂他"洋场恶少"，他当时自我解嘲道："十年一觉文坛梦，赢得洋场恶少名"。当鲁迅走下神坛后，人们翻开《鲁迅全集》第五卷，把鲁迅批评施蛰存的几篇文章和附录的施蛰存的几篇文章对照着重读一过，客观而论，也不是什么大是大非之争，两人所言各有其理，反倒觉得年轻时的施蛰存，文笔锋利，毫不示弱，锐气可嘉，真不简单。还有一绝，新时期文坛现代派异军突起，时髦得很，回头一查，人们惊异地发现，早在二三十年代，施蛰存就发表了不少现代派小说，于是，他居住的上海愚园路便门庭若市了。1980年，我在华东师大进修时，他给我们进修班讲过几次课，讲杜甫的《戏为六绝句》，颇有新意，据说他正在系统研究词学。我去华东师大中文系资料室查阅资料，常可见他被一群青年教师包围在那里，他有问必答，诲人不倦。这里的知情者介绍，施蛰存1957年被打成右派，"文革"中又关进"牛棚"，但生活态度始终是乐观旷达的,让他打扫厕所他也比别人打扫得干净。1982年5月,我校发起成立全国唐代文学研究会,他来参加,打趣说他是到长安卖糖(唐)来了。估计他现在总在九旬以上。他身体并不好,做过大手术,所以高寿,就和他积极的生活态度和不断的人生追求有关。

苏渊雷 又名苏仲翔,我刚上大学时,买了他选注的两本书:《李杜诗选》和《元白诗选》,得益不浅。其实,他并非文学教授,而是一位史学家、佛学家。错划右派后,去了黑龙江。平反后,在华东师大历史系任教授。1982年5月,他同施蛰存一起来西安参加唐代文学研究会成立大会。鹤发童颜,兴致蛮高,近80岁的人了,参观南郊各景点时健步如飞,豪情满怀,手拿一瓶白酒,在杜公祠杜甫塑像前,洒了少许,祭奠一番,然后自己就着瓶子畅饮几口,算是与老杜同醉了。我想他若果与杜甫同时代,"醉八仙"就变成"醉九仙"了。他的书法也不错,在香积寺挥毫疾书,笔走龙蛇,不知是否装裱珍藏?后来,《科技日报》曾刊登他谈健身之道的文章,大意是:人生在世,凡事要看得透,想得开,放得下。细细咀嚼他的经验之谈,确实很有道理,如能身体力行,定然大有裨益。

李泽厚 学术界的风云人物,近年来因发表离经叛道言论而引起争议。20世纪80年代初,中文系举办"文学概论"师训班,请他来讲课。我与刘建军、毛黎村叫了一辆出租车去西安火车站接他。一见面,先期与他联系过的毛黎村说:"就怕您不能来!"他俏皮地回了一句:"你叫我来,我还敢不来。"他从长相到精神状态都显得年轻,头发稀而长,不时偏到前额,盖住眉眼,然后头一晃甩到脑后,或用手拢一拢。毛黎村心细,便将系办公室一面大镜子搬到他住的房间,让他梳头方便些。他的《美的历程》当时尚未公开发行,他自己随身带着一本,让我们翻了翻,却没有留给我们,还说:"这太浅,你们不值得去读它。"他在大礼堂讲课时当场答问,气氛十分热烈,中文系一个学生站起来直呼其名:"李泽厚,你主张美的社会性,如何如何……",

引起全场一阵哄笑，他先一愣，跟着也笑了。

李德伦 著名指挥家，中国交响音乐的一代宗师。早年赴莫斯科音乐学院深造，曾登上亚、欧、美等多个国家的指挥台，面对列宁格勒爱乐乐团这样世界一流乐团，指挥过八百人的超大乐队，与奥依斯特拉赫、梅纽因、斯特恩、托泰里、马友友等大师合作过。晚年致力于交响音乐的普及工作，20世纪80年代曾在高校、工厂、机关，做过约400场交响音乐讲座。我有幸听过两场，一次在华东师大，一次在西安东风剧院。他还来我校在大礼堂做过一场讲座，这次我没有去。他身材伟岸硕壮，指挥时头发随节奏微微颤动，具有一种雄狮般的阳刚之气。开场他先讲交响音乐的基本常识，用录音机一边放着曲子，一边进行分析。无标题的交响乐曲，其内涵比较抽象，不好把握，从大处说，总有两种对立的东西：正义与邪恶、光明与黑暗、顺境与逆境、昂扬与低沉、欢乐与悲哀等相互纠结、消长、变化，说得过于具体，反会冲淡其感染力。一部交响乐，通常是四个乐章，乐章之间停顿时，万万不可鼓掌，以免破坏情绪的连贯性。他虽然一再叮咛，但最后由他指挥演奏时，仍有人在中间鼓掌。据说"文革"后期，美国费城交响乐团曾来华演出，自命文艺里手的江青在前排就座，在不该鼓掌的地方带头鼓掌，闹了个大笑话。李德伦当时在中央乐团干些扫地打杂的事情，江青要搞交响音乐样板戏，无人指挥，不得不把李德伦提前解放出来。李德伦现已80高龄，1997年初还在北京音乐厅指挥了勃拉姆斯《E小调第四交响曲》，看报上刊登的照片，那一头浓密的黑发已经全白了。

（写于1996年）

永远年轻的徐中玉

当我为学习《中国文学批评史》而负笈上海时，徐中玉先生是华东师大中文系主任、我所在的师训班的班主任、我们的顶头业师。他给我的第一印象是出乎意料的年轻。这时他已65岁，经过多年磨难，刚翻过身来，却面带微笑，步履轻捷，一身清爽，毫无老态。他凭自己的声望和人缘，约请了国内著名学者郭绍虞、吴组缃、王元化、钱仲联、程千帆、舒芜、施蛰存、许杰、钱谷融、朱东润、蒋孔阳、程应镠等为我们上课，使我们转益多师，广采博收，开阔了知识视野，增长了学术识见，成为我一生不可再得的求知机遇。徐先生除了组织领导工作，还插空给我们上课，往往是所请的专家因故不能前来，他便临时救场替补上去。在我们的印象中，他是中国文学批评史的通才，不论哪个时代、哪个部分，都难不住他。

徐先生对学生诚恳、谦和，常来宿舍问寒问暖，交流切磋。班上50余人，他全能叫上名字，知道是哪个地方、哪个学校来的。有时他还从办公室把我们的信件顺便带来，亲手交给我们，以免延误时间，引起我们这些游子的焦虑。结业时，他以小组为单位分别邀请大家到他家里随便坐坐、聊聊，糖果一盘，清茶一杯，气氛十分温馨，真有如坐春风、如沐朝阳之感。半年的进修学习很快过去了，离开华东师大后，我们和徐先生之间的师生情谊并未因空间的隔阻而减淡，反而与日俱增，更加深厚。他经常关心惦念着我们，在学术会议上见到我们中的某人，或有人去看望他，他总要一个一个齐齐问遍，因而我们虽相距千里，他却对大家的近况了如指掌。1980年下半年在武汉开会，他一见到我就说："你做了副系主任了。"我很惊异，我受命还不到一月，校内一些人尚且不知，徐先生却获悉了。过了一年，我接到全国大学语文研究会增补我为理事的通知，是担任该会会长的徐先生嘱咐办理的。1986年，我收到一本齐鲁书社出版的《古代文论研究方法论集》，打开一看，收入了我发表在西大学报上的一篇文章，再看前言后记，原来是徐先生编的。我打心里感谢徐先生对我这个远在西部的不起眼的学生的鼓励、提携。

1995年初夏，全国大学语文研究会在陕西师大举行年会，已届80高龄仍担任会长的徐先生亲临主持。我闻讯去师大宾馆看望他，一见面又是出乎意外，过了这么多年，他仍是那样年轻，那样神清气爽，那样精力充沛。他递给我一张名片，写着一大堆社会职务：上海作协主席，华东师大中文系名誉主任，国家教委高教自学考试指导委员兼中文专业委员会主任，全国大学语文研究会会长，中国文艺理论学会会长，中国古代文论学会执行副会长，等等。

他送给我一本精装的自选论文集《激流中的探索》，书后附有他一生写作、编著出版简况，计有专著18种，主编各种教材7种，主编书籍12种，主编期刊10种。

翻阅着徐先生的赠书，我思绪纷飞，感慨万端。我暗自思索，这样一个历经苦难、身世坎坷的年迈的学者，为什么永远显得年轻呢？

第一，笃信生命在于运动，长期坚持适合自身的体育锻炼。他的住所不远处是上海长风公园，他购买了月票，每日早起去公园晨练，风雨无阻。这自然有一种精神力量支撑着他、驱动着他。

第二，勤奋工作，用手用脑，巧干实干。1958年他被打成右派后，被发配到图书馆库房整理书卡，"文革"中又首批投入监改。20年身处逆境，他却没有闲着，扫地除草之余，新读700多种书，积累数万张卡片，手写一千余万字。平反昭雪后，他干劲百倍，有备无患，各种繁重的社会工作均应付裕如。他给我们上课时一般都没有讲稿，只用皮筋扎着一叠卡片，一个上午就讲过去了。他深深懂得：工作着是美丽的。

  第三，人生目的崇高、远大，生活态度积极、达观。他在《忧患深深八十年》一文中，纵笔陈述了自己曲折坎坷的生活道路和思想历程，激情澎湃，感人至深，其中写道："在普遍的信仰危机中，1984年去美讲学归来，我入了党，归属于为人民、为社会主义、为人类服务的这一高尚目标、理想。当时年已70，复何所求，只想以此鞭策自己。过去的已经过去，还有什么个人恩怨须记，觉得认真总结严重教训，一致向前看才是道理。"这是何等襟怀，何等境界！

  徐中玉师，愿您永葆青春！

（原载《教师报》1996 年 3 月 17 日）

黄晖与《论衡校释》

《论衡》为东汉唯物主义思想家王充撰著,20 多万字,是中国哲学史上难得的一部富于创见的巨著。因王充当时地位低微,默默无闻,花了 30 多年写成的《论衡》却被埋没了,直到 200 年后才被蔡邕(一说王朗)发现,被目为"奇书"。因此书原本"用事沉冥""训诂奇觚",抄传中又"极多误衍误脱之字""极多形误音误之文",故历来号称难读之书。有清一代,特别是乾嘉时期,考据训诂之风极盛,多有名家手校群书,却唯独对《论衡》不敢问津。自古到今,知难而上,校勘、诠释《论衡》取得成果者,不过数人而已。其中尤以黄晖的《论衡校释》为学术界所推重,自此校释本问世以来,凡研读《论衡》者,皆以它为解难释疑之钥匙。

但是,写了这样一部掷地有声的学术著作的黄晖却不名于世,鲜为人知。许多引用《论衡校释》的研究者,在介绍此书作者时大都语焉不详,或者简而言之曰"近人黄晖"。那么,黄晖究竟是何方神圣?且容笔者略作介绍。黄晖于 1910 年 9 月出生在安徽桐城。桐城是一个出了不少古文家的文化城市。黄晖的祖父与父亲都是儒商,读书、经商兼而为之,大约是"以商养文"吧。少年黄晖生长于这样的环境,不免要受到书香的熏陶。青年时期,黄晖曾于 1930 年 9 月至 1932 年 6 月,在北平大学法学院预科读书。参加过"一二·九"运动。1932 年 9 月至 1936 年 6 月,在北平大学法学院就读,学习社会学等课程,因虑及毕业后政界工作难找,课后又向北京大学国文系的刘文典教授学习校勘考证知识,想着日后可以作为本钱谋一个教书的职业。大学毕业后,黄晖回到原籍,在安徽地方行政部门谋到差事,干了多年,也不怎么发达。全国解放前夕,黄晖才从政界转入学界,1950年4月来到西北大学任教,在历史系主讲"中国通史""中国近代史""中国史学史"等课程,初为教授,1952年改为副教授,直到1974年去世,仍为副教授。

黄晖自1938年在长沙商务印书馆出版《论衡校释》30卷后,再无著作面世。在西北大学历史系任教期间,与学术上卓有成就的陈登原、马长寿、陈直等共事,群星灿烂,遮掩了他的光辉,显得平平无奇。于是就有人私下发出疑问:《论衡校释》学术价值非寻常可比,真是出于黄晖之手吗?笔者在长期的《古代文论》教学与研究中,涉猎《论衡》原著及有关注释、集解,接触到一些学者的评述意见,因而对黄著极为佩服,又与黄晖同校不同系相处10余年,虽接触不多,偶尔也曾当面请教过,当听到一些非议后,便意欲寻根问底。现将我所掌握的材料公之于众,并提出个人粗浅看法。

先看黄晖本人陈述。1958年8月16日,黄晖所写个人政治历史补充材料中,言及他与胡适的关系时,提到他研究《论衡》并出版《论衡校释》的情况:"我和胡适虽然都是安徽人,但却素昧平生。我到北平读书后,要搞王充《论衡》,胡适藏有杨守敬校宋本,中经刘文典介绍,向他借到此书。《论衡校释》在商务出版,也是胡适介绍的。"

再看刘文典旁证。解放后在云南大学中文系当教授的刘文典,于1955年5月10日应西北大学组织上的要求,为黄晖写了一份证明材料,其中便涉及《论衡校释》的写作与出版:"抗战前,我在清华大学及北京大学任教,黄晖是北平大学法学院学生,他对中国旧书有钻研,基础读得很好。他不是我的课堂学生,但他是我有力的弟子,是我很喜欢的学生,因他是我的同乡,天天在我家(在我家的时间近两年左右),当他在学生时,就研究王充《论衡》,著了一部书,名为'笺释',

他所著之书是在我指导之下著作的，而王充《论衡》是部进步的书，做法很好，我是研究校勘学的，而他是学得很好的一个。'笺释'作成后，要出版，但要通过胡适才能出版，才会有更多的稿费，因此他认识胡适是通过我的关系，由我带他到胡适家认识胡适的，他对胡适是不佩服的，只是为了出版自己的著作，得到一定的稿费（当时此著作卖得1000元大洋）。我本人的著作也是通过胡适的，因此介绍他。""笺释"即"校释"。

最后，还有一条难得的资料——胡适的回忆。台湾出版的《胡适之先生晚年谈话录》（胡颂平编），内中出人意外地提到黄晖和《论衡校释》，编者于1960年1月20日记述："先生今天谈起黄晖，说：黄晖是北京中国大学学生，他曾到北大偷听我的课，但他毕业后写了一部《论衡校释》，算是很标准的著作。坏学校也出好学生。这个人现在不知去向，可能是去世了，也许跟刘叔雅在云南呢。"刘叔雅即刘文典。"中国大学"应为"北平大学"。

从上面三条材料中，我们至少可以得出这样几点看法：

第一，三条材料基本可信。前两条是交代与胡适的关系时，无意间带出了《论衡校释》的事，不会有假，倒是"对胡适是不佩服的"说法有开脱之嫌。后一条乃胡适晚年忆旧闲谈，更无必要虚构其事。三条材料，不谋而合，不约而同，互相印证，可作为黄晖著作《论衡校释》的铁证。

第二，黄、刘、胡之间的关系主要有两层，一层是安徽老乡关系，一层是学术上的交往和联系。黄晖虽就读于被胡适目为"坏学校"的北平大学，却通过同乡关系，投身刘文典门下学校勘，并在刘指导下研究《论衡》，且深得刘的赏识，认为"对中国旧书有钻研，基础读得很好"，是"有力的弟子""学得很好的一个"。黄晖还去北大偷听胡适的课，通过刘文典向胡适借阅珍藏资料。可见黄晖那时治学非常刻苦，为研究《论衡》下了很大功夫，又有胡、刘两位名教授的帮助点拨，他写出《论衡校释》主客观条件都是具备的。

第三，胡适当年被称为"文化班首"，是个"大人物"，一生轰轰烈烈，不知经历过多少事，接触过多少人，晚年却还念念不忘曾偷听他讲课的"小人物"黄晖，把黄晖看成是"坏学校也出好学生"的典型，对于《论衡校释》，他当初鼎力支持出版，20多年后仍啧啧称赞其为"标准的著作"。可见胡适并非盲目提携后学，而是识才重才的自觉行动。刘与胡两位大专家不仅看到了这一成果，而且了解、参与了这一成果孕育产生的过程，完全可以说明黄晖著作《论衡校释》是确凿无疑的。

第五，黄晖大学毕业后，为谋生而放弃了学术，在荒疏多年后才转到大学教书，虽然承担了多门课程，却再也写不出有分量的东西，终其一生就出一本《论衡校释》，是一个十足的"一本书主义者"，这并不奇怪，因为当初那种主客观条件已经不复存在了，类似的情况在学术界不乏其人，我们大可不必疑其少作。

近日，我和曾经担任历史系副主任多年的文暖根教授谈起这宗学案，他谈到"文革"结束后，他在系资料室书架顶端发现一包东西，打开一看，是黄晖先生的手稿，他翻了翻，对其考据之精细、做学问之扎实十分佩服，他坚信《论衡校释》出自黄晖先生之手无疑。他让黄晖先生的女婿取走了这包"文革"抄家抄来的东西，并建议整理出版。这也可从一个侧面证明黄晖具有坚实的学术功底，是有能力写出《论衡校释》的。

末了，要告诉读者的是，黄晖去世已经22年，黄晖夫人尚健在，居住在西大新村。膝前有一千金，现在陕西省图书馆工作，大前年我曾见过一面，称其父的《论衡校释》又在上海古籍出版社重印了。我闻此言，颇感欣慰。恕我断言，《论衡》不朽，《论衡校释》亦将随之不朽。百年后，千年后，许多名噪一时的歌星、影星、畅销书作者，难免灰飞烟灭，了无痕迹，而"黄晖"这个名字却不会在图书典籍中消失。

（写于1996年）

墙里开花墙外红

——"陈直现象"反思

手头有一本《陈直先生纪念文集》，1992年出版的，里页印有陈直先生的遗像，清瘦的面容，深邃的目光，一副超然物外的神态，令人肃然起敬。翻阅那些纪念文章，对陈直先生的为人、治学均给予崇高的评价，这是他当之无愧的。

陈直先生于1901年出生于江苏东台一个贫寒的读书人家庭，青年时做过学徒、教员、县志编辑，曾考取清华研究院，因学费无着，未能就读。他在极艰难的条件下，坚持学术研究，24岁即写成《史汉问答》2卷，25岁又完成《南朝王谢世系》《北朝元氏世系表》各1卷，后又陆续写出《楚辞拾遗》等多种著述。他后期著述更丰，计有《读金日札》《读子日札》《汉书新证》《史记新证》《居延汉简综论》《秦汉瓦当概述》《古籍述闻》等共18种，近300万字，总名《摹庐丛书》。摹庐是他的号。晚年他用毛笔亲手写定四种稿本，分别由四川、陕西两省图书馆、西北大学图书馆及其家人收藏。他把一些古代典籍读得烂熟，《史记》《汉书》中的名篇能倒背如流，著述引文无须查阅原著，全凭记忆写出，准确无误。他还精通金石学和经传，对古器物、封泥、陶器、铜器、漆器、石刻、佛像、佛经、壁画、书法等都有独特见解，在历史学、考古学、经济学、文学、医学史、数学史等领域，均有很深的造诣。

解放之初，原本在金融机构谋生的陈直先生，经教育部长马叙伦推荐，由西大校长侯外庐约请，于1950年开始在西大历史系执教，直到1980年逝世。他等身的著作大部分都完成在西大的30年间。陈直先生一贯淡泊名利，经历长期的穷困潦倒、学非所用之后，到西大这个较好的学术环境中生活和工作，他是得其所哉、心满意足的。但是，反思起来，在较长时间内，我们对这位饱学之士是评价不足、尊重不够的。虽说在历史系他有不少"知音"，但在全校范围并没有把他摆到应有位置。他临死前才晋升为教授，真有点悲凉。

　　墙里开花墙外红。倒是校外一些名家对他另眼相看，评价极高，这里略举数例。早在20世纪60年代初，北大副校长、著名历史学家翦伯赞就对我校一位教师说过："西北大学是藏龙卧虎之地，陈直就是功底扎实的秦汉史学者。"他邀请这位"讲师"去北大讲学，礼遇备至。随后，著名学者佟冬又邀陈直赴东北讲学。他此次出外讲学，在校内引起震动，许多人对他刮目相看了。1980年初，笔者在上海进修时，见到华东师大古籍所的一位研究生，他问："你校有个陈直吗？"得到我的肯定答复后，他说："这人真不简单。赵俪生（著名历史学家）给我们作学术报告时称赞说，西北大学的陈直是西北史学界的一面旗帜！"我听到此话，既觉自豪，又觉惭愧，自豪的是西大有这样一个难得的人才，惭愧的是在校内还没听谁说过他是"一面旗帜"。后来我听著名古典文学专家程千帆教授讲治学方法，当他讲到要在前人耕耘过千百遍的熟土上开拓新领域时，提高声音，加重语气说："在这方面，西北大学的陈直是一个典范。《史记》《汉书》，前人的考据、注释、研究够多、够细、够深入了，而陈直的《史记新证》《汉书新证》，却把文献资料与考古资料结合起来，运用'双重证据法'，在这片熟土上开拓出新的领域，取得新的研究成果，这是难能可贵的。"听到这里，我不由得心里一热，想起不久前当我向学校建议，陈直应当评为教授时，有人不屑地说："他搞的那些东西，面太窄，用处不大，给个副教授足够了",就觉得太不公正,下课后即写信给校方,传递了外面的信息,重申应给陈直以更高的评价和待遇。陈直在入棺时,终于取掉了这个"副"字,我的信说不定会起到些微作用。

"陈直现象"的产生,细究起来有几个原因:①重政治、轻学术的社会风气的影响。陈直一贯被视为"政治落后",用红专标准衡量,对其评价不高。其实他在政治上没有任何问题,只不过放不下他酷爱的学术事业,对频繁的政治运动不热心而已。试想,如果他全力以赴积极参加政治活动,哪有时间研究和著述呢?陈直就不是陈直,就变成张铁生了。陈直在临死前一个月写了一份工作总结,提到"当'文化大革命'时期尚秘密在家中整理旧著先后成有 18 种"。在"四人帮"之流看来,这当然是"政治落后"了,而现在我们却应当高呼"好得很"!②学术界片面强调"厚今薄古""为政治服务"思想的影响,史学界重理论、重观点而轻史料、轻考据的空疏学风的影响。陈直搞的这一套东西,一时被认为"脱离实际""烦琐""无用"。"文革"中,"四人帮"在上海的爪牙在《红旗》杂志上发表了一篇标题很大、篇幅很长的文章,极其放肆地嘲笑和贬损了一位考古学家。在这种"革"文化之"命"的逆流中,陈直的研究被看得一钱不值。直到"文革"结束,极"左"思潮的余毒还延续了一段时间,有人仍坚持说:"陈直那些东西用处不大,副教授的头衔足够了。"③校内和系内小环境,受到大气候的影响,也存在不利条件。如有的同行学者注重出身门户和学历,声言:"陈直学徒出身,怎能当教授?"还有同系教师"各以所长,相轻所短",开玩笑,用烧饼拓一图片,冒充瓦当让陈直鉴定,故意出他的洋相。反倒是校外一些专家,没有偏见,注重成果,慧眼识英雄,给陈直以高度评价。这就造成"墙里开花墙外红"的奇特现象。当然,校内也有不少陈直的"知音",后来出版的《陈直先生纪念文集》就是明证,不过一些作者在当时力量有限,难以改变陈直的境遇。

反思"陈直现象",回忆往事,我们应当吸取教训,为广大知识分子创造更为宽松的环境,及时给真正有大才能、大贡献者以优厚待遇,使"尊重知识,尊重人才"的思想深入人心,蔚然成风。但愿:墙里墙外,花香阵阵,花红一片!

(原载《西安晚报》1994年1月18日,收入本书时略有补正)

摹庐五弟子

1980年6月2日,一代学人陈直(号摹庐)与世长辞。他留下了300万言掷地有声的学术著作,也培养出一批崭露头角的学术接班人。这里且将摹庐五弟子略作介绍。

黄留珠——"文革"前毕业于陕西师大历史系,在中学任教多年,1978年考取陈直先生秦汉史硕士研究生,现为西大文博学院教授、秦汉史研究室主任,享受政府特殊津贴。他侧重于秦汉政治制度史研究,专著有《秦汉仕进制度》《中国古代选官制度述略》等,其中有关秦代仕进制度的论述,发前人所未发,颇有创见。近些年,他的研究领域又拓展到中国古代的管理思想和用人之道。1992年底出版《历史与企业家对话——关于历史管理学的思考》一书,视角与见解都极新颖,在史学界和经济学界引起较大反响,上海《社会科学报》发表评论认为此书对史学研究作了新的开拓。1995年4月10日《光明日报》"史学家与企业家对话"一栏,以《致天下之治者在人才》为题,发表了黄留珠和来辉武的对话。黄留珠在这次对话中提出:"商场如战场",企业领导人也需具备古代战略家孙子对军事指挥员所要求的"五德",即智、信、仁、勇、严,如此方能在激烈的竞争中稳操胜券。

周天游——"文革"前毕业于南开大学历史系,分配在东北农村教中学,1978年考取陈直先生秦汉史硕士研究生,毕业留校后曾任历史系副主任、校图书馆馆长,1995年9月调任陕西省历史博物馆馆长,仍兼任西大文博学院教授。他是省人大代表、省政协委员。其学术研究的重点是汉代史籍整理，成果有《八家后汉书辑注》《七家后汉书校》《后汉纪校注》《汉官六种》等。他还著有《秦汉史研究概要》一书，对国内外秦汉史研究作了系统而又具体的总结，可视为对古今秦汉史研究成果的总检阅，对于初入秦汉史之门者则具有"指南"的作用。他曾竭力协助整理出版老师遗著，总名"摹庐丛著"。他对中国社会史也有研究，主编《中国社会史文库》，发表中国社会史论文多篇。目前他正从事《后汉书集注》的写作，并着手对东汉史和西汉史进行专题研究。

张廷皓——前西大副校长、著名地质学家张伯声的公子，西大老人都亲切地唤他"皓子"。改换门庭，学了文科，"文革"中毕业于西大历史系，1978年考取陈直先生秦汉史硕士研究生，后从事文物管理工作，曾任省文物局文物处长、文管会秘书长，现为省文物局副局长。陕西是文物大省，他经常迎来送往，陪同参观，不遗余力地介绍、宣传陕西的名胜古迹和文物瑰宝。公余也搞点研究，如关于西汉鎏金马，他就有论文发表。在校时，他与余华青合写的《汉代酿酒业探讨》一文，在《历史研究》发表后，在史学界有一定影响，曾获陕西省优秀社科论文一等奖。

吕苏生——河北农家子弟，"文革"中毕业于河北师院历史系，1978年考取陈直先生秦汉史硕士研究生，现为河北人民出版社文史部主任，主持编辑出版了大量文史书籍，为弘扬传统文化作出了贡献。他执笔撰写了一系列关于秦王的故事、秦汉宫廷故事、历史人物介绍方面的通俗读物。业余好下围棋，编译过一本日本围棋著作。在校时，与同届中文系研究生余均其对弈时输给了对手，10年后专程去余工作地湖北，武当论剑，报了一箭之仇，也算黑白世界的一个痴人。

余华青——青少年时在青海做过工、当过兵，"文革"中毕业于南开大学哲学系，1978年考取陈直先生秦汉史硕士研究生，留校后"双肩挑",一面从事教学和科研,一面担负学生管理和党务工作。曾任校团委书记、学生工作部部长,现为党委副书记。在繁忙的公务之余,仍刻苦钻研业务,著书立说。原先他以秦汉产业史为主攻方向,发表有关酿酒业、畜牧业、园圃业、林业、渔业等方面的论文10余篇,开辟了古代部门研究的新领域,现在又转向中国古代政治制度和政治文化的研究,先后有专著《权术论》《中国宦官制度史》和主编的《中国廉政制度史》问世,产生了较大影响。此外,他先后担任过中国秦汉史研究会的副秘书长、秘书长、副会长等职,在学会工作上投入了相当精力。目前,余华青正在日本从事合作研究。

这里还应提到一个承前启后的人物林剑鸣教授。他于20世纪60年代初毕业于西大历史系,是陈直先生的学生和助手,以其开创性的《秦史稿》在全国学界一炮打响,在当今秦汉史研究领域颇有声望。当陈先生去世后,林教授便接手带这五位研究生直到1981年他们毕业。林曾与黄、周、余合著《秦汉社会文明》一书,填补了有关秦汉时期物质生产、物质生活和精神生活诸方面综合性研究的空白。这四人一度也是西大秦汉史研究室的搭档,以其雄厚的学术实力而被外界呼为"四条汉子""四大金刚"。林后调北京,任法律出版社总编辑。

名师出高徒。几位学有所成的弟子终生难忘陈先生的教益。据说,陈先生一生笔耕不辍,指导研究生也喜欢下手谕,毛笔恭楷之中也透出严谨正规的学风。他审阅论文很仔细,常常写下很长的评语,提出具体的修改意见,弟子们照着做了,论文就上了一个学术档次。当然,也少不了耳提面命,他临终前几分钟还在给周天游作口头指导,待周离去,他也长眠不起,真正是为了教育和学术事业"鞠躬尽瘁,死而后已"。1992年,西大出版社出版了《陈直先生纪念文集》,由秦汉史研究室主编、西大名誉校长、著名历史学家张岂之题写了书名,原文博学院院长、博士生导师彭树智在"后记"中称:"为本纪念集筹办工作付出了巨大努力与辛勤劳动的黄留珠、周天游、张廷皓同志,均系陈直先生生前的研究生。他们现在已是有相当造诣的中年学者或领导干部，但始终不忘师恩。他们对陈先生的一片赤诚之心，既体现了中国传统式的师徒之谊，也反映了社会主义新型的师生友情。我深信，一切像陈先生这样学术、心术相统一的正直学者，都将受到后人的尊崇。"

摹庐先生可以安息了！

（原载西大校刊 1996 年 1 月 30 日）

附记

林剑鸣教授，于 1997 年 1 月 25 日病逝于北京，终年 62 岁。林教授的早逝，是学术界特别是史学界的一个重大损失。

长跑无尽头

楼下一老翁,笃信"生命在于运动",一生坚持长跑,我称他"长跑老人"。

他叫叶守济,安徽人,早在20世纪20年代前期读师范时就爱好体育运动,不光是跑步,踢足球,打棒球,样样都参加。大学毕业后,他担任安徽寿县中学校长,每天早晨都要带领学生长跑,逢星期日不但不歇脚,还要跑得更远些,一直跑到八公山脚下,一路上高呼"锻炼身体,准备抗日",士气十分高涨。

50年代,叶老是西大图书馆馆长,每天课间操时间,他便脱掉外衣,来到附近的苹果园,在砖砌的花间小径上来回跑动,约半小时后回到办公室。天天如此,准时按点,风雨无阻,雷打不动。"文革"中,整知识分子的办法主要是翻家底、查历史,这他倒不怕,因为他早年接受马克思主义思想影响,政治上一贯表现进步,在寿县中学当校长时,加入了中共地下党组织,上了国民党特务的黑名单,被迫去了日本,回国后董必武在武汉见到他,要他留在大后方从事抗日统战工作,1946年经周新民介绍加入民盟,在西工院任教时被称为"左派教授",这些经历他不怕曝光。关在"牛棚"里,失去了自由,对他来说,最受折磨的是长跑的中断,仿佛翅膀被缚的苍鹰,感到浑身不舒坦。这一场噩梦过后,他就离休了。他写诗言志:"年逾古稀复何求?告老归来信步游。十里野荒不扶杖,攀越险阻学猿猱。"当时,他居住的"豆腐坊"（西大新村南院）离西工大不远，每天早起便去西工大操场跑一圈，他原本是西工大前身西工院的教授，也不是外人。

80岁时，叶老动了大手术，身体虚弱，跑起步来，力不从心。但每天必到户外活动，走起路来，也要努力做出跑步状。如今，叶老已年过九旬，每日进完早餐，还要下楼走走，意念之中仍是一个"跑"字。最近我发现，叶老下楼时，手里多了一只拐杖，借助于这三条腿，他还要例行公事，完成跑步任务。生命不息，长跑不止，叶老的这种锲而不舍的精神，实在令人感佩。

（原载《陕西老年报》1996 年 3 月 25 日）

戏说"三子"

20世纪50年代初,西大文科教师中有三位很出名,他们才华横溢,卓尔不群,且年纪相近,都是20年代后期生人。三人的绰号也紧紧相连,听起来都十分不雅,唤作:呆子、疯子、瓜子。合称"三子"。

且容我将这"三子"一一道来。张君,北大读本科,清华上研究生,出身高门楼,教过他的都是闻名遐迩的大学者,后又成为某史学泰斗的高足。因其酷爱读书,专注于写作,别无营求,被戏称为"呆子"。高君,解放前北师大学生运动中的风云人物。颇善演讲,激情所至,忘乎所以。会气功,常当众表演。曾效大侠飞檐走壁,从房顶跃下,不慎摔坏脚跟,扶着拐杖作报告,结束时举起拐杖高呼口号,直引得台下掌声雷动。因其出言豪壮,行为狂放,被戏称为"疯子"。石君,江南巨室之后,负笈长安,毕业留校,喜胡说乱侃,与学生相处亦不分老小,常将"私房话"坦陈于众,如周末回家,别人问他:"干什么去?"他嬉皮笑脸回答:"云雨一番!"故被戏称为"瓜子"(傻子之意)。

"三子"的绰号流行一段时间后,人们发现这并不能全面概括三人的本质特征,甚至大相径庭,恰恰相反。于是,又出现了大家认同的"三子三不"的新说法,即"呆子不呆,疯子不疯,瓜子不瓜"。

何谓"呆子不呆"?张君虽嗜书成癖,学富五车,著作等身,却绝不是"两耳不闻窗外事,一心只读圣贤书"的书呆子,更不是"问以经济策,茫然堕烟雾"的冬烘先生。他对现实社会政治状况,反应敏锐,体察深刻,头脑非常清楚。他给全校师生作时事报告,对于国际形势、国内形势,分析头头是道,叙述生动具体,如同身临其境一般。至于他的本行业务,更是得心应手,直把一部枯燥的中国哲学史讲得娓娓动听,兴味无穷。他既有大部头巨著,又有应时短文,谈古论今,温故知新,针对性很强,出手又极快。后来的实践证明,他还是一个优秀的管理人才,有组织能力,思路开阔,信息灵通,点子多,交际广,国内国外,纵横捭阖。他一点也不呆。

何谓"疯子不疯"?高君虽生性豪爽,不拘细行,却绝非粗放狂狷之辈。早年他在校部当秘书,很拿事,被呼为"二校长"。60年代初,他向学生出示了自己学习马列经典著作的笔记,凡目睹者无不佩服他认真的态度和精细的作风。他的书法别具一格,亦可见其粗中有细的风采。大字用墨如泼,挥洒自如;小字一笔一画,精雕细刻。一次雪后,学校组织部分教师参观城南兴教寺、杜公祠,顺便到美院做客。美院院长是曾任西大副教务长多年的漫画家梅一芹,熟人见面,自有一番热情寒暄,只听高君抱拳朗声道:"今天我们是'踏雪访梅'啊!"话说得风雅有致,恰合情境,气氛顿时活跃起来。当他不幸染上不治之症后,去医院看病时不要学校派专车,自己去挤公共汽车,走路仍是大步流星,甩着膀子,鼓着劲,出口又是豪言壮语:"小车不倒只管推,一直推到共产主义!"如此精细,如此风雅,如此思想境界,怎一个"疯"字了得。

何谓"瓜子不瓜"?石君因受家庭社会关系牵累,政治上吃过一点亏,说话看似没遮拦,实则极有分寸。"文革"中造反派审查他,费了很大劲,搜集到几条言论,但掂量来掂量去,只能说难登大雅之堂,却无论如何上不到"三反"的纲上去。80年代初,他应约给《文艺报》写稿批判萨特的存在主义,只见他皱着眉头,狠着劲抽烟,在房间踱来踱去,为定准文章基调,掌握好批判的"度"而苦思冥想。他不是孟浪操切之辈。他肚子里装的"典故"很多,但书架上空空如也。他从不掏钱买书。上课一般也没有讲稿,几节课一气呵成,引述准确,说理明晰,见解新颖。他的专业是外国文学,但对中国古典文学也具很深造诣。他参加高考阅卷,速度极快,评分却把握得很准。平日读书,一目十行,过目不忘。一次在阅览室,他曾当场表演过,我指给他一首刚见报的邓拓的七律,七八五十六个字,他飞眼浏览一遍,即一字不差地背了下来。这样一个机敏异常、聪颖超凡的人,与瓜傻绝不相干。

"三子"的绰号与"三子三不"的说法,无非是同辈人之间茶余饭后的谈笑调侃之语,却在客观上为这三位杰出的文科教师做了宣传,提高了他们的知名度,扩大了他们的影响,其效果是表扬远远大于贬损。这正是:不恭不敬,无颂无誉,才情自显,风流自在。

石君与高君早殁。唯张君宝刀不老,健笔如椽,声名远播,成一家言。

(原载《西安晚报》1995年7月1日)

戈壁舟与"将进酒"

校西门南侧,有一餐馆,字号颇风雅,称"将进酒"。此名有些来历,是现代著名诗人戈壁舟给起的。

戈壁舟,原名廖信泉,四川成都人。青年时期参加了民族解放先锋队和学生救国联合会,投身救亡运动,曾三次出川,历经艰险曲折,终于投奔延安革命根据地,开始了革命和创作生涯。他的诗作很多,以《延河照样流》最为出名。1981年丁玲在访美期间曾发表文学讲演,介绍中国现代作家是"五代同堂",其中第三代指在抗日战争和解放战争时期涌现的作家,在她所列举的这一代的几个代表作家中就有戈壁舟的名字。丁玲说:"这些从战火中锤炼出来的人,他们过去与祖国、与人民融为一体,今天在国家处于困境的时候,他们是不甘心退避的,他们将永远握紧笔杆,继续战斗。他们是承上启下担当责任的一代,是最可靠、最坚实的顶梁柱。"随着解放战争的胜利,戈壁舟从延安到西安,负责西北文联创作室的工作,后又担任西安作协秘书长、《延河》月刊主编。

1957年2月16日,早春时节,乍暖还寒,戈壁舟与杜鹏程、魏钢焰联袂来到西大,在生物楼东北阶梯教室与中文系学生见面。戈壁舟个头不高,面容消瘦,当时刚刚访苏归来,用一口四川话讲了访苏观感,并朗诵了他的访苏诗草。他讲话很幽默,朗诵诗不似柯仲平那样激情澎湃,也不似杜鹏程、魏钢焰那样恣肆煽情,声调轻轻的,节奏缓缓的,有如清澈的溪流那样沁人心脾。他形容自己的苏联之行是:"我像鱼儿游去,又像鱼儿游回。"记得他朗诵的有一首诗是写克里姆林宫上那颗闪亮的红星的。这次会见,给我们留下了难忘的印象。1958年春天,戈壁舟与夫人安旗一同回到四川老家,仍是担任文艺团体和文艺刊物的领导。20年后,夫妻双双带着"文革"留下的累累伤痕,二返长安。安旗成为西大中文系唐代文学教授,戈壁舟做了西安市文联主席,随安旗寓居西大新村,于是我对他便有了近距离观察的机会。

我注意到老戈并不常去上班,他的生活规律是:上午早些时候,挎着竹篮到西大附近的自由市场转一圈,除了买菜,还顺便选购中意的花草,有时农民挖的树根之类也被他高价买下,一路拿在手中,宝贝似的欣赏着,转回新村。安旗是个女强人,并不喜爱花花草草,往往随便就送给熟人,弄得老戈惋惜不已。午休起来后,开始练书法,拿起笔,滗好墨,随意在报纸上、杂志上涂写起来,有些文艺刊物是刚刚寄来的,他连翻都不翻一下,就在上面龙飞凤舞,抹得一塌糊涂。晚上,有人来访,就大摆龙门阵,老戈见闻极广,读的书又多,一番神聊,天上地下,趣味横生。他好像还通医道,有次讲起童尿的药用价值,简直神乎其神,使你只觉得随便把尿撒掉实在太可惜了。他抱着一只白色的波斯猫,就讲猫的特性,突然撒手将猫扔到地上,猫却轻轻落下,悄没声息,他说这便是猫的本领,天然具有轻功。客人去后,他就读书、写作,直到深夜。晚年的戈壁舟很少发表作品,我问安旗:"老戈还写诗吗?"安旗说:"正在写一部长诗。"安旗说了诗名,我忘记了,似乎未见出版。

安旗事业心极强,整天忙于著述,家务主要由老戈操持。我亲眼见安旗连煤炉子都不会捅,老戈接过扦子说:"还是让我来吧!"有一段时间,老戈回成都探母,安旗突发急病,系里便发电报给老戈,叫他赶快回来。老戈一回到家,见到系里的人,就说:"没得事!没得事!安旗的病我清楚。"原来当老戈不在家时,安旗吃饭总是将将就就，营养跟不上，时间一长，就成了低血糖，工作一劳累，就会出问题。这次发病的原因，果不出老戈所料：那天下午，省外办主任孙铭（马文瑞夫人）派车请安旗座谈新拍电视连续剧《天宝遗事》。安旗对电视剧并无多大兴趣，听说史念海、霍松林也去，她倒想会会这些知名学者，便去了。谁知座谈会一直开到六点多，没有管饭，就用车原路送回。回到家，安旗浑身发软，困乏无力，不要说做饭，连吃饭都懒得动嘴了。就这样犯了病，休克过去，我和系主任刘建军等人，七手八脚把她送到省医院。待老戈从四川回来，安旗已经没事了。

安旗怕做饭，老戈有时也厌了，就去校门口本校人承包的一家餐馆用餐，渐渐就成了常客，老板也跟他们熟了，知道他们的来头。餐馆整修时，老板就请他们给起个名字。老戈是具有李白那种诗人气质、无一日离得杯中物的"饮者"，安旗则是著名的李白研究专家，两人一合计，便将李白诗名"将进酒"移植过来，作为餐馆字号。老板附庸风雅，索性把李白这首诗写在店外墙上，以招徕顾客。多有过往行人驻足观览，嘴里不禁吟出声来："君不见黄河之水天上来，奔流到海不复回。君不见高堂明镜悲白发，朝如青丝暮成雪。人生得意须尽欢，莫使金樽空对月。天生我材必有用，千金散尽还复来……"

如今，在西大圈内说起"将进酒"，必定是指这家餐馆无疑。常可听到这样的对话："去哪里吃饭？""将进酒。"西大人也真风雅得可以。"将进酒"一词在李白之前已见于汉代铙歌。各注家对"将进酒"三字的解释，略有歧义。有谓"将"为执、持、拿之意，有谓"将"为请之意，读音也因义而异。如读"将"为jiāng，则是"拿"的意思，"将进酒"就是"拿酒来"。这不免使人想起威虎山上的土匪。如读"将"为qiāng，则是"请"的意思，"将进酒"就是"请喝酒"。这又不免使人想起五星级饭店的侍者。安旗就坚持后一种解释。查阅她主编的《李白全集编年注释》，对这一诗名是这样注释的："将，音锵，请也。将进酒，请饮酒也。"安旗在她参与命名的这家餐馆就餐时，对同桌的食客纠正说:"将进酒"的"将"念 qiāng,不念 jiāng。但是,习惯难改,到头来人们还是说"将(jiāng)进酒"。

戈壁舟如同一峰长途跋涉的骆驼走完了他的人生之旅。安旗还在学术研究的征程上继续前行,不过她很少再去光顾"将进酒"。"将进酒"的老板至今已换过好几位,而"将进酒"这个雅号一直没有变。最近获悉,学校南侧有新的建设计划,"将进酒餐馆"与"批发市场"(原风雨棚)都将拆除。我想,即便餐馆消失了,戈壁舟为其命名的这桩雅事西大人是不会忘却的。

(原载西大校刊1996年3月8日,《科技·人才·市场》1996年4期)

补记

这篇文章在1996年3月8日的西大校刊上发表后,安旗教授看到了,激动地对我说:"3月5日是老戈逝世十周年,感谢你还记着他。我们夫妻间的事,你怎么知道那么多,有些事我也记不得了。"她赠我一册最近自印的《戈壁舟诗选》,其中精选戈壁舟各个时期的代表性诗作七十余首。我感慨地说:"老戈的诗选都不能公开出版,这岂不是文坛的悲哀!"安旗翻开书的最后一页让我看,那是她写的后记,文字不长,照录如下:

> 为了纪念戈壁舟逝世十周年,我从他的全部遗作中选出十分之一二,编成这本《诗选》,自费付印,作为赠送亲友之用,聊以了结我的一点心愿。
>
> 这本《诗选》中所有作品都曾公开发表过或出版过,但现在却不能公开发行,所以特地标明了是'非卖品'。'非卖品'自有它的幸运,即不会被书商丢在地上廉价处理,受人

践踏,像我亲眼看到的许多著名作家的优秀作品那样。我最近买到的《野草》《女神》《钓台春昼》《背影》《边城》《我的家在哪里》等一大批好书,都是我跪在地上从人们足下的尘土中挑拣出来的。

读完这篇后记,联想到书市上那些低俗的"文化垃圾"充斥并紧俏的现象,我不禁又感慨道:"这真是黄钟毁弃,瓦釜雷鸣啊!"安旗又说:"我印这本《诗选》花了两千五百元。要是老戈在,他准会说,这些钱还不如给我打酒喝呢!"

安旗讲述这些并不令人愉快的事时,并无悲伤凄楚之感,却显得神清气爽,声音也比先前洪亮了。我暗暗思忖,她一生什么事都经历过,如今可能大彻大悟了。也许她长期研究李白,无形中感染了太白的飘逸豪放之气。我回过神来,再问安旗:"你近来精神好多了,你自己是否感觉到?"她朗声回答:"我当然感觉到,很明显嘛!我早上不到五点就起床了,活动活动,吃过早餐,就开始伏案工作,一直干到十二点,还不觉得累。"她神秘地告诉我:"你知道是什么原因吗?我是得益于小米熬红枣。这两个冬天,我吃了差不多三十来斤大枣,很见效,比现在市场上五花八门的滋补品好多了!"她还在重新修订加工她的《李白全集编年注释》。

杨教授的粉墨生涯

我曾撰《不绝如缕秦之声》的短文，披露了杨春霖教授与秦腔的缘分。文章在《西安晚报》发表后，杨先生见到我嗔怪道："你给我惹下麻烦了，许多人知道我会唱秦腔，都要我唱一段……"鹤发童颜的杨先生一边嘟囔着，一边摇着头，咂着嘴，显出百般无奈的样子。我连连道歉，同时又抓住机会，得寸进尺地向他了解他的粉墨生涯以及西大早期戏剧活动情况。

问：您原籍是江苏人，怎么会对秦腔产生兴趣？

答：我虽然祖籍江苏，但生于西安，长于西安，继母又是陕西人。我家先住粉巷，后迁卢进士巷，都离南院门不远。那时南院门有个正俗社，以秦腔名家李正敏、和家彦等为台柱，戏唱得正红火。我那时年纪小，不用花钱买票，就可以溜进戏园看白戏。时间久了，耳音顺了，也能哼几句，我爱唱秦腔，主要是环境的影响。人常说："近朱者赤，近墨者黑"，我是"家在戏园旁，不学也能唱"。

问：您在西大上学期间演过什么戏？

答：那时西大在城固。学校组织了业余秦剧团，许多陕甘籍同学热心此道，我也参与其中。我演过的戏，记得有《二进宫》的李艳妃、《背舌》的龙母、《调寇》的八贤王，等等。原先我还保存当时演出的剧照，后来被同事的孩子拿去弄丢了。

我开玩笑说：您演的这些角色都是大富大贵之人，级别和地位都挺高啊!

杨先生一笑,回说:都是富贵闲人,没有实权!

(我立即联想到杨先生本人身兼许多社会职务和名誉职务,此处一语双关,既指戏中人,又不无自况之意。)

问:当时西大秦剧团还有哪些骨干成员?

答:民间戏班子的领导人叫"班头"或"班长"。我们的"班长"是数学系学生弓金宝,这个人虽然自身嗓音条件不行,却很懂戏,演戏台架好。他搞戏很投入,肯下功夫。他平时看戏常占楼座,自上而下,注视着台上演员一举手、一投足,皆默记于心,就靠着长期的学习、观摩、钻研,成为戏剧表演方面的行家里手。那时他在学校主持排演了全本的《白玉楼》,从唱腔、对白到各个角色的基本动作,他全都胸有成竹,一一道来,大家都很服他,都听他指挥。这出戏演出很成功,受到校内外观众的热烈欢迎,几个外国教师也兴致勃勃前去观看。弓金宝后改名弓矢石,在西安高中教数学,现已退休,对秦腔仍一往情深。

问:那时学校的戏剧活动,除了秦腔,还有别的剧种吗?

答:西大是国立大学,学生来自全国各地。学生演戏,除了秦腔,还有京戏,而且京戏比秦腔更胜一筹。演秦腔的多为陕甘籍穷学生,而京剧团的骨干大部分是外地官宦子弟、富绅子弟,有钱,互相关系密切,在校形成一种不小的势力。他们也不大上课,几乎是专门搞戏,有个"打鼓佬"乐此不疲,唯恐毕业离校后"失业",故意留一级再留一级,以便能从事他心爱的玩意儿。其父等得不耐烦了,写信发问:"不知吾儿何时方能毕业?"京剧团几个演员水平确实不错,接近专业演员,到省城西安演出时,省长也来观看。

问:以后的情况呢?

答:西大迁回西安后,我对戏剧活动渐渐淡了。中文系教文字学的朱人瑞先生颇不以为然地向我指出:"不好好地做学问,搞那些不登大雅之堂的事干什么？"系主任高明先生很器重我，也希望我把精力集中到学业上。我听老师的话，从此便埋头于语言文字的学习和研究中去了。

（原载《当代戏剧》1995 年 3 期）

师兄何西来

师兄何文轩,又名何西来,以锦绣文章闻名于世,易居京城。他是一个地道的文人,但文质武相,生得浓眉大眼,总是精神抖擞,倒像一介武夫,性情又极爽快,常抱打不平,仗义执言,透出一股逼人的豪气,端的一个"大侠"。因他祖籍秦皇陵附近何家村,身材魁梧健壮,京城文学圈的人便开玩笑说:"你想参观兵马俑吗?用不着远去陕西临潼,就近看看何西来就行了!"

上大学时,他高我一级。我刚进校那会儿,宿舍尚未腾出,暂时插入二年级宿舍。我与他虽不同舍,却常见他来串门,很能谝,口若悬河,滔滔不绝。看他虽然外表粗悍,典型的秦人面相,讲话却极文雅,操普通话,多用书面规范语言。我班一女生,南方人,大家闺秀出身,活泼可人,有热心肠者介绍给他,接触了一阵子,最终没有谈成,主要原因是那女生嫌他过于邋遢。典型事例是说他吃罢饭不洗碗,塞到床下,下顿拿出打饭再吃,我怀疑这是同学间的调侃之语,未必真有其事。他结婚很晚,找了一个搞艺术的年轻姑娘,我们唤她"小朋友"。他俩的婚恋充满浪漫和诗意,刘建军就常对人讲述何文轩给他的"小朋友"辅导《红楼梦》的故事。如今,"小朋友"已变成何大嫂了,有趣的是,在夫人和女儿眼里他仍是一个"老农民",他只好认了,还写在一本书的作者介绍里。不过,在我看来,这个"老农民"应该是"朱老忠",而不是"严志和"。

我倒想起，他学生时期常演话剧，给他派的角色差不多都是英雄人物，如《十六条枪》的游击队长，《难忘的岁月》的地下工作者，在许幸之编剧的《阿Q正传》里，他演王胡，虽算不得英雄人物，却也是把阿Q的头按在墙上愣撞的强霸之人。这都和他的气质特征相关，他是一个本色演员。但是，在当时频繁的政治运动中，作为一班之长的他却不愿往前冲，差一点因"温情主义"丢了党籍。我班有个上海来的学生叫卢平，因发表文章认为花鸟画没有阶级性而遭到批判，我们都视其为资产阶级人性论者，何文轩却与之谈得很投机，我有些不解，直到后来读了他深情悼念被错划为右派的刘思虹老师的文章《人格，人格》，我才释然了，原来当我们头脑发热时，他仍十分冷静地保持着一颗平常心。

20世纪60年代初，他从何其芳主持的文学研究班毕业，调到文学研究所工作。他回家探亲时来校，有时就寄住我处。那时他刚在《延河》杂志上发表了一篇文章，题目是《〈创业史〉的史诗结构》，有一定理论深度，引起柳青注意，约他在人民大厦谈话，对一个初涉此道的年轻人来说，这似乎是一种殊荣。他见罢柳青回到我的宿舍，我问他柳青讲些什么，他皱起眉头大概叙述了一下柳青谈话的内容，末了便露出一些微词："柳青反复告诫我，不要因为他找我谈话，就过分得意，不可一世，翘尾巴。这口气叫人简直受不了，他也太小瞧人了！"此事不知他还记得否？我在他的文章里倒看到他关于陈翔鹤找他谈话的记述，陈也是一位资深老作家，当时担任《文学遗产》主编，拟发表何写的《论杜甫诗歌的艺术风格》，陈对何说："你的文章我们看过了，写得还不错。我们决定发表，你看还有没有需要补充或修改的？"何说没有。临走时，陈忽然严肃地提醒何："说这篇文章写得不错，并不是说已经很好了，尽善尽美了，事实上还存在着许多缺点和不足。"何理解这番话也许"是出于一片前辈对后来者的爱护之心，怕年轻人骄傲"。我想对柳青的反复告诫，文轩兄当时虽觉有伤自尊、心中不快,过后冷静下来,也可作如是观了。后来《文艺报》展开电影《达吉和她的父亲》的讨论,他写了一篇《〈达吉和她的父亲〉的爱情描写》,打响了他在全国发言的第一炮,逐渐成为全国文艺评论界的一个活跃人物。

"文革"期间,中科院社会科学部政治风云多变,戚本禹等插手其中,兴风作浪,横生事端。随着各种派别、各种思潮的冲突、较量,何文轩时而处于浪尖,时而又翻入波底。他贴别人的大字报,别人也贴他的大字报。"学部"的情况太复杂,我弄不清他究竟是哪一派,但有一点可以肯定,他不是逍遥派,他棱角分明,热衷政治,总是搏击在斗争的旋涡之中。"四人帮"垮台,人心大快,他也扬眉吐气,他所激烈反对的人或者激烈反对他的人,一个个敛翼冬眠了。党的十一届三中全会后,在拨乱反正的过程中,他一马当先,特别振奋,文章写得很多,开始启用"何西来"这个笔名,产生了较大影响。他还四处应邀开讲,他的嘴头子和笔头子一样厉害。这段时间,他差不多年年都回校给中文系讲课。他讲课喜欢碰硬,专讲那些别人避之唯恐不及的敏感问题,观点非常明确,并且带着强烈的感情色彩,如瓦沟倒核桃———一溜而下,具有一种煽惑力和穿透力,深受大学生和青年教师欢迎。80年代初,中文系办了个《文学概论》师训班,学员来自全国高校,讲课的都是文艺理论权威和著名学者,如蔡仪、李泽厚、钱中文等,这主要得力于何西来在京代为张罗延聘。当时办班,不为"创收",只为"扬名",中文系文艺学硕士点第一批通过,在全国高校居于领先地位,便与此有关。

何西来的文学批评,据一位不便提名的名人评价,是"赤膊上阵",此言极是。他的文章明晰、通脱,没有太多的"春秋笔法",没有太多的"弯弯绕",与人交锋,恨不得一枪刺下马。他也常作反思,忏悔,自我解剖,一样是直戳心窝,毫不留情。如他学生时期曾经参与批判过傅庚生教授,这在当时是大势所趋,"左"的潮流使然,他却不原谅自己，反复提起这件事，课堂上讲，座谈会上讲，还写到文章里。在《诗心见师心》一文里，他写道："傅先生教我懂得了诗，向我揭开了诗国奥秘，为我展示了诗府洞天。然而，在极'左'思潮之下，我的思想和心灵都曾被扭曲过，不仅不知道感激他，反而在1958年的'拔白旗'中冲在前面，批判过他，伤害过他。那些词锋犀利、哗众取宠、攻其一点、不计其余的无限上纲的发言，一定像利刃一样，一刀刀割在我的老师心上。"傅先生曾指出他是"英气有余，沉郁不足"，他深铭于心，时时自策。

按说现在是太平年月，文化人生活在宽松的环境里，大家都相安无事，何西来却仍时有颠簸，升沉不定，有几年大红大紫，副所长、系主任、主编集于一身，忽然又一齐辞掉，无官一身轻。他在一篇书序里说："我的文章还是像我的为人一样，不含蓄，不蕴藉，时露锋芒，因而往往犯忌，常惹麻烦。然而，'山水易改，禀性难移'。"不过，他手里那支笔一直没有放下，摇得还是那么欢，作品不时见诸报端，集子一本接一本出版，他赠给我的就有：《探寻着的心踪》《新时期文学思潮论》《文艺大趋势》《横坑思缕》《绝活的魅力》《艺文六品》《论北京人艺演剧学派》（合著）、《当代小说论》（合著）等书，总计200万字左右。看他近年的文章，沉郁内蕴，英气外溢，显得老成练达得多了。

我始终不解，"文轩"这个挺雅的名号，为何要改成多少有些土气的"西来"？是达摩西来？还是来自西部？总想当面问问，见了面却又忘了。近来，这个问题终于有了答案。我从他新赠的随笔集《艺文六品》里翻到一篇"自品"的文章《少林纪心》，说他和几位同志去少林寺寻幽探古时，同行者发现他与拓片上的达摩相像，一齐惊呼"达摩西来，达摩西来！"他当时感到突然，不知所措。他说他当初用西来作笔名"仅仅因为喜欢李白的诗，随便从他的名句'黄河西来决昆仑'截下三字罢了，并无深意。尽管并非不知道有'圣教西来''我佛西来''达摩西来'之说,也知道江苏南通附近有西来镇,美国纽约有西来寺,等等,却都不曾深想过。再拿眼深目圆,面部轮廓也有某些相似来说,那也只能说明我祖上的血统可能有来自中亚的成分,并不能说明我就会有如达摩那样超凡悟性。何况他早已超离轮回了,决不会在圆寂千有余年之后,再托生为如我这样的倒霉鬼,在人世没完没了地受洋罪。"从这番表白可以看出,他并不十分情愿和面壁九年的神圣初祖联系起来,他只是一个诗仙的崇慕者。

(原载西大校刊 1997 年 3 月 28 日)

新村两弥勒

这是一所古老的学府。教职员工作于校园,生活于新村,两处只一路之隔。大学教师站讲台的时间并不多,没有教学任务时他们也不坐班,就在家里待着。要寻访他们,在校园那边倒不易找着,他们大半是在新村。我这里要介绍给读者的是时常出没于新村的两位中年教授,因为他们都长得很富态,个头不高,胖乎乎的,腆着个大肚子,一副慈眉善眼,见人喜欢打哈哈,故而我称他们为"弥勒"。

两人一姓戴,一姓赵;一治史,一治文;一是四川人,一是商州客。论起两人的相互关系,倒不很深,并非什么哥们兄弟、莫逆之交,只是在我这个第三者眼里看来,他们从里到外有许多相似之处。他们都是乐天派,笑话随口而出,见人没正经的。茶余饭后,或备课、写作困乏了,他们总喜欢走出自己的小"围城",在新村到处转悠。常可见路灯旁,树荫下,花栏边,以他们中的一人为中心,松松散散,随意围成一个圈子,无主题演讲会就开场了。他们的大肚子储藏的东西真不少,从历史到现实,从国际到国内,从省上到学校,从系里到个人,从政治到学术,从热点到秘闻,从大事到笑料,似乎无所不知,无所不晓。极普通的一件事,从他们的嘴里道出来,总是有声有色,妙语连珠,趣味横生。每到节骨眼上,听者前仰后合,说者乐不可支,大家都进入极乐世界。他们自己快活,也能使别人快活,他们是笑口常开的欢喜佛。

不过，他们修行得还不到家。他们可以做到"笑口常开，笑世上可笑之人"，但却做不到"大肚能容，容天下难容之事"。他们的忍耐心比常人还差，一旦遇到可气可恼之事，他们的反应正像旧小说常言的"怒从心头起，恶向胆边生"。这当口，他们就不再是欢喜弥勒，而是怒目金刚了。戴君的表现多是愤愤然，脸红脖子粗，急得说话口吃起来，却极少大动肝火；赵君则如火药桶，一点就着，拍案而起，大有立马拔剑砍杀之势。他们爱憎分明，从不隐瞒自己的观点，也不掩饰自己的态度，不大给人留面子，抱打起不平来，谁都敢骂，谁的名都敢点。他们心直口快，快人快语，常能赢得众人的认同和响应。这一笑一嗔，一喜一怒，说明他们实际都是"外圆内方"一路人。

老戴每日都要挎一只大竹篮，不慌不忙，摇摇晃晃，迈着八字步，去自由市场采购。归来时便是满满一篮子各色蔬菜和鸡、鸭、鱼、肉、蛋。碰见熟人，便放下篮子，喘着气，用浓重的四川口音表白："我爱吃，有钱都吃掉；我爱做饭，做饭本身就是一种享受嘛！"老赵自有贤内助代劳，不大买菜，但常去花市上游逛，时不时带回几盆鲜花来。他很舍得在花花草草上投本。他在一层住，屋后开辟了一个不小的园子，花了上千元，栽种了不少奇花异草。常可见他在园中荷锄作业，一边却和篱笆外站立观看的闲人唠嗑，手不停，嘴也不停，消闲自在，自得其乐。当然，在家里他也有无奈的时候，那就是夫人饲养的宠物猫，一不留神咬断了他掏大价钱购得的盆景。

行文至此，读者千万别把这两位误认为游手好闲之徒。他们谁也没有闲着。这有他们的著作为证。赵的《陕西作家研究》《小说史稿》《当代文学思潮》，都是在首都几家高档次的出版社出版。他引以为自豪的是在人民文学出版社出版文学理论专著的陕西学者，只有他和霍松林先生二人而已。从他写的几部书的规模和质量看，其学术研究的势头可说是渐入佳境，日见其盛。戴同样是一本接一本地出书，在校勘学、版本学、文物鉴定方面的几本著作问世之后，又不歇气地搞了一部上、下两册定价300余元的大书,评教授时让出版社赶着先装订出一套,他背负着找评委一一过目,职称顺利通过。有的评委开玩笑说:"你这是拿你的大肚子夯人哩!"常用"著作等身"形容某人写的书多,如果是站立着就身高而言,他们两人还达不到"著作等身",如果是躺下来就身宽而言,他们的上述成果再加上零星的报刊文章,也称得上"著作等身"了。生活上,闲适、慢节奏,工作上,使劲、快节奏,这就是两人性格的二重组合。"外松内紧",可说是他们的又一特点。"逍遥以针劳,谈笑以药倦,常弄闲于才锋,贾余于文勇",两位教授深得刘彦和"养气"之三昧。

两人现在虽都是无官一身轻,野云闲鹤似的,而在其以往的经历中却都曾为官为宦、权柄在握。赵做过副系主任,戴做过图书馆副馆长,大刀阔斧,风风火火地干了一阵,难免生出这样那样的矛盾,他们又不甘心情愿做"恶水桶",于是撂了挑子,嘴里还说:"世人都想把官坐,谁是牵马坠镫人?"其实他们视乌纱为草芥,根本无意于仕途。论党派,用赵的话说,都是插翅膀的飞字号,即非党员。戴加入了民盟,赵则是一个无党派人士。赵的夫人是党员,有时对一些事想不开,闹点情绪,他便有了说头:"你这个共产党员的觉悟,还不如我这个插翅膀的呢,哈哈!"逗得夫人"噗哧"笑出声来。戴常对时政发表自己的看法,有一次他站在新村十字路口高谈阔论:"现在反腐败,抓一个是党员,再抓一个还是党员,这不奇怪,共产党是执政党嘛!如让民盟来执政,抓一个再抓一个,必定都是盟员!"他还经常宣传"少喝酒,多吃肉,听老婆的话,跟党走"的人生经验,说这样就可以保证身体健康,家庭幸福,政治上不出问题。

两位佛爷都与我有点缘分。戴与我何时相识,记不清了,我也没有去过他府上,但却是掏心知底、无话不谈。每次路遇,总要停下来"谝几句",或述己见,或提建议,或通信息,或传小道,或告近况,或讲趣闻,一旦打开话匣子,就不是几句,而是成百上千句,我有急事开步走了，他便相跟着一直把话说到一个段落为止。我与赵熟络是在农场。下去头一天晚上，几十人在仓库里打通铺睡，赵鼾声如雷，吵得大家一夜不能安眠，连隔壁住的女同胞也未能免祸。生物系某君眉头一皱，给赵起了个外号叫"雷公"，立即传开，从此谁也不叫他的本名了。农场宿舍很挤，但"雷公"却得天独厚，分了个单间。我睡觉很死，不怕打呼噜，就搬去与他同住。有时也被他吵醒，但我自有对策。我一只耳朵灵，一只耳朵聋，只要翻个身将灵耳朵按在枕头上，聋耳朵向外，世界便复归平静，很快又进入黑甜乡。后来，"雷公"又有了新的外号。起因是他常自称"赵某"，称别人"张某""李某"，有次他对着一位年纪稍大的姓岳的女同志叫"岳某"，大家听上去则成了"岳母"，从此"岳母"便成了他的新外号。人们就抓住这个把柄，拿捏着铁嘴钢牙似的"赵某"，使他开涮别人时不得过于放肆。

交了这两位弥勒朋友真划算。但凡遇到苦闷烦恼不舒心的事，就去找老戴摆龙门阵，找老赵谝闲传，两小时后便可畅心快意而归，灵得很。

新村故事多，一时难尽说，就此打住。

(原载《延河》1995年第7期)

好人一生平安

叶增宽，一个满脸忠厚相的关中汉子，1961年毕业于本校中文系。这里记下的是他在1976年唐山大地震中的一段奇特经历。

离开学校后，他原本在文艺界工作。"文革"中搞"斗、批、散"，他流落到省水电厅。当时唐山陡河电站正在紧张施工，陕西也投入了力量。1976年7月，叶增宽被厅里派往唐山公干。到了唐山，他住进一家旅馆，先被安排在二楼较为清静的一个房间，出去转了一圈，吃了一顿饭，回来发现房间被调换了，换到一楼，靠近大门，十分杂乱，原来的房间大概被"熟人"或"贵客"占据了。增宽为人厚道，小事上不大计较，忍了这一口气，不再理会，反正也住不了多久。就在当天夜里，刚刚入睡，忽觉天旋地转，电灯泡剧烈摇摆，墙皮碎裂，灰尘飞扬，不知发生了什么事。好在他住的房间就在门口，说时迟那时快，他早已跑出楼门之外，站到空旷地带，就在一刹那间，天崩地裂，大楼坍塌，化为一片瓦砾，众多旅客（包括二楼的"熟人"或"贵客"）皆死于非命。这就是造成几十万人殒命的唐山大地震中的一个镜头。

叶增宽吉人天相，大难不死。震后数日，电讯中断，与家里失去联系，他与其他生者、赶来的救援者、解放军一起投身于撬楼板、抢救伤者和抬尸首的工作，紧张得喘不过气来，脑袋也快麻木了。唐山大地震的消息迅速传遍全国，比原子弹爆炸更要震撼人心。叶增宽家里，几天接不到信息，大料凶多吉少，单位上的同志和亲友们纷纷登门抚慰，听言语，看表情，都已把增宽的妻子当成"未亡人"，把孩子当成"伶仃儿"了。正当此时，增宽却奇迹般回到家里，一场悲剧立即转为喜剧。

此事我是听增宽的同班同学、西影厂长李旭乐讲的。我半信半疑，见了增宽，问起此事，他说大致不差。

大难不死，必有后福。叶增宽后来又归队，任省委宣传部文艺处副处长，几年后派往铜川任市文化局长，工作踏实，政绩突出，深得领导和同志们的信任，被提升为陕西省文化厅副厅长。妻子贤惠，子女成材，家庭幸福，其乐融融。这正好应了电视剧《渴望》的一句唱词："好人一生平安"！

(原载西大校刊 1994 年 9 月 24 日)

我与靳老总

天水老乡靳仰廉,教授级高工,曾任新疆石油管理局地调处总地质师,人们习惯称呼他"靳老总"。

我与靳老总说来有缘,既是大学同学,又是中学同学,还是小学同学。但又无缘,因为我们同在一校上学时,谁也不认得谁。我们的同学关系是后来才续上的,终归还是有缘。

1987年,西大75届校庆,远近校友从四面八方赶来参加。靳老总也来了。熟悉他的人向我介绍,这个校友不同一般,为学校办事特别热心,只要学校有人到新疆去,他都盛情接待,竭尽全力提供帮助,从新疆归来的人都说"西出阳关有故人"。听了介绍,我以十分感激的心情与靳老总叙话,听口音有些耳熟,便问他乡梓何处?他回答:"天水"。这两字对我来说犹如强力兴奋剂。当他得知我是同乡之后,双方的亲切感立即加深了一层。说来说去,我们都毕业于天中,掐指一算,我上初一时,他已到高二,我们共同在天中度过了一年光景,但是互相都没有留下任何印象。他说,他父亲就在天中门口开裁缝铺,我脑海中立即浮现出天中西边的裁缝案。一次上学,走到校门口,靳裁缝与顾客发生口角,围了一堆人看热闹,只见一向爱管闲事的音乐老师李仁,分开众人,挤进圈子中心,像法官一样,先听各人诉说,然后判断是非,平息了争吵,至于谁是谁非我已记不清了。

在这次校庆活动中,当我与靳老总互认老乡的同时,又意外地遇到了两个人：一个是西大经济系毕业的许明昌，湖南人，在天水工作了近30年，这时正做着天水的父母官，靳老总趁机向他交涉自家的私房被公家"改造"的事，徐市长未置可否；一个是天中的老教师孙恒谦，解放前西大法律系毕业，已离休多年，这回闻讯也来了，我和靳老总一同去拜望这位昔日穿一身灰制服的政治教师，他不记得我们了，我们还记得他在看电影《白毛女》时哭着高喊："打倒黄世仁！"几十年过去了，孙老师尖利的喊声似乎仍在我们耳边回荡。

其实，我和靳老总在西大只能说是先后同学。他是1952年天中毕业后考入西大地质系石油专业的，由于建设的急需，两年内上完四年的课，1954年就提前毕业"走西口"，去了新疆。而我是1956年天中毕业后，考入西大中文系的，这时他已离开西大两年了。

1996年初夏，当"旋黄旋割"的声音在树梢响起时，靳老总又一次来到西大母校。他在边疆干了几十年石油资源开发事业，与老同学宋汉良、谢宏等一起创造了辉煌的业绩。如今"廉颇老矣"，已退居二线，新近又遭丧偶之哀，便出来走走，散散心，在天水老家住了一段时间后，便打道来校。晚上，在他下榻的宾馆房间，我们一起聊天，话题由不得转向我们共同感兴趣的故乡生活。我问："你小学在哪里上？"他答："玉泉小学。"怕我不知道这所学校，便补上一句："在电厂对面。"我又一次惊异了，玉泉小学正是我接受启蒙教育的地方。于是，我们的魂魄都游回到半个世纪以前。我说："你还记得郭校长吗？"他说："记得，瘦瘦的，打板子可凶呢！有个女老师长得很漂亮……"我接住话头："她大概姓唐，常听人议论，是天水城里的美人。操场在学校后面，是个大坑。"他接住话头："沿坡下去，又分上下两块，上面打篮球，下面打垒球。"我们又从操场联想起教武术的韩老师。这是一个矮矮胖胖、长着白胡子的老拳师，学生娃娃都亲切地叫他"韩爷"，他从前弓后箭的架势、"坐马式"等基本动作教起，然后再教套路，"坐马式"就是半蹲着，一蹲半天，有的学生蹲不住，他就过来"种洋芋"。

"种洋芋"就是用握紧的拳头在你头上轻轻旋一下,这是韩老师处罚学生的一种独特方式,因他手劲大,这开玩笑似的一旋也是有点感觉的。说来好笑,韩爷一套长拳耍下来,收势时总要捋胡子,我们七八岁的娃娃也跟着捋胡子。我以后再没有机会学武术,但是50年前韩爷在玉泉小学给我们教的动作,我至今未忘,还能耍几下。从学校联想到家庭,我又问:"你家住哪里?"他回说:"砚房背后。你呢?"我答:"吴家圪崂。"这些地方,我俩都很熟悉。我忽然想起解放前发生在天水的学潮,问:"那年四月庙会,你上杜家坪没有?"他说:"怎么没上?麻警察打学生,我亲眼见的。"我说:"我从杜家坪下来,领着弟弟在运动场玩时,听到枪响就跑回家了。你当时在哪里?"他说:"我在家里,听到枪响,我要去看,父亲不让我出门。"我问:"王铭你认识吗?"他答:"怎么不认识,我和他是同桌。他死得太冤了!"王铭是在天中门口被反动军警杀害的,为抗议这一暴行,中学罢课了,我们小学也罢课了,我们也算天水学潮的目击者和参加者。

夜深了,分手时,我说:"最近家里捎来一大包干乌龙头,你回新疆时带些吧!"提起天水这一特产,他又来神了:"你不知道,这回在天水,乌龙头刚下来,三天两头吃一顿,变着花样吃,用宽粉条炒着吃,凉拌着吃,用饼子卷着吃,烩成肉臊子浇扯面吃,真个把人吃美了,你留着吃吧!"临出门,我感慨道:"想不到咱们还是小学同学,真不容易啊!大、中、小学都是同学,恐怕再找不出第二个了!"他拍了一下脑袋:"你且慢着,现成就有一个。"我有点发蒙了:"谁?"他说出一个名字:"叶俭。"叶俭我早认识,她原是西大地质系教师,现为西安地质学院教授,靳老总的同班同学,但她是南方人,怎么会在天水上学呢?经靳老总一番解释,我才知叶俭自幼随父(林业专家)到天水,并与他同上玉泉小学,又同上天中,同上西大,既然如此,叶俭与靳老总一样,都是我的"三连环"同学。得知这一事实,我像小学生一样念起一首天水歌谣:"奇哉怪哉,楸树上长了个蒜薹,"靳老总接着念:"蹶的一跳,咬了半截,尝了一口,辣得厉害。"我们一起开怀大笑起来,活脱脱两个老顽童。

靳老总邀我瓜熟时节天山一行,我期待着……

(原载《天水日报》1996年7月20日)

梁文亮和他的水彩画

梁文亮的水彩画，称得上陕西一绝，置之全国以至于海外，也属上品。1986年7月，由中国美术馆在京主办他的作品展览，据说这是该馆建立以来首次为国内水彩画家举办个展。截至目前，他已有15幅作品入藏中国美术馆，这是一个画家难得的殊荣。

梁文亮原籍河南沁阳，幼年遭逢战乱，流浪到西安，被收容进保育院。想不到在这里却遇高人指教，受到良好的艺术教育。从此，绘画就成为他终生的追求。1954年，他以优异的成绩毕业于西北艺术学院美术系。其后，不论环境如何艰苦，他从未放下手中的画笔，一直执着地从事水彩画创作。1987年，他调到西北大学主持美育教研室工作，努力开展艺术教育，多有建树。

几年前，梁文亮将自己的作品精选出60幅，交由天津人民美术出版社出版了《梁文亮水彩画集》。为保证印刷质量，梁文亮亲自到车间，指导工人操作，虽不尽如人意，基本上还是达到了色彩适度。画册扉页上，有梁文亮一向敬重的雕塑艺术大师刘开渠的题名，著名木刻艺术家古元书写"色彩的诗"几个大字以作评价；画册后面，刊有诗画两栖的艺术家马萧萧的文章，他以老朋友的身份热情洋溢地介绍了梁文亮的人品与画品。这几位艺术家可谓梁文亮的"知音"。

我与梁文亮相识较晚，大约是在一起乘车去三兆参加陕西画家方济众的追悼会时才有初次接触，以后交往也不算多。但他留给我的印象极深。社会上舞文弄墨的这个"家"那个"家",我见得多了。比起一般浮薄之辈,梁文亮是一个真正的艺术家。他寡言而内秀,在长久的沉默中对艺术的奥秘有着深刻的体验。他具有异乎常人的敏锐的艺术感觉,内里蕴蓄着极为丰富、极为深厚的审美情感。刘彦和"登山则情满于山,观海则意溢于海"的论断,尚不足以表达他对大自然的深爱,因为那毕竟是巍峨突兀的山、波澜壮阔的海,是较易触发艺术家创作激情的。杜少陵"感时花溅泪,恨别鸟惊心"的诗句,亦不足以比拟他作画时物我化一的情状,因为那毕竟是赏心悦目的花、可爱依人的鸟,是较易引起艺术家注目的对象。梁文亮的独特之处,是善于从寻常事物中发现美,并借以表现美。他把那些被牛羊啃啮、被众人践踏的无名小草画活了,画美了,画得饱含情意了,他是"情满于草"。翻开他的画册,一半以上的作品都与"草"相关,早春嫩绿的草,金秋长长的草,大雪掩埋下顽强挺拔的草,雨后明净的草,微风中颤抖的草,湖水边、幽谷中、丛林间、原野里,各色各样的草,如果说这些草在画面上还只是"配角"的话,那么在题名《草》《草花》《草场》《绿草地》《牧区》《草原》《草垛》《荒滩》的画作中,"草"就是绝对的"主角"了。"没有花香,没有树高,我是一棵无人知道的小草",梁文亮笔下的小草没有这种自怨自艾的可怜相。虽然各幅画中的草,因环境、季节不同,而多姿多彩,但却都画得蓬蓬勃勃,生机盎然,毫无委顿之态,似乎"九州生气"都在这草中了。树木的笼罩下,石头的重压下,霜雪的覆盖下,风雨的冲击下,人畜的践踏下,小草照样生长。"野火烧不尽,春风吹又生。"何物能比得上小草的生命力呢!但是小草却又是那样平凡,那样不起眼。古人云:画鬼易,画人难。我说画花易,画草难。梁文亮寄情于草,在画草中显出了真功夫。

1989年4月,胡耀邦同志猝然而逝,全民哀痛,西大也设了灵堂,匆忙中找不出胡公的照片,就请梁文亮连夜画了一张。他用淡淡的笔墨速写了一幅微侧着头的胡公生活照,大家看了倍感亲切。梁文亮还曾约请开渠老人为西大校园塑像，刘老也慨然应允了，可随着老人去世，则成了永久的遗憾。每言及此，老梁眼眶就潮湿了。

梁文亮曾作过这样的自白："我并不是什么天才，我只是对艺术有着特殊的感情，深挚的热爱，因此，几十年来苦苦地追求。关键是爱，没有爱，不可能长期坚持，不可能废寝忘食，更不能将艰苦劳动视为一种快乐。"

近期，他先后深入秦巴山区和北疆阿勒泰地区写生。奇异的山河之美，又给他注入了新的创作活力。当"神与物游"之际，新的感觉出现了，新的意象出现了，他用灵眼觑见，放灵手捉住，笔下幻化出新的境界。在他的画室里，他向我一一介绍了他的新作，真是美不胜收。还有一件事足以说明梁文亮的画作的价值。设在西大的中德企业研究所的德方代表恩格·哈特先生，工作期满离任时向校方遗憾地提到，他想买几张梁文亮的画，被拒绝了。经校方几次交涉，梁还是不愿卖，只赠送了一幅，这位德国友人捧着这幅得来不易的画，高兴地登上回国的旅程。

（原载《西安晚报》1994年1月10日）

他在拥抱明天中逝去

去年9月10日,教师节当天,正当英年的博士生导师李继闵教授病逝,噩耗不胫而走,西大校园沉浸在一片惋惜和哀痛之中。

我闻讯赶到新村17楼继闵家里,慰问他的夫人刘惠中女士。惠中在极度悲伤之中,断断续续嘱咐说:"悼词请中文系老师帮忙写写。"我理解惠中的心思,继闵是唤不回了,但是他的光辉的学术业绩,他的忘我的工作精神和高尚节操,应该予以准确的评价和传扬。这个任务落到了研究中国古典文学的韩理洲教授身上。韩的研究室和继闵的研究室毗邻,常相往来,抬头不见低头见,是图书楼下班后走得最晚的两个人,写悼词责无旁贷。后来,老韩与继闵的研究生一起将悼词写成,又作为讣告,公诸校内,大家看了觉得对继闵的评价比较公允,文笔也好。悼词最后用"四六句"概括言之:"梁木其摧,托遗编而长逝;高山安仰,化悲痛为力量。"

李继闵教授是四川省新津县人,1962年毕业于西大数学系,曾先后执教于西安市夜大、西安市师范学校,曾被选为市人大常委、省人大代表。1979年调回西大,一度担任数学系主任,1986年由讲师破格晋升为教授,1990年被批准为博士生导师,1992年享受政府特殊津贴。国内外多部《世界名人录》刊载了他的学术传记。他杰出的研究成果已被载入陕西地方科技志。他的主要学术贡献是:站在现代数学发展的高度,对中国古代传统数学理论和中国古代算法理论体系的构造性、秩序性、机械化作了深入研究,深刻地揭示了中国古典数学"寓理于算"的特点;他创造性地将传统的史料考证与现代算理分析方法相结合,成功地解决了中国数学史研究中一系列重大疑难和悬案,获得了使学术界惊喜的许多新发现,开创了20世纪80年代以来我国数学史研究的新局面。他的名作《东方数学典籍〈九章算术〉及刘徽注研究》声播海内外,其影响所及已超越了数学与数学史的领域。著名数学家、中科院院士吴文俊教授称誉他是"继已故李俨、钱宝琮与严敦述三老之后最有贡献者之一",是"继承与主持中国数学史研究的理想人物"。

可惜,继闵走得太急。度过了艰难岁月,适逢盛世;调回西大,工作环境有了改善;子女长大成人,没有了负担;55岁盛年,科学研究渐入佳境,攀上了学术巅峰……正是一个人一生开花结果的黄金季节,他却不得不早早走了,他怎能甘心呢?师友和学生们又怎能舍得呢?

惠中在住室布置了一个小小的灵堂,安放着继闵的遗像,遗像前摆着刚刚发下来的"全国教育系统劳动模范证书"和刚刚出版的他的新著《九章算术校证》。我取下这本崭新的尚散发着油墨香的精装书,翻到后记部分,随手抄下最后一段话:"翘首窗外,一轮红日喷薄而出,多么绚丽灿烂,春光多美好!我希望还能迎来一个明天的日出。因为除了《九章》三部曲之外,还有许多课题等待着我。让我们满怀热情去拥抱明天吧!"下面注明:"李继闵一九九三年四月二十日清晨于西安医大二附院415室。"我掩卷无言,内心却如海波激荡。明明知道自己患了不治之症,明明知道所剩的时日不多了,明明是不顾病痛抓紧最后的机会赶写着"三部曲",却仍然充满对明天的希望,满怀热情地准备去拥抱美好的明天,这种对生活的留恋,对生命的留恋,终究是对自己所热爱的科学事业的留恋,这种留恋也正是一个有责任感、有使命感的知识分子的风骨所在。

继闵在医院病室里，顽强拼搏，硬是在死亡线上挣扎着把《校证》写完付印了。他还希望有更多时间，完成未竟的课题。然而，明天不再来。继闵留下了深深的遗憾。不觉第十届教师节来临，正是继闵周年忌辰，我想，假若继闵还活着，哪怕是躺在医院里，这一年又该有多少研究成果出来！我真想把自己平凡的生命分给他一些，让他创造更多价值，无奈老天不允！

我只能再次祈祷：安息吧，继闵教授！

（原载《西安晚报》1994年9月10日）

老游印象

老游,四川人,阔脸、宽额、薄唇、细目,虎背熊腰,气宇不凡,其言谈举止显露出一股"咬透铁"的劲儿。

我与老游,初不相识。最早得知其名,是在领袖大念"阶级斗争经"的60年代,偶尔看到一份内部通报,批评老游作为一个党员干部不该屈身向右派教授请教学问,言下之意是说他丧失立场,搞"投降主义"。那时,我尚不知老游为何等样人物,但这件事却给我留下了难忘的印象:一是把学生向老师求教视为过失,何其乖谬!二是甘冒风险虚心求教,精神可嘉!

历史翻到新一页。老游在教务处任职,我在系里主管教学,免不了常打交道。有次,我见老游正在审阅一位教师的讲稿,批批点点,竟挑出来80多处毛病,他激愤地说:"这简直是误人子弟啊!"他极端负责极端认真的工作态度,于此可见一斑。教务处每隔几年都要印制一份"学历",何时开学,何时停课考试,何时放假,一目了然,三年早知道,使用起来十分方便。我发现这种红黄绿相间、设计精心、布局合理的"学历",原来出于貌似粗鲁的老游之手,真是"海水不可斗量,人才不可貌相",可慨也夫!

近几年,老游担任了总支书记,我也转到党的工作岗位,走在同一条路上,接触更多了。交谈起来,他有摆不完的情况,道不尽的看法,提起好人好事,他眉开眼笑,如欢喜弥勒,说到不正之风,他粗脖红脸，如怒目金刚。对党的工作中一些不正常的情况，老游颇有微词，但他毫不松懈，绝不消沉。他与系主任彭教授配合默契，工作扎扎实实，一步一个脚印。他本人多次被评为优秀党员、优秀干部，他所领导的党总支被评为先进集体。系行政的一些大事，他都扑腾在里头，不袖手旁观，他的"保证监督"作用落得很实。他敢抓敢管，有时为了工作也不分分内分外。高度的责任心，高度的使命感，是老游精神风貌的重要特色。

令人更为惊异、更为佩服的是，他在繁忙的党政工作之余，在短短的几年内，居然开出了"领导科学基础""法律知识基础""性科学基础""人际关系学"等几门新课，其中，"领导科学基础"已讲了十多遍，还出版了《领导科学题解》的专著，总共写出50多万字的文章和讲稿。在他的带动下，系上几位管理干部差不多个个能上讲台，各管一门，有的也出了书。前年，老游被评为第一批思想政治教育副教授，人们都说他是名副其实的。我冒说一句，老游如一毕业就搞业务，可能"教授"也早到手了。

老游能取得如此可观的成绩，绝非偶然，也不是凭借"天才"，而是来自他那股孜孜不倦的好学精神、百折不挠的拼搏精神。鲁迅夫子曰："哪里有天才？我是把别人喝咖啡的工夫都用在工作上的。"老游正是把别人看电视、打麻将、聊天的时间花在学习上、写作上的。我的住处与老游的住处，正好两楼相邻，我从二层北间可以看到对面四层南间的老游的身影，他房间的灯光总是亮到半夜。每当此时，我便肃然起敬，不禁吟道："谁能三万卷，悬头苦劬劬。"我想起20多年前那份"通报"，老游可真是初衷不变、痴心不改啊！

老游老了，却不服老，精气神还是那样充盈，那样硬朗，还原份保持着那股"咬透铁"的劲儿。你看，60出头的人了，仍像一头拓荒牛，铆足劲儿，奋力耕耘着。

（原载西大校刊1989年5月6日）

校园"拗相公"

1994年4月3日的《科技日报》，在头版《名家剪影》的栏目内，刊登了一幅八寸大彩照，孟凯韬上了报。但见他身着四兜深蓝制服，左上方口袋插着钢笔，端端正正佩戴着红底白字的西北大学校徽，双目炯炯，隐含若许智慧，双唇紧闭，透出几多坚毅，好一副庄严认真的神态！

端详着孟凯韬的照片，我的思绪飞向"文革"始乱之时。一天，西大礼堂东侧贴出一张反潮流的大字报，标题先叫人心惊肉跳：《向陈伯达、江青进一言》。人们窃窃私语，批了"中央文革"的逆鳞，这下有好戏看了；当看到大字报后边注明"转抄自陕西师大"，人们悬起的心又放下了，原来惹祸的不是本校人。不过，还是引起了争论。那年月，又有什么事不争论呢？对于这张大字报，由于各人立场、观点、感情倾向不同，自然发生了分歧意见，有的说"这是炮打无产阶级司令部"，有的说"进一言又有何不可"……不久传来消息，写这张大字报的师大数学系学生，被打成"现行反革命"押在车上游街，随即投入监牢。西大这边支持这张大字报的人虽然受到极大压力，毕竟没有遇到大的麻烦。此事在我脑海中留下难以泯灭的印象。在那个人人自危的恐怖年代，"中央文革"狐假虎威，气焰熏天，偏偏却有敢摸老虎屁股的人，这不能不叫人暗生敬意。

这个敢摸老虎屁股的人就是孟凯韬。四凶覆亡后，陕西师大党委为他彻底平了反,结论是:"1966年10月,因贴大字报质问陈伯达、江青,并对比地颂扬了周总理,被打成现行反革命。1967年1月至1967年6月受到拘留审查,后经西安市公安局军管会平反。平反后又被非法定为'反动学生'而开除学籍。1969年5月恢复学籍。"《科技日报》刊登的孟凯韬彩照下面,该报记者加了一段文字说明"在磨难中成长",介绍当年"他身陷囹圄,却不改初衷",在艰难的条件下坚持数学演算,出狱后被发配到陕北劳动,又利用工余时间钻研应用数学,设计了多种计算盘。后来出版的《农业实用图标》就收入他根据农业生产需要而创设的97种计算图的用法和原理,此书曾获省政府科技成果三等奖。1980年他还出版了《乘除速算法》,1985年又出版了《多项式与多位数乘除开方新法》。

  我与孟凯韬相识时,他已是西大数学系一名教师。他为一项发明与人争执得难解难分,他激动地向我陈述种种理由,什么"职务发明""非职务发明",我却莫名其妙,只觉得这人脾气很执拗,认死理。事后,有人向我介绍:"孟凯韬吃了饭就是两件事,一是他的研究,再就是告状。"此话不假,他眼里容不下半粒沙子,有什么委屈,有什么不平,他绝不忍气吞声、善罢甘休,非要弄个水落石出不可。在校园里、马路上,常可听到他大声疾呼,甚至大吵大嚷。有什么事,他一级一级往上告,学校处理不下,他就到省里反映。告状,再加上要科研经费,上面跑得多了,省里一些领导都熟悉他,也给予他不少支持,原副省长林季周,前任省长白清才都在他的反映材料上作过批示。这样一来,他更拗了,也更"牛"了。他没有辜负省上领导的期望,在数学研究领域开了新生面,1991年他在科学出版社出版了《思维数学引论》。苏步青题写书名,几位数学前辈写序勉励有加。钱学森在接见他时也给予高度评价:"思维数学是高技术里的高技术,现在研究它,就如同我们50年代搞导弹。"他赠我一册他的新著,打开封面,只见扉页上夹着一张"更正",孟凯韬手写,字极工整,几可与印刷体相混,细看内容，是不同意编辑对序言中某句话的改动，郑重提出更正。遇此情况，一般人都不会较真，此君却一丝不苟，寸步不让，真是个"拗相公"。

孟凯韬的这种脾气，用来处理人际关系，常会引起矛盾和纠葛，但用来从事科学研究，我以为是有利于达到"高、精、尖"的。放到"以阶级斗争为纲"的时代，像他这种脾气，必会招来祸端，如他青年时期已经遭遇到的那样。如今，环境好了，"不拘一格降人才"，这位"拗相公"总算时来运转。1992年10月，他享受了国务院发给有特殊贡献者的政府特殊津贴。1993年4月，省职改领导小组破格将他由讲师直接晋升为教授。目前，孟凯韬又瞄准了一个新的目标：用数学方法研究阴阳五行学说，创立"阴阳五行数学理论"。人们预料，科学理论与神秘文化必然会碰撞出耀眼的火花，加上孟凯韬从事科研的执拗劲，一定能搞出新名堂。一份《周易》研究杂志，已先期介绍了他的最新思考的理论构架，其研究角度之奇特，颇引人注目。元旦前见到他，他从提包里取出一张贺年片示我，细看原是钱学森刚寄给他的，他说钱老还在继续关注着他的研究。

（原载《西安晚报》1995年7月8日）

补记

此文发表以来，孟凯韬的"拗"劲有增无减，在科研和告状两个方面都有所发展。一方面，他把这股"拗"劲用在科研上，不断搞出一些新名堂，在"思维数学"基础上，相继发表了六篇开创性论文，即《社会数学导引》《阴阳五行数学简论》《自然集合论导引》《自然集合论与治国方略》《为了科学的"第三世界"》《关于人才成长规律的思考》，首开社会数学、阴阳五行数学、自然集合论及其应用研究之先河；1996年，他还将"自然集合论"应用于系统科学的研究，撰成九篇专论：系统演化论、系统平衡论、系统稳定论、系统控制论、系统相似论、系统全息论、系统对称论、系统感应论、系统作用论，总称"数理辩证系统学"，得到中国管理科学研究院专家组的一致好评，系统学专家、国务院发展研究中心学术委员会副主任王慧炯研究员认为这"是一项极有意义的探索与具有开创性的成果"，认为其创造点在于"①对哲学概念赋予了数学形式，并用数学方法证明哲学命题；②将辩证法引入了数学；③具有大跨度、多交叉的特点"。他的科研成绩十分喜人。另一方面，在人际纠纷中，他还是那么"拗"，那么"牛"，搞得烽烟四起，矛盾不断升级，一直闹到教代会上，仍是满腔怒火，仍是一肚子不平，仍是认死理，仍是得理不让人。他来找我，也是这两件事，一面送上他新近发表的文章，一面就开始告状。我对他的文章看不大懂，提不出什么意见，我着重劝导他正确处理人际关系，反复地说："遇到矛盾，该放手时且放手，该宽容处要宽容。把你的这股'拗'劲全用到科研上去，将会取得更大的成绩。"说过之后，似乎并无明显效果，我再叹一声：真是个拗相公！

坐冷板凳 做大学问

11月初,教师职称评审工作在校内紧张进行。职称,标志着一个业务人员的学术档次,与"名"和"利"两者都紧密挂钩,因而竞争十分激烈,评一次职称,闹一次"地震",在一些教师看来,"悠悠万事,唯此为大"。

在校宾馆的一间小会议室里,铺着地毯的地面上摆满了众多申报者的材料(有关表格和学术成果)。由校内名牌教授和系主任们组成的专家评审组,在认真审阅这些材料。民族史专家周伟洲教授似乎发现了"新大陆",他对主持评审的经济学家何炼成教授说:"管哲系的张再林申报副教授,我看他够正教授。"一向注重提携后进的何教授早已看过了张再林的申报材料,点头回应:"我看也够。"张再林这个名字,对大多数评委来说是相当陌生的。据管哲系主任申仲英教授介绍,此人从西工大调来不久,至今仍住在西工大,除了上课,就在家读书写作,因而在校园里难得遇上他。众人好奇,都争着去翻看张再林厚厚两袋材料。其中有三本最引人注目。

《弘道——中国古典哲学与现象学》。这是张再林的一本专著。有两个版本,陕西人民教育出版社1991年印行本,台湾正谊出版社1993年印行本,台湾这个本子还属再版,初版是1990年。学术界认为这本书的理论贡献是:巧妙而贴切地从漫长而丰厚的中国古典哲学中抽出道家本体论、儒家的伦理学与宋明新儒学三条筋骨,进行有的放矢的重点挖掘，并对中国哲学中的"道"与现象学的"内在的超验"、中国儒家"乐"的境界与现象学与西方传统二分对立的背反，以及王阳明"意"的概念与胡塞尔"意象性"的概念等进行比较，发现在两种截然不同的文化背景下它们却有惊人的一致性，从而得出"西方现象学完全是中国式"的论断。作者进一步从西方现代思想与东方古老思想相接的宏观思考高度，阐发了一种融贯、统合中西的更具普遍性的"世界性文化"在人类文化发展中形成的现实可能性，使研究进程带有诱人的"预言"色彩。上海《书讯报》发表书评，称《弘道》一书至少应在现象学研究、中国哲学研究与中西文化比较研究三大研究领域成为值得重视的一家之言。

《治论——中国古代管理思想》。这是张再林的又一部专著。陕西人民教育出版社1993年出版。内容包括中国古代哲学的基本精神、礼治理论、仁治理论、法家论、墨家论等五个专题及"余论"。作者在引言中指出：管理学，作为一门有关人的社会行为方式及其组织系统的学说，不啻为人类最古老的学说而实际与人类社会历史是同步的。令人遗憾的是，这一学说的重要意义直到近现代才为人们所认可、所关注。同时，人们不仅把这一学说主要限于工业生产领域，而且因之而仅把其视为长于制作技术的西人的专利。当西方人本主义的管理学说崭露头角，冲击"胡萝卜加大棒"的传统管理模式时，他们如梦初醒，以为自己似乎发现了一个管理的新世纪，岂不知对于东方的中国人来说，它却早已成为过去了的辉煌历史。由此引出本书主题：中国古代的"治论"。作者的结论是：中国古代儒家的社会管理学说，即其以"礼"和"仁"为核心的"治论"实际上正是这样一种极为自觉极为成熟的人本主义的管理理论，它以一种彻底经验主义和人本主义哲学作为自己坚实的理论基础，极其自然地克服了似乎无法调解的存在于人类社会行为与社会组织中的种种两难的对立，在与其他学说的对比中显示出其顽强的生命力，并对现代管理科学的发展具有重要的借鉴意义。此书新见迭出，发人之所未发，常从中西文化的碰撞中闪现出耀眼的思想火花，是关于中国古代管理思想的一个重要研究成果。

《观念——纯粹现象学的一般性导论》。这是一个译本。陕西人民出版社于今年5月出版。原著者是德国哲学家胡塞尔，英译者吉布森，中译者张再林。关于这个译本，张再林的友人赵良于今年8月20日《陕西日报》周末版《当代传奇》专栏撰写《张再林与〈观念〉》一文予以介绍。该作者早在1991年11月9日的《陕西日报》周末版《当代传奇》专栏以《斗室里的哲思》为题，撰文介绍张再林在艰苦的环境中潜心治学的感人事迹，台湾出版的《弘道》将此文附于书后。这回赵良着重说明翻译工作之艰辛不易。30余万字的《观念》是现象学创始人胡塞尔的代表作，通常被视为现象学的经典之作。现象学与分析哲学、辩证法并称为当代西方三大方法论，素以学理艰深著称，其著作的翻译也一直被一般学人视为畏途。张再林用了整整五年时间，三易其稿，硬是把这部晦涩难懂的哲学巨著从英译本转译为汉语。张再林说：“《观念》翻第一遍的时候我用了一年半时间，翻过来连自己都看不懂。胡塞尔早年研究的是数学和逻辑学，他的哲学和传统哲学间有一个断裂带，术语都是新的，而且多是自造的名词，有时一天就译一句话，一个词。"为了中西文化的交汇，为了扫清语言障碍，把西方哲学流派介绍给广大中国读者，张再林不惜自讨苦吃。虽是一本译作，其学术价值却不容低估。

粗粗检阅了张再林的研究成果，评委的多数都赞成周伟洲的意见，大家商议：何不把张再林破格晋升为教授？为证明"破格"的可行性，周伟洲还现身说法："我就是从讲师直接评上教授的。"还有人担心："他这回用这些材料申报副教授，到申报教授时，还能拿出更硬的货色吗？"根据多数评委的意见，评委会临时召开主任、副主任碰头会，讨论了这个特殊问题，一致决定由管哲系主任申仲英教授通知张再林本人，让他提出申报教授职称。第二天，申仲英带来一封信，是张再

林写给文科评审组主持人何炼成、周伟洲的,信是这样写的:

> 从申仲英老师处得悉你们推荐我破格申报正教授一事。十几年来在中西哲学方面的一些研究,得到你们的肯定和支持,长夜深思,五内铭中。我来西大时间不长,但为有你们这样德学卓著的师长和我校这样良好的学术风气而深感骄傲。
>
> 经过考虑,我决定放弃申报正教授的努力。以后的路还很长,我决心在学术领域里继续我的研究和努力,拿出更有分量和水平的东西报答你们的厚望。
>
> 真诚地感谢你们的理解和支持。

有人将此信当众读了一遍,众人皆默然不语,内心赞曰:"这是一个真正脱俗的哲学家!"诚如他所说:"哲学不是外在的,而是人本身的东西。我研究哲学不是为了达到某种世俗的功利目的,而是追求一种人生境界,一种诗意的生活。"

让生活充满诗意,让人人都达到如此境界!

(原载西大校刊1994年12月7日,《科技·人才·市场》1995年4期)

芷萍学画

我敢说，芷萍的画缘定然是她的亡夫老关传给她的。

老关生前与我同一教研室，同上一门课，常在一起闲聊，我对他的身世，不说深知，也是颇知一二。他是满族人，祖上如何流落西安，他没说起过。西安解放前，他突破封锁线，投奔延安。西安解放后，他回来在省委宣传部文艺处工作，年轻轻的，就定为17级干部，后来他的级别就一直没动过。他似乎不是块当官的料，便从文艺处转到美协，后来又转到陕西日报社。他在艺术方面有很深的造诣，对绘画的鉴赏能力相当高。他没有上过大学，是自学成才的。我读过他在报上发表的有关美术欣赏的系列文章，确实在行，有功力。"文革"后期，他调来学校，在中文系任教，我们曾在一起合编《文学概论》教材。我常到他家里去，他藏画很多，都是名家手笔，墙上挂着李苦禅大师的真迹。他的话题总是离不开画，可惜我是个外行，和他不大能搭上话，但我从他那里还是得到不少知识。他随手拿起桌上摆着的一只唐三彩马，解释其工艺的独特之处："一般都是马的四蹄踏地，平平稳稳，你看这只马的前腿右蹄提起来，轻轻点地，这就显得格外有神。"他看我听得有了兴趣，就引为同好，走时送给我一只小巧玲珑的长颈瓷瓶。他爱画，却并不动手作画。有次，一个"上、管、改"意识较强的女学员课间当面给他提了一通意见，他不以为然，再上课时默不作声地在黑板上画了一棵树，特别渲染树的枝枝杈杈，那意思是"节外生枝",是对那位女学员的无声的反驳。这是我所知道的老关仅有的一次亲笔作画。

老关死得早。他患了精神抑郁症,一天上午芷萍刚离开家门,就出了事。我那时在系里负点责任,先后料理过多起丧事,差不多都要遇到一些麻烦,有位副教授死了,家属不让火化,停尸一个多月。这回芷萍却很通情达理,丧事办得顺顺当当。芷萍是老文工团员出身,教过小学音乐课,年纪稍大转到工会工作。老关死后,给她丢下两男两女四个孩子,孤儿寡女过得挺艰难。有次我去看她,见她正在整理老关留下的大宗画卷,真有点担心:家属不懂行,不识货,可别把那些珍贵的藏画给糟蹋了。不久,她给我送来老关的一本遗著《范宽》,是上海人民美术出版社出版的。老关生前给我讲过范宽,这是宋代大画家,陕西耀县人,传世的作品极少,目前公认的只有5幅,其中3幅还在台湾博物馆收藏。老关的书出版了,他却没有亲眼看到。我拿着这本薄薄的小册子,感到沉甸甸的,我惋惜老关的早逝,也感激芷萍还记着我与老关的这一段交情。

芷萍退休后,多年未见面,忽有一日,她带着一帧画到我办公室,一面展开,一面说明:"这是我自己学着画的,送给你,请提意见。"我大出意外,真有点不敢相信,这是一幅《残荷图》,荷叶用墨如泼,占去大半空间,只点染着少许朱色,那是一朵正开的荷花和一个待放的花苞,斜旁画有莲房、败枝,那技巧绝非一个初学者所能达到的。她说:"孩子都长大了,退休后在家没有事,闲得无聊,想起老关留下的那些画,就翻出来看,渐渐有了兴趣,自己就动手学着画起来,越画越放不下,光自己瞎摸也不行,就去老年大学绘画班听课,向老师求教,几年下来,就画成现在这个样子。"她从包里取出几个厚厚的小本子,原是她的画稿的照片,总有百余幅,都是花卉,有各种姿态的梅花、兰花、月季、牡丹、枇杷、紫藤、葡萄、迎春花等。她又说:"只是我的字写得不好,画上的字是请别人题的。"我仔细一看,认出是中文系李志慧教授的一笔好写，这字也为画增色不少。我当即把这幅《残荷图》挂在办公室，并作义务宣传，向来人介绍这画的来历。芷萍后来又送我一幅《兰花》，挂在住宅客厅里，幽静素雅。

　　从芷萍的画里，我看到的不是花花草草，而是一种精神，一种志气。俗话说，"有志不在年高"，芷萍学画起步很晚，却有如此成绩，正说明事在人为，关键要有一点精神，要有坚韧不拔的决心和志气。最近看到《西安晚报》连着刊登了她的几幅作品，说明她的画又上了一个档次。当初她从爱画的老关那里不自觉地受到熏陶渐染，如今她的老伴也是一个艺术爱好者，这位先生心灵手巧，很快学会了装裱，芷萍一边画，他一边装裱，真是珠联璧合。芷萍送给我的两幅画，便是她的老伴装裱的，手艺不错。

（写于 1996 年）

小青开店

小青的店，不是马寡妇的风流店，也不是孙二娘的人肉包子店，而是书店，百科知识店，精神食粮店。书店开在学府南侧，莘莘学子有暇就去店里逛逛，看有无新进的书或遍访不得的书，真可谓"谈笑有鸿儒，往来无白丁"。

小青者，书店女掌柜也，非本名，乃笔者给她起的绰号。她是同州朝邑人，其父是县城剧院的经理，与李正敏等秦腔名家相熟，当她还是小姑娘时，父亲就送她进了省戏曲剧院学员训练班。知道她曾为戏曲演员，我就问她："你演过什么戏？"不等她回答，我就说："准是《白蛇传》里的青蛇……"结果恰被言中，她就在《断桥》里演小青。我熟悉戏曲，根据她爽快刚烈的个性，给她派的这个角色，与剧院老师不谋而合。从此我就叫她"小青"。

大约觉得演戏前途不大，小青转到一家印刷厂工作。她的夫君是我的学友申山，一个温文尔雅的书生。这两口，一个话少，一个话多；一个内向，一个外露；走起路来，一个低头沉思，一个昂首疾行；一个慢慢腾腾，一个风风火火。虽性情各异，却天作地合，伉俪情笃。申山对小青百般温存，小青对申山体贴入微，小日子过得糖上加蜜，令人分外眼红。申山原在艺术馆工作，我有个学生分配到那里，要找对象，馆里的人给他参谋："娶妻当如申山妻"。该生便以小青为标准，四处寻找，好不容易在边远的白河县找到一人，又为调动之事费尽周折,调来了,又听说病倒了。

申山终非池中物,"文革"后跃出龙门,成为第一批研究生,文章如雪片般一篇一篇发表出来,著作也一本接一本出版了,当了教授,又以研究神秘文化闻名遐迩。小青也调来学府出版社搞发行,承包了这间书店。作家贾平凹视申山亦师亦友,常相过从,对小青则胡乱呼喊,一会儿叫"嫂嫂",一会儿称"师母",小青也不计较。当申山家尚未安装电话时,小青曾来我家打电话,受话对方就是平凹,只听小青在电话上大声发号施令:"平凹,我给你说,你可要给学校作点贡献呢,听见没有,这本书不准你再给别的出版社……"我想平凹在电话那一端只能唯唯诺诺了。《贾平凹获奖中篇小说选》就这样被争取到学府出版,成为一本畅销书,为社里创了利。小青的书店开张时,平凹题写了牌匾,为小青书店平添了厚重的文化气息。平凹无事也常去书店转悠,被学生偶然瞧见,就传开去,一些学生就到书店来碰,一回碰不着,二回就能碰着,为的是一瞻作家风采,胆大的还交谈几句,就倍感荣幸。

书店初开张时,比较清冷。小青灵机一动,兼营茶座,打出的望子是"学府茶座"。夏夜,暑气渐消,就有三五成群者,在白色椅子上落座,围着桌子,品茗聊天。我见到小青,开玩笑说:"你怎么变成阿庆嫂,开起'春来茶馆'了?那么,阿庆呢?"她也用《沙家浜》的台词回说:"到上海跑单帮去了!说不混出个人样,不回来见我……"说毕大笑,接着解释说:"我的本意还是要把书店搞红火,茶座不过是吸引顾客的一个手段。"入秋,她便撤了茶座,专意经营书店。她东奔西颠,进了许多不易搜求的学术著作,书店渐渐顾客盈门了。我也常去光顾,一去便有收获,如《中国美学思想史》(共三册)、《中国文学理论史》(共五册)及《钱钟书传》等书,我渴求已久,却在此处得手。过春节时,书店照常营业,申山也来了兴致,特意撰写两副大红对联贴在店门两边,道是:"送烟送糖送酒已送滥何如送一套古籍情调高雅；买吃买穿买戴早买俗岂有买几本新书意义深沉""挣钱苦花钱也苦知识堪为脱苦门径；出书难买书仍难发行庶作渡难桥梁"。一时观者如云，书也卖出去不少。

我没有看过小青演戏，却时常听到她讲话。她讲话可着嗓门儿，一串一串的，没有别人插言的机会。她讲话心对口，口对心，心口一致，想到什么说什么，有时也不无偏颇，却总是透着一股正气，是非分明，疾恶如仇。每当此时，我就想象她在舞台上演的小青，面对忘恩负义、胡行乱走的许官人，怒气冲天，从鞘里拔出宝剑，唱着"青锋剑下丧残生"砍将下去。其实，这把宝剑虽然锋利，却没有伤着许仙一根毫毛，也没有伤害任何人。小青是刀子嘴，豆腐心，绝对一个有正义感的善良女流。

不幸的事发生了。去年初夏，精力充沛、不知疾病为何物的小青突患不治之症，暑假未过，即匆匆而去，永久告别了她亲爱的夫君和儿女，告别了她的至交挚友平凹，告别了她呕心沥血开办的书店。临逝前，从不动笔的小青，忍受着巨大痛苦，在病床上将她与贾平凹的交情撰写成文，申山工工整整抄写一遍，稿子送到校刊时，他沉痛地说："希望她最后能看到她的文章发表了。"由于病情迅疾恶化，加之又遇暑假，她终于没能看到她的文章变成铅字。小青过世后，平凹撰联哭祭曰："初食师母一碗面至今肚子还饱；不闻恩人呵护声何日悔恨能消"。半年后，小青的书店就关门了。呜呼哀哉！

（原载《科技·人才·市场》1996年3期）

贾平凹在西大

23年前,当我从接新生的大卡车上把瘦小的贾平娃接下车时,怎么也不会想到这个其貌不扬的农家孩子日后成为中国现代文坛的"老九"。这个排序尽管未成公论,但即便是"提名"也足以使人兴奋了。

刚进校时,他写了一篇既像顺口溜又像决心书的东西让我看,我的第一印象是这小孩字写得不错,内容大致是说虽然上了大学,还要保持劳动人民的本色,原话只记下一句:"还要穿山坳里的农家袄"。以后的日子,我注意到他果如其言,一直穿着"农家袄",但是带着浓厚乡土气的名字"平娃",不知什么时候巧妙地改为莫测高深的"平凹"。

平凹上大学,没有那种指点江山的书生意气,也没有一般工农兵学员"上管改"的强烈意识,他十足是"背着红布口袋装知识"来了,而这种态度在当时是不合时宜的。15年后,他在回忆大学生活时写道:"这是一个十分孱弱的生命,梦幻般的机遇并没有使他发狂,巨大的忧郁和孤独,他只能小心翼翼地睁眼看世界。他数过,从宿舍到教室是524步,从教室到图书馆是203步。"他默默地练就了善于聚集内力的功夫。看他那样,西大三年简直如越王勾践卧薪尝胆一般。

1992年10月,西大80年校庆,平凹来了,上了主席台,讲了话。他说:"我在母校的读书时间说起来并不长,而且常常记得当时挖防空洞的情况。前几天还问过一位老师,说我们当年挖的防空洞现在都塌了没有?老师说没塌,还有用处,现在做了暖气管道了。我听了还有点安慰。"几句家常，颇有"新写实"的味道，博得全场热烈的掌声和会意的笑声。散会后，满台政要无人问，大学生们涌上台来，独把平凹团团围定，争先恐后要他签名。

1993年4月，平凹被西大中文系聘为兼职教授。过去，他时不时被母校召回，给爱好文学的大学生讲一讲自己的创作体会和对文学问题的看法，深受欢迎。如今有了这个头衔，就更加名正言顺了。他在聘请仪式上的讲话也很独特，他说他姓贾，把"贾"字分开，就是"西贝"，"贝"与"北"同音，可见他与"西北大学"有缘分，既做了这里的学生，又做了这里的教授，实则乃是名副其实的"贾（假）教授"。我说，"贾不假，白玉为堂金做马"，"西贝"可作另解，即西北大学之宝贝也。

这前后，平凹索性搬到学校来住。住的地方，与20多年前他做学生时的宿舍只有一箭的距离，就在西大颇有名气的"半边楼"近旁。他在这里写成了长篇小说《白夜》。他说："写《白夜》的时候，虽然有风从四面八方来，虽然有病死死活活地纠缠，虽然接二连三地上公堂，但我的母校肯收留我，给我安排了房子，可以供我安身养气。"从他居室的窗口向北望去，是古长安城墙的西南角，刚修复过的墙垛一高一低整齐排列，久而久之，他又从中看出了名堂："那墙垛正好是一个凹字一个凹字一直连过去"，于是心情振奋起来。知道平凹住在校内，但是这里的人们很少去干扰他，如同他住在北郊时静虚村的村民一样识趣，使他能静静地想，静静地写。

不过，读过平凹作品的大学生们比村民们更多几分钦羡，更多几分崇拜。有个学生写了篇文章登在西大校刊上，题目是《偷眼看看贾平凹》，说头一次见到贾平凹很失望，心里暗自埋怨："怎么连金狗半点豪气也没有？"以后碰见的机会多了，发现"在冬天，他常穿一件棕色的皮夹克。有时是一个人，一句话不说，也不看谁，稍低着头，路上人挺多，可从来也没见他和别人撞过。有时，对面的人直愣愣地走过来,他总是绕过去。有时,他和别人走,他就笑着听别人说话,笑得很自然,不太打断别人的话。不过,我见到的,倒是他一个人走路的机会多,好像正想着什么。"

"仰头婆娘低头汉",都是厉害下家。贾平凹上学时老是低头走路,他发现学校的蚂蚁很多,成名后回到学校,并没有春风得意的张狂劲,仍是低头走路,他的习惯姿势被学生们偷眼觑见了。正是这个低头走路的贾平凹,令师友们刮目相看,令世人抬头仰望,令海外同行另眼高看,呼为"大师"。他的师弟方英文则称他是"矮小的巨人",信哉斯言!

(原载《西安晚报》1995 年 7 月 29 日)

西大出身的散文家

所谓"西大出身",更确切地说是"西大中文系出身"。别的系出身的有没有?我不清楚。这里,我只说中文系出身的。按毕业先后排序。

杨闻宇 原名杨富宣,中文系69届,毕业后入伍,在兰州军区搞创作。人家是"投笔从戎",他是"持笔从戎",专写散文,已成气候,出了好几本集子,跻身"新时期散文名家"之列。在校时,他和我接触并不多,成了名,出了书,却没有忘了寄我,先后寄来《灞桥烟柳》《江清月近人》《丙子·双十二》《绝景》《阅微择谭》等书,我收到书真有点感动,满怀兴味地读了。他是西安灞桥人,又在西大上学,后来去了兰州,把甘肃跑了个遍,这些经历自然在他笔下多有描述,老作家石英给他的散文集写的序,标题就是《千里秦陇柳色新》,突出了"秦陇"二字。而我是甘肃人,在陕西生活了40多年,把陕西跑了个遍,就朝着"秦陇"特色,我读他的散文尤觉亲切,我的故乡天水的李广墓、诸葛军垒、伏羲庙,是我小时候常去玩的地方,也出现在他的生花妙笔之下,读他的《天水三章》除了亲切,还多了一分感激。在一本《名家自选集》里,有一段介绍他的文字,像是他的自白:"夜来伏案,忽而有悟,散文的精魂只是个'静'字:仔细清理自个儿的三魂七魄,反复审视天地间的五光十色,寻觅那宜于笔触的机警的文字,俱要静静默默地进行——倘是经不住时风撩拨,性气浮躁于先,殷勤媚俗于后,不论笔墨是如何得意,实际上已入了末流。散文可贵,贵在各人沿着心性走出一条蛇形小径。蛛网似的小径纵横交织，不群策而群力，纠缠住人生。"在散文写作的道路上，他的目标是高远的，他的脚步是坚实的。他发过这样的议论："目前的抒情散文，几乎山穷水尽，有点无情可抒了。'情'有如人格，也有高下文野之分，阅历学识涵养而成的关涉天下忧乐的感情，才是散文的灵魂。倘若人各为己，自求其乐，又何必要写成文章呢？这样的文章于事无补，仅能误人子弟。"论者以为，他的散文具有"深挚沉健，笔触凝练"的风格，做到了"文章的思想分量与丰赡的词采的较好结合"。在《阅微择谭》书后，编辑写了一段带有宣传推销意味的话："当代著名散文家杨闻宇潜心研究《阅微草堂笔记》多年，颇有心得。他按《官府内幕》《俗世百态》《婢妾奴仆》《畸人鬼魅》《物理探微》《纪游志怪》《文坛拾零》八个方面重新编排组合，并有精彩的评述赏析文字，与纪晓岚的文章相映成趣。读者捧一册《阅微择谭》可同时欣赏到两位散文大家的妙文。"把杨闻宇和清代大文人纪昀相提并论，亦可见他在编者心目中分量之重。

肖重声 中文系69届，终南山下农家子弟，学生时期他留给我的印象是：高大，富态，憨厚，穿着朴素，像个农村基层干部。同学戏谑地唤他"肖大头"，还编了几句顺口溜："某某女士不知愁，春日凝妆上三楼，本来要找某某某，迎面碰上肖大头。"三楼是男生住的地方，某女生和某男生相好，故总爱到三楼去，"文革"无聊，同学大约也生烦了，就把现成的唐诗改造一下来打趣，却把毫不相干的肖重声编排进去，一时流传开来。据说某女生与某男生有情人终成眷属，后来又不知何故离异了，这里姑隐其名，我们的主角是肖重声。肖重声似乎还有一官半职，是个什么委员吧，记得还主持过系上的会。我看他对那时的政治活动并不热衷，王顾左右，心不在焉。他的兴趣在诗词，曾向我借过王力写的《诗词格律》的小册子。我是老师，却从未给他们上过课。当我被工宣队分配到他们班接受教育时，他们（包括肖重声和那位女生）却要求我给他们上专业课。这是他们发自内心的愿望，但在那样的政治气候下，又怎么可能呢！果然，不久就有批"黑线回潮"的叫嚷。肖重声毕业后经过一番劳动锻炼，被分配在安康报社工作，干了多年，调到陕西省艺术馆，再到太白文艺出版社，现为副编审。他的工作经历用他自己的话说："我长期从事编辑工作，先报纸，再杂志，后出版，打一枪换一个地方，却总是忙忙碌碌埋在稿件堆中。"20世纪70年代，他写了不少诗，觉得空虚，不甚满意，有两部长诗未能面世。从1980年开始写散文，出版有散文集《终南山记游》《净土树》《肖重声散文选》《倒淌河》，还有一本文史随笔《珍蔬佳品》。散文研究家林非在《倒淌河》序中称肖重声的创作思想和艺术风格在过去已经形成的基础上，"不断地得到了开拓和升华"，"逐步攀向更高的艺术阶梯"，显得"风流儒雅，才思不凡"。肖重声的写作态度是严肃的，他对当代散文作品中"那些不阴不阳的胡拉乱扯，不痛不痒的抒情言志，甚至不三不四的搔首弄姿"，是颇不以为然的，他说："我想反映生活和社会的本来面目，表现自己在人生旅途中的真实感受，即使一点一滴，也应当是从血管里流出来的血，而不应当是虚假和矫情掺和起来的水。"自打肖重声毕业离校，我就一直没见过他，但他的作品却一本接一本寄来，从作品中我感受到他的诚实、他的认真、他的执着和他的成熟。

李佩芝 中文系70届，"文革"前最后一届，她有一篇《河南老乡》的散文，写她在河南地面购物时被老乡骗了，可证她原籍河南。她进校时，我在咸阳搞社教，回校时"文革"已开始，师生不大见面，因此我和这个年级的学生比较生疏，和她也从无接触。但她是个活跃人物，我是知其名的，并且常闻其声。她是学校的播音员，"文革"期间的广播是动员群众的重要工具，音调提得很高，火药味很浓，每天都听到高音喇叭里传出来她清脆响亮的声音。在那个"革命"时代，什么都要变个样，"广播站"改称"广播台"，"现在开始播音"改成

"现在开始战斗","师生员工"的顺序也变成"生师员工"。这当然不一定是李佩芝的主意,她是照稿宣读而已。在《新时期散文名家自选》集中,她自报家门:"李佩芝,天性散漫,上完17年学,不知学问为何物。最忌约束,自尊又虚荣。学习、造反、串联、农场劳动,直到为人师表,都快快活活,懵懵懂懂。后来闯进了一个无形的世界,当上文学编辑,尤其迷上散文,便常觉烦恼,常觉寂寞,常常心烦意乱……症结是:人与文章都不愿虚伪……最好的处方是:山南海北、云里雾里散心……诚然,也不见得多有效果……她不知道把自己怎样办……"我没得到她的书,也没见到她的书,据说出了差不多十本散文集,我只是零星地读过她发表在报纸上的一些文章。有人评论她的散文"清灵、活泼、率真",是笑着面对生活、笑着进行创作,但又绝不是那种"小女子散文",她有时也愤世嫉俗,甚至剑拔弩张,疾恶如仇。正当英年有为之际,李佩芝身染绝症,苦苦挣扎一年之后,于1996年8月4日病故。许多人写悼念文章,痛惜她的早逝。我看到《西安晚报》周末专刊主编商子雍的文章,提到李佩芝的一组文章未能在她生前见报时,他对她说:"那你得等。连你的老师、西大的一位名教授也是等了一年才上专栏的!"这位教授想必就是鄙人,此话倒也不假,我写的"学府轶闻"几篇文章的确是等了一年才上专栏的。如今看到商子雍对李佩芝陈述的理由,我心头泛出一缕苦涩,早知有这等憾事,我何不把专栏篇幅让出来,而使李佩芝的文章及早发表呢……

贾平凹 中文系75届,以小说闻名于世,散文也写得不少,多有精品,如选入中学语文课本的《丑石》称得上是当代散文的经典之作。先后出版的散文集有《月迹》《爱的踪迹》《心迹》《平凹游记选》《商州三录》《贾平凹散文自选集》《人迹》《抱散集》《守顽地》《坐佛》,还有各种名目的选本,不计其数。他获奖的散文作品亦不少,最重要的一项是《爱的踪迹》获首届全国优秀散文(集)奖。方英文问他:"许多人这样评论您,说您的散文成就比小说成就更高,因此也更能流传后世,您如何看待这种评价?"他回答:"别人怎么说那是别人的事,而我更有兴趣写小说,我觉得我的小说在这些年要比我的散文好。我的小说容易被人看走眼。"他当然要维护他的看家本领。费秉勋教授论及贾平凹的散文时说:"幽静孤单的心态,加上探秘的生命冲动,这些主体的心理因素,觅寻着与客观世界的切合点,就构成了贾平凹的审美意象。"审美范畴有壮美与优美即阳刚之美与阴柔之美两大类,贾平凹散文的意象,诸如月、水、石、女性,显然属于阴柔之美,有人形象地比喻为"忧柔的月光"。贾平凹自己也说他写不出什么爆炸性的东西。贾平凹很少写正儿八经的理论文字,一个例外是他为陕西师大中文系准备的讲稿《新时期散文创作》,列了 15 个题目,包括散文总论、散文与时代精神、散文的心灵感应、散文生活领域之扩展、散文的哲理、人之境界的培养、主题的模糊与多义、散文的第二自然创造、散文的语言、散文的"作诗在诗外"、中西散文比较、西北散文与东南散文之比较、老一代散文家与中青年散文家的散文之比较、余光中散文之启示与思维开放。由此可以看出他对散文有着全面深刻的思考,可惜只写了两节就病倒了,没有写下去。西大 75 年校庆时,他给校刊写了篇散文《西大三年》,未见收入文集,我后来问他,他说没有保存,我便找了一份给他,并建议:"最好能补收到你的散文集中。"

和　谷　中文系 75 届,与贾平凹同班,来自铜川,在水泥厂当过工人,原名和都蛮,名字很怪,写散文时起了个"和谷"的笔名,流行起来,原名渐被忘却。一进校就显得笔杆子比别人硬,我最早看他的文字是一篇大批判稿,后来听他们班集体诗朗诵,很长一首诗,就出于他和平凹之手。毕业后多年从事记者和文学编辑工作,曾任《长安》文学月刊主编,后去海南,主编《特区法制文学》。著有散文集《原野集》《无忧树》《独旅》《野生地》《和谷散文选》《和谷游记选》。他写的中篇报告文学《市长张铁民》影响较大,被拍成电视剧,获过奖。张铁民是一个作风果敢、雷厉风行的领导干部,曾担任铜川矿务局和铜川市的领导工作，颇有政绩，后调任西安市市长，人称"铁市长"，治理环境，检查卫生，首先检查省委、省政府两大院，引起强烈震动，得不治之症而逝，广大市民十分痛惜。和谷是铜川人，在铜川做过工，上大学、工作在西安，都在张铁民手下，想必对张十分熟悉，下笔自然真切感人。他的这篇代表作可说是文以人传，人以文传，相得益彰。最近有人自海南来，说和谷已不大写作了，我闻言甚觉疑惑。

方英文 中文系79级，商州人，像一只麻雀从山里飞来，念完大学，像一只喜鹊飞回山里，十年后，又像一只孔雀落在西安，在《三秦都市报》主编文艺副刊。他一手写小说，一手写散文，两手并用、双管齐下，成绩斐然。他的小说，与王蒙、张贤亮、贾平凹、邓友梅等人一起，被列入"中国当代实力派作家大系"。他的散文，视角独特，语言俏皮，常言人所不言，有人把他的散文的艺术特点概括为"谐、怪、智"三个字。方英文与贾平凹是同学同乡，又有同好，志趣相投，枣木棒槌一对儿。方英文题为《矮小的巨人》的文章，写贾平凹惟妙惟肖，入木三分；贾平凹则有《方英文小记》，甚至还有一篇专写方英文的儿子方韵，很有意思。孙见喜说这两人"不见还想，见了面就咬，一个不服一个。贾平凹作画，方英文数得出画中人是六个脚趾头；贾平凹公布书法润格，方英文竟在上边批字：小姐优惠20%"。新近有台商对方英文的散文情有独钟，出资在台湾为方英文出了一部散文集；方英文在电话上表示要送我一本，至今未到手。还有一事值得一提，方英文曾被《女友》杂志读者评为"当代中国十佳散文作家"之一，这是可以理解的，因为它以优美的文笔抒写了大量有关女人的文章，他本来就是女性之友嘛！《女友》由历史系毕业的王维钧主编，发行量曾达百万份以上。

中文系出身的散文家，除去上述几位，还有59届的何西来，出过几本散文集，但主要还是以文艺理论、文学评论出名。78级的赵发元，编有杂文集《三秦花边文苑》，著有杂文集《微言集》、散文集《曲江雨》，我曾在《曲江雨》序中有所介绍，这里从略。还有66届的骞国政，在陕报和广电厅来回做官，却一直坚持写散文，出过集子，因我手头没有材料，只得付诸阙如了。

这几位校友得以在国内散文领域占据一席地位，其成功的原因：一是文化奠基，即便在"文革"那样不利的环境中，在"四人帮"叫嚣"知识越多越反动"的情况下，他们顶风而上，如饥似渴地求取真知，把头脑充实起来，把自己武装起来，他们与众不同，这在他们上学期间表现得很明显；二是生活厚赐，他们都还年轻，却都有丰富的生活经历，清一色的根在农村，大城市、小城市、教育界、文化界、新闻出版界，都曾深入其中，世道人心，社会百态，皆有深刻感受，生活是他们创作的源泉，取之不尽，用之不竭；三是天道酬勤，生活向许多人提供了机会，成气候者却是少数，创作固然需要才能，但关键是一个"勤"字，他们无一不是文学园林的辛勤耕耘者，贾平凹20多年出了60多本书，方英文创作起步晚，也写了200多万字，写得最少的，也在百万字左右。杨闻宇有如一匹脚力十足的战马，驰骋秦陇大地，雄视长城内外；贾平凹"独行侠"似的，总在跋涉着、探寻着，不管别人怎么说，也不大理会人们要他"少写""慢写"的忠告，仍是不停地写着、发表着，一篇接一篇，一本接一本；李佩芝这个校园百灵执着于散文写作，用笔墨歌唱，死而后已，《西安晚报》在她死后发表她的四篇专栏文章，编者替她加了个总题"其言也善"，潜台词便是"人之将死"；肖重声则像一头负重前行的秦川牛，他自谦地说："驽马迟钝，但不会停止跋涉，更不敢希冀成龙成凤，只知道要不断地写，坚持不懈就有收获。"功夫不负有心人，坚持不懈就有收获，这是一个真理。

（写于1996年）

书道高手谢德萍

西大毕业生中，搞艺术的极少，谢德萍是一个。他在当代中国书坛上，可说是如日中天，正红着呢！他现任中国展览交流中心的副经理，中华书学会会长，中华书院院长，文化部研究员。从 1981 年至今，他已在国内外举办过 56 次个人书展。国内除西藏和台湾，他的足迹和展品遍及各地。他多次出国交流书艺，访问过近十个国家。他的书法尤其得到日本书道界的好评，被誉为"当代草圣"。

谢德萍的活动中心在北京，但与家乡和母校保持着密切的联系，时常奔波于长安道上。我早闻他的大名，箧中亦藏有他的书品，只是无缘会面。西大校庆 80 周年时，他返校庆贺，在路上偶遇，经人介绍，算是认识了。今年暑假，正当高温难耐之时，谢德萍回校参加历史系六四届毕业 30 年聚会，我作为局外人也应邀到场。我发现，谢德萍比他的众多同班同学，看上去要年轻得多。他身材颀长，略瘦，着红色衬衣，精气神十足，行走如年轻人，思维敏捷，谈锋甚健。谢德萍无名人的孤傲气，和过去的同学往来密切，似乎仍生活在当年在校时那样一个和谐的集体之中。他概括 20 世纪 50 年代至 60 年代初的大学生有三个特点：一是艰苦朴素，即便经济宽绰了，仍保持这种作风；二是纪律性强，违法乱纪的事一般都不会去干；三是埋头实干，大家在各条战线、各自的岗位上都做出了成绩。这是主流的方面。当然，由于政治运动的反复冲击和思想上长期受到种种禁锢，敢冒敢闯的精神就差一些。但是谢德萍自己完全称得上文化园地的一个开拓者和闯将,这也许和他生活在信息灵通的首都有关吧。

聚会之后,我约谢德萍聊了一阵。话题集中在书法艺术上。我的感觉,谢德萍绝非一般写匠,而是有思想、有见解、有体系、有深厚文化内涵的艺术家。他的书法思想用一个字概括就是"中",即允持其中,善于抓住主要矛盾和矛盾的主要方面,找到一个坚实的支撑点,保持整体的平衡。他说,毛泽东书法就是一个典范。毛泽东题写的"人民日报",就打破传统写法,确立了新的支撑点,如"人"字第一笔,落墨厚重,形成泰山压顶不弯腰的气势。谢德萍总结自己书法的特点是"曲中求直,险中求稳"。他对古代书法家的艺术经验有着深刻领悟。唐代怀素和尚谈到书法的曲线美时,曾以"飞鸟出林,惊蛇入草"八字形容,颜真卿却说"何如屋漏痕?"怀素心领神会,为之倾倒。那么,"屋漏痕"究为何意?历来都解释不清,谢德萍根据自己的书法实践,对此做了明确的解释,也可说是一种破译:"屋漏痕"即不规则的连在一起构成一条曲着的直线。这是颇有辩证意味的。严格地说,肉眼看到的直线,在显微镜下都是曲的,不过总的趋势是朝一个方向运动而已。也可说,"点"(小单位)是曲的,"线"(整体)是直的,故曰"曲着的直线"。谢德萍自创的"飞天体"就深得此中三昧。此外,他还新创一种"滚龙体",熔颜体与魏碑于一炉,既保持雄浑厚实的气势,又充满流动的生命感与通体的活力,成为名副其实的"墨海飞龙"。他说,书法的基本笔道是"3",这不是数字而是符号。"3"的变形就是八卦的太极图,这里包含阴阳、乾坤、黑白,既对立,又统一,内涵无穷。

谢德萍举办个人书展之多在目前是世界之最。他的书展创意新颖,内涵丰富。如在云南举办"大观楼长卷书展",在郑州举办"黄河颂书展",在武汉举办"万里长江书展",在潍坊举办"风筝颂书展",在唐山举办"人定胜天书展",在湖南举办"毛泽东诗词书法展",在西安举办"唐代诗人颂长安书展",还拟在山东惠民孙子故里举办"书兵法展览",在西藏举办"世界屋脊书展"。在书法家中,他也是出专著最多的,已出版的有《论毛泽东书法艺术》《书法小辞典》《文房四宝纵横谈》《中国现代书法选》《郭沫若、于立群墨迹选》以及《养生篇》《书酒集》《天壤无限》以及草书《长恨歌》等论文和作品集,即将出版《书法十美》《草书探秘》《如何写榜书》等论著。今后他将重点研究三位书法家,即毛泽东、于右任、柳公权,全面深入地总结古今这三位大家的书法艺术经验。

正聊得起劲,我发现有四五个书法爱好者在外面等他,便识趣地结束了这次谈话。让我借用已故书法大师费新我生前给谢德萍的题词,祝愿他"壮志鹏程",开拓书法艺术的新天地!

(原载《西安晚报》1994年10月7日)

久违了，王木犊

1972年，随着化工系的并入，西大校园平添了一个活宝石国庆。那时，他还是偶尔露峥嵘。待到以《秦腔、歌舞与离婚》为开篇的王木犊系列段子出台，他就闻名遐迩了。

说闻名，闻的不是"石国庆"之名，而是"王木犊"之名。某些追星者寻踪来校，询问"王老师住哪里？"闹了半天，原是找石国庆的。从此，"王木犊"几乎变成了石国庆的代号。

石原是化工系教师，后调学校电教中心任编导。一些崇拜者却凭空猜想：石国庆既在大学工作，肯定是搞文学艺术的。于是，许多信件源源不断寄到中文系，折腾许久才能转到本人手里。石的专业水平也不错，老早评上了高级职称。外界很快传开了："王木犊是西大教授"。把"副教授"传为"教授"，倒差不了多少，但又演绎说："李幺妹是个讲师"，这就谬以千里了。石的爱人姓王，而不姓李，本省人，而非四川妹子，现在西郊某厂工作。把艺术形象与作者混为一谈，中国人常常闹这样的笑话。

笔者有次去北京开会，与西工大一位同志同室。该同志的哥哥在铁道部工作，兄弟俩见面，几句寒暄的话说过，老哥突然把话题一转，问道："王木犊是否在你们那里？"老弟一笑，指着我说："你问他！"我仔细作了介绍，这位老哥听得津津有味。无独有偶，后来我与阔别十余载的姐夫重逢时，他也十分关心地问起王木犊的情况。我想，"王木椟"真是家喻户晓、深入人心啊!

有一年,学校组团去中原油田访问。应油田职工的强烈要求,石国庆也去了。演出时,石国庆的独角戏与油田歌舞团的节目插花进行。石国庆每演一个段子,观众鼓掌不息,下不了台;轮到歌舞节目,一些青年观众则显得不耐烦,鼓倒掌,打口哨,甚至大声呼唤"木椟兄"。这种盛况就不必细说了,我只说访问期间的一个插曲。油田招待所给我们摆了两桌饭,一桌以校长为中心,一桌以石国庆为中心。有个明眼人发现,端菜的服务员明显偏待石的一桌。饭后提起此事,石国庆接过话茬幽默起来:"要工作,你们跟着校长走;要吃饭,你们最好跟我来!"惹得大家捧腹大笑。不过,跟他一起吃饭,也不能白吃,他要求每人给他讲十个笑话。这家伙真精,随时都在搜集创作素材。

如今,当许多观众渐渐了解到"王木椟"的创造者石国庆是西大人时,石却悄无声息地离开了西大。观众又该迷惑了:王木椟不在西大,又在何处呢?

久违了,木椟兄!西大校园少了你,也就少了几分热闹……

(原载《西安晚报》1994年1月25日)

靖边来了个李三原

1994年7月1日,全国各大报公布了百名"人民好公仆"名单,陕西靖边县委书记李三原入列。《光明日报》在报道中赞誉李三原为"追赶新曙光的年轻书记"。

李三原,祖籍佳县,1958年生于三原,故有其名。我校地质系77级学生。毕业后在地质队干了将近八年,又调到榆林地区矿产局工作两年,1992年任靖边县委书记,是全省县委书记中最年轻的一个。

靖边是陕西北部毗邻宁夏的一个边远小县,名气倒也不小。解放战争时期著名的小河军事会议就在这里召开。诗人李季脍炙人口的长篇叙事诗《王贵与李香香》就取材于此。提起"三边"(靖边、定边、安边)无人不晓。但是名声不能当饭吃,当李三原作为该县第26任县委书记上任时,这里真是穷得叮当响。全县累计欠债4000万,县委机关借债20万,还不起,并且信誉扫地。干部工资挣命只能发一半。有的干部病故三年,医疗费报销不了,弄得倾家荡产。长征老干部在街上捡菜叶吃。一批老干部要求集体出外讨饭。天寒地冻,办公室没有烤火煤。李三原头一次签发文件,秘书问纸在哪里?他以为秘书看他年轻,故意刁难,发了一通脾气,后才知没有办公用纸是实情。他到任五个月,只领到200元工资,全靠往日积蓄过活。

面对如此县情,怎么办?小平同志的南方谈话给李三原开了窍,壮了胆。"发展才是硬道理","没有一点闯的精神,没有一点'冒'的精神，没有一股气呀、劲呀，就走不出一条好路，走不出一条新路，就干不出新的事业。"李三原血气方刚，一点就着，与县委一班人反复商量发展大计，决定从"油"上突破，打一场翻身仗。靖边地下有丰富的石油蕴藏，某石油单位在此磨磨蹭蹭搞了20年，总舍不得下本钱开采。李三原干起来了，他说："南方炒地皮，我们炒地瓢。"他没有向国家要一分钱，而是主要依靠自己的力量，依靠改革开放政策，依靠市场经济体制，放手吸引社会投资开发。截至目前，已有包括港澳台企业家在内的100多家企业来到靖边，协议投资额10亿元，到位3亿元，已投入1.6亿元。一场开发石油资源的人民战争打起来了。昔日冷冷清清的边陲小城，突然繁华热闹起来。邮电局、商场、宾馆大楼拔地而起，小饭馆猛增至200多家。县城人口原只有1万多，一时之间成倍增长，现已达3万多人。

一步棋走对，全盘皆活。工业增长速度达45%，平均每月净增原油1万吨，农业增产22.7%，领回3个国际金奖，县财政翻了一番，干部工资全发了。工资兑现后，干部们欢欣鼓舞，大家凑钱聚餐，齐声说："还是改革开放好！还是小平同志的讲话好！"过去生活无着、叫苦连天的老干部端着酒杯一定要找县委领导干一杯。李三原感慨地说："靖边的变化说明，贫穷不是社会主义，端着金碗要饭吃也不是社会主义。"什么事情都不会一帆风顺。李三原在"搞油"的过程中，也遇到不少的阻力，尝遍酸甜苦辣，但都被他顶住了，硬是挺过来了。

他不是蛮干。他有自己的优势：一是学过地质，干过地质，具有工程师职称，懂得技术；二是学过法律，做过业余律师，懂得法律的边缘在什么地方，因而能广为开拓；三是有退路，少顾虑，丢了乌纱帽，就去吃技术饭，有何不可。再加上他对小平同志提出的"三有利"标准心领神会，高举这把"尚方宝剑"，何惧之有？在去年召开的陕西省第八次党代会上，李三原当选为省委候补委员，这是省委班子中唯一的县级干部，自然也是最年轻的。今年初，省委举办厅局级主要领导干部理论研讨班,也破格吸收他参加。望着这个身体魁伟,雄健中透出几分儒雅的陕北后生,一些厅局长私下说:"李三原是一颗希望之星!"不错,多数50大几的要员们在赋写"黄昏颂",而30出头的李三原却弹出一首"青春奏鸣曲"。众前辈拍着他的肩膀亲切鼓励道:后生,你大胆地朝前走!

(原载西大校刊 1994 年 3 月 3 日)

肖华的自强之路

肖华，一个极平常的女子，只因为和大名人张艺谋的 20 年婚恋一朝生变，便也被新闻界炒成热点人物。这是多年前的事了，已经变成旧闻，当张艺谋与巩俐情断"外婆桥"后，如今的新闻焦点又转向巩俐和海外黄某的行踪，谁还再理肖华呢？

偶然在一本新出的文摘类刊物上，看到张晓梅的一篇文章，题目是《离婚后的肖华》，细细读过，觉得作者有感而发，立意甚高，文笔也委婉细腻，绝不似一般街头小报上的猎奇新闻。令我尤感兴趣的是，肖华和张晓梅都是我校作家班毕业生，这篇文章也较多地提及她们在西大上学时的情景。张晓梅着重叙述了肖华如何摆脱往日的感情纠葛，自立、自重、自强，开始了新的生活。离婚后的肖华，经过四个月挑灯夜战，完成了一部 12 万字的回忆录——《往事悠悠》。这时，她得知西大作家班招生的消息，便萌生了上大学的念头。她在中学时，本是一个"五分加绵羊"式的好学生，上山下乡断了她的大学梦。在工厂，招考工农兵学员时，又为爱情而错过了机会。经历了婚变，走出陷得很深的感情漩涡，她决心要圆自己心中埋藏已久的大学梦。

但是，事情并非一帆风顺。肖华并不具备上作家班的条件，她的回忆录尚待出版，不能算数。她只好多上一年预科班，然后才正式上了作家班。我曾给预科班和作家班带过课，肖华为考试的事找过我一次，她给我留下的印象是，朴实无华，一个很认真的人。为了求学深造，人到中年的肖华把幼小的女儿托付给父母，每天骑自行车往返于西影和西大之间，上午听课，下午上班，晚上抽空还要看看女儿。母亲、职工、大学生，一身而三任焉，生活怎能不累？"衣带渐宽终不悔，为伊消得人憔悴"。这个"伊"不是人而是事——上大学。肖华总算撑持下来了。张晓梅写道："三年的大学学习，对肖华来说是何等宝贵又何其不易，尤其是她感情失落精神几乎崩溃之时，大学为她开了另一希望之门。"

人间自有真情在。据我所知，肖华在西大上学时，中文系的老师们广结善缘，对这个遭人遗弃的弱女子充满同情，千方百计帮助她一步一步实现自己的愿望。作家班的同学也很理解和尊重她，深知她内心的痛苦，谁也不愿触动她的伤痛，总想多给她一些抚慰和帮助，大家亲切地称她为"大姐"。一些耳目灵通的记者要来采访肖华，也被同学们挡驾了，都不希望别人过多地打扰她，但愿她能安安静静地读书，顺利完成学业，也医治好她心灵的创伤。张晓梅写道："校园幽雅清新的空气和知识的养分愈合着她心灵的伤口。1992年作家班毕业时，她的《往事悠悠》也正式出版了。圆了大学梦，也实现了她出书的愿望。失去了依附的大树，风雨中肖华终于独自挺拔了起来，并长出自己的绿叶和果实，她感谢生活，感谢生活赋予她的一切。"

抛却幽怨情，不作团扇诗，甩掉依附性，走上自强路。肖华虽是一个普通女子，没有干出什么惊天动地、轰轰烈烈的事情，但在她身上却闪烁着新时代、新女性的亮丽光彩。正当"世界妇女大会"召开之际，我举起双手，一面赞赏肖华处变不惊的自力更生精神，一面赞赏张晓梅文章品味不俗地突现了这种精神，我衷心祝愿这两位女校友日后能有更多更好的作品奉献于社会。

末了，还有几句题外话。我看到的登载张晓梅文章的刊物是《文摘精粹（A）》，四川人民出版社于今年初出版发行，有若干栏目，《离婚后的肖华》安排在"名人频道"一栏的头条，第二条是《毛泽东魂系攀枝花》,以下依次是有关朱镕基、胡耀邦、张学良、蒋介石、李鹏、周恩来、邓小平、胡志明、陈立夫等的纪事。从目录上看到这样一个阵势,我思量位居榜首的这个肖华是何许人呢?莫非是写《长征组歌》歌词的军中才子肖华上将,琢磨题目又觉不像,赶紧翻到55页一看,原是我校中文系作家班毕业的肖华,这未免有些不伦不类,莫非编者也是出于对肖华的同情和怜悯,或者是对张晓梅文章情有独钟,而有意抬举?殊难理喻。更奇怪的是,在《离婚后的肖华》这个标题下,还配有一幅人像速写,男性,一头乱发,额前布满皱纹,戴深度近视镜,撇着嘴,满脸愁云,年约50开外,看上去像是一个有待平反的右派,或没有评上职称的教师,或自费出书销不出去的知识分子,这和肖华风马牛不相及。我说现在有些出版物真是莫名其妙!

(原载《陕西日报》1995年10月7日)

难忘郭峰

"学雷锋,做好事"如今有了更具时代特色的新说法,叫作"青年志愿者行动"。近年,报刊上关于"志愿者行动"的报道日渐增多,令人备受鼓舞。于是,我想起了郭峰。六年前,他在生死关头的壮举,是一次真正意义上的"志愿者行动"。

那是1989年4月16日,一个风和日丽的星期天,西大地理系87级学生郭峰与同学兴冲冲来到城南高冠瀑布风景区。这个景点虽在唐代已是文人骚客流连歌咏之地,后来却渐渐荒凉,少有人问津,不大出名了,近几年旅游业发展,此处又得到开发,旧貌换新颜,游人越来越多。高冠瀑布,位于圭峰山北坡,地质构造特殊,秦岭深处的无数条溪水,缓缓流下,次第汇聚成一条不大不小的河流,又顺着山势,像下台阶似的层层涌来。最下层是一高崖,20多米,水流至此已蓄成大势,飞泻直下,响声如雷,在岩石上激起万朵白莲,水珠成雾,弥漫而上,蔚为壮观。唐代诗人岑参形容得好:"崖口悬飞瀑,半空白皑皑,喷壁四时雨,傍村终日雷。"

郭峰与同学在这里玩得正得趣,突然发生了意外情况:西安帆布厂一名女工不慎落入瀑布上游不远处的水中,被湍急的河流席卷着向下游冲去。面对险情,平日憨厚质朴的郭峰顾不得自己是个不会水的"旱鸭子",也顾不得上山入口导游牌上所写"水进五台阶,落水难相救,冠潭深莫测,下去难生还"的告诫,纵身跳入水中抢救落水者。

当他抓住落水者试图将她救起时，自己也被急流冲倒，连同落水者一道被推向下游。此时，西安石油学院的唐春雨、崔继荣两位同学也入水抢救，亦被冲倒。四人一起被急流推向瀑布口。崔继荣在山崖石缝处被一木桩卡住，侥幸生还，其余三人眼巴巴被卷进瀑布下面的深潭之中，无影无踪。后来还是调的北海舰队潜水员，才将郭峰等人的尸首打捞上来。

郭峰牺牲的时间，恰在胡耀邦同志逝世的次日，消息同时传到校园。这两人，一个是党和国家的资深领导人，一个是年轻的大学生，本不可同日而语。但在西大校园，两人之死都引起强烈震动，产生了雪上加霜的效应。学生们自发地搞起悼念活动，设起灵堂，集体守灵三日，他们贴出挽联，将胡、郭相提并论，略谓："胡公英灵永存，郭峰精神不死。"初看觉得不伦不类，细想也可以理解，一个是青年素所敬仰的革命前辈，一个是同辈引为骄傲的伟大"志愿者"，放在一起悼念，也属顺理成章之事。何况，耀邦同志从红小鬼到少共中央秘书长到团中央第一书记，一直是个"娃娃头"，死后遵照遗愿葬于他亲手创建的江西共青城，也表明他与青年生死与共的亲密关系。耀邦同志是永远年轻的，他永远和青年在一起。郭峰是一个有血性的青年，耀邦同志必定乐意和这样的青年在一起。

郭峰献身于"八九政治风波"的前夜，这是一个非常敏感的时期。当时，国内改革正处于攻坚阶段，矛盾错综复杂，各种议论蜂起，直闹得沸沸扬扬；加之实行对外开放以后，国外各种思潮乘机涌入，良莠不齐，泥沙俱下，正在求知的青年学生眼花缭乱，莫衷一是，有的则蹈入误区，产生迷乱；而由于"一手硬，一手软"所造成的正面教育和引导无力，正不压邪，于是大学校园一时处于浮躁不稳状态。社会上则对探索和彷徨中的大学生形成极为偏颇的看法，认为是"垮掉的一代""革命掘墓人""杜勒斯关于中国的第三代、第四代必将变色的预言就要实现了"，等等。郭峰的无私无畏、英勇牺牲，以及随后西大学生自觉自愿奋勇扑救图书楼大火的情景，突出显示了当代大学生主流和本质的方面，从而改变和纠正了包括笔者在内的一些人对当代大学生的基本评价。应该坚信，中华之振兴，希望在于青年，而青年一代是大有希望的。这就是郭峰之死给人们的深刻启迪。

郭峰的事迹在社会传开后，反响强烈，中央和地方的新闻传媒相继作了广泛的报道和宣传。西大党委根据郭峰生前愿望，报请陕西省委追认他为中国共产党党员。共青团陕西省委授予郭峰"优秀共青团员"的荣誉称号。陕西省人民政府批准郭峰为革命烈士。西安市见义勇为奖励基金会召开大会，表彰了郭峰的英勇行为。陕西省委高校工委、省高教局、团省委联合召开表彰大会，号召全省大专院校学生和广大青少年向郭峰烈士学习。在西大，郭峰和杨拯陆、罗健夫一起，成为学校的骄傲，学生们学习的光辉榜样。

赞曰：无私无畏，志愿行动，奋不顾身，救助他人。青年楷模，当代英雄，浩气长存，壮哉郭峰！

(原载《西安晚报》1995年3月20日)

咱们的火头军

"民以食为天"。老百姓没有饭吃,就会造反。学生没有饭吃,就会闹事。学校是一个小社会,后勤总务,方方面面,伙食工作是重中之重。学校要想安宁,头一件事就是保证伙食不出问题。西大校园这些年相对稳定,炊管人员功不可没。

鄙人在西大生活了近 40 个年头,多半时间都在学校食堂吃大锅饭。程文章、毛文彩的单炒,王书山的小吃,王金祥的氽丸子,王恒义的葱油大饼和凉皮,至今余味犹存。最难忘的是困难时期,那起着厚厚一层皮皮的稠稀饭,对饥饿的大肚汉是颇具魅力的。近十多年虽在家开小灶,但时不时要到学生食堂转一圈,偶尔还用在本校上学的儿子的饭票嘬上一顿。现在,堂堂西大就只一个大食堂,就餐者七八千人。每当开饭高潮时间,那场面十分壮观。食堂内熙熙攘攘,比肩继踵,几乎要饱和了。为改变排队打饭拥挤的现象,不再使用过去开的小窗口,而是实行开放式售饭,主食、副食全摆在外面,任人选择。因为摊位极多,"长龙"便消失了。饭菜花样繁多,炒菜分高、中、低三档,每档又有若干品种,挑选余地很大。我是北方人,对面食特感兴趣,臊子面、炸酱面、油泼面、岐山面、酸汤面、蒸面、炒面、水饺、菜盒、肉夹馍,应有尽有,样样都令人垂涎。省教委主任刘炳琦是长安人,去年来校视察时,就在学生食堂要了一碗扯面,吃得津津有味,满口称赞。省委副书记刘荣惠参观学生食堂时,也说:"不必另行准备了,在这里吃顿便饭就很好嘛!"省委书记、老校友安启元今年初来校时也看了学生食堂,他向炊管人员仔细了解饭菜价格,向正在用餐的男女学生询问每月能吃多少钱,他登车离去时连说:"不错!不错!"

这里,我主要借助领导的评价,来说明西大学生食堂办得好,有的学生肯定会摇头的,他们也许会列举一大堆不尽如人意之处,这不奇怪。我们在家吃饭,自己动手做,也不见得顿顿称心。50年代,学生灶伙食那么好、那么便宜,我们班还贴了一张大字报,说:"稀饭稀,稀饭能煮老母鸡!"何况现在粮、油、肉、蛋、菜价居高不下,谁都有意见。但是,平心而论,这是社会问题,学校也无能为力呀!说句公道话,学生食堂的伙食能办到这个程度,确实不易。

学生的质量决定于教师的水平,饭菜的好坏则决定于大师傅的技术和工作态度。学生食堂100多位炊事员,除部分正式工,多为厨师之乡——蓝田县来的临时工,他们勤勤恳恳,兢兢业业,为大学生的一日三餐而辛苦操劳,逢年过节他们也得不到休息。大年三十,学校组织留校学生聚餐,各级领导都要进厨房向大师傅敬酒,他们是受之无愧的。我去食堂,里里外外,搭眼一看,只有一个熟面孔,便是石师傅。当我在教工食堂用餐时,他是炊事员中最年轻的一个。过了这么多年,老炊事员们大都退休了,有的已经过世了,胖胖的孟师傅,瘦瘦的王师傅,高高的朱师傅,矮矮的薛师傅,都到九泉之下会见他们的祖师爷伊尹(中国古代的烹饪大师)去了。现在这位石师傅,在炊事班里算是年龄最大、资格最老的了。他生性质朴,为人忠厚,工作一贯踏实负责,从不耍奸躲滑,对学生态度也好,为年轻师傅做出了表率,常可听到管理干部对他的美言。前不久,有个学生在校刊上写了篇题为《石师傅》的文章,引起了一场小小的风波。这个学生是学文学的,平日好舞文弄墨,出于对石师傅的好感,写了这篇文章,本意在于表彰,却因为故弄玄虚,调侃得过了头,倒落了个以辞害意,适得其反，变成了嘲讽，弄得石师傅本人哭笑不得，伙管科负责人也愤愤不平。这是个教训。我们文学系的众生员应引以为戒，切不可承袭汉赋虚夸遗风，学了司马相如、扬子云的样子，把"劝百讽一"翻转而成"劝一讽百"。

大食堂是一座锻炼干部的大熔炉。许多中青年干部在管伙中政绩突出，作风过硬，迅速成长起来。王拴才在担任总务处副处长时主管伙食工作，徐永芳为伙管科长、张振中任支部书记、查成川为管理员。几年后，拴才被提升为总务长，再提升为副校长，是全国教育系统的先进工作者；永芳被提升为后勤处副处长，又担任了三总支书记，是省政府命名的教育系统服务育人十佳之一；振中则委以新区办主任重任；转业回来的张天来担任了伙管科长，小查为副科长。拴才管伙时，每到学生开饭时间，必在食堂现场指挥，待学生吃罢饭，他才回家吃饭，长期如此，以致得了胃病。永芳泼辣干练，粗细活都上手，除夕夜为给学生包饺子，熬红了眼，仍不离岗。振中心细，善于协调关系，化解矛盾，耐心地做思想工作，是炊管队伍的好政委。天来、小查战斗在第一线，学校评奖总少不了他们。当下，他们最操心的事是：控制饭菜价格；严防食物中毒；维持食堂秩序。哪一关把不好，都不得了。过去，有的学生就餐喜欢蹲在凳子上，因为老陕有"凳子不坐蹲起来"的习惯，这样一来，凳子上沾满泥土，别人就没法坐了，管理人员费了很大劲，才扭转了这种陋习，改蹲为坐。事情不大，也是精神文明建设啊！食堂的故事很多，我只能说个大概。

写到这里，我打心底赞一声：真棒，咱们的火头军！

（原载西大校刊1995年12月9日）

金 铮
——悲喜剧角色

1996年10月11日,52岁的金铮匆匆走完他多难而又多彩的人生道路。噩耗不胫而走,陕西众多文化界人士皆陷于悲哀之中。金铮曾为之付出10年心血的《喜剧世界》杂志,在第12期以三分之一的篇幅刊出特辑,沉痛悼念追忆这位过早离世的可亲可敬的主编,把这一期《喜剧世界》变成了"悲剧世界"。乍看是矛盾的,细想却正符合戏剧创作中情节突转的特点,金铮的一生原本就充满了悲喜剧的交叉和转换。

金铮是西大子弟。其父是鼎鼎有名的英语教授金家桢。金家桢是宋朝时迁来中国的犹太人的后裔,属蓝帽回族。1956年,我刚到西大上学,正赶上全国各地声援埃及人民反帝斗争的热潮,西安市举行了声势浩大的群众集会,西大的队伍停留在钟楼附近,街头高音喇叭上播出主会场(西安人民体育场)上各界代表的讲话,代表知识界讲话的就是金家桢教授。这时金教授刚从埃及开罗大学讲学归来,据说他讲授的英国文学和中国文学深受欢迎,在埃及引起不小的轰动,埃及的教育部长代表纳赛尔总统向他问候嘉许,给予高度评价,称"金教授的阿语和英语水平在埃及也是出类拔萃的,金教授不愧是中国学界的优秀代表、友好使者"。不久,开罗大学埃米尔教授访问我校,金家桢教授出面接待,两位教授在大礼堂东侧的接待室亲切交谈,我作为一年级新生好奇地趴在窗外观望良久，只听他们用英语谈得十分热烈，不时发出笑声，至于谈话内容，我一句也没有听懂。此后，我无缘再会金教授，到 1960 年我毕业那一年初他就去世了。金铮的姐姐金效俊，在马列主义教研室工作，长得短小精悍，性格开朗，爱说爱笑，走路一阵风，说话很快，像打机关枪，西大许多教职工都和她很熟，亲昵地唤她"小金"，照我看她是一个难得的公关人才。

金铮从小生活在西大校园，但是我得知金铮其人已是 60 年代初了。当时我担任中文系一个班的班主任，在"九评"学习中有人反映，班上的学习尖子张孝评爱和社会上不三不四的人交往，形成了一个落后小集团，其中领头的就是金铮。这件事被看成学生中的一个"阶级斗争新动向"，引起了注意。我虽然没有直接过问此事，但是金铮作为一个有问题的"复杂人物"，留在我的印象中。后来才弄清，金铮是在北京某高校上学时，因替别人抱打不平，受到校方不公正处理，愤而退学，流落社会，下过乡，干过建筑，当过兵。"诗穷而后工"，速遮的生活经历使他成为一个多产的剧作家，先后有《红烛泪》《碧血忠魂》《名将·功臣·死囚》《蓝天，飘过一朵白云》《展翅凌云》等话剧作品问世。金铮一向好交朋友，60 年代初他在西大结识的张孝评、雷抒雁、蒋兆强等都是诗歌和戏剧的爱好者，他们在一起无非是论诗谈艺，切磋为文之道，别无他图。那个时候，在"左"的浓重氛围里，人们都有点神经过敏。

再说张孝评毕业时正碰上"文革"，发配到宁夏解放军农场劳动锻炼了一段时间，又分配到铜川煤矿文工团干了几年，于 70 年代末调回学校任教，凭着他的业务实力，很快成为教学骨干，"文学概论""诗歌美学"讲得呱呱叫。80 年代初，中文系与省戏校合办编剧班，金铮又从什么地方冒出来了，他大约是要圆他的大学梦，了断 20 年前在北京的那段不了情。这一对难兄难弟又碰到一起，如今却改变了身份，老哥金铮是学生，小兄弟张孝评是代课老师。编剧班上完，毕业证拿到手,金铮意犹未尽,又报名上文艺学研究生班,40好几的人了,再一次坐在学生的座位上,毕恭毕敬听张孝评讲课。生活就是这样富于戏剧性。我也为这个班讲授"中国古代文论",看着坐在前排的金铮不停地记着笔记,一头白发微微颤动着,心里不觉泛出一丝苦涩。不是冤家不聚头。张孝评上大学时的同班同学,每年都有一次聚会,我作为老班主任应邀参加,金铮作为编外成员有时也来凑热闹,还在一起照相,驱散了往日的疑云,大家都热情欢迎这位早已熟悉的朋友。

金铮热情好动,喜欢串门聊天。有几次,金铮与孝评联袂登门造访,海阔天空神侃一阵后,便邀我一同去附近菜馆小酌。孝评持重,谨言慎行,喝酒只是象征性地在唇上沾一沾,临了仍是那杯酒。金铮豪爽,思想开放,掌故颇多,又极健谈,席间就只听他的了。他喝酒当仁不让,不停地说,也不停地喝,最后总是一醉方休。"李白斗酒诗百篇,长安市上酒家眠。天子呼来不上船,自云臣是酒中仙。"看着金铮的谈吐和豪饮,就觉得这些诗句并不夸张。金铮是一个卓有成就的剧作家,也学过表演艺术,听他酒后放言,我脑海中就幻化出舞台上演员的激情独白,幻化出郭沫若《屈原》中的"雷电颂",幻化出《红色风暴》中金山所扮演的施洋大律师滔滔不绝的辩护词。他讲话机警睿智,神采飞扬,比杯中物还要提神,还要令人兴奋。

1994年,不安分的金铮从西安调到北京,先在中国艺术研究院话剧研究所,后被任命为文化艺术出版社副总编,《传记文学》杂志社社长、主编。他本来要在这个更宽广的舞台上尽情发挥,唱一出更精彩的大戏,却不料"出师未捷身先死,长使英雄泪满襟"。我这里倒要发表一点乖谬之论。常言"树挪死,人挪活",在金家就不灵了。金家桢从河南挪到西安,60多岁就死了;金效俊在西安时活蹦乱跳的,随其夫调到南京,不几年就死了;金铮在陕西这些年如鱼得水,刚干得顺了,却举家进京,一年多就早逝了。看来,上了岁数的人还是不要轻易挪动为妙,热炕头总比冷板凳要好。

最后且录张孝评为金铮所作墓志铭(十四行诗)以结束本文:

> 他与戏剧的不解之缘,
> 实在是一种天意或宿命。
> 他为世界制造喜剧,
> 自己却把悲剧主角担承
> 太多太多的坎坷和泥泞,
> 消磨了他的绝世才情,
> 生命流失在一串串故事里,
> 来不及燃烧就化成灰烬。
> 也许是因为嗜酒如命,
> 他终生保持灵魂的透明;
> 大概是由于疾恶如仇,
> 他临死依旧双目圆睁……
> 请记住这位中国的犹太人,
> 他的名字叫作金铮。

(写于1996年)

陈辉：去也匆匆

年轻校友陈辉前些日子死于车祸，我得知这个不幸的消息，内心久久难以平静。

陈辉当年是历史系学生，担任校学生会学习部长、学生会油印小报主编，我因分管学生工作而与他相识。我很赞赏他的才干和文笔，那张小报上的各色文章，差不多都出于他一人之手，不论是学生活动报道，还是学生心态分析，或者热点问题评述，视角和见解都很新颖。我心里想，这个看似朴实憨厚的兴平娃，还是个新潮人物呢！

"八九风波"中，学生会干部是很为难的，既要按学校指示劝阻学生的过火行动，又不能脱离群众，失去大家的信任，这种角色确实不好扮演。有时为便于工作，就得迎合着点，而事过之后就说不清楚了。风波过后，他感到委屈。我安慰他："你思想上不要有负担，这没有什么，学生会干部参加游行是我同意的，是为了防止出现更严重的事态，你把情况说清楚就行了。"这时他正面临毕业分配，得到解脱后他去了如意电视机厂，先做团的工作，后调公关部，那里的厂长是省上有名的改革家，想必会赏识这个锐气十足的大学生。他从如意厂给我来过几次电话，报告他的近况，我鼓励他好好干。

两年后，他突然频频出现在西大校园，原来他下海了，办了个文化开发公司，在学校图书楼租了房间办公，一辆有公司标志的白色面包车经常停放在图书楼前。这时的陈辉手执大哥大，来去匆匆。有次他进了一批矫正视力的眼镜,遇到我当即叫手下人取一副给我,我说:"你做生意要赚钱,不可乱送人。"他连说:"小意思!小意思!"一个星期日,我和爱人准备上街,正在校门口车站等公共汽车,他老远看到了,趋前问候:"老师上哪里去?"我说:"去钟楼转转。"他手一招,挡住一辆出租车,掏出 10 元钱给司机,叮咛:"把这两位老师送到钟楼。"车开了,他挥手告别,我心里却泛起一种怪怪的滋味。他是顾念师生情谊,利用一切机会回报老师,我却觉得有点丢份,身为教授难道连个"的"都打不起吗?细思细想,我所以不打"的"而去等公共汽车,并非全为省几个钱,更大程度上是习惯使然,出得门来很自然地向汽车站牌走去,根本没有想起要打"的",我去北京开会或为学校办事,可以报销车票,但也习惯成自然地去乘地铁或公共汽车、电车。在年轻人看来,我这样子真有点皱皱巴巴一拉不展,难道我真就像贾桂那样站惯了不敢坐吗?一路胡思乱想,出租车已到钟楼。

陈辉祖籍陕西蒲城,在兴平长大,身板敦敦实实,脸黑,牙黄,土气,像个庄稼汉。他父亲倒是国家干部,但我敢说他祖辈肯定是打牛后半截的,他的根深深地扎在黄土地上。他爱人我没有见过,听说是南方人,一面在经济系攻读硕士学位,一面做着生意。这夫妻俩各干各的,互相较着劲,看谁生意做得更大些,赚钱更多些,知情者告诉我:"穆桂英"比"杨宗保"厉害。我感慨如今的年轻人,真是不可思议。

有一段时间,陈辉在校园里消失了,那辆停放在图书楼前的白色面包车也不见了。一日,我和中文系李志慧去尚友社剧场参加一场知识竞赛的评奖工作,意外地见到陈辉。我问:"最近怎么不见你到学校去?"他面带愧色,回说:"不好意思,把学校的事没办好,没脸见学校的人。"我已风闻,学校宾馆装修工程质量不过关,承包的外省人逃之夭夭,中介人是陈辉,不免牵扯到里面。他又说:"我自认倒霉,贴赔了不少钱。"我有意将这个不愉快的话题引开,问:"你现在干什么?"他兴奋了,说:"我在省电视台的经济台,承包了两个栏目,今天的节目就由我负责制作。"他想起了一件事,告诉我:"我们去你的家乡天水拍片时,那里许多人都问起你,我说你是我的老师,对我很好。"电视大赛结束后,组织者只顾送省市领导,把我和李志慧晾在一旁,陈辉过来说:"让我的车把你们送一下,我有两部车呢!"说着引导我们到剧场外面找到他的车,请我们上车,他也上来,坐在司机旁边,发令:"到西大。"因实行单行道,到西大去要向南绕一大圈,想不到他车上安装着警笛,一路呜呜叫着,逆道而行,很快就到了学校。我问他:"你会开车吗?"他说:"会。有时司机开,有时自己开。"不料这一问答竟成我和这位年轻朋友的最后谈话。

据说陈辉正是自己开着车送客人去宝鸡时,在高速公路上出的事。刚下过雪,路上有一堆雪,他没有在意,以为一冲就过去了,谁知雪已冻结成冰块,将车碰翻,以致结束了一个年轻有为的生命。事后,省电视台副台长延艺云对我说:"陈辉死得真可惜!小伙子很能干,经济台每年创利1000万,陈辉一人能挣300万。他死后,沿海一些商家闻讯发来唁电,沉痛哀悼,可见他在生意场中人缘极好。"我想陈辉事业的成功,有多方面的因素,其中很重要的一条,恐怕就是这个"人缘"。他那黑黑的、圆圆的脸盘上总是荡漾着笑意,给人以亲切、诚挚、可以信赖的印象。他对我并无所求,只是出于师生情分,总是尽可能提供帮助,正表现了他一贯乐于助人的品格。我想起"文革"后期带学生去延安李家渠实习时的房东老汉,因平时爱做点小生意,被视为"资本主义尾巴",但社员们在下面却夸奖他:"这老汉你别看他老实巴交的,别人办不成的事他能办成,同样的小生意,别人赔了,他却赚了,他凭什么?就凭一脸和气,和气生财嘛!"说到底,陈辉其实也是凭的人缘好,凭的和气生财。

陈辉的一生实在过于短促了,如果他还活着,也许会成为一颗实业明星,成为新一代的邵逸夫、李嘉诚……

(写于1996年)

纪事篇

JISHI PIAN

《放下你的鞭子》与"二刘事件"

《放下你的鞭子》是一出著名的街头剧。它产生于全面抗战前夕的救亡运动中,系集体创作。全面抗战爆发后,由崔嵬加工改编,又经各演剧队边演边改,更见完整。此剧情节很简单,主要通过流亡后方、卖艺为生的父女俩,来控诉日本帝国主义的侵略罪行。其最大特点是强烈的现实性、鲜明的倾向性和灵活的演出形式。开场,响起三通锣鼓,身着破棉袍、腰扎草绳、头戴旧毡帽的卖艺老汉抱拳绕场一周,便催促梳一条粗辫子、穿破夹袄、着旧花裤、愁眉苦脸坐在箱担上的姑娘起身表演,无非是踢脚、下腰一类把戏,预先布置混在观众中的演员起劲叫好。接着老汉拉起胡琴,姑娘唱起"九一八小调":"高粱叶子青又青,九月十八来了鬼子兵,先占火药库,后占北大营,杀人放火真是凶……"唱着唱着,姑娘伤心得唱不下去了,观众开始走散,老汉恳求观众留步,并让姑娘来几个鹞子翻身,向观众讨个情,不料姑娘却猝然倒在地上,老汉暴怒地拿起鞭子抽打姑娘,扮作观众的演员上来大喝一声:"放下你的鞭子!"受到感染的观众也大喊着涌过来要揍老汉,姑娘却站起身来为老汉求情,说:"他是我的亲爸爸,他原来并不是这个样子,只为生活所迫,脾气才变得越来越暴躁。"剧情陡然一转,引出姑娘对日本侵略者侵占东北、母亲被害,父女逃到关内、流亡街头、卖艺糊口的血泪控诉。于是,演员和观众同仇敌忾,一齐高呼"打倒日本帝国主义""打倒卖国贼""打回老家去",场面十分热烈。这出戏在街头演出时,常被观众误认为真人真事,变成假戏真做。一次在山西临汾演出时,饰卖艺老汉的崔嵬差点挨了观众一铁锹;在广州街头演出时,观众感动得纷纷抛送钱币。《中国抗战文艺史》记述道:"鞭子的声音伴随着抗日浪潮,从塞北的荒漠响到古都的北平,从大江南北响到南粤丘陵,从西北高原响到昆明湖畔,鞭子的声音成了抗日炮火的伟大交响乐的一个战斗旋律,救亡演剧队和各宣传队的足迹出现在哪里,哪里就响起了'九一八小调'……一出小的街头剧,它同抗日的炮火一起响了八年,同抗日的战士、苦难的人民和跋涉千里的演员一起度过了漫漫的长夜,为中国现代戏剧史谱下了光辉的一页。"

全面抗日烽火初起之时,平津三院校西迁至西安,成立西安临大,随即改为西北联大。联大话剧团就演过《放下你的鞭子》。为演这出戏还酿成一幕戏外戏:"二刘事件"。原来饰演父女的两个学生都姓刘,演父亲的刘治国,是法律系学生,演女儿的刘秋英,是经济系学生。刘秋英气质高雅,学习成绩优秀,加之面容姣美,亭亭玉立,被视为"校花",成为许多男生谈论的中心和追求的目标。刘治国是联大话剧团团长,个头不高,胖胖的圆脸,留一个大背头,风度也颇潇洒。因他痴心迷恋刘秋英,就邀刘秋英与他同演《放下你的鞭子》,希图通过演戏增加接触机会,以便加深感情,发展关系。但刘治国是"剃头担子一头热",刘秋英对他毫无兴趣。一次演出前,刘治国向刘秋英献殷勤,却碰了一鼻子灰,他憋着一肚子气上了场。当戏演到女儿抽泣着唱不下去时,饰父亲的刘治国居然操起皮鞭劈头盖脸真抽起来,刘秋英不防,被打得疼痛难忍,爬起来就跑,戏装也没下,戏也不演了,一口气跑回宿舍,委屈得号啕大哭起来。这便是当时在学校闹得沸沸扬扬的"二刘事件"。刘秋英是一个湖南妹子,当晚联大湖南同乡会就采取了行动,派出几位膀宽腰圆的代表,向刘治国兴师问罪,对峙了一阵,却没有打起来,被同学慢慢劝开了。据目击者分析:一是刘治国正在洗脸,顾不得与人争吵。他一向在洗脸上花的功夫很多,一天数次,每次总得两三盆水,还要搓香皂,搽雪花膏,一应尽有,磨磨蹭蹭,把对方的火气压下去了。二是刘治国身旁也有个花和尚似的同学,形影相随,不离左右,对方似也不敢小觑。照曹刿论战的说法:湖南同乡会的同学来时"一鼓作气";刘治国洗脸拖延,使其"再而衰";又见保镖助威逞势,便"三而竭",偃旗息鼓了。平心而论,刘治国这个人虽热心抗日宣传活动,功不可没,但将自己卑微的打算夹杂于严肃的演出中,成事不足,败事有余,也实在无聊得很。后来,形势吃紧,学校搬到城固,刘治国没有跟随前去,联大话剧团也就解体了。

"二刘事件"的材料取自当年与刘治国同宿舍的尹雪曼写的回忆文章《大学生活二三事》。尹雪曼现为台湾文艺联盟主席,著名作家,早在西大上学时就开始了文学创作活动,最近,中国人民大学出版社还出版了他的《变调的结婚进行曲》。雷抒雁以大陆作家代表团成员的身份访问台湾时,正巧由尹雪曼接待。两人互叙出身,原来都是西大毕业生,异地相逢,喜出望外。他们在一起谈了很久,话题总离不开母校。

(原载西大校刊 1995 年 7 月 8 日)

忆话剧《阿Q正传》的演出

西大的学生文艺活动历来都是很活跃的,据我的记忆,搞得最火的一次是话剧《阿Q正传》的演出。不同寻常的是,这回不是只在校内自娱性演出,而是面向社会售票演出。

那是1956年下半年。当时苏伊士运河危机爆发,纳赛尔与英帝抗衡,斗争是很激烈的。中国自然站在埃及一边,全国掀起了大规模的群众性声援活动。西大学生这次演出《阿Q正传》,就高扬着援埃抗英义演的旗号。另外,这次演出还具有纪念鲁迅逝世20周年的特殊意义。演出在西安最阔气的人民剧院进行,连演多日,观众十分踊跃,几乎场场爆满,星期天还增加了日场。

话剧《阿Q正传》是30年代的老文艺战士、中央美术学院教授许幸之编的一个本子。他以鲁迅小说《阿Q正传》为基础,以阿Q这个典型人物为中心,又吸收鲁迅其他小说人物和事件来丰富戏剧情节,戏写得很热闹。对鲁迅作品中的人物大家都很熟悉,现在通过演员活生生集中展现于舞台,观众兴味盎然,反响十分热烈,演出效果甚好。看看今日一些专业话剧团的萧条景象,令人不免感慨系之。

演出阵容在人民剧院前的大广告牌上赫然列出。至今仍记得的是:艺术顾问梅—芹(西大副教务长,后任西安美院院长,漫画家),艺术指导刘道平(西大中文系青年教师,现在西安高中任教,著名象棋手),导演康凤山(中文系四年级学生,陕西省电视台第一任电视导演),阿

Q的扮演者和泽民（历史系学生），孔乙己的扮演者何振宇（中文系学生），吴妈的扮演者吴金陵（生物系学生），小尼姑的扮演者孙铃（化学系学生），王胡的扮演者何文轩（中文系学生）……演员清一色都由学生担任。这些演员后来都成为学生中的名人，同学们平日都以他们所担当的角色之名相称，而很少唤其本名了。地质系一位学生扮演剧中的县官，只出场一次，却获得了"县官"这个终身代号，30多年后一位同学见到他，竟忘了本名，只好直呼"县官"。

《阿Q正传》演出过后相当长一段时间，在校园内仍时常可以听到一些同学模仿剧中人物的台词，如阿Q"我手执钢鞭将你打""悔不该酒后错斩了郑贤弟"，孔乙己"多乎哉，不多也""君子固穷，穷斯滥矣"，等等。尤其是阿Q的口头禅"妈妈的"，也变成一些学生的口头禅，张口"妈妈的"，闭口"妈妈的"，这种污染语言、复苏国骂的负效应，自然是始料所不及的，亦可从一个侧面证明此剧演出在校内影响之大。

这次演出，花费不少，收支相抵，略有盈余，尽数捐献给埃及人民，"义演"圆满结束。校党委领导朱婴亲自主持茶话会，慰劳全体演职人员。在话剧《阿Q正传》公演中，笔者作为一个老实巴交的一年级新生被派去搬布景、打杂，偷空也看看台上的演出、瞅瞅台下的观众，种种热烈、壮观的场面尽收眼底，留下深刻印象。近日与一些已退休的老同学闲聊，提起这桩往事，犹历历在目，遂写此短文略记其盛。

（原载《西安晚报》1994年2月10日）

金丝猴漫游校园

金丝猴是我国特产的稀有珍兽，被列为国家一级保护动物，其知名度几近于大熊猫了。宝鸡卷烟厂出的一种中档香烟以"金丝猴"为商标，十分畅销。知识分子收入不丰，10多元一盒的"红塔山"望而生畏，校内瘾君子口袋里装的多为"金丝猴"。

50年代末的一段时间，烟盒上常见的金丝猴却活灵活现地出现在西大校园里。生物楼四层的一间大教室成为金丝猴的世界，那里圈养着几十只金丝猴。令师生们大开眼界的是，关在教室里的猴子中有一只不安分，模仿人的动作，试探着打开窗户，一下跳到楼前的树冠上，然后就在一片洋槐树和柳树林中尽情地做起特技表演来，时而攀在长长的杨柳枝条上荡秋千，时而在树枝间上上下下，窜来窜去，真可说是"树高凭猴跃"了。笔者当时恰巧路过生物楼，目睹了这一千载难逢的情景，留下了难忘的印象。

西大哪来这么多金丝猴？据生物系的老师说，是省外贸局组织捕捉并收购来的，暂时寄养在西大，其实都是"过路客"。后来，学校以400元一只的价款购得四只幼猴，饲养在苹果园里，养到1962年困难时期，死了2只，剩下2只，实在养不起，就以800元一只转卖给中科院动物研究所，倒是不赔不赚。西大生物系现保存有50多具金丝猴标本（浸制标本30余具，姿势标本10余具），是全国以至全世界拥有金丝猴标本最多的单位。

1958年下半年,生物系动物专业学生曾参与地方猎队捕捉金丝猴的活动。30多年过去了,刘诗峰教授回忆起这段经历,仍兴奋不已。刘诗峰当时跟随宁陕县猎队,像猎人那样打起绑腿,用棕片包脚,穿上椵树皮制成的草鞋,一直深入到"老爬"(深山密林处)。他们在马尾叉沟内的古尔寨发现了猴群,刘诗峰坐在山梁上的火堆旁,用望远镜仔细观察猴群活动,从下午直至黄昏。这次捕猎行动,共捕获金丝猴13只。刘诗峰回校后,撰写了《秦岭金丝猴初步报告》(西大学报1959.3)和《秦岭捕捉金丝猴》(《中国建设》英文版)等文章,成为研究金丝猴分布和活动习性的重要资料,常被引用,一些研究者视刘诗峰为秦岭金丝猴的发现者和最先报告者。刘诗峰对我说:金丝猴能通人性。仔细观察,母子猴与人间母子关系极为相似。逃窜时母猴总是顾盼等候小猴。有一次抓到的母猴挣脱竹笼,跳上墙头,墙外是一片竹林和青冈林,完全有机会逃走,但因小猴仍关在笼中,却不忍离去,复又被捉。他还说起一件趣事,有只抓到的幼猴缺奶吃,眼看要饿死了,正好公社书记的婆娘给孩子喂奶,就试着给幼猴喂几口,居然和自己的孩子一样吃得起劲,从此,她就天天给幼猴喂奶,居然救活了这只濒于死亡的幼猴。

　　金丝猴是灵长目猴科中比较进化的类群,对它的研究颇有助于对人类进化史的认识。近几十年来,一些动物学家、生物学家、生理学家、生物化学家对金丝猴进行悉心研究,取得了重要成果。我校陈服官教授、闵芝兰教授等也对金丝猴进行了长期研究,发表了一系列具有新颖见解的论文,引起动物学界的重视。近年来,青年教师李保国对野生川金丝猴声音行为的主要类型分析,取得了引人注目的研究成果。1989年他们编辑出版《金丝猴研究进展》一书,显示出西大生物系在金丝猴研究方面是一个强项。

　　至于那只从教室逃逸的猴子,据当年曾是生物系学生的陈汤臣副校长说,是发动学生在护城河边的小树林里抓住的。

另有一说：逃逸的金丝猴并未远遁，最后是用幼仔把老猴呼唤回来的，当时正上西大附小的叶道猛（叶守济之子）目击了全过程，为此误了两节课，挨了老师的批评。此说比较可信。

（原载西大校刊 1994 年 7 月 5 日）

"触电"记

回首往事,我平生也参与过一次不成功的电影创作。

那是"大跃进"的1958年,西大中文系从省上领回一项任务:创作一部反映全民大炼钢铁的电影文学剧本,提交西影拍摄,放一颗电影卫星,迎接建国十周年大庆。这是一项严肃的政治任务,不是开玩笑。当时,刘建军已经留校做了助教,在系上是又红又专的典型,系上便把这个艰巨的任务交给了他。他又从高年级学生中挑了两名助手,一个是李保均,一个便是我。我们三人稍作准备,就走出校门"下生活"去了。

我们的生活基地选在户县。听县上的同志介绍,全县有三个大炼钢铁的点,分布在城关、马营、炉丹。我们就近先去城关和马营看了看,冷冷清清,没有多大动静,便转向县城东南方向约二三十里地的炉丹村。这里建起了20多个高炉,干部群众熙熙攘攘,一派热火朝天的气象。我们在现场转来转去,总是插不进去,只能隔岸观火。因为我们是学文的,缺乏起码的冶炼知识,炉前的民工开始以为我们是前来视察的技术干部,就提出一大堆技术上的难题请教,见我们一问三不知,便不再理睬我们这些看热闹的闲人了。我们最想看到的是激动人心的出铁出钢场面,却始终没有看到。有次看到炉口流出红通通的熔液,以为是钢或铁,人家却说这是渣。后来,我们又到栗峪、直峪、太平口等采矿点去采访,一路上不时听到轰隆隆的爆破声,大锤砸钢扦的叮咣声,只见背矿石的民工排成长队蜿蜒在山间小路上,我们想找人谈谈,谁也顾不上。在工地上,碰到县委书记邓国忠,副书记张世第、安生高,县长张鸿儒等,想抓住机会采访,又见他们鞍马劳顿的样子,便不忍心去打搅他们。找不到典型材料,我们干着急。

我们真是多余的人。在我们穿梭于户县各炼钢点时,常与音专和美院的人邂逅相逢,觉得人家就比我们有用。音专师生在第一线的慰问演出很受欢迎,我们也去看了。记得一个教声乐的女教师,是上海人,却模仿孟遏云的唱腔,唱了一段秦腔《二堂献杯》,听来别有风味,赢得了热烈的掌声。和我们住在一起的小提琴手,琴拉得极好,每日早起都要在村头练上一阵,据说此人后来出名了,《新疆之春》就是他的代表作。我们还遇见美院来写生的,立马就能画出个样样,立竿见影出了效果,令我们羡慕不已。

我们在户县总共跑了将近两个月,四干会参加了,群英会也参加了,大炼钢铁的全过程都看过了,从县委书记、公社书记到男女民工也都接触了,觉得"生活"得差不多了,就起身返回学校。系上专门腾出一间房子,三人创作组开始闭门造车。我们的头头刘建军发话:"咱们三个,一人写一个本子。写出来,谁的本子好就作为底本,再取长补短,拿出一个修改本去征求意见。就这么办!"于是各自埋头写开了,一个多星期后,三个本子就写出来了。然后交换看本子,看完本子,我和李保均不约而同一致认为还是老师的本子好,便决定由刘建军执笔修改定稿。我们曾为片名伤透脑筋,最后暂定为《炉火东风》。内容已经记不大清了,只记得开头一句是"金色的秋天"。

1958年的倒数第二天,我们带着自己的创作成果,来到西安晚报社旁边小巷居住的杜鹏程家里,请他审阅。老杜是中文系的兼职教授,他爱人张文彬又是中文系学生,我们不把他当外人。老杜给我们出主意说:"正好长影导演武兆堤在西安,何不请他看看你们的本子,人家是内行,准能指出存在的主要问题。"1959年元旦晚上,我们再到老杜家，老杜，还有魏钢焰，正和武兆堤聊得起劲，见我们来了也不管不顾，我们就坐在一旁听他们闲聊。老杜说："头一回解放宝鸡后，我在一家工厂里脱光了衣服睡大觉，不料敌人当晚就反扑过来，我慌忙穿上衣服跑出来，才发现贴身短裤忘了穿，可能成了敌人的战利品，哈哈哈……"老魏说："战争时期，我们部队有个同志背着一部沉甸甸的《资本论》，让他轻装，他舍不得，行军时一直带在身上，有一次挨了敌人的炸弹，他扒开土爬起来，不管自己的脑袋是否还在，先急着寻找他的《资本论》，这个同志对经典著作的感情实在感人！"武导说："刚解放长春时，战士们占领了电影制片厂，在仓库里拿起胶带盒，认不得是什么东西，打开一个，再打开一个，全曝光了。"说到这里三人一齐纵声大笑起来。张文彬过来打断他们，才谈起我们的事。当下约定过两天请武导来西大给中文系学生讲讲电影知识。

元月3日，我们向学校要了一辆小车去接武导，车进建国路省委招待所时，只见武导推着一辆自行车准备出门，我们忙下车挡住他，他说："你们何必来接，我借了一辆自行车正要去呢！"这位曾经导演过《冰上姐妹》《平原游击队》等名片的大导演，用现在的话说也算得电影界的大腕人物，却如此平易近人、不摆架子，令人十分感动。武导作完报告，就给我们的本子谈意见，他要我们压缩篇幅，精炼对话，突出人物，突出中心事件。他特别强调人物语言不可太长，那样太浪费胶片，他比画着说："武——兆——堤，三个字，一尺胶片就过去了。"老杜在一旁则反复强调电影创作的艰苦性。他说有三个人想把《保卫延安》改编成电影，三年没搞成。他还说，曹禺、老舍、赵树理、田汉、刘白羽等100多位作家写抗美援朝，也没写成功。他说了一句粗话：如果创作是轻而易举的事，那么作家就比驴还多了。这话我听他说过不止一次。

武导把我们的本子转交给西影。过了几天，我们便去西影拜访钟纪明厂长。钟厂长很热情，但提意见一点也不客气。他仔细看过了我们的本子，不放过任何一个不真实的细节，我们的本子写主人公在朝鲜冻掉了指头，他便现身说法："我去过朝鲜，我的指头还在嘛！"他写下了近 10 页纸的书面意见，甚至作了精确统计，说我们的本子写了大大小小 50 多个事件，太多，太分散，缺乏情节贯穿线，根本无法拍电影。最后，他讲了几句鼓励的话：第一次搞电影，能搞成这个样子，就很不错了，好好下功夫修改吧，还是有希望的。现在看来，在浮夸风盛行的那个年代，武、杜、钟几位文艺前辈，头脑还是冷静的，对我们创作的剧本的评价还是实事求是、语重心长的。

这以后，我们就放下电影创作，投入到打麻雀运动中去了。《炉火东风》只在西大校刊登了两期，便永远"未完待续"了。我们"触电"而未"中电"，"卫星"没有放出来，却有了一段难得的生活体验。在此后的岁月里，我们三人虽然都没有脱离文学行当，但和电影创作的缘分仅此而已。刘建军不久就去北京深造，成为何其芳、蔡仪的受业弟子，现在是颇有名气的文学理论家。李保均毕业分配在川大中文系，是一位有影响的写作理论家，他偶尔也写小说，他的短篇《花工》曾引起争鸣。唯我不肖，教了几十年书，成绩平平，如今年近花甲，常常思念过去，遂弄点随笔之类，追记一二，聊以自慰，见笑了。

（写于 1996 年）

遥远的金盆湾

三年困难时期，学校办过几个农场，最远的是延安金盆湾农场。金盆湾曾是八路军总部所在地，朱老总在那里住过，远近闻名。学校农场虽在金盆湾公社范围内，但离金盆湾尚远，在一个叫米庄的村子里。

这个农场是怎样筹划起来的，我不大清楚。当时学校决定抽一批人去农场劳动，每个系都下有指标，中文系两名。快要出发时，中文系原定的两人都变卦不去了，于是系秘书郭扬威转过身来对我说："他们都有事，中文系也不能一个不去，你去吧！"我二话没说，就到第一会议室参加欢送会去了。总务处长高庆昌给大家介绍农场情况，布置任务，他是一个陕北老干部，对我们要去的地方很熟，他特别强调说："那里有野鸡，还有黄羊，可以改善生活嘛！"这番话说在闹饥荒的 1962 年春天，很有诱惑力。

出发时，二三十人，连行李带东西，满满两卡车。我们就坐在车厢里整齐摆放的行李上，沙丁鱼罐头似的一个挨着一个，一路上又挤又颠，很不自在。第一站在黄陵歇息，去桥山看了黄帝陵，参拜了人文初祖。第二站夜宿延安三十里铺，安歇在老百姓家，未进延安城。次日，向南挺进，途经南泥湾，想起郭兰英唱的那首歌，便特意多看了几眼，印象却很平常，不过土地平整些罢了，我想如今的南泥湾也和往年不一般了。汽车沿着一条坑坑洼洼的土路，拐弯抹角，往来盘旋，向群山深处行进，当晚到达金盆湾。吃过晚饭，到处走走，听当地干部群众讲,许多大人物都到过这里,留下了不凡的足迹。我们也顾不得这些,第二天继续开路,路太窄太陡,汽车过不去,我们拉着架子车,走得十分艰难,好不容易到了农场场部所在地——米庄。

直到这时,我才了解到:常驻这里的农场场长叫田杰,副场长吉鸿宾,总务处副处长王云风和生产科长王用中也在这里指导工作。我们一行是临时抽调的劳力,组成一个队,队长李建奎,副队长雷明德,又分了几个组,我们的组长是陈汤臣,组里的成员有马列教研室的刘承思,总务处的李克斗,还有生物系的几个人。给每人发了一个镢头,三角形,刃面很宽,一镢下去一大片,好在土质疏松,挖着并不费劲。我们就像电影《人生》中那种场面,一排人从山脚挖起,蚕食般沿坡向山顶挖去,有时坡度较平,有时坡度很陡。白天开荒,晚上无事可干,就早早上了炕,几个人睡在一个大炕上,正好聊天。因为大家来自学校不同的单位,开头的话题就是交流各自单位的奇闻趣事,当大家在一起混熟了以后,就无话不谈了。最爱说的是李克斗,他文化不高,经历的事很多,十来岁就给李敷仁当勤务员,"李克斗"这个响亮的名字就是李敷仁给起的,"民大"时期他还为刘端棻、张宣做过勤务工作,他模仿刘端棻呼唤"克斗"的声调很像,还不无得意地透露他曾给一位领导的娇夫人洗过裤衩……再说下去就是他自己的隐私了,他的嘴没遮拦,我的笔却要留情。大家评说:"克斗是个热闹人,就是嘴上没站岗。"这个地方水质不好,许多老乡患柳拐子病,米庄的小学教师是个跛子,娶的婆姨却是庄上一枝花,我们中有些好事者颇露不平之色,但从另一方面也说明知识分子在偏远的山沟里地位还不算低。

学校来的炊事员老刘,是陕北人,就在野地里盘起灶,支起一口大锅,烧的柴火倒不缺。每顿主食都是小米稀饭,菜就是熬洋芋,只能吃个七八成。干活的地方很远,爬上一座山,撒泡尿,肚子就空了。后来发现我们垦荒的地方近处有一排废弃的旧窑洞,是当年八路军造酒的处所,名叫"酒坊台",我们索性就扎营在这里,免得来回跑冤枉路。打扫了窑洞,搬进去后,细看墙壁上还有当年八路军垦荒战士留下的字迹,多是"自力更生,丰衣足食""丰三余一"之类,住到这里顿觉有一种继承革命传统的光荣感。我们组的刘承思,经济学家,四川人,1957年他和张宣一起向西大头号右派霍力攻开火,留给我的印象是"反右"骁将,不料后来他俩和霍力攻一样,都被打成右派。老刘年龄较大,虽然这时还戴着"帽子",大家都尊重他,不把他当外人,他也掺和进来乱谝,大谈"怕老婆的几大好处"(那时"气管炎"——"妻管严"的说法尚未发明出来),他的得意之笔是解放前在报上发表过批判与鲁迅作对的杨邨人的文章,这当然是一页进步历史。为表示对党的忠诚,老刘在酒坊台的丛林里选了一枝可做手杖的小树干,刮去皮,白格生生的,在上面写了敬赠刘端棻校长的字样,虽是钢笔字,却写得龙飞凤舞,显示他书法的功力。老刘后来平了反,当了教授,现为离休干部。

酒坊台附近的荒地开过以后,又换了一个地方,我已忘记了地名,也可能根本就没有名字,还是吃现成饭,住当年八路军打下的窑洞,种八路军开垦出来而后撂荒的土地。撒种的活儿,去的教职工多不会干,这时李克斗又大显身手了,他自豪地说:"摇耧撒种麦秸,扬场能使左右锨。俺是全把式!"他本是一条陕北汉子,勒上羊肚子手巾,挎起罗筐,一边有节奏地迈着步子,边用手均匀地撒着种子,动作很潇洒,背景是蓝天、白云、广阔的黄土高坡,真是一幅难得的"塞上春播图"。李克斗回校后当过总务科长,"文革"后不久就去世了,还有与我们睡一个炕头的蒋志明(生物系教师)也去世了,都还年轻,很可惜。

刘敬修副校长随我们一同到金盆湾农场,同吃同住同劳动。有一次,喝完小米稀饭,炊事员老刘把铲下的锅巴拿给刘副校长吃,刘副校长不愿独享,像神父给信徒吃圣餐似的掰成一片一片分给大家吃。在学校,曾远距离听过刘副校长的报告,见他看讲稿时用一副眼镜,看下面听众时又用另一副眼镜,两副眼镜换来换去,总觉得这位前国务院官员在摆谱,后来自己戴上镜子,才体会到这是实际需要,不得已的事。刘副校长为人正直,作风务实,对干部要求严,在西大口碑甚好,而我亲眼所见的就是这次分锅巴,每每想起,都肃然起敬。王云风副处长也是老资格,他的笔记本上有林彪为他题写的一句话:"战斗到最后一口气",他还是个诗人,站在黄土高原上充满激情,诗思不断,诗兴大发,走在路上还念给大家听,他后来在延大当校长时还搞过"窑洞医院",我猜金盆湾农场的始作俑者准是他。王用中科长也是豪情满怀,站立山头,手搭凉篷四下一望,到处是大生产运动中开垦过的土地,一大片又一大片,他手之舞之,足之蹈之,立即决定扩大农场耕种地盘。劳力不足,便又从学校调来一批学生加入垦荒队伍。

我们在山上"受苦"(陕北老乡习惯把劳动、干活叫"受苦"),远远看见对面山上也有一群人在那里"受苦",不像农村社员的样子,原来延大也在这里办了个农场。延大的张荣生,是从西大调去的,和我很熟,这次也来了,我去看他时,他拿出油炸黏糕来招待我,当时的感觉这几块糜子面糕胜过现在的一桌酒席,常说"饥时给一口,胜似饱时给一斗",这话一点不错。延大的劳动大军比我们先撤,我们则是打一枪换一个地方,一直干了将近两个月才算告一段落,当我们打点行装准备回校时,才想起高处长的话,野鸡呢?黄羊呢?我们既未拣到一根野鸡毛,也未闻到一点羊腥味,倒是老远看见一只野狼干号着从山坡上跑过去。

回校时改变了路线,没有再去金盆湾,而是反方向步行近百里去延安市。这一路有的走得轻松,有的走得沉重,就看你带的东西多少。刘承思和卫生所的史致敏从老乡那里采购了一大堆吃的东西,他俩吃力地抬着这些东西,走得很慢。当我们落脚在延大,清洗已毕,吃了饭,与延大的熟人一起去校外散步时,他们才步履蹒跚地赶到,我们赶紧接上,替他们抬到住的地方。

回校后，各人忙各人的去了，没有人再关心农场的事，可真是"只管耕耘，不问收获"。据说因为干旱，加之无人管理，这年秋后，收获的粮食并不多，是名副其实的"广种薄收"。如果细算一下，投入的人力、物力、财力倒是一笔不小的数字，这种赔本生意必不会长久，金盆湾农场到第二年就被学校放弃了。不过，学校领导、干部、师生在困难面前的生产自救精神、顽强拼搏精神，还是值得肯定和发扬的。今生今世也许不会重蹈我们曾经洒过汗水的那块土地了，想起来，怪不是滋味的……

　　仿史铁生笔法，我从内心发出一声感叹：啊，我的遥远的金盆湾！

（写于 1996 年）

"文革"短镜头

十年"文革",是国家的灾难,民族的浩劫,对每一个有良知的人来说都是一场噩梦。从20多岁到30多岁,我一生最宝贵的年华就在这种噩梦中度过。但是,我却无悔。因为我看到了许多在正常情况下看不到的东西,真正增长了见识。"文革"期间发生的那些光怪陆离、荒谬绝伦的事情,后人难以置信,也难以想象。当此"文革"发动30年,结束20年之际,回首往事,随手写下了个人当时的点滴见闻。历史的教训总是不该淡忘的。

焚　书　"文革"之初,刘少奇有个讲话,我听到了录音。他当众讲了一句大实话:"现在革命怎么搞?我也不晓得。"他当然不会晓得这场"革命"竟然革了他的命。国家主席如此,群众更是群氓。当时西大发生的一件事就很能说明问题。保守的临委会不甘于保守,总想做出一些革命的姿态,他们胆小,不大敢碰当权派,就把图书馆藏书中认为是"四旧"的搬到礼堂前面来烧。一时烟雾腾腾,火光冲天。对立面筹委会的造反小将对临家的所作所为皆不以为然,就站在圈外观阵,想挑点毛病,忽有一个眼尖的从书堆里发现有一本刘少奇的《论共产党员的修养》,这一下抓住了把柄,就大喊大叫起来:"你们狗胆包天,竟敢烧刘主席的书!"临委会烧书的人也愣住了,他们不留神拿错了书,但此刻即使浑身是嘴也解释不清。筹家不容分说,把烧《修养》作为临家一大罪行大张旗鼓声讨起来。于此可见筹委小将的造反也是很盲目的，他们这时做梦也不会想到"文革"其实就是要造这个"刘主席"的反，正是这本《修养》日后成为万箭穿心的靶子。

北京地院一幕 1966年10月，我随临委会赴京串连，住在北京地院。正碰上该院造反派有一个大行动：把地质部正、副部长全部勒令到校。我们目睹了这一幕，真像演戏一样。他们按照平日对几位部领导印象的好坏，给各人分别佩戴白、蓝、黑三色纸花，我记得给邹家尤副部长戴的是一朵蓝色花。那时的地质部部长何长工，是个老资格革命家，井冈山时期与毛泽东在一起，他的革命经历充满传奇色彩，地院造反派似乎对他稍微客气一些，在批判大会上宣布他在学校门房收发自行车牌子。当年叱咤风云的何长工遵从革命小将的命令，坐在地院传达室门口的一只小方凳上，遇有骑单车的，进校者发给一块牌子，出校者收回牌子，整整一天就干这个事。利用这个机会，我仔细观察了这个难得一见的大人物，他个子不高，身材宽大，一张又方又阔的脸盘，布满往日非凡历史留下的印痕，穿一身黑呢大衣，戴一顶带檐黑呢帽，他最明显的特征是腿有点瘸，这是他曾经为革命出生入死的光荣标志，据说老战友都亲切地唤他"何拐子"。何长工在地院只收发了一天车牌子，就在中央有关领导干预下撤回部里去了。

与此同时，筹委会的人也到了北京，住在人民大学。他们敏锐地感觉到当时的政治形势对他们有利，便气势汹汹打上门来，到地院我们的住处，理直气壮地要求辩论：到底谁家的大方向正确？临委会头头、一条腿的老红军袁世海，在大兵压境的情况下，找我和孟西安两个笔杆子立马写了一份严正声明，搪塞几句，等于高挂免战牌。对方不依不饶，两派学生还发生了正面冲突，那时还没有发展到后来持枪武斗的激烈程度，只是推推搡搡而已。

因形势不利，我们都很消沉。不料从学校赶到北京送粮票的后勤干部同向荣却给我们报告了不少好消息，大家精神为之一振。事实证明，他说的全是瞎话，只不过是打打气而已。

接受检阅 1966年10月18日,在京串连的百万红卫兵接受了毛主席的检阅。我虽不是红卫兵,但也混迹其中,分享殊荣。这天凌晨,我们就整队出发了,我是首次进京,地理不熟,跟着队伍走来走去,走了很长的路,最后停了下来,但我既不知道经过了哪些地方,也不知道停在什么地方。大概说来,是京郊的一条公路,公路两边密密麻麻列成两队,队伍前后皆望不到尽头,我想这恐怕是古今中外最长的队列了。前几次,都是红卫兵列队经过天安门接受站在城楼的毛主席的检阅,这回改变方式,由毛主席坐车从红卫兵长长的队列前驰过。大家眼巴巴盼望着,一遍又一遍唱着《大海航行靠舵手》《抬头望见北斗星》以及其他语录歌。忽然过来一辆小轿车,在我们的队列近处停下,车门一开,下来一个军人,大家认出是代总参谋长杨成武,他打着手势示意我们往后退一步,大约是人们挤来挤去,占了路面。杨成武很快上车走了,又有一辆红旗车缓缓开过,车里的人伸出手来挥了挥,看上去好像是叶剑英。这两人一前一后是检查开路的。不多久,正式的检阅开始了,无数敞篷车从我们眼前一闪而过,车上的人,我只认清了毛泽东、周恩来、朱德三位元老和新贵林彪,我特意搜索座次后挪了的刘少奇、邓小平的踪影,发现他俩也在车上,似乎得到些许安慰,这大概是老保们的普遍心态吧!我注意到所有检阅者,包括刘、邓在内,一律着军装。一些高级领导人一向是中山装,突然换上军装,怪别扭的,但这是毛主席老人家在当时首开的风气,谁敢不穿。"文革"十年不堪回首,唯有接受检阅这件事每每想起都觉得热乎乎的,毕竟我亲眼见到了我党第一代领袖群体,这是十分难得的机遇。

"黑支部"的地下活动 "文革"初期,党的基层组织陷入瘫痪,党员们一个个如失群孤雁,眼前一片迷茫。中文系教工中的一些党员,仍习惯性地、自发地聚在一起,像定期过组织生活似的交谈对时局的看法、对形势的估量、对运动发展前途的预测。不知是谁的主意,既然我们的政治信念不变,干脆成立个支部,地下开展活动。我原在咸阳农村参加社教，一回学校，就被吸收进地下支部。一天，我被告知要过组织生活，地址就选在我的宿舍，因为有些党员的"保皇"态度已经暴露，引起了造反派的注意，我前一段时间不在家，在我处开会比较隐蔽。入夜，党员们一个接一个悄悄来到我住的干二楼二层十三号房间，待人到齐后，关上门，关上天窗，拉上窗帘，就宣布开会了。支部会的中心议题还是当前形势，大家各抒己见，讨论得很热烈。支部还备有记录本，我翻了一下，已经有几次活动了，都记录在案。现在回头来看，我们真是幼稚极了，总认为"文革"是毛主席搞的"阳谋"，是要"引蛇出洞"，将反党异端"一网打尽"。出于这种主观唯心的估计，我们的处境便越来越被动。终有一日，地下支部的活动被造反派察觉，就被宣布为"黑支部""非法行动""对抗无产阶级文化大革命"，还在生物楼北头阶梯教室召开了批判大会，支部成员一个个被轰上台。我这回也暴露了，因为在我的宿舍开的会，我便无法抵赖，也上了台。研究莎士比亚的薛迪之上台时像演戏一样，昂首挺胸，用手拢了拢头发，把长长的围巾用力向后一甩，像《红岩》里的许云峰，一副正气凛然的英雄气概，看他那样子，我几乎笑出声来。赵俊玠并未参加那晚的会，主持批判会的人一时拿不定主意，该不该让他上台，一个学生在下面高声喊道："没有参加会就不上台了吗？上！"无理可讲，老赵只得起身，弓着腰，懒洋洋走上台。批判发言杂乱无序，不必细说。当时除了中文系的造反派批斗我们，还有校内其他单位的造反派拥在教室门前声援助阵，居然还有上了年纪的教师参与其中。这时打人之风尚未兴起，我们并不害怕，只觉得滑稽。

傅庚生在农村 享有盛名的学者傅庚生教授是"文革"中首批被抛出的批斗对象，因为他的著作特别多，1962年前后又常在报端写点杂文、随笔之类文字，谈古论今，解难析疑，类似《燕山夜话》《三家村札记》，他自然在劫难逃，成为头上满是小辫子的"维吾尔族姑娘"。1967年夏收期间，学校组织师生下乡支农，被戴上"反动学术权威"

帽子的傅先生也随之下乡劳动改造，我和他，还有几个学生，被分配在眉县齐镇公社东风九队，一同睡在饲养室旁边一间草料房的大通铺上。按当时的定性，他和我们之间属于两类不同性质的矛盾，即为敌我矛盾，但是我发现中文系69届的这几个学生政治上比较温和，虽然也批过几次傅先生，显系例行公事，做做样子。一次在棉花地里锄草，歇晌时叫他站起来，由领队学生给社员们介绍了一下他的特殊身份，以便划清界限，区别对待。我发现农民根本不管这一套，越说他是"黑帮分子""牛鬼蛇神"，便越发同情他、关照他。抢收麦子，龙口夺食，活很重，很紧张，生产队长指挥我们割麦的割麦，拉车的拉车，与队里的硬劳力一样使唤。派完活，队长走过来亲切地叫一声："老傅，你年纪大了，不要跟他们一起干，你就在地里捡掉下的麦穗，能捡多少算多少，乏了你就歇下。"我心里想，这才是入情入理的"区别对待"。晚饭后，有些社员来我们的住处闲唠，围着傅先生问长问短，后来有人在饲养室前的电灯下摆了一盘棋，高声招呼："老傅，过来下两盘！"从此，每晚睡觉前，傅先生都要兴致勃勃地和社员下棋，面对楚河汉界，他几乎忘记了自己的"身份"。麦上场，开始碾场、扬场了，队里新置了一批粮食口袋，队长对傅先生说："你就不要干别的活了，就在咱的新口袋上写字。"队长准备好笔墨，交代写什么字，字写多大，又站着看傅先生写了两条，欣赏着浑厚有力的"东风九队"几个巴掌大的字，满意地走了。我真佩服这个队长会用人。在狂暴的"文革"中，囚徒般的傅先生，来到农村却犹如进入一个平静的港湾，可惜时间太短了。

　　酒醉金渠镇　我们参加夏收的眉县境内金渠镇是太白酒厂所在地。太白酒为陕西地方名酒，常与西凤酒并提，其特点是采选高粱、大麦、豌豆等原料，就近取太白山常年积雪融化之水酿制而成，色泽清亮透明，味道甘润醇厚。据说李白名篇《蜀道难》，就是喝了太白酒之后，在醉意酩酊中吟成的。广告曰："一滴太白酒，十里草木香。"不知是何人雅意,当夏收大忙过后,竟有参观太白酒厂之行。分散驻在各队的师生,赶个大早,步行几十里,来到金渠镇。到了酒厂,大家依照酿酒工序参观,从做酒曲、酒醅看到蒸馏出酒、化验勾兑,最后来到包装车间。一股酒香扑鼻而来,只见流水线上周而复始地转动着一个挨一个的玻璃瓶子,工人们忙着注酒、封盖、贴商标、装箱。车间一头摆放着许多小搪瓷缸子,引导参观的厂部干部拿起缸子接满酒,递给参观的师生。当时的政治气候,学生们当家做主,意气风发,教师们不是出身不好,就是写过错误文章,都有辫子抓在人家手里,一个个灰不溜秋。许多教师根本无心品酒,绕道出门而去。我出于好奇接过一缸子酒,和同行的几人一起喝了,除了辣味,也没品出别的什么味。小将们却按捺不住,接过盛满烈酒的缸子开怀畅饮起来,喝完再去满上,酒量好的竟接连喝了几缸子酒。太白酒果然名不虚传,片刻工夫,便放倒了十几个小将。他们醉后的表现五花八门:有的念念不忘"革命",高喊"捍卫毛主席的革命路线";有的恋恋不舍"私情",连连呼唤"意中人"的名字;有的平日聒噪不休,此刻却沉默无语,变成了哑巴。直到中午在厂里吃饭时,醉汉们才陆续清醒过来。系革委会结合的老干部马腾旺对喝酒有些经验,据他事后分析:学生们一大早起来,急着赶路,都没有吃早饭,空着肚子喝酒是最容易醉倒的。这真是"酒不醉人人自醉"!

批斗田葆瑛 语言学家田葆瑛长期患病,退休多年,"文革"横扫中仍未能幸免。他有记日记的习惯,坚持了几十年。造反派抄了他的家,翻看了他的一大堆日记,并无什么收获,忽然有人从他解放前的日记中发现他称蒋介石为"蒋先生",称毛泽东为"毛先生",这就成为他的一大罪状,揪出来受到严厉批判。他长期患有风湿病,不能站得太久,与人交谈时,坐一阵躺一阵,给我们上"现代汉语"时躺在躺椅上讲课,偶尔起来在黑板上写字,写毕又躺下讲。批斗会上,站在台上,时间一长,他就瘫软下去,造反派又将他一把提起,如此反复多次,令人目不忍睹。我坐在后排,不敢多言,心里想:在解放前蒋介石统治下,称"蒋先生"只不过是随大流而已,而称"毛先生"则是担着风险的,需要很大勇气,这恰好说明他是一个进步知识分子。这篇日记如在当时让国民党特务查抄了,倒有可能给田先生加上"通匪"的罪名。更可笑的是,批斗时还让田先生提着一个四方形的盒子,说是给台湾发密报的发报机,其实是一只极普通的铁匣子,学中文的造反派不识发报机为何物,也许真正的发报机放在他们面前,会被认为是一套音响呢!"文革"中备受磨难的田先生倒有后福,一直活到80多岁,并且越活越精神,经常在新村转来转去,有时一直转到边家村去,他还整理自印了多年的学术研究成果。他去年冬天刚去世,是中文系老一辈教师中最长寿的一位。

孟昭燕读马列 "文革"中孟昭燕先生表现得很硬气,虽然她为此吃了苦头,但却宁折不弯。工宣队进校后,组织教职工念《毛主席语录》、背诵老三篇。翻来覆去,天天如此,大家就有些疲了。于是出现了拿着红宝书谝闲传的情景。孟先生早年毕业于北大哲学系,对西方哲学和马列著作均有一种学者式的浓厚兴趣,这时她就把《列宁全集》带到学习室,并且摆了几个卡片盒子,认真地阅读起来。卡片盒子很大,布面,深红色,学习室里未见有第二人使用这东西,就很显眼。工宣队很快发现了这个"情况",都认为不大正常,是一个值得注意的新动向,但却不好下手,你总不能禁止人家阅读马列原著吧?有的师傅说:这是老九故意给我们出难题哩!有的师傅说:这是以学马列抵制学毛著!这些议论传到教师中间,大家虽不以为然,却敢怒不敢言。原系党总支秘书王世文是解放区老军工出身,根红苗壮,有些胆气,便挺身而出,站在孟先生一边,和工宣队展开激烈的辩论。王世文理直气壮,直说得众师傅理屈词穷。孟先生则正襟危坐,一边翻着精装的《列宁全集》中的一册,一边动笔摘记着卡片,盒子里已经积累了不少。孟先生打心里默念着马克思引用过的一句名言:"走自己的路,让别人去说吧!"

"经验大学" 年轻人恐怕不知道西大在"文革"中曾被戏称为"经验大学"。那是在60年代后期,北京有所谓"六厂二校"的经验,陕西跟着也出了个"一厂一校"。一厂是国棉一厂,一校就是西北大学。驻校工宣队政治部主任虞师傅,童工出身,上过交大的短训班,人极精明,脑子转得快,风向看得清。他从中文系找来几个笔杆子(不才我是其中之一),组织了一个写作班子,根据形势发展的需要,炮制出一篇又一篇"经验"材料。这些材料有的被省革委会或省工宣办转发,有的上了报、上了广播,有的在大会上发言交流,产生了一定影响。于是招来许多单位派人来校取经,一时应接不暇。当时学校没有招生,露出"斗批散"的势头,在这种情况下,掌握学校大权的工宣队就把总结经验、介绍经验、为自己扬名作为主要营生,一些教职工啧有烦言,背地里不满地说:"西大变成了经验大学。"回想起来,"文革"中这些适应当时形势的"经验"是不值一提的,大都产生了为错误思潮推波助澜的消极作用,个别材料则打着"落实政策"的旗号,为解放干部造了舆论。如原校党委副书记张逊斌,专案组还揪住不放,但因写材料的需要,就说他已被解放,这个"经验"很快被《解放军报》刊登出来,中央人民广播电台也播放了,学校广播站通过高音喇叭反复转播几遍,人人都知道了,专案组胳膊扭不过大腿,也就放手了。后来,工宣队对介绍经验也有点烦了,说来说去就那么几个例子,没多大意思。正好有个单位来人取经,他们提出了一个分外要求,想看看史丰收的速算表演。这时史丰收是西大附中一名特招学生,让他露一手轻而易举。从此,接待外单位取经,就把史丰收的速算表演作为一个保留节目,因为它比那些"经验"更受欢迎。史丰收如今已是世界级名人了,至于他早年与西大的关系,一言难尽,这里就不必细表了。

(原载西大校刊1996年4月29日,5月15日,5月31日)

背靠背，脸对脸

"文革"劫难中，高校成为重灾区。"革命小将"掌权后，内部又分裂为两派，斗得不亦乐乎。于是便引来"工宣队"的进驻。西大当时就有一支700多人的"工宣队"开进来，叫作"工人阶级占领上层建筑"。我所在的系派来的工宣队员，与教职工人数，形成"一对一"的态势。

系工宣队这几十号人马，是同一个厂的，当他们与"老九"们混熟以后，就忘了"内外有别"，在改造对象面前，你揭我的短，我亮你的底，不长时间，"老九"们便对"老大"们的来头、厂里的地位、相互关系以至性格特点、风流韵事，都了解得清清楚楚。有位师傅，关中农村人，中技出身，五级钳工，在厂里属落后层，连个小组长也当不上，如今成为工宣队员，倒把"领导"的势扎得十足。

工宣队进驻学校后，领导大家天天背诵老三篇，时间一长也觉得腻了，便把教职工组成教育革命小分队下到厂里直接接受工人阶级再教育。我们十多人来到宝鸡一个厂子，这位师傅作为带队也来了。我们都下车间劳动，干起活来这位师傅当然是行家里手这不用说，有一个动作就与"老九"不同，下班时他就近拧开龙头把手一冲，用发给班组学习的报纸把手擦干，报纸揉成一团随手扔掉，这一切就在几秒钟内完成。"老九"们就没有这个习惯，他们是孔夫子的徒弟，对字纸格外爱惜，不会随便用来擦手。再说"文革"中报纸上天天都有领袖的巨照,有人因为用报纸包鞋、给小孩擦屁股,被打成"现行反革命","老九"们小心过日子,岂敢冒此大不韪。

下厂一段时间后,有个教师的父亲病危,拍电报叫他回西安。这就得从这位带队师傅手下过。大家认为,从革命人道主义出发,这个假总该准的。不料这位师傅大约怀着"有权不用,回厂作废"的心理,摆出"领导"架子,唱起高调,说"家里的事再大也是小事",不予准假。我们早知这位师傅的底细,表面顺从,心里并不把他当回事儿,这回见他使权拿势,背后就嘀咕开了。我与教古典文学的老岐上厕所时,站在露天的小便池边议论道:"这小子,太不近人情了!得了三分颜色就想开染房……"不料这位师傅正在里面解大便,听到这话提着裤子出来,站在我们面前,涨红着脸,怒视着,却并未言语,我俩如小偷被当场抓住一般尴尬,权当他没听见,匆匆走出厕所。后来,这位师傅还是准了那个教师的假。

平心而论,这位师傅担任工宣队员期间,并无什么恶迹,与"老九"处得还算可以,如大家在一起打扑克时就不分彼此了,输了照样钻桌子、脸上贴纸条。我们在背后骂了他,他也没有兴师问罪整我们,而且还从善如流地改变了他的错误决定,这在知识分子倒霉的当时实属不易。我想起巴金在《随想录》中记述他的爱人萧珊病危时,他要求延长假期,"工宣队"头头却逼他第二天就回干校去,他的女儿、女婿去求情,那个头头"执法如山",毫无人性,仍不恩准,并说:"他(巴金)不是医生,留在家里,有什么用!"比起这个工宣队头头,我们这位师傅不知要好到哪里去。想到这里,真有些怀念这位师傅。

(写于1996年)

沙苑之夜

　　沙苑位于大荔官池地面,曾是蒙古人养马的地方,现在还有不少姓帖、姓答的人家,鼻眼也与普通汉人有异。70年代,学校在这里办了个农场,因这里含沙的土质适于花生的生长,学校农场的主要活计便是务弄花生。张老八成了种花生的专家,每当一批教师或学生来到农场时,技术指导张老八先要上一课。课堂在地头,教具是一株很大很完整的花生标本。老八拿着这株去年留下的大花生秆,从根到干到枝到叶到花到果,一一讲解分明,很像一个老练的生物教师。随后他就领着大家干活,耕作、播种、浇水、田间管理,春种秋收,周而复始。每到秋后,绿汪汪的花生苗绽开黄色的小花,就预示着收获的日子将要到来,这时,"保卫胜利成果"的战斗就打响了。

　　原来,农村附近的一些农民总有吃大户、占公家便宜的思想,看到农场的花生成熟了,一到晚上就来偷营,在花生地里刨个乱七八糟,差不多每年都要造成很大损失,如不加以防范,一年的辛苦就白费了。这一天,张老八领着我们查看了昨夜遭害的一片花生地,现场布置日夜巡逻的任务。轮到我和老赵值夜班,穿上农场发的棉大衣,一手拿着装三节一号电池的大电筒,一手持一根齐眉哨棒,这身打扮倒真像个"五七战士"。我们乘着月色一前一后,在地埂上走动着,未发现什么情况。夜深了,我们爬上临时搭在田间的庵子休息了一阵,不放心,又起来巡游。实在无聊,嘴里就哼唱起来,一出自编自演的《十八扯》在绿色田野这个大舞台上开演了。我俩都是戏曲爱好者,老赵资格更老,上高中时就在长安书店出版过一个眉户小戏《路考》,这回下农场还在三河口写了一个剧本。我从小就喜欢看戏,满肚子戏词,一晚上也唱不完,在学校时没有大声唱戏的机会和场合,这会儿,皓月当空,田野寂静,空无一人,正是我们两个不高明的唱家一试身手的时候。老赵先吼了一声《游龟山》渔翁胡彦的"有为父提篮儿卖鱼上岸,行来在龟山地起了祸端……",我接着唱江夏县田云山的一段"儿打死人命未结案,民女又喊杀父冤……",老赵唱一段"穿林海跨雪原……",我唱一段"朝霞映在阳澄湖上……",就这样,想起什么就唱什么,想起几句就唱几句,不管是传统戏,还是"样板戏",不管是生角,还是旦角,真是把洋相出尽了。

我们肆无忌惮地吼唱着,以为只有两人,互为听众,不会再有第三人,谁知隔墙有耳,我们的吼唱声借着阵阵轻风传到了场部,被张老八听见了。第二天,在饭场上,张老八对着我们数说开了:"叫你们抓小偷,你们却唱起戏来,把小偷都吓跑了,这等于给小偷通风报信嘛!等你们不唱了,睡着了,小偷听不到声响,就正好下手。你们说,是不是这个道理?"我们没有分辩,他有他的道理,我们有我们的想法。我们的想法就是喊一喊,岔一岔,让小偷知道农场有人看守哩,就别再打这里的主意了,如果他们真的来,难免要发生冲突,弄不好还会伤人,即便把人家抓住了,你又能怎么样?前些天,大白天,有个娃娃偷刨花生,被老八逮住了,押到场部各处游了一圈。前面战战兢兢走着三尺小童,后面跟着高头大马的老八,手里还掂着一根粗棍,凶神恶煞一般,其实也把这娃咋不了,不过吓唬吓唬,最后还是一放了事,只把他的笼笼留下了。

老赵这人有些滑稽,闲来无事,好开个玩笑,弄出点花样。在他的策划下,我们两人搞了一次"夜袭",惊动了许多人。农场的花生地分成好几块，最大的两块一南一北，中间隔着一座小山包、一片小树林。临近收获时，就加岗加哨，把值夜班的人分为两拨，一拨在北头，一拨在南头，相隔较远。我和老赵分在北头。入夜，我们在自己的辖区内游来游去巡弋着，一边听着秋虫鸣叫，一边唠着闲嗑。老赵突发奇想，不知南头的老张、老王他们在干什么，我们过去看看，试试他们的胆量。子夜时分，天黑如漆，我们提着哨棒，在杂草里拨弄着，以防被蛇咬着，慢慢走下山包，从小树林摸过去，将近南头的庵子时，我们伏在草丛里，故意弄出点声响来。我觉得好玩，忍不住笑了一声，立即掩嘴。等了片刻，却不见动静，我们索性下得坡来，去庵里一看，不见了值班人。我们坐上去等候着，过了有一支烟的工夫，传来叽叽喳喳的人声，只见一群人打着手电走过来，见到我们，老张、老王就争着通报"敌情"："刚才我们听到有贼来偷花生，人不少，很嚣张，还笑哩，我们不敢惊动，就悄悄去场部叫人，本来想敲钟集合，又怕把贼惊跑，就挨宿舍把正在睡觉的人喊醒来，贼却不见了，你们刚才在哪里？发现什么情况没有？"夫子老张说得一本正经，麻子老王则大肆渲染，制造紧张空气，我俩不由得"噗哧"笑了，把这群人搞得"丈二和尚摸不着头脑"，我们只得交代实情："我们在那边转来转去，没有啥事，过来想跟你们聊聊，谁知就把你们吓成这个样子，你们的警惕性可真高啊！"众人闻言，一齐放声大笑起来，笑声在夜空里飘荡了许久。

还要坦白一件事，我们夜里巡逻的时候，偶尔也顺手到地里刨几颗嫩花生尝个鲜，按说这性质也该是"监守自盗"，但论情节就无足轻重了。现在说出来，叫作"贼不打三年自招"。其实，收花生时是管不住人的嘴的。除了一尘不染的吉殿珍，去农场的人恐怕都难免要动动嘴。我却享不了这个福，不知什么毛病，吃多了生花生就恶心，实在有些遗憾。

沙苑之夜是静谧的。

沙苑之夜是多彩的。
沙苑之夜是难忘的。

（原载西大校刊 1995 年 10 月 20 日）

想起了"黄飞虎"

作家冯骥才有一部题为《热爱生命》的中篇小说,描写"文革"期间一位知识分子和狗的凄惨遭遇,情节曲折,委婉动人。于是,我想起了"黄飞虎"。

那是70年代前期,为响应"五七"指示,走"五七"道路,西北大学在大荔官池办了个"五七"农场。经过"斗、批、改"的教职工,一批接一批,轮换着在这里劳动锻炼。农场是一片沙地,主要种植花生。花生成熟季节,常有小贼来偷。农场便养了两只狗,一公一母,一黄一黑。那只黄毛公狗,毛色整齐,长得威武雄壮,俨然一个"农场卫士"。不知谁先开的头,反正众人都顺口唤它"黄飞虎"。

俗话说"狗眼看人低","黄飞虎"却是一个例外。

当时的政治气氛,知识分子备受歧视。在偌大一顶"资产阶级知识分子"的大帽子下,大家都被压得透不过气来。"四人帮"把知识分子列为"专政对象",叫嚣"知识越多越反动",狗头军师张春桥狠毒地说:"巴金不枪毙就算落实政策。""文化大革命",名副其实,是"革文化的命"。有个写教师的戏叫《园丁之歌》,其中一句唱词是"没文化怎把革命的重任来承担",被当作"谬论"遭受口诛笔伐。社会上广泛流传着"知识分子是臭老九"的说法。有人觉得知识分子总还有用,说了句"知识分子是臭豆腐,闻着臭,吃着香",立即受到严厉批判。

在知识分子厄运临头之际。"黄飞虎"却反潮流而行,对知识分子高看一眼，格外友善。农场里，常常是一批熟人走了，一批生人来了，乱哄哄你方离场我登场。但是，不管熟面孔还是生面孔，只要是知识分子模样，"黄飞虎"都一律摇尾欢迎，绝无半点敌意。而邻近农场居住的村民，哪怕常来常往的生产队长，只要走近校办农场一步，"黄飞虎"顿时竖起耳朵，警觉起来，狂吠几声，猛扑上去，直吓得这些"不速之客"落荒而逃。

久而久之，农场的"老九"们发现了这个奇特的规律，在惊异中也多少得到些安慰，背地里议论："这畜生，对知识分子倒另眼看待，哈哈……"也有人调侃说："莫非这狗跟我们混在一起，也变臭了，变修了？"其时，校办工厂有个转业军人发生偷盗行为，在批判大会上，军宣队某政委振振有词地分析道："错误虽然犯在某某身上，根子还在知识分子那里。学校是资产阶级知识分子成堆的地方，真是一个黑色大染缸！某某是贫农出身，共产党员，曾经是一颗红星头上戴，革命红旗挂两边，好端端，红彤彤，到学校没几天就被染黑了，你看可怕不可怕？"不管怎么说，某某还是被下放到农场劳动改造，倒也老老实实，规规矩矩。趁某某不在场的时候，有人就借题发挥："'黄飞虎'大概和某某一样，被知识分子染黑了……"

后来，"黄飞虎"失踪了，再也没有回来。人们揣度，一定是被什么人打死煮着吃了。究竟是谁干的？难说。有一点可以肯定，不会是"老九"下的手。剩下的那只黑色母狗产下一窝杂毛小狗，不知是否"黄飞虎"的子嗣，待考。

（原载《西安晚报》1994年1月11日）

补记

近读《钱钟书传》，有一段关于钱钟书、杨绛和狗的故事，特抄于下，以示无独有偶也——"钱钟书在干校时，连队里养了一只小狗，谑称'小趋'。钱钟书与杨绛都喜欢'小趋'，认为狗有灵性，不像人那样钩心斗角，互相排挤，狗似乎更能与人相通。可是在当时，人们认为养猪是农业生产的一部分，而狗只不过是西方贵夫人的宠物，不允许把馒头和白薯块喂狗。因此，这只小狗便被饿得精瘦，像只小丧家狗。钱钟书对它却很友善，每次到菜园里来总给它拿些带毛的肉或带筋的骨头或坏了的鸡蛋给它吃，'小趋'就把钱钟书当作最亲近的主人，经常蹲在菜园边陪着女主人等他，一见到他从远远的地方走来，就迎上前去跳呀，蹦呀，叫呀，还特地在他面前打滚表示欢迎，跟着他蹦蹦跳跳到处跑，赶都赶不走。"后来，他们离开了农场，还常常想起这只狗，经常念叨："不知'小趋'怎么样了？"

"四五"在延安

1976年清明节前后,我和几位教师带学生在延安实习,住在延大。延大有许多熟人,这次见面话题很集中,一是怀念不久前去世的周总理,追忆总理最后一次来延安的情景,二是对正在进行的"批邓"运动流露出强烈的抵触情绪,似乎人人都有一肚子牢骚忍不住要发泄。

在延安街头,我碰到延大中文系的宋靖宗老师,他刚从肉铺出来,手里提着一吊肉,见了我寒暄几句,就举起手里的肉说:"不是'那个',还有肉吃?"在今天听来,这话有点像黑话,谁也不明白。那时,人们却是心领神会的。"那个"指小平同志,批邓之初,未点名,称"那个正在走的走资本主义道路当权派"。1975年小平同志复出搞整顿,大见成效,大得人心,"四人帮"倒行逆施,反来批他,老百姓当然不赞成了。这天晚上,在陈民旭老师的窑洞里,一伙人互相通报小道消息,讲述流传的政治笑话,正说得热闹,忽听门外有人大喊一声:"抓反革命!"大伙吃了一惊,进来的却是"自己人",于是都放声大笑起来。我的感觉,延安这地方天高皇帝远,又是革命老区,延安人在政治上要比西安人放得开,较少顾虑。我们在枣园参观周总理旧居时正当清明节,一群又一群延安人来到总理住过的窑洞前祭奠,有的是单位组织的集体活动,由"头头"带领宣读祭文,细听那祭文的内容除缅怀总理的丰功伟绩外还隐约有指斥"四害"之意。在延大校园,我看到一份批邓大字报,前面按照报纸上的口径,列举了一大堆"复辟回潮"的罪状，后面笔锋一转追起"后台"来："就是这样一个复辟狂，有人却说他'才难得'！"我暗自惊讶，大字报作者是真糊涂还是故意使用"春秋笔法"？

4月7日晚，据说有重要新闻广播，我们几个教师和学生们分组集中在宿舍里收听，原来近几天在北京天安门广场发生了"反革命事件"。听完广播，就开会讨论，大家附和着广播里的调子，表态谴责"一小撮反革命暴徒"。会后，我的心情再也不能平静，悄悄和郭扬威、同向荣来到一个暗角里，躲开众人，交换内心深处的真实看法，我们不谋而合，一致认为应该反过来看，这一伟大革命事件必将载入史册，"四五"和"五四"是可以相提并论的。第二天一早，我们三人相约进城，一路谈论着"四五"运动，从西到东，把延安城转了个遍，我们没有什么具体目的，只是想体察一下延安人对这一事件的反应。去时经过城西头，我们看到有新贴的"镇压反革命"的大幅标语，是某机关奉命贴出来的，这是我们看到的延安人对"四五"唯一的公开表态。我有个中学同学在延安市人民法院工作，我们三人去法院找他，他当时正接手一起杀人案，办案的还有公安局和检察院的人，都聚集在他那里。我们去时，他们正议论着北京发生的事，也不避我们，听得出和我们看法一致，他们还对刚贴出的大标语表示反感，嘴里骂骂咧咧："这些龟儿子！骚情啥哩！"告别法院，我们又到延安报社，那里有我教过的学生浏阳河。刚落座，就有一个女同志气冲冲推开门，见里面有客，也不进去，倚在门框上，连珠炮般发着牢骚，意思是对镇压悼念周总理的群众很不理解，咋都想不通，听口音不像陕北人。她走后，浏阳河介绍道："这是个印尼华侨，北师大毕业，自愿来延安当小学教员，兼着地区妇联主任，是个英模人物。"见天色不早，我们起身返回延大。路过城西头时，再看那幅"镇压反革命"的大标语，我们惊奇地发现中间那个"反"字被人抠掉了，变成"镇压革命"……

随后，我又和学生一起下乡，在离市区不远的李家渠参加劳动。

在和农民的接触中，我发现他们不像知识分子和市民那样关心时局，他们更关心实际生活问题。不过，从部队复员回来的党支部书记老张在传达中央关于撤销邓小平同志党内外职务的文件时，特别在"同志"二字上加重了语气，并且把"邓小平同志"五字又重复了一遍，因为文件上确实还保留着"同志"二字。张支书并未多说什么，但是他和李家渠农民的心声已经自然流露出来。过了几天，我接到妻子厚厚的一封信，她在信中详细介绍了清明节西安钟楼悼念周总理的情况，并附了她从钟楼抄来的几首诗，咀嚼诗意，那爱憎是鲜明的、浓烈的。

得道多助，失道寡助。20年前，"四人帮"逆历史潮流而动，掀起"批邓"狂潮，又将屠刀挥向广大人民群众，从此，他们彻底丧失了人心，他们的末日也就来临了。在中国历史发生巨变的前夜，我在延安深切感受到人心的向背。今天，当我翻开《邓小平文选》，看着眼前不断出现的"人民拥护不拥护""人民赞成不赞成""人民高兴不高兴""人民答应不答应"的字样，特别是南方谈话里所说"谁要改变三中全会以来的路线、方针、政策，老百姓不答应，谁就会被打倒"的话时，我的脑海里就浮现出1976年"四五"前后在延安看到的种种景象。

（原载西大校刊1996年6月14日）

1976年中秋日记

（说明：十年动乱时期，我中断了长期坚持的日记，奉行"莫将言语惊四座，不留只字在人间"的信条。这一篇却是例外。那是1976年中秋节之夜，看毕电影，待妻儿睡下后，便将一日之琐碎经历信手写在几张废纸上，胡乱塞在抽斗里，无非是一种百无聊赖的发泄，过后也就忘了。多年后，偶然翻出，不胜感慨。所幸这样令人沉闷窒息的日子已成为历史。今日抄出，盖"忆苦思甜"耳。）

唐山大地震已过去多日，人们还是心惊肉跳，余悸难消，都说闰八月不吉祥，难保还会发生什么事。昨夜空气就很紧张，一些单位传达上头指示，七、八、九三天要提高警惕，可能有震情。妻子慌忙把急用的衣物收拾在一个提包里放在手边，让孩子们和衣而睡。她还要一直开着灯。我说："管它哩！听天由命。"伸手关了灯，进入黑甜乡。

清早一开门，紧对门张老师就关照我赶快去换豆腐（用杂粮票）。我苦笑一声："不必了。"真是，白菜豆腐本是清淡贫寒的生活标志，现在却变得如此金贵，不下一番功夫，休想吃到。老张又讲他买肉的经历，凌晨去排队，领了个65号，但是肉店开门时，拥进20来个小伙子，横眉竖眼，插到前面，谁也不敢惹，一个老太太拿着10号牌子也没买上肉，何况他是65号呢，只好扫兴而归。

噢，我倒忘了，原来今天是中秋节！

上午八时去系上应卯，正碰上工宣队通知开会，一看尽是几个平日爱提意见的教师。队长讲明意图，要我们谈谈批邓如何联系实际的问题。快嘴周健口不对心地声称："我们老九你随便说什么都行，我们总是服气的。"鹤发童颜的杨副教授故意装糊涂："如今我是越来越没有自信了，我连我自己都不认得了，还能说啥哩！"也难怪，1972年他说过的几句话在批林批孔中就当了靶子。众人漫无边际地扯了一通，散会时，周健又献上一条建议："以后此类会希望能请造反派×××参加，多听取他的意见才是。"这话是酸是甜，不知主持者品出味儿没有？

快快归来，闷闷不乐。懒得动手造饭，心想既是中秋节，灶上总有点好吃的。不出所料，条子肉凭号，每人一份。老郝又给我一张过期肉号。算我有福，这两份肉菜也够我和儿子享用了。队不长，五六人，却磨蹭了十多分钟，到窗口送上菜票、肉号，回答却是："完了。"真叫人气不打一处出，但也无可奈何。最后，打了五分钱的熬南瓜，就算过节了。

油瓶早空了。下午骑上只有铃不响的破车，拿着票面四两的当月油票去打油。先到学校小卖部，周三学习，关着门。边家村菜场，剩了个油底子，抽不上来。六路车站小铺，也没油了。再到煤场旁菜铺，不卖油。到张家村，还是失望。直到黄雁村，总算打上了。屈指一算，为打四两油，跑了六家铺子。真有点想不通，每人每月限购四两油，却还这样难买。更滑稽的是，新布票发不下来，旧布票要延期使用，这并不是什么好事，商店的通知却说这是伟大领袖关心群众生活，我怀疑这是商业部门有人故意糟蹋领袖哩！

晚上看露天电影《节振国》。因为八个样板戏和《地道战》《地雷战》实在看腻了，对新"解放"的这个影片就格外觉得新鲜。在外上班的妻子迟迟未归。等不得，怕看不上开头，就搬着凳子，携着两个儿子，来到礼堂广场。不料妻子已先到场中。原来她是等公共汽车耽误了时间，就径直到电影放映场了。我最近两次上街乘车，每次都等了一个小时左右。同行的刘清惠打趣说："这样最能锻炼人们的耐心！"我想起社教时，洪波在高陵县街头一家理发店排队理发，有人从西安打了个来回，看见洪波还在理发店坐着呢！诚然，在今天，我们必须具备很大的耐心，不然，就没法活！

"唉，这是什么世道！"我默念着《红灯记》"粥棚"一场的这句台词。

（写于 1979 年）

广场今昔

晚饭后,我信步来到礼堂广场。望东侧,夕阳的余晖落在图书楼的玻璃窗上,映射出道道金光。正前方,年轻的化工楼拔地而起,有如鹤立鸡群。紧挨这个庞然大物的老式礼堂,大概有点自惭形秽吧,总是那么无精打采。但是,展现在礼堂前面的这一片开阔地却生机勃勃,颇有几分风致。旧时,"突出政治"的调门高,广场的容颜就如同在这里举行的某些会议和报告一样,单调、枯燥、乏味。如今,随着"科学的春天"光临,在园丁的精心作务下,这里已变成西大一景,只见芳草萋萋,松柏森森,杨柳依依,虽临深秋,四周的花坛里仍是五颜六色,争妍斗胜。有好事者私下唤它"芳草地",倒也名副其实。

我在红楼前平展展、光堂堂的水泥路上立定,面对着打扮得如此动人的广场,思绪飞腾,不能自已。午间刚刚学过叶剑英同志的国庆讲话,他那一番关于建国30年功过是非的坦率如实的评说,此刻又在我的脑际萦回。我在想,西大也算得我们伟大国家的一个小小的细胞,我们国家所发生的带全局性的事件,在这个小小的校园里也一一留下了印记……

啊!昔日的礼堂广场,今日的芳草地,你注视过多少次天晴天阴,又欣赏过多少次月圆月缺;你经受过多少次风刀霜剑,又沐浴过多少次春风春雨。你欢欣过,你伤心过,你也迷惘过。你曾经目睹了1957年的"六九风波"和随后逐步升级的辩论会、批判会、斗争会,你是否也疑惑过：为什么满腹经纶的批判者和能言善辩的被批判者临了一齐被划为右派？你曾经欢呼过1958年"一风吹五浪"的跃进风潮，你是否也相信：共产主义万人大学会在一夜之间建成，你可能也把"一只鸡每天生二至四个蛋"误听为"一只鸡每天生二十四个蛋"；你曾经监视过空中的麻雀，和大家一起吆喝着，不让它们有稍许的喘息，希冀这种"人海战术"能够使"害虫"们筋疲力尽，口吐鲜血，坠地而亡，自然，后来你也看到这群"禽中黑帮"被宣布"无罪解放"；你曾经饱尝过1959年全校师生大会餐的美味佳肴，你看到多少人酒足饭饱、醉态蹒跚、真诚地相信"形势大好"，然而你是否察觉出这种打肿脸充胖子的吃法含有反击"右倾机会主义"的政治意味？你是否留意到把一代忠良彭老总称为"军阀""同路人""反党军事俱乐部"的传达报告在礼堂偷偷进行？可是，事与愿违，没有多久，在你面前就出现了菜色的面孔，浮肿的大腿，饥荒的阴影，你是否意识到这就是客观规律对唯意志论的无情惩罚？于是，狂热的头脑冷静下来，劳逸结合，休养生息，一切从实际出发，工业七十条，高教六十条，文艺八条，神仙会，八字方针，没有敲锣打鼓，没有张灯结彩，带来的却是恢复，好转，前进，一片光明。但是，好景不长，突然来了一个急拐弯、猛转向，生活逸出常轨，骗子横行无忌，群众遭受愚弄，民族面临浩劫，冤狱遍于国中。此时的广场上，校园内，新奇事层出不穷：抄家，游斗，焚书，忠字化，语录仗，红海洋，自报成分的"发言"，关着人的"牛棚"，只喊"打倒"的"舞台"，无理强占三分的"大批判"，专意曲解毛泽东思想的"学习班"，"打、砸、抢"是革命的应当山呼"万岁"，"派性"属于"无产阶级"还要膨胀再膨胀……这一些光怪陆离、五花八门的闹剧、滑稽剧不都是发生在你的身旁吗？你亲眼看到好端端的一座学府，在林彪、"四人帮"的魔杖下变成了白色恐怖弥漫的法西斯"集中营"，假话连篇、分文不值的"经验大学"，无政府主义大泛滥、一派混乱杂沓景象的"西北大旅社"。啊！今日芳草地,昔日礼堂广场,你实在是西大历史的权威见证人。

近处传来的一串笑声,将我从沉思中唤醒,再看芳草地,人渐渐多了,有的坐下来摊开书本,有的半躺着仰望蓝天,有的来回走动低声读外语,当年行礼如仪的平台上,三五成堆的学生正热烈地交谈着学习、工作和理想。我真想走上前去告诉这些青年人:这个美好的学习环境来之不易啊!你们可知道这块广场上,这个舞台上过去发生过什么事情?……可是,我却悄悄走开了,何必破坏现在这个和乐自得的气氛呢!我只是暗暗祝祷着:前事不忘,后事之师。珍惜今天安定团结的局面吧!一步一个脚印地在新长征大道上迈进吧!专心致志、义无反顾地朝着科学技术高峰努力攀登吧!只要广场南端那块久违了的昭示阶级斗争要天天讲的红底白字大牌不再立起,只要党的三中全会所确定的正确路线不被推翻,只要红楼前"实事求是"四个大字色彩不褪,西大这个小小的细胞必定会在壮实的母体中健康成长。眼前这一群不知姓名的大学生,也许就是来日的鲁迅、郭沫若、爱因斯坦、居里夫人呢!芳草地啊,如今阳光温煦、风调雨顺,且伴着一茬接一茬的幼苗更快地长高、长大、长成栋梁之材吧!须知四个现代化的事业、社会主义的大厦是多么需要他们啊!

暮色越来越重,环绕广场的教学楼、办公楼陆续放出光亮,我迎着耀眼的华灯疾步向教研室走去……

(原载西大校刊 1979 年 11 月 15 日)

梦回"炭市街"

"炭市街",这是位于学校东部的干部二楼的另一称呼。这个雅号是怎么来的呢?且听我从头说起。

50年代,这里原本是单身教职工的宿舍,挺清静的。无人生火做饭,都在教工食堂就餐,连碗都不用洗,吃毕嘴一抹就回来了。也没有玩牌搓麻、大呼小叫的,都在那里读书、写讲义。那时没有收录机,有个老师爱好音乐,保留着一部旧式留声机,放起唱片来声音很响,左邻右舍就啧有烦言。我住进这座楼里已是60年代,仍很清静。我从小喜欢吹笛子,一次晚饭后,宿舍无人,我便吹了一阵笛子,然后坐下来看书。我自以为与世无争,却不料已讨人嫌了,当我出门时发现有人在门缝里塞了一张纸条,打开一看是给我提意见:请勿吹笛子,以免影响他人学习。从此,我就不再吹笛子了。

后来,单身汉陆续成了家,有了孩子,这里就热闹了。有了孩子,就得烧奶、烤尿布、熬骨头汤,火炉是必须添置的。生起炉子,就得有燃料,那时还没有蜂窝煤,用煤球的也不多,都是买来廉价煤末,加上少量石灰和土,和成煤饼,晒干后码在炉子旁边备用。这时又逢三年困难时期,教工食堂已非昔日景象,干二楼的住户,成家没成家的,有孩子没孩子的,都自己动手做饭。这里是集体宿舍,盖楼时就没有设计厨房、储藏室,唯一可利用的空间就是过道。于是,家家户户门口都放着炉子,堆着煤块和其他什物,靠着自行车,有的还用砖头盘起鸡窝、小仓库。冬储菜实在没有地方放，就钉上钉子，挂在墙上，多是大葱和大白菜，看上去怪有意思。

小日子凑合着过起来了，但是环境却大变样了，臃肿、狼藉、邋遢、杂乱无章。进得楼来，就得东躲西闪，插空而过，一不留神，不是踢了炉子，就是撞上自行车。化工系王老师，蓝田人，是个乐天派，说话极风趣。他住在楼东头，常从西头进来，穿楼而过，要走长长一段路。一天中午，正是造饭时间，他过来了，一面小心地让开火炉、煤堆、自行车、鸡窝等障碍物，一面笑呵呵地和各家门口正在造饭的"伙夫"们打着招呼："瞧！咱们干二楼成了'炭市街'了！"一句闲话不打紧，干二楼从此改名换姓，被大家戏称"炭市街"。其实，真正的"炭市街"在西安市东大街，是全市最大的蔬菜副食品市场，并没有煤炭之类的东西，而过道上堆满煤块的干二楼却成为名副其实的"炭市街"。学校一大批中年教师，就在这样的环境里，日复一日，年复一年，度过战斗的早晨（做早饭、送孩子、上课或上班）、紧张的中午（下课或下班后抓紧时间做午饭）、疲劳的晚上（接孩子、做晚饭、备课或加班工作）。在这一生当中，"炭市街"的生活是最艰苦的，也是最难忘的。

我在"炭市街"住了近20年，58.5元工资也拿了近20年。1962年我在这里结婚成家，两个孩子也在这里度过童年。困难时期，我在这里得过浮肿病，"文革"时期我在这里当过保皇派和逍遥派。我在这里通夜不眠写过讲稿，也通夜不眠打过扑克。正是在这里，我结识了全校各系、各单位的同辈们。大家在过道里一边做饭、一边聊天，交换着学校和社会上各种信息；唐山大地震后大家又一起担惊受怕，搭防震棚；粉碎"四人帮"，大家奔走相告，共享欢乐；恢复高考，大家又面对玩心不改的小儿女，伤脑筋、动心思、费力气；开始评职，大家又为自己的前途熬煎，苦读外语，赶写文章，创造晋升条件。大家在这里同甘苦，共忧乐，一起挣扎，一起拼搏，一起耕耘，一起收获。

终于有一天，大家一个接一个搬出了"炭市街"，一个接一个当上了讲师、副教授、教授，住房增至二间、三间甚至四间，工资也成十倍增长，下一代也一个接一个上了大学，出了国，走上社会，人生的新阶段开始了。

我从"炭市街"搬到新村，先后住过9楼、20楼、22楼，按说在我的生活经历中，"炭市街"已经很遥远了。但是在梦里，似乎依然在"炭市街"，还是那些左邻右舍，还是那些顽皮的孩子，还是那些煤炉子，还是紧紧巴巴过日子，还是事业、家务一肩挑，还是房子、工资20年一贯制，还是阴沉的天色、凝固的空气……这也不奇怪，因为在"炭市街"住得太久了，差不多占去我工作时间的大半，又正碰上国家处于政治上折腾、经济上停顿的特殊时期，也是知识分子境况最为窘困的时期，"炭市街"实在是特殊时期高校教师生存状态的典型写照。延艺云创作的电视剧《半边楼》其环境即类乎"炭市街"，而故事发生的时间则选择改革开放初期知识分子处境将变未变那一段，是我所说"炭市街"生活的尾声了。

当数学系老戴搬出"炭市街"后，这里就再没有老住户了。现在，"炭市街"住着一部分学生专干，因为学生宿舍楼就在近旁，便于学生管理工作。一度我也做过学生工作，有时免不了去那里登门走访，当旧地重游之际，便顿生物是人非之感。

（原载西大校刊 1997 年 7 月 4 日）

发生在"半边楼"的故事

何处"半边楼"

西大的学生宿舍,原先集中在校园西北一隅。最早是一排排的平房,50年代初期盖起了学生一楼(现为招待所),50年代后期陆续盖起了学生二楼(现为教工楼)、学生三楼(现为劳司和公安处占用)。学生三楼正好坐落在西安地下一条陷裂带上,由于地基陷裂造成楼体变形,走在楼道里明显感觉到一脚高一脚低。据勘查,楼体虽然变形,一时还不会坍塌。由于教师宿舍极端拥挤,当学生们迁往校园东南部位的新楼群时,一些胆大的教师就搬到这座斜而不倒、尚有空间的楼上来了。后来,实在不能再住人,就将楼中间倾斜严重的一半拆去,两头经过整修安置劳司和公安处在这里办公。这就是"半边楼"的来历,它触发了延艺云的创作灵感,写出了电视连续剧《半边楼》。

秘书长楼前认旧踪

自从《半边楼》一炮打响后,这座废而不弃的"半边楼"就成为西大一景,看过电视意犹未尽来这里寻根究底的人络绎不绝。省政协主席周雅光就是电视剧《半边楼》的一位热心观众,他在学校领导陪同下来到现实的"半边楼"前。周雅光倒也没有看出什么特别之处,随行的省政协秘书长惠世武却惊叫起来,他用浓重的陕北口音说:"我当是什么稀罕地方,原来就是我上学时住过的学生三楼嘛!"他寻觅一番,指着一个窗户说:"那就是我住过的宿舍!"说起来,在"半边楼"住过的,现在有点名气的人还真不少呢!《诗刊》副主编、著名诗人雷抒雁,省广播电视厅厅长骞国政,省电视台台长王超,省电台台长纪时,《三秦晚报》主编宋桂嘉,《共产党人》杂志主编高思正,省物资局副局长曹岗,还有散文作家杨闻宇、肖重声,等等,都是从"半边楼"里走出来的。

习仲勋被囚"半边楼"

"半边楼"还曾临时接待过几位特殊的客人。那是"文革"动乱时期,国务院原副总理习仲勋被西大红卫兵劫持到校,就被关押在"半边楼"一个房间里。当时奉造反组织之命看守习仲勋的是中文69届学生孟德强,他在和习仲勋接触交谈中,感觉习并不像一个"三反分子",且打内心敬服,于是"看守"变成"心腹",常为习通风报信,帮些小忙。孟德强的行为终被发现,被视为"丧失立场",亦遭迫害。粉碎"四人帮"后,习仲勋复出,任广东省委书记,见到西大两位干部时,还曾问起患难之交的孟德强。孟离开学校后一直在边远的榆林某县工作,近况不详。习后调任中央书记处书记、全国人大常委会副委员长,现在深圳养病。不知习老收看电视否?当他看《半边楼》时,是否会想到这正是他"遇难又呈祥"的地方?

"半边楼"柳青遇知音

以《创业史》名世的大文豪柳青,"文革"中也被造反派抓来关在"半边楼",羁留多日。一次,造反派组织全市"黑帮大游街",柳青和别的一些名作家被押在一辆大卡车上,胸前挂着"文艺黑线人物"的大牌子,在西安各条大街游街示众。沿途,车上押解的红卫兵一直按着柳青的头,让他向革命群众低头认罪。待游毕回到"半边楼",柳青却幽默地说："红卫兵小将待我真不错，唯恐我在车上伤风感冒，不断抚摸着我谢顶了的脑袋，我感到无比温暖。"柳青在"半边楼"也遇到一位"知音"——中文系68届的张长仓。张帮柳青办了一件大事，找回了被抄去的《创业史》第二部手稿。当时，张打听到手稿是被陕师大学生抄去的，就用自行车带着柳青一同去找。车到小寨，考虑柳青去还是不大方便，就放下柳青在路旁坐等。他独自骑车去师大，靠着同学熟人，从一大堆抄家物资中，发现了这部珍贵的手稿。当张长仓提着一捆东西出现在柳青面前时，柳青激动得雀跃起来。没有张长仓这一义举，我们就看不到《创业史》第二部的出版。从此，一老一少，成为莫逆之交。张长仓后来潜心钻研柳青的生活与创作，与他的老师刘建军、蒙万夫合著《柳青的艺术观》一书，以大量独家占有的第一手材料，而引起当代文学研究界的重视。

张勃兴关注"半边楼"

故事讲罢，再透点新闻。1993年12月8日，陕西省委书记张勃兴在听取西大关于争取进入国家"211工程"有关情况的汇报时，发表了重要谈话。谈话中提到，他因疗养脚伤，有时间集中观看了电视连续剧《半边楼》，他连连称赞这个电视剧编得好，很受教育。当他得知现实中的"半边楼"尚在时，问道："为什么还不拆去呢？"西大的同志回答："暂时还有些用处，待进入'211工程'，学校有了发展，有了较充裕的资金，就把它拆掉，盖一座摩天大厦！"

（原载《西安晚报》1994年1月7日）

历史的足印

进校西门,绕喷水池,沿花坛向东行,一方绿茵茵的草坪显现眼前。这是西大的腹地。以此为中心,周围排列着不同时期的建筑群。古老的校园留下了历史的足印,不说人不知,说来却话长。

草坪东南隅,通向宾馆处,经本校考古专业师生发掘,从出土的经幢、碎碑等实物并参照文献资料来判断,足以证明为唐代温国寺(隋时名实际寺)原址,高僧鉴真曾在这里接受俱足戒。发掘出的半个陶盆,专家确认系和尚受戒使用器皿,是否即为鉴真所用,那就难说了。从唐长安城的方位看,西大正好坐落在当时的太平坊。熟悉历史而又富于想象力的人,尽可把西大这块土地视为一座舞台,多少历史壮剧在这里上演,没准李世民、武则天、李隆基的车辇都曾从这里经过呢!

草坪北面,是大礼堂,为抗战前夕爱国将领张学良所建。当时流亡到西安的东北大学临时安置此处。张以校长名义题词刻碑,碑文曰:"沈阳设校,经始维艰;自九一八,惨遭摧残;流离燕市,转徙长安;勖尔多士,复我河山。"抗日情怀,溢于言表。不久,"双十二事变"爆发,力主抗日的张将军被视为"叛逆",这块碑就被蒋介石的嫡系胡宗南的士兵砸了。半个多世纪后,原碑拓片从刻工后人处发现,学校遂在礼堂西侧重建此碑。1993年11月,郝克刚校长访台时,将新碑拓片转送93岁高龄的张学良将军,不知他重睹此碑文又做何感想?

草坪西南方,雄踞着地质楼,为解放初所建。那时提倡"向苏联老大哥看齐",这座楼也是苏式构造,宽大、粗笨、结实。如果诚如校友赠送的锦旗所称,西大是"中华石油英才之母",那么,这座楼就是"母腹"。正是从这座楼里,走出来杨拯陆(杨虎城将军女儿)、宋汉良(中共中央委员、原新疆维吾尔自治区党委书记)、阎敦实(原石油工业部副部长、总地质师)、安启元(中共陕西省委书记)、王志武(大庆石油管理局局长)……而今,这里又成为"秦岭造山带"大工程的指挥所,国家理科人才培养基地的大本营。

草坪端西,屹立着物理楼,为50年代中期所建。原西大副校长、曾在居里夫人实验室工作过的岳劼恒,剑桥出身的物理学家江仁寿曾在这里执教。中科院院士侯洵、博士生导师侯伯宇、航空部总工程师张彦仲、核物理学家任益民、中年知识分子的光辉典型罗健夫等曾在这里就读。物理楼的上层建筑(四层)曾由中文系占据,著名唐诗专家傅庚生教授主持古典文学教研室,成果卓著,桃李满天下,一时成为全国唐代文学研究中心。

嵌入草坪北部的一座平台,是"文革"的产物。现在开会用作主席台,岂不知这里当年正是名副其实的"主席台"——毛泽东主席塑像巍然矗立其上。那时西安到处都有这样的塑像,一个比一个高大宏伟。后来老人家对这种做法"讨嫌"了,不愿意老在外面"站岗放哨",被"风吹雨淋"。一声令下,这些塑像在一夜之间都消失了。笔者有幸,既参与了热热闹闹的塑像工程,又参与了偷偷摸摸的"请"像活动,回想此事,真叫人啼笑皆非。当时,大家建议:"这个台子还有用,就不要炸了。"于是,平台保留至今,学校每年的开学典礼和所有重大庆典,都在此举行。

草坪南面,原是校党政机关办公的二层红楼,现被五层的逸夫图书楼取而代之。香港著名爱国人士邵逸夫先生捐资一千万港币,陕西省政府又添补数百万人民币,于1989年建成这座现代化的图书馆。拿这座图书馆和草坪东端现改为文博学院的老图书馆相比,确有"鸟枪换炮"之感。再看看被教材发行科和印刷厂占用的更早的图书馆,简直是"太山之巅墭,长狄之项跖"了。这大、中、小三座图书馆,留下了学校不断发展、一步一个台阶的鲜明印记。而新颖、漂亮、开阔的逸夫图书楼,却可以说是新时期改革开放的象征:拆老楼建新馆,"旧的不去,新的不来",这叫"改革";引进外资,为我所用,不怕"姓资",邵氏名号高悬,这叫"开放"。

再看靠近校北门高高耸立的十三层科学大楼,虽因经费短缺,内装修尚未完毕,而中科院院士高鸿教授、博士生导师耿信笃教授的实验室和博士生导师侯伯宇的研究室已迁入其内,紧张地进行着高、精、尖的科研工作,为西大"上水平"而奋战。

一部历史,在古老的校园展开。在学校今后的改革和发展中,人们将会看到这部历史的新的更加辉煌的一页……

(原载《西安晚报》1995 年 6 月 24 日)

孔子像前漫思

两千四百多年前,周游列国的孔子,"西行不到秦",成为一个历史之谜;两千四百多年后,孔子的青铜塑像,跨越海峡,径直安放在西大校园。我伫立在被雪白的木香花环抱着的孔子像前,抚今追昔,思绪纷飞。

去年五月,为纪念鲁迅在西大讲学70周年,校园矗立起鲁迅的花岗岩雕像。此举无异议,早有伟人做过结论,鲁迅是"中国文化革命的主将""空前的民族英雄""现代圣人"。这回安放孔子塑像,学校主事者却颇费踌躇,因为围绕这位古代圣人的历史公案,纠葛太多、太深、太夹缠。有时他被捧上云端,奉为"至圣先师""万世师表",说什么"天不生仲尼,万古常如夜";有时他又被踩在脚下,斥为"复辟狂""开历史倒车""千古罪人""万恶之源"。随着时代的推移,社会思潮的衍变,对孔老夫子的评价和态度,常出现大起大落,一百八十度大转弯。就说现代和当代吧,一阵子是尊孔读经,一阵子又是打倒孔家店;一阵子是《子见南子》的戏谑,一阵子又是"新儒学"的鼓吹;一阵子是破四旧、砸孔庙,一阵子又是"喝孔府宴酒,做天下文章"。孔子的老家曲阜那边,也是一阵红火,一阵凄凉。在中国五千年文明史上,还找不出第二人有如此影响,不论是对他的赞颂还是对他的贬损,都达到了极致。现在,我们看到刻在塑像基座上的文字是:"中国古代伟大的思想家、教育家孔子",这是当下一般人大致可以认同的说法。就在这种共识的基础上,才决定安放孔子塑像,这恐怕还是大陆高校第一家。

如今,校园内既有了现代圣人,又有了古代圣人。有趣的是,古今这两位圣人其实是坐不到一处的。鲁迅的文章常常把攻击的矛头指向孔子,读一读《鲁迅全集》中一篇题为《在现代中国的孔夫子》的杂文,就会发现"今圣"对"古圣"的态度的确不够恭敬。在鲁迅看来,"孔夫子之在中国,是权势者们捧起来的",不过是一块被人利用而后随手抛弃的"敲门砖"而已。鲁迅指出,孔子在世时运气并不那么好,只是死了以后运气才比较好一点,"因为他不会噜苏了,种种的权势者便用种种的白粉给他来化妆,一直抬到吓人的高度"。但是,仔细揣摩鲁迅的深意,似是指桑骂槐,借题发挥,对孔子本人倒还不是十分过不去。这一点,李大钊就说得明快多了:"掊击孔子,非掊击孔子本身,乃掊击孔子为历代君主所雕塑之偶像权威也,非掊击孔子,乃掊击专制政治之灵魂也。"如此说来,倘若两位圣人同时生活于当今之世,倒不至于厮打起来,若排除诸种政治因素,兴许他们还可以做到"和而不同"呢!

把孔子和儒学纳入学术研究的范围,学者们从不同的角度审视这位文化巨人及其所创的学说,发表了各种不同的见解。有的主张,为彻底肃清封建遗毒,必须继续"批孔";有的主张,对孔子应当一分为二,不能简单肯定或否定;有的说,孔子是一个具有革新色彩的保守派;有的把流行的周秦封建说改为魏晋封建说,于是孔子所要恢复的"周礼"便有了不同的内涵,它体现了原始人道和民主遗风,孔子就成为颇具进步性、人民性的开明派;有的强调孔子是中国文化的象征和代表,他隐身于人们的"文化心理结构"和"内向传播系统"之中,孔子思想的现实影响不容忽视;有人则把儒学比作潘多拉魔盒,在现代化进程中应牢牢封住,只有到了后现代化时代,魔盒中的"病毒"不再生效,而魔盒底部深藏的"希望"会给人类带来福祉,方可放心地把它打开。如此种种，言人人殊。百家争鸣，各抒己见，不定于一尊，这是正常的、健康的学术气氛。由此我想到，60年代初郭绳武教授所写《孔子修养过程初探》、祝瑞开先生所写《孔子的松柏精神》，都是内容严正的学术文章，却在"文革"中被批得一塌糊涂，成为全国尊孔回潮的反面典型，上了首都红卫兵办的破四旧成果展览，这两篇文章的铅印件被倒置于版面，并打了"×"。这是我亲眼看到的。但愿这种噩梦一去不再复返。

孔老夫子究竟是什么模样？当时没有照相，更没有录像，现在只能凭空想象。鲁迅从一些图画上得出的印象是：这位先生是一位很瘦的老头子，身穿大袖口的长袍子，腰带上插一把剑，从来不笑，非常威风凛凛。再看我校这尊由台湾所塑的孔子铜像，又像又不像。长袍，大袖口，佩剑，威严，这些都像。只有一点不同，不是"很瘦"而是略胖。塑像坐落在木香园内，面朝文博学院和文学艺术传播学院，也算得其所哉。文史两系过去被称为"夫子系"，与孔夫子多少有些瓜葛，一部中国古代史和一部中国古典文学史，其内容与孔子的思想和学说有着千丝万缕的联系，按传统的说法，所谓"道统"和"文统"原是一而二、二而一，"文以载道"嘛。老校长侯外庐及其高足张岂之教授在他们的中国思想史著作中对孔学都有精湛的论述。还有张西堂、刘持生、陈登原、陈直、冉昭德等前辈学者，或治经、或治史，都与孔子脱不开干系。张岂之教授这些年参与国内外学术活动，多与孔子有关。他两赴西德讲学就是孔子基金会组织的。他撰写的《孔子与当今世界》《孔子思想与中国社会主义现代化》等论文，都引起了较大反响。他的学术论文集《儒学·理学·实学·新学》和他主编的《中国儒学思想史》一书，把孔子和儒学研究推向一个新的境界，可说是这位著名学者在新时期的主要学术贡献。

末了，还须交代一句。因研究孔子而遭受批判的郭绳武教授已经去世，无缘会见校园新来的客人——孔子塑像。祝瑞开教授调回他的家乡上海工作,肯定还有机会来校瞻仰孔子尊容,没准他会建议在木香园内栽植一些青松翠柏,以渲染"岁寒然后知松柏之后凋"的肃穆氛围呢。

(原载《西安晚报》1995年7月22日,题为《两座圣人像》)

润物细无声

金秋的一天,西北大学新生开学典礼在草坪举行。台上就座的有新老校领导、民主党派负责人和本校著名学者。台下3000多名新生布成方阵,肃然端坐。

典礼如仪。校长、书记讲话之后,特请高鸿院士讲话。这位著名科学家列举了几个精确的数字概念:今年进校的新同学四年后毕业时,正逢香港回归祖国怀抱之时;如再上三年研究生,毕业时就到了2000年,正好是跨越世纪之际;当你们到了我现在的年纪,又正是下个世纪中叶,我们国家完成"三步走"、实现现代化、赶上中等发达国家的时刻。话不在多,只要讲到点子上,便能启开心扉,青年学子听到这里,感到肩膀上沉甸甸的,不由得加重了责任感和使命感。这位40年代在美国获得博士学位的老学者又说:"在美国流行这样的说法:钱财装在犹太人的口袋里,智慧装在中国人的脑袋里。"这话出自一位资深的洋博士之口,学子们自然深信不疑,民族自信心油然而生。

接下来讲话的陈学超副教授,是我们自己培养的土博士,曾作为高级访问学者在美国讲学多年,他很自然地接过高先生的话,补上一句:"我在美国时还听到这样的说法:在美国,没有中国医生的医院不算第一流的医院,没有中国教授的大学不算第一流的大学。"新同学又一次活跃起来,为有幸做一个中国人而深感自豪。陈博士又说:常言"一寸光阴一寸金""时间就是金钱",那么大学四年含金量就比平时更高,同学们更应珍惜学习时间。他赠给新同学一首唐诗:劝君莫惜金缕衣,劝君惜取少年时。花开堪折直须折,莫待无花空折枝。此话如醍醐灌顶,经历紧张大考之后,放松了两个多月的这批大学一年级新生,顿时振作起来,抖擞精神,准备迎接新一轮竞争。

典礼变成了生动的课堂,这里,我借用老杜诗来形容,真乃是:好雨知时节,当春乃发生。随风潜入夜,润物细无声。

(原载《西安晚报》1993年10月22日,国家教委《毕业生就业指导》转载)

看教授怎样过年

大年初一，省委副书记刘荣惠一行来校看望师生。他走门串户，敲开张岂之教授的家门，张教授正在赶写一部书。互致新春问候之后，张说："这几天我在闭门著书。"他随手拿出几页稿纸，刘副书记饶有兴趣地凑近细看，只见是一部题名《中国传统文化》的书稿目录，张教授指着某章某节说："刚才我正在写这一部分。"大学历史系毕业又主管全省宣传工作的刘副书记连说："好！好！正需要这样的书籍。"告别张家，刘副书记又来到对门的侯伯宇教授家。侯教授引导大家进入他的小工作间，这里除了坐凳、写字台、微机电脑之类，别无长物，一律漆成乳白色，显得清素淡雅。侯教授说："昨晚我还在工作。"刘副书记说："希望您在新的一年取得更大成绩。"侯教授答道："我一定尽力去做。"

离开两位教授家，刘荣惠副书记若有所思，低声对随从人员说："看看，教授就是这样过年的！"是的，没有三朋六友，没有花天酒地，更没有扑克麻将，甚至也没有打开电视，和平时一样，只有案头不尽的工作，只有一个又一个的课题，这就是教授的节日。

此情此景也引起笔者一番感慨。张和侯，一文一理，都是一流学者，著作等身，成绩斐然，张的中国思想史著作和侯氏变换，尽人皆知。而他们的巨大的学术成就何以得来，人们就不一定知根知底了。看了他们过年的情景，答案应该是明确的，"勤奋就是成功之母"（茅以升语)。鲁迅先生说:"哪里有天才,我是把别人喝咖啡的工夫都用在工作上的。"两位教授,在爆竹连天的除夕之夜,在一片喧闹的大年初一,心如古井,不为所动,继续干自己的事情,或伏案写作,或在微机前操作,这种工作精神、工作态度,实在是非同一般而超乎常人。这正应了李卜克内西的一句话:"哪里有超乎常人的精力与工作能力,哪里就有天才。"

(原载《西安晚报》1994年3月19日)

省里开大会　满座西大人

1994年岁末，去省里参加经济工作会议。这是我省更换主帅后的第一个大型会议。报到后，我从文件袋里取出编组名单，一页页翻过去，有不少熟悉的名字跳进眼帘，大多是我校校友。如第十一组，就有惠世武（省政协秘书长，中文系66届毕业生）、何廉（省文联党组副书记，中文系63届毕业生）、巩平汉（省社联党组副书记，中文系63届毕业生）、霍绍亮（省文化厅厅长，数学系61届毕业生，曾任校团委书记、学生处长）、骞国政（省广播电视厅厅长，中文系66届毕业生），约占这个组到会人员的四分之一。

我被编在第十四组。这个组集中了一批高校和科研院所的负责人。头一天开小组讨论会时，新任省委书记安启元来了，他开宗明义说："会议总共分了十五个组，我考虑了一番，决定还是先到科教组来，科技是第一生产力嘛！"他的话顿时提高了大家的兴致，会场活跃起来。我巡视一圈，心里暗自生出几分得意，因为满座尽是西大人。安启元是地质系56届毕业生。编在十四组的管文教的副省长姜信真原是化工系教师，做过系主任。还有省科委主任孙海鹰（地理系66届毕业生），省化工研究院院长张积耀（化学系76届毕业生），机电部205所所长张季涛（物理系60届毕业生），武功农业科研中心党组副书记胡仕银（物理系69届毕业生），西北植物研究所党委书记苏陕民（生物系62届毕业生）。这个组的工作人员、省教委产业处副处长冀霆也是西大毕业生（物理系 78 级）。稍觉遗憾的是光机所所长、中科院院士、西大校友侯洵没有到会。

去丈八沟开大会时，我随便坐到后排的一个空位子上。不意左右两边两个年轻人都跟我打招呼，我却不认识他们。只听右边的年轻人自我介绍道："我是西大历史系 86 级学生，叫李胜利，现在省委办公厅工作。"左边的年轻人接着说："我是西大经济系 81 级学生，和小李在同一单位工作，都在会上编简报。"他们说：省委办公厅主任、秘书长陈跃是西大历史系 69 届毕业生，办公厅副主任胡悦原是西大物理系教师。散会时，又碰上省乡镇企业局局长权志长（中文系 75 届毕业生），省政府研究室主任祝新民（中文系 68 届毕业生），大荔县委书记王兆民（中文系 68 届毕业生），虽匆匆数语，却倍感亲切。

晚间，中文系 86 级的王刚来房间看我，他在省委办公厅综合处工作，也在会上服务。他说综合处原来的处长王晓安是中文系 77 级的，调到省纪委当秘书长去了，现在的处长也是西大的。我问：省委大院有多少西大毕业生？他说：总有几十个吧！我开玩笑说：在省上开会，掉下一片树叶能砸着三个西大人。

这次会议的主题是如何尽快把陕西的经济搞上去，科教组的讨论则集中在科技如何更好地为发展地方经济服务的问题上。我想，西大作为省属重点大学，为省市培养、输送了这么多科技人才和管理人才，难道不是为地方经济建设的最大贡献吗？！

（写于 1995 年）

不绝如缕秦之声

西大位于三秦大地,学生中多秦人子弟,教职工中也有不少陕西乡党,因而秦腔这一古老而仍拥有忠实观众的地方剧种,在西大校园始终不绝如缕。

中文系的杨春霖教授(民盟中央委员、省民盟副主委、省政协常委),就是西大早期秦剧团的骨干成员,工青衣,亦能操琴,前些年,在校内联欢会上,尚能听到杨先生字正腔圆的秦腔清唱。年初省电视台曾邀他办一期"教授唱秦腔"的节目,被他推辞了。

50年代后期,我有幸观看西大秦剧团演出的《十五贯》,给我的印象是与专业剧团的水平相差无几。中文系助教宋靖宗(后任延大副校长、陕西教育学院副院长)饰熊友兰,物理系助教李绮文饰苏戌娟,两人在台上珠联璧合,在台下伉俪情笃,也许正是由于对秦腔艺术的共同爱好而结缘。历史系学生张万全饰娄阿鼠,惟妙惟肖,颇得苏昆王传淞之神韵。

60年代前期,我又看到了学校秦剧团演出的《夺印》。现在的地理系主任叶树华教授饰演剧中的正面人物、农村支部书记何文进,他虽是"高知",但出身蓝田乡间,演此角色驾轻就熟,把一个农村基层干部演得相当本色。

"文革"中,学校秦剧团没有停止活动,排演了样板戏《沙家浜》。英雄人物郭建光由中文系学生张志祥担任。记得物理系的王建国老师扮演钩挂三方的草包司令胡传魁，嗓音洪亮，活灵活现。

"八九政治风波"过后，学校秦腔研究会组织中秋节秦腔清唱晚会，许多教职工和学生热情参加。特请易俗社乐手拉板胡，你唱一段，我唱一段，煞是热闹。学校隔三岔五总是要请专业剧团来校演出。1987年和1992年两次校庆活动，都安排了秦腔节目，来自各地的校友看得兴味盎然，倍觉亲切。1987年那次校庆，易俗社来校演戏庆贺，该社副社长孙利群说：我们是戏曲团体，你们是高等学府，本是两不相干，却有共同点——我们两家的历史都很长，鲁迅先生1924年来西北大学讲学，也看了易俗社的戏，还题写了"古调独弹"的匾额。

癸酉年春节陕西电视台举办戏曲晚会，向全省现场直播，哲学系教授周树志登台唱了一段《苏武牧羊》，沉郁苍凉，声情并茂。周在北师大上学时，任该校秦剧团团长。他67届毕业，不到50，因头发全白，被主持人陈爱美称为"老教授"。

我校学术上的顶尖人物高鸿院士也是一个秦腔爱好者。他是泾阳人，夫人是三原人，自幼听惯秦声。客居南京60年，晚年落叶归根，回到家乡后经常有机会听到秦腔，热耳酸心，无比惬意。

校园内不时响起的秦之声，为高雅的学府文化增添了几分异样的色彩，别有一番情趣。

（原载《西安晚报》1994年1月15日）

群星灿烂的时刻

1982年5月25日,西大校园如同农村人赶庙会一般热闹。全校师生,不分老幼,一齐涌向礼堂广场。校门口人头攒动,乱拥乱挤,公安人员手持电警棍维持秩序。路人驻足发问:究竟发生了什么事情?原来是电影"金鸡奖"和"百花奖"的获奖者来西大联欢。那几年,电影"双奖"活动搞得很火,人们对其关注的程度几近于后来中央电视台举办的春节联欢晚会。这么多明星一时出现在西大校园,师生们奔走相告,欣喜欲狂,看成是一个盛大节日。

我从新村过来,一步走得迟慢了,差点进不了校门。好不容易挤进来,却到不了近处。站在"红楼"前台阶上远远望去,只见主席台上一字儿坐定众明星,台下众人都伸着脖子翘首辨认,一旦认出是谁,就轻声而又热切地呼唤着谁的名字,全场一片嘈杂,人们都喝了二两似的兴奋无比。联欢会按程序进行。先由校长巩重起致辞对获奖者表示祝贺和欢迎,老观众心目中的"白马王子"王心刚代表获奖者致答词,表明心意,接着学生代表热情朗诵献辞,并把精心制作的象征影坛百花盛开的大花篮献给获奖者,女明星李秀明与贺小书接过花篮,高高举起,频频向全场观众致谢,联欢会出现第一个高潮。当《大众电影》副主编崔国全一一介绍台上就座的来宾时,全场掀起阵阵热浪,介绍到谁,谁就站起来亮相,台下便响起热烈的掌声。通过介绍,我大致认清了,他们是:"金鸡奖"最佳男主角张雁,"百花奖"最佳男主角王心刚,"双奖"最佳女主角李秀明,"金鸡奖"最佳男配角孙飞虎、最佳女配角贺小书,还有观众所熟悉的任冶湘、洪学敏、温玉娟、毛永明等电影演员和著名京剧演员李炳淑、著名配音演员乔榛等。上届"双奖"最佳女主角张瑜也来助兴。摆出的这个阵容确实够强大了,难怪吸引了这么多看热闹的人,连广场周围的树上都爬满了追星少年。

文艺节目开始了。兴平乡党张雁用乡音深情地说"美不美家乡水,亲不亲故乡人",他唱了秦腔《烙碗计》里的几句,老腔老调,十分亲切。李秀明和乔榛对了译制片《叶塞尼亚》的台词,听来耳熟。接下来,有独唱的,有合唱的。孙飞虎一改"老蒋"口气,正经八百地朗诵了自己即兴写的一首诗,表达了对当代大学生的殷切期望。李炳淑的京剧清唱,响遏行云,喝彩声不绝。这台节目虽是临时凑合,却产生了轰动效应,观众只为一瞻明星风采。

联欢会刚结束,座谈会又开场。这回轮到幕后人物登场了。著名电影剧作家黄宗江、《被爱情遗忘的角落》编剧张弦、《乡情》编剧王立民、《邻居》导演郑洞天、电影出版社社长许南明、《大众电影》副主编崔国全等人与40多位文科大学生就大家感兴趣的电影创作问题进行了热烈交谈。中文系78级学生周友朝(现为西影导演)冷不丁地向张弦提出一个问题:"你的小说描写小豹子和存妮最初的结合,完全出于本能冲动,他们是那么愚昧,根本不懂得什么是爱情,这才对了题:'被爱情遗忘的角落'。搬上银幕,整个就变味了,这两人明明是一种朴素的爱情关系嘛,这就走了题,变成'没有被爱情遗忘的角落'。你怎么看这个问题?"这个问题提得尖锐,张弦由不得佩服西大学生有水平,他强调电视作为视觉艺术与小说不同,小说写的东西不一定都能表现在银幕上,还要考虑社会效果,但却无论如何解释不了"脱题""背题"的问题。王立民谈了《乡情》创作甘苦,郑洞天谈了《邻居》导演体会,黄宗江则介绍了评奖情况和对获奖作品的看法。会后,我和中文系主任刘建军一道与黄宗江交谈了几句,回忆他1957年来西大的情景,那时刘建军还是学生,曾向他提出由他编剧的《海魂》的有关问题,他当时自谦剧本不行,得靠担纲主演的他的妹夫赵丹"人保戏"。提起 25 年前的往事,黄宗江感慨万端。

明星们人去声杳,西大人抓拍的明星活动照片很快冲洗出来,公布于大礼堂东侧校团委的广告栏内,供大家观赏。岂料一夜之间,照片被盗了个精光,只剩下张雁老头满脸皱纹的一幅,形单影孤,无人问津。据说以这位"金鸡奖"最佳男演员的照片做封面的一期《大众电影》发行量大跌。由此我想到挂历与杂志封面多选用妙龄美女,也是不得已而为之。嘿!我的文章也"走题"了……

(原载《西安晚报》1995 年 8 月 12 日,题为《明星啊,明星》)

新村的寡居者

稍加注意,就会发现校内教职工和家属中,亡故者男多于女,许多家庭,总是男的先走一步。于是,新村的寡居者越来越多。时常会碰到一些熟人故交的遗孀,看着她们饱经风霜的面孔,分明都有一本苦情账。在她们中间,还有连死两个男人的,如同"祥林嫂",枉自赚得一个"命硬"的名声,其实她们才真命苦啊!

新村的寡居者有三多:

一是原先家在农村的多。她们的夫君在学校任教或做其他工作,她们则长期坚守根据地,在乡间一面忙农活,一面操持家务,拉扯小的,服侍老的。后来,政策放宽了,讲师以上的家属可以"农转非",她们兴冲冲拖儿带女搬进城来。她们的夫君不再是"快乐的单身汉"了。为了维持一家昂贵的城市生活,男人们顿觉肩膀上担子沉甸甸,被迫超负荷干起来。上了校内的课,又去校外兼课,白天上完课,晚上还得连轴转。他们活得太累了。开始还觉得能撑得住,时间一长,身体就垮了,病魔便来纠缠,以致一病不起,撒手尘寰,丢下老婆娃娃到另一个世界去了。结束了牛郎织女生活,团圆没得几年,谁承想又是如此结局!算算属于这种情况的真不少,可以列出一个长长的名单。

二是中年教师的家属多。这些年学校过世的,真正高寿善终的并不多。中年知识分子英年早逝,成为引人注目的社会现象,西大也不例外。以中文系为例，从张西堂教授算起，已故20人，70岁以上的仅5人，占25%，60岁刚出头的1人，其余均在60岁以下。这是为什么？直接原因当然是各种不治之症。从深层考虑，上有老，下有小，工资低，生活上负担重，再加上工作节奏骤然加快，学术竞争激烈，思想上压力大，心理上严重倾斜，精神上处于自我摧残状态，这是很要命的事。有一个时期，接连去世了四五个不到50岁的中年教师，都还没有评上副教授职称，于是在追悼会的挽联上有人愤而书曰："职称杀人！"近来又有年届六旬尚未取掉"副"字而含恨九泉者，呜呼，哀哉！办丧事时，常有家属提出写讣告时将职称升一格的要求，使学校主事者十分为难。家属的心情可以理解，无非使死者得以安魂、生者得到安慰。但又虑及职称是由专家层层把关评定的，乃极严肃之事，岂可随意更动。于是便有众多同情者、不平者与家属一起，激愤之情溢于言表，主事者亦无可奈何！

三是家计艰难者多。一些家庭，女方没有端上铁饭碗，在校内当临时工，打零活，大半是清扫校园、清理办公室、会议室，打扫厕所、卫生间之类，往往是女人揽了活，男人来帮忙。我早起锻炼，常常碰上这样的事，已是教授、副教授了，一大把年纪，放下架子，操起扫帚，如同写文章一样认真地扫着地，熟人过来则低下头或背过身装作没看见。这中间已有几位先去了，他们的寡妻仍继续干着这些活计。延艺云的《半边楼》文学脚本，就有黄耕替农村来的老婆打扫校园的描写。与实情有别的是，不是男的先去，而是女的先去，这是剧本主题的需要。前两年大家曾议论教授卖馅饼如何掉价，教授扫地就不掉价吗？但是又有什么办法，他们一不会偷，二不会抢，三不会下海折腾，只能靠自己的双手帮着老婆干点粗活，多少有点额外收入，以贴补家用。化学系老梁死后，他的妻子一人干几人的活，早、中、晚打扫办公楼，上、下午又套上红袖章在新村值勤看楼，蛮认真的，生怕有什么闪失。看着她们不伸手、不求人、亦不委顿，而是凭着坚韧不拔的精神，通过诚实的劳动，维持生计，清贫度日，便油然生出几分敬意。"寡妇有泪不轻弹"，因为她们深知眼泪不会化为珍珠。她们也许没有看过影片《莫斯科不相信眼泪》，而我却觉得新村众多中年寡居者，是与影片女主人公同样坚强的女性。

还有一种现象值得注意。新村的寡居者虽多为中年妇女，再婚者却极少，有的经过痛苦折磨，已属"古井无波"；有的虽心旌微动，却难以找到合适的配偶；有的则顾虑与校外人结婚，房子会被学校收走；有的看到再婚家庭子女之间如同"波黑"，难得安宁，遂不愿自讨苦吃了；想得开的，则与儿孙共享天伦之乐；活得潇洒的，则踏出国门，在异国他乡投亲靠友，落得个"黄鹤一去不复返"。

寡居者的问题，必然涉及生者与死者两面，甚至涉及整个知识分子生存状态问题，笔者所说"三多一少"，也许不尽全面。唯愿更多的人理解和支持她们！唯愿新村所有寡居者诸事遂意，多有后福！

（原载《陕西日报》1994 年 11 月 5 日）

追寻消逝的青春

在西大校园里，活跃着一支老年模特队。队员多为60岁左右、已经离退休的女同志，也有三两个身材较端正的男同志点缀其中。模特队常在离退休人员活动中心排练，时不时在校内外登台表演，潇洒走一回。看着这些都有一大把年纪的队员们，人老心不老，兴致勃勃，神采奕奕，用款式新颖的各色服装把自己打扮起来，和着动听的乐曲，优雅地迈着一字步（又称猫步），亮着相，扎着势，展示着新衣，展示着自己，我不禁为之动容，内心涌出无限感慨。

我想现在台上表演的这些老人，在他们正年轻的时候，在人生灿烂的花季，却不曾有这样的机会。不妨倒退40年看看，那是"反右"时期，凡是知识分子，是右派不是右派，都经受着政治上沉重的压力，是什么心情？不妨倒退35年看看，那是"困难"时期，挣扎在饥饿线上，体力不支，精力不济，有何雅兴？不妨倒退30年看看，那是"文革"时期，一片"红色恐怖"，"老九"们惶惶不可终日，是什么境况？饮水思源，没有改革开放的新时期，就没有知识分子的今天，就没有广大教师的心情舒畅、境遇改善，也就没有西大这支老年模特队。

队里年龄最大的两位女同志，都已过了七旬。据我所知，她俩年轻的时候，甚至有着比别人更不幸的遭遇。一般说来，人们都不愿再提起去那些不愉快的事情，这里恕我冒昧，姓名且用代号。X是校医院的大夫，一直过着独身生活，她先住于二楼，后又搬到面积更小的干一楼,这两座楼都是50年代单身教工宿舍。据说她的丈夫因历史问题正在服刑,她拉扯着几个年幼的孩子,日子的艰辛是可以想象得到的。但是她并不消沉,工作绝对属第一流,勤勤恳恳,坚守岗位,从不迟到早退,面对患者,总是柔声细语、和颜悦色。有一段时间,我的孩子得了病,天天去她那里打针,她耐心地哄着孩子,不知不觉就注射完了,孩子不疼不闹,一点也不畏惧。两座单身楼和老东排的住户,若有紧急病人,就近请她出诊,随叫随到,不烦不躁。我心里常犯嘀咕:这样的好人,为什么就没有好命呢?从老看小,高挑的身材,清瘦的面容,文静的气质,显示她年轻时一定长得不俗。可惜命运多舛,她无缘尽享青春。据说前夫服刑期满来找过她,她未予接纳。她还曾有过一次黄昏恋,也不称心,很快分手了。如今虽然老了,环境、条件却好了,她身上焕发出青春的气息,走在台上,风度翩翩,引人注目。我说老天毕竟还是公道的,虽然给了她一头白发,给了她几多皱纹,也给了她一个好身体、好精神,给了她一个欢乐的晚年。

  Z比X略小几岁。1945年参加革命,离休前担任处长职务。她是陕北米脂人,那是出过貂蝉的地方,自然得天独厚,生就一表人才。据说年轻时,追她的人很多,渐次剩下两位,一为理论家,一为诗人,都是才华横溢,非等闲之辈,她的绣球最终落到理论家手里。结婚时,诗人来了,恭恭敬敬献上一束鲜花,即悄然离去。按说她该过上美满日子了,岂知厄运却接连而至。理论家是资深革干,解放初主持一所民族院校,因坚持己见,触犯了大人物,被定为"反党分子",开除党籍,在报上批判消毒。理论家哪里肯服,一有机会就翻案,又被打成"右派分子",流放岚皋,劳动改造。在此情况下,她不免要受到牵累,生活上困难重重,工作上不被信任,还要违心地"划清界限"。这一切,是何等的苦楚、艰辛啊!但是,她都挺过来了,家庭也维系住了。也许有人会想,如果她当初选择了诗人,境况是否会好一些呢?事实上,诗人戴右派帽子,比理论家还要早,而且诗人多愁善感,骨瘦如柴，早早去见马克思了。闲言少叙。如今，历经磨难的理论家早已平反，恢复名誉，且喜身子骨尚称硬朗，整天舞文弄墨，Z 也有了心劲，参加了老年模特队，论资排队是二号人物。她看上去要比她的实际年龄年轻得多，近年来略为发福，更显出几分成熟女性的风韵，在台上表演，落落大方，光彩照人。

韶光易逝，青春不再，这是一个被常常提起的人生话题。俗谚曰："花有重开日，人无再少年。"流行歌曲唱道："太阳下山明早依旧爬上来，花儿谢了明年还是一样的开，我的青春一去无影踪，我的青春小鸟一去不回来。"模特队的老同志却并不认这个理，他们在追寻消逝的青春。对生命科学素有研究的刘翊伦教授有言：人的年龄应区分为日历年龄、生理年龄和心理年龄。日历年龄完全是客观的，对任何人都是均等的，撕一页，长一天，换一本，长一岁，不以人的主观意志为转移。生理年龄却因人而异，身体健康状况有好有坏，有的长寿，有的短命，并不与实际年龄成正比。心理年龄各人的差异就更大了，有的未老先衰、暮气沉沉，有的童心不泯，"老夫聊发少年狂"。这倒也是实情。可见人生在世，也不能消极等待衰老，对日历年龄虽然无能为力，在生理年龄和心理年龄上还是有很大主动权的。女作家谌容写过一篇小说，题为《减去十岁》，这是虚构，是艺术想象。日历年龄是无法随意增减的，而生理年龄和心理年龄却可以自我调适。老年模特队的同志在台上表演时，给人的感觉就好像年轻了 20 岁，甚至 30 岁。愿我们的老年同志都能在精神上超越日历年龄，锻炼健旺的体魄，保持良好的心境，像老年模特队那样，把美丽的青春小鸟召唤回来。

（原载西大校刊 1997 年 5 月 12 日）

新村，市声依旧

老住户们想必还记得，50年代的新村是何等清静。那时，周边都是农田和菜地，东面虽有一条马路，过往行人和车辆并不多，就连边家村工人俱乐部也是冷冷清清。

60年代初，近邻西工大进了两台风动机，庞然大物，开动起来发出震天动地的声响，再加上附近机场飞机起落时发出的轰鸣声，新村不再安宁了。于是，如同一只老蚕正在吐丝的陈直先生无奈地表了这样的决心："不怕天上的飞机声，不怕西工大的机器声，我照旧写我的书。"

如今，飞机场迁往咸阳原，邻校的风动机早已报废，陈直教授留下300万字的著作归于道山，而新村的噪音并未稍减。随着住户的增多，一个面向教职工的市场逐渐形成，规模由小而大，品种由少而多。从此，嘈杂的市声便笼罩了新村。

最初的市声，也许就是一位老者悠长的"起刀磨剪子"的吆喝。接着，一个浑浊低沉的河南口音在新村响起："钉锅钉盆！"那磨刀的老者已人去声杳，这钉锅的汉子眼看从中年到老年，腰越来越弯，却仍推着自行车隔上十天半月到新村转一转。有一段时间，长安县农民喜欢进城用大米换白面吃，新村就成为他们经常光顾的地方。小品演员郭达曾把"换大米"搬上舞台，很出效果。随着农村经济生活的变化，农民们不再干这营生，农妇们用棉花换旧衣服的声音也从新村消失。至于瘦小的南方小伙子"修理雨伞""弹网套"的呼叫,只是偶尔听到,并不经常。"唉,酱油来咧!唉,香醋来咧!"这声音倒是常喊不懈,已经持续多年,先是女声,后来换成男声,那声调、那喊法、那满口腔却一脉相承,如出一辙。

市声从独唱发展为多声部大合唱,是近些年的事。跨进新村大门,在一楼和八楼之间,一街两行,排列着无数的摊点,这是新村的中心市场。清晨,炸油条、油糕的,炸菜合、牛肉馅饼的,卖粽糕的,卖油茶的,卖豆腐脑的,卖醪糟汤圆的,卖麻辣米线的,各色早点,应有尽有。午间,几家卖凉皮的生意极红火,老陕们就爱吃这东西,一个烧饼,一碗皮子,辣子调得红红的,吃得有滋有味。原先还担心碗不干净,现在用塑料袋一套,消除了顾虑,也便于携带。卖肉夹馍的也有好几家,这是一种陕西风味方便快餐,类似于西方的三明治、汉堡包,颇受欢迎,不过,与正宗的老樊家一比,味道就差得远了。还有半成品,包好的生饺子,手工菠菜面、麻食,回家一煮,十几分钟就开饭了。如果还嫌麻烦,有一家水煎包子,素馅,煎得焦黄,油汪汪,吃上半斤,喝杯茶,就解决问题了。下午上学时间,卖冰棍的大发利市,小学生,也有中学生,一人手里一只冰棍,边走边吃,从新村十字吃到小学和中学门口,刚好报销。这似乎已成为这些中小学生不可少的课前佐餐。待到半下午,有自称厂家直销者,用三轮摩托运来糕点之类,摆放出来供人们选购,那掌柜能说会道,态度谦恭,价钱却并不低,了解行市的人问他:"你的蛋糕怎么比商店贵?"他回答:"我的蛋糕新鲜嘛!"说得似乎理直气壮,其实也是一句无凭无据的话。

新村市场最引人注目的,是八楼前一字儿排开的蔬菜摊,总在10家左右。上午10时前后,摊主们蹬着三轮车,装满各种应时小菜,陆续来到自己固定的摊位。顾客先是零零星星,渐呈熙熙攘攘之势,中午下班时便达高潮。午后,这里渐次冷落,摊主也不收摊,靠在车边打个盹，便又有人光顾了。这时，摊上的菜经过大半天风吹日晒，有些变颜变色，这好办，摊主早有准备，从车后取出盛满水的曾经装过雪碧、可乐的大塑料瓶子，金属瓶盖扎了无数小孔，倒转过来，洒上一阵，打蔫的蔬菜复又显得鲜嫩喜人。这样一处理，既压了秤，增加了分量，又赢得买主称心如意，何乐而不为呢？正像俗话说的："卖菜的不洒水，买菜的噘着嘴！"下午5时以后，摊主们迎来了又一个买卖高潮，直到夜幕降临，才装着鼓鼓囊囊的票子，蹬着空车归去，虽然满脸倦容，心里却美滋滋的。这些摊主多自称自产自销，照我看来恐怕不少是二道贩子。新村的住户虽然抱怨这些菜贩心黑价高，但是知识分子把时间看得更重，希图方便省时也就认宰了。菜市场也有人管理，有复称台，还公布着当日菜价，多少起些平抑作用。日子过得精细者，从不在这里买菜，他们宁可多走几步到边家村去，或者骑上自行车到含光门、朱雀路或炭市街采购，据说要便宜许多。

市场杂乱，市声烦人，尤其附近的住户更是不胜其烦。他们曾联名向学校反映，要求取消或迁移这个市场。迁移吧，新村哪有一块四处无人的地方？取消吧，多数人已深深地依赖它了。一个巴掌拍不响，没有顾客就没有市场。市场是卖家与买家的主客组合，市声是卖家与买家的二重唱，问价报价，讨价还价，咕咕哝哝，叽叽喳喳，那烦人的市声中兴许就有你自己的声音。于是，市场依旧，市声依旧……

（原载西大校刊 1996 年 9 月 30 日）

花儿朵朵

迎春花

春风摇醒了冬眠的花木,芽儿发了,苞儿绽了,仿佛在轻轻呼唤着:春天,你好!

望着眼前一片新绿,两位散步的老师闲聊起来:

"我提一个考卷上不会有的问题,西大校园里什么花先开?"

"想必是迎春花了。"

"那么,请问它长在什么地方?"

"这倒不曾留意……"

"好,我带你去看看。"

两人穿过芳草地,沿着花坛小径,拐弯抹角,来到红楼后面。只见在未加修整的草丛中,一簇簇小黄花挂满披离纷乱的枝条,犹如金光万点。

噢!迎春花,春的使者,百花的先行,你就在这不显眼的角落里,悄悄地向师生们传告着春的信息。

玉兰花

二三月天气,乍暖还寒。红楼前那两株高高的玉兰树,却精神抖擞地结满了硕大无朋的花骨朵。这花似乎也是急性子,等不得绿叶扶持,就先自迎风怒放了。老远看上去,端的一幅中国传统花卉图,没有背景,没有烘托,没有渲染,冰清玉洁,风神自在。

这时,过往行人,有事无事,都要趑到树下,一饱眼福。瞧!摄影爱好者忙碌起来,搬来桌子,架上凳子,以便从最佳角度,摄下它的特写镜头。我设想,照片拍出来,也许是很美的,但总不如现场观赏时这么有生气、有韵致吧!

扫兴的是,它的花期太短了。孤芳自赏,早开早谢。方才还是亭亭玉立,繁花耀眼,不几天就落个干净,只剩下迟发的绿叶了。我将它好有一比:开花时恰似两尊玉石雕像,引人赞赏不绝;落花后却像两个绿衣卫士,隐没在一片绿荫中。待到园中的牡丹红云般在地面浮动时,人们再也不去注意玉兰树了!

太阳花

好厉害的名讳!其实却是一种小小的草花,花市上值不得几文钱。若蒙不弃,栽上几株,留心一下它的开花规律,你就明白它为什么挂上"太阳"这个至尊的头衔了。

原来它也不是无缘无故去攀高结贵,它和太阳公公确实有点缘分。你看,每当开花时节,它那花苞,卷得紧紧的,箭似的向上挺立着,等待着,用得上一句俗话:"不到火候不揭锅"。只有太阳公公向它露出笑脸,温存地抚摸着它的小手时,它才大大方方舒展开来。啊!别看它长得不怎么起眼,它也懂得自珍自爱呢!

但是,它并不娇气。它是最容易养活的花。清明前后,撒下几粒比芥菜籽还小的种子,很快就会发出细细的芽。到了五六月,一指多长的枝条上就开出五颜六色的小花,即使将它拦腰折断,随意插入盆中,照样可以生根开花。它开起花来,一发而不可收,一茬接一茬,直到深秋多雨,太阳不露面为止。

我去年养的一盆太阳花,有几十株,阳光下都攒着劲儿竞相开花,有单层的,有多层的;有鹅黄、橘黄,有粉红、紫红、大红,合在一处,也颇有几分姿色。对面楼上某君,上下楼时,总向这边阳台张望。我初不解。一日相遇,他先发问:"你那盆花开得真艳!是什么花?"我不无自豪地答曰:"太阳花!"

(原载西大校刊 1984 年 6 月 8 日)

马路喋血记

从校园到新村,隔着一条马路,教职工们每天总得往返穿越几趟。先时,"门前冷落车马稀",过马路不费神。如今,车辆猛增,市内又实行交通管制,把许多车辆都压到这条马路上来了,一天到晚,车水马龙。每逢上下班时间,人流车流都达到高峰,南来的,北往的,西去的,东过的,纵横交叉,难免拥挤碰撞。开车的司机又多是冒失小伙,没有学会"温良恭俭让",也不把"宁等三分,不抢一秒"的告语放在心里,明明看到横过马路的人多,仍是按着喇叭,呼啸而过,一点儿也不减速。就这样,在西大门口这段马路上,校内员工中已有多人喋血而死,撞伤者则不计其数,留下了一笔笔悲惨的记录。

最早遇难的是化学系副教授沈石年的妻子,她骑着自行车从新村出来,就撞到飞速行驶的大卡车上。当时马路中间还有所谓"街心花园",实际是凸起的土台上栽着两行五角枫,从新村到马路的坡度也比现在陡。沈妻的头发被汽车挂住,在土台边上拖了很长一段,血迹斑斑,当即殒命,自行车压得不成形了。沈副教授学术造诣颇深,是分析化学的台柱子,卓有成就的博导耿信笃就是他的学生。可惜遭此不幸,中年丧妻,感情上难以承受,便调往上海去了,成为学校一大损失。惨祸发生的具体时间,我问过许多人都记不准了,大约在1960年前后。

前副校长郭绳武马路喋血,震动朝野。此公既是三八式老革命,又是学问做得很深的教授，在校内德高望重。他已离休多年，这天给老战友写了封信拿到校门口的邮局去发，发了信又想到马路那边干点什么，刚下人行道几步，就被一辆摩托撞倒，送医院抢救数日亡故。开摩托的是个生手，发动起来横冲直撞，加上老郭走路是两眼朝天，不大看路，这真是"盲人骑瞎马，夜半临深池"，不出事才怪哩。可惜了这个满腹经纶的老夫子，一个资深的教育家和历史学家。他早年参加八路军，在枪林弹雨中安然无恙，却死于和平时期的意外车祸。

再一个悲剧人物是俞慧生。那是1986年7月28日晚9时，她在家属打字组加完班回家过马路时，被西安消防支队一辆高速偏斗摩托撞上，车灯将衣服挂住，车手见状猛刹车，又将俞师甩起落地，造成粉碎性颅骨伤害，经抢救无效，撒手而去。俞夫刘志南，俄语副教授，早丧，她带着八个儿女艰苦度日，为维持生计，经常加班加点打字。我有次参加学术会议，论文就是她打印的，时间很紧，她硬是赶上了。她大约是家属打字组的女掌柜，给我的印象是一个阿信式的人物。

哦，可憎的马路，吃人的巨蟒，你吞噬了多少有为之人……

有了血的教训，人们穿越马路时总是小心翼翼。有的人站在马路边，要等往来均无车辆才开步，就得等很长时间。有的人是一步一步向前挪动，插空而过。上下班时，过路行人比较集中，就如同过景阳冈一样，结成一伙，并排前行，一来互相壮胆，二来人多势众，挡住车辆迫使司机不得不放慢速度。我妻患病初愈，行走不便，过马路就更加小心，总要拉着人一起过，不管是男是女，是老是少，也不管相识不相识，危急之中还顾得了许多吗？

校方和工会组织每次向教职工群众征求意见时，大家总要提出"过马路难"的问题，有的建议划一条人行横道，有的建议修地道，有的建议架天桥。校方也做过一些努力，为划人行横道与公安局交涉，未获批准，因为学校西头不远就是十字路口，开着红黄绿三色灯，车辆在那边遇红灯停下，刚盼到绿灯开出，未行几步又要减慢，这事就不好办了。再说类似西大这种情况,西安市到处都是,也不好都划人行横道啊!至于修地道、架天桥,主要是经费问题,原先管后勤、现已离休的副校长杨德厚同志,在今春的座谈会上不无自责地说:"我在任上有件事没办成,我心里总过不去,就是校门口过马路的问题,那时要修地道或架天桥,几万块钱就够了,现在就得几十万、上百万……"他说到这里,表露出一副追悔莫及的无奈神情。其实,杨校长也不必唱"悔不该",那时的七八万差不多就相当于现在的几十万,都一样犯难。如今在职管后勤、管基建的副校长王栓才同志,是个可以跨世纪的年轻干部,我对他说:"不知在你的手里能不能把'过马路难'的问题解决了?"他想了想,说出一个字:"能"。

(原载西大校刊1995年11月9日,《西安晚报》1995年11月30日转载)

补记

此文发表不久,郝克刚校长即在教代会报告中宣布三年内办八件实事,其中之一就是架设马路天桥。就在这一天,学报退休干部姜淑芝又在过马路时被车撞伤,造成多处骨折。教代会代表得知这一消息,在讨论中提出架桥之前先采取临时措施。于是,学校花了几千元,请交警大队在新村和校西门之间划了斑马线和禁停区,虽起一点缓冲作用,却不能解决根本问题。此后仍有多人被撞伤,如校办副主任王启和和住在我校的省环保局副局长冉新权等就曾马路遇险。全校教职工十分关注架桥的事,不断有人询问:"桥什么时候能架起?"

1997年2月2日晚10时许,宝鸡桥梁厂职工在王副厂长和温总亲自指挥下,三截桥体架设成功,一条黄龙横空而起。我和王栓才副校长以及众多教职工在现场观看了这一壮观景象,心情十分激动。吃人的巨蟒终于被黄龙制服了!

不容乐观的是,许多人过马路图近便,不愿上桥,于是,事故仍不可避免,不久前经济管理学院两位青年教师同时被一辆卡车在桥下撞伤。西安电视台还播放了西大门口马路拥挤、有桥不过的镜头,提醒人们注意。

校园命案纪实

校园斯文地,却闻刀斧声。解放后的 40 多年内,西大校园共发生三起杀人惨案。每一提起,都叫人毛骨悚然。

1954 年初夏的一天,正当午休时间,在新西排学生宿舍区,一个正在干活的外地木匠被人用斧头劈死,凶手扬长而去。据说有人目睹了这一阳光下的罪恶,却未敢声张。此案显系仇杀,一直未能破获。

25 年后,即 1979 年 3 月 28 日晚间,历史系女生刘某被人用乱刀戮死在化学楼背后。住在附近的民工听到声响,但未出来察看,后半夜一场大雨,将凶犯逃遁后留下的踪迹冲洗干净,给破案增加了困难,此案亦成悬案。

再过 13 年,即 1992 年 10 月 12 日,党的十四大开幕之日,学校正逢 80 大庆,离休不久的机关一总支书记赵荣在新村 21 楼自己的家中被人杀死,身上留下的刀痕明显可辨者 27 处。案发后,一辆接一辆的警车呼啸而来,公安机关所上警力最多时达 70 余人,校内家家户户均被调查,一时茫无头绪。两年后,案犯因另案被羁押,审问中连带供出此案,这起凶杀案遂告破获。

"10·12"恶性大案纯属谋财害命,杀人越货,案犯为崔××、田××、马××。三个恶棍皆为 1973 年生人,现年 21 岁,作案时只 19 岁,家住西大不远处,曾是同一中学同学。崔是出租车司机;田、马均无业,田曾被少管 4 年。据三犯交代:1992 年 10 月 12 日下午 3

时许，崔犯身带单刃刀与田犯、马犯窜来西大新村行窃。他们并无预定目标，在院内乱转，伺机作案。当他们转到21楼时，发现四层一家装有空调，断定此家必有油水。于是上楼敲门，门未开，防盗门锁得严严实实，无从下手，三人无可奈何下到三层。见西边一家虽安着防盗门，但未上锁，便上前敲门。户主赵荣开了门，马犯谎称找某某，说某某欠他的钱，就住在这里，赵回说没有这个人，关了门。三人下到二层，合计道：上面这个老头又瘦又小，干脆去抢，于是返身又上三层。马犯再次敲开门，硬说某某就在这里，要进屋去看，赵不让进，崔犯上前将赵推进门内，赵呼救，田、马二犯抓住赵，捂住赵的嘴，崔犯持刀朝赵腹部猛捅几刀，又在赵的脖子上拉了几刀，当场将赵荣杀害于客厅。三人分头在赵家几个房间搜索钱财，并将电话线扯断。当搜出一部分现金和国库券后，三犯即逃离现场。崔、田二犯仍藏匿西安。马犯此后长期流窜在外继续作案，于今年7月下旬在南京市出售其在安庆市盗窃来的工业债券时，被南京市公安局玄武区分局抓获。在审问中，马犯交代在安庆、福州、郑州、洛阳、乐山等地的犯罪事实，同时也交代了"10·12"抢劫杀人案。西安市公安局闻讯，立即将尚留在西安的崔、田二犯抓获。三犯对其在西大新村杀人抢劫的犯罪事实均供认不讳。此案目前正在审理之中。

50年代的杀人案，发案时笔者尚未来校，仅是耳闻。70年代后期的杀人案，发案次日笔者即去现场察看，看到溅落在墙上的殷红的血迹，想着年正青春的女大学生惨遭不幸，令人无限惋惜。90年代初期这一起杀人案，遇害的赵荣，笔者与他同事多年，常打交道。他原是部队团级干部。转业到学校，曾任保卫处副处长，后任机关一总支书记，是一位老实忠厚的资深政治工作者，人缘甚好，遇害前刚刚"站完最后一班岗"，主持了总支换届选举，作了总支工作总结，一切交代停当，才开始过离休生活，却遭此毒手，与之相熟的同志无不悲痛万分。当日下午，笔者得知凶讯，即去机关一总支办公室，只见一总支坐办公室的调研员桑玉祥正在打电话,见我来了,就放下电话,嘴里嘟囔着:"怪了,给老赵打电话,打了半日,总是不通。"原来有老赵一封信,老桑打电话是要通知老赵来取信。我说老赵出事了,电话线被人掐断了。老桑大惊失色,与我一同赶往省医院,老赵尸体已进了太平间。

"10·12"案件,在教职工和家属中引起强烈震动,议论蜂起,皆谓:清平世界,朗朗乾坤,竟然发生如此惨祸,实在令人心寒。当下,对知识分子来说,最感忧虑者莫过于社会治安问题。这几年校园内还先后发生过教授被绑架案、中小学生被绑架案,至于入户盗窃、自行车丢失、办公室被撬,已成稀松平常之事了,人们普遍产生一种不安全感,像赵荣所遭遇之事,谁碰上谁倒霉。怎么办呢?第一,政府重视,综合治理,改善社会大环境;第二,学校加强治安管理,搞好小环境,使贼人不易下手;第三,个人提高警觉,小心防范,克服麻痹思想和侥幸心理。以"10·12"案件为例,三凶本来选定四层一家,但防盗门紧锁,无懈可击,幸免于难。总之,当今之世,绝非高枕无忧之时,穷凶极恶、丧心病狂的歹徒不可能一夜之间从地球上消失,善良的人们,要百倍警惕啊!

(原载西大校刊 1994 年 12 月 28 日)

访美掠影

1994年3月,我随国家教委组织的一个考察团访美。路线是:从首都机场出发,途经日本,飞到纽约,坐火车到华盛顿,又飞到德州的奥斯汀,坐汽车到休斯敦,飞到圣安东尼奥,飞到加州的萨克拉门托,最后从旧金山回国。从美国的东头到西头,费时半个多月。

总体印象:正面和负面的纠结

这次访美的活动经费全由美方承包,所有交通费、食宿费、各种杂费都不用我们操心,连在旅馆洗衣服的费用也不要我们自付。只有一样,人家特意申明不管,那就是看收费电视。原来在美国看电视分免费和收费两种,只要你按动收费键,就自动记了账,每按一次收费7美元,超过10分钟再加收,累计下来,看两个小时电视,就得花费84美元,相当人民币700多元,差不多是一个教授的月工资,这代价也太高了。我们都不是大款,花不起这笔钱,就小心不去碰收费键,只看免费电视,那倒真干净,没有什么刺激性镜头,除了广告,就是新闻,其他节目也都枯燥乏味。据说收费电视确实有"戏"可看,色情、凶杀、暴力、枪战、怪异,应有尽有,我们无缘消受。我想美国人大约也不会轻易按动收费电视键,每晚都看收费电视,恐怕大多数美国人也看不起。

这种"电视现象",也正是美国社会的一个特点,有显露的、开放的正面,也有隐藏的、控制的负面。

美国是富裕的,有钱人多,生活水准高。但是,住在豪华饭店的高层向下一看,也会发现街头露宿者。乘车出外,见有男子或女子手持硬纸板站立道旁,纸板上面有笔画很粗的文字显示给过往的乘车人。我问导游纸板上写的什么?这个人要干什么?他说,那男子说他饿了,要几个美元买面包吃,那女子说她怀孕了,需要帮助。我听了,心头一凉,泛出些许辛酸,原来富裕的美国也有穷人,也有沿街乞讨者。

美国是文明的,所遇先生、女士均面带微笑,彬彬有礼,讲话很客气。但是,主人一再叮咛,不要单独行走,出门在外,随身需带至少30美元,遭遇抢劫,就让其搜去,这叫"保命钱"。因劫匪一般都是吸毒者,瘾发时便不顾一切了,30元足可供其过一次瘾,如其一无所获,一怒之下就可能致你于死命。我们虽未碰上这类事,却听我校外语系穆善培教授说,他在美国就被抢过,报载某超市刚发生黑人吸毒者枪杀中国留学生事件。我们不敢大意,当下在外衣口袋装好30美元。在纽约时,晚上去逛曼哈顿,只见灯火辉煌,到处霓虹灯广告,端的一座不夜城。驱车过红灯区,早听说那些乱七八糟的事就发生在这里,就仔细搜索伤风败俗现象,却一无所获。知情人说,那些事在街面上看不到,花了钱,进了门,才是别一世界,别一景致。

美国的科学技术很发达,现代化程度很高,我们参观了华盛顿和休斯敦的航天博物馆,不由你不叹服。电脑很普及,从办公室自动化到图书检索,方便得很。乘飞机时,常有邻座的美国人打开便携式计算机抓紧工作。但是,迷信也盛行,宗教用品到处有售,旅馆房间均放置着《圣经》。我们在纽约一条繁华的商业街行走,经过一座临街的教堂,便进去观看,里面光线灰暗,门窗、桌椅均是深褐色,一派庄严肃穆气象,没有做礼拜,没有神父、牧师,却有一些西服革履、衣着考究的信徒低首敛眉而坐,口里祷告着,一脸虔诚的神色。教堂内外又是两个世界,两种景象。

这就是美国，正面与负面，富裕与贫困，文明与野蛮，科学与愚昧，天堂与地狱，天使与撒旦，美与丑，二重组合，纠结一体。到美国这样的花花世界，我们应当保持清醒头脑，作出严格的选择，取其长而避其短。如果迷迷糊糊，"西风吹得游人醉"，就会像《红楼梦》里的贾瑞一样，拿起风月宝镜，正面是美人，反面是骷髅，翻来覆去，送了自己性命。

高等教育：中美有同有异

我们访美的主要任务是考察美国的高等教育。我们先后访问了哥伦比亚大学及其教育学院、纽约州立大学巴鲁克学院、华盛顿大学、德州农工大学、德州高教局、加州高教局，还参加了全美大学校长联合会的年会，听了包括联邦教育部高教司长、两州高教局长、全美大学校长联谊会主席、多位大学校长、联校校长及教授专家近百人的介绍，翻阅了他们提供的大量资料，对美国的高等教育有了一个大概的认识。

总的来说，中美两国的高等教育有同有异。

中国的高校，都是公立的，管理体制上有国家教委直属的，有其他部委所属的，有省属的，近年来才出现少量私立非正规大学。美国却一直沿袭着"公私并行"的办学体制。据1993年的统计数字，全美有3500多所大学，45%为公立，55%为私立，私立大学还多于公立大学。美国的名牌大学多为私立，如哈佛大学就是私立大学。

中国的高校，过去不但不收学费，还包吃包住，近几年才开始收费，收费标准并不算高，学生家长已叫苦不迭。美国一律实行收费制，各校标准不一，一般来说私立大学要比公立大学高出2至5倍。哈佛大学每年学费3.6万美元，四年下来就是14.4万美元。这还不是最贵的。马里兰州的霍普金斯大学每年学费5.5万美元，四年下来就是22万美元。这还不包括书费、食宿费和其他杂费。全美高校最低学费是德州农工大学，对来自本州的学生每年只收828美元，因而该校虽处于偏远的西部，却不为生源发愁。美国大学生可从银行贷款支付学费，待毕业后有了收入再逐步清还，期限很长——30年。我问：有没有赖账不还的？答曰：95%都会守信清还，如不清还就会发生信用危机，购房、购车、信用卡都办不成，还会吃官司。美国高校实行学分制，不一定都按四年毕业，有的学生七八年才能修满学分。给我们做导游的大卫，就是哈佛大学法学系学生，目前辍学打工，等攒够钱再去上学。给我们开车的年轻姑娘沙莫尔，是农工大学一年级学生，她父亲很富有，她仍要自力更生，打工挣学费。

中国的高校，全靠吃皇粮维持，近几年才增加了自筹的成分，所占比例很小。美国的教育投资基本上是"三足鼎立"的模式，即公立学校以州政府投资为主（约38%），当地政府（约26%）和联邦政府（约8%）为辅，三方合计72%左右。这是官方的数字。我们访问的几所大学都说，由于目前美国经济不景气，他们从政府那里实际拿到的钱远远低于这个数字，一般只有50%多一点，这就迫使他们不得不提高学费。此外，各校还通过校友捐赠、服务设施所赚、球赛和演出门票等渠道补充一部分经费。一个大学如能养一支明星球队（篮球、棒球、橄榄球或足球），门票的收入是相当可观的，难怪我们在一些大学看到的运动场那么阔气。我问美国高校办不办产业？回答很干脆：不办。为什么？因为他们要依靠企业界的校友捐款，而校办产业必然要和校友争夺市场，这样做是不道义的。他们差不多掌握着每个校友的通信地址，每年都要给校友发去一封热情洋溢的信，一为联络感情，二为集资，不拘多少。为我们办出国手续的国家教委干部王晓平，是刚从美国回来的博士，他说他就收到美国母校的来信，他多少总得寄些钱去，否则就不好意思了。

在中国高校，评职是件很麻烦的事，难免要产生许多矛盾，甚至造成悲剧，我便特别留意美国高校是怎样评职的。其实，评职在美国高校也不是一件轻松的事，竞争也相当激烈。在美国要想当一个终身制教授，比中国还要艰难。不过有一点和我们不同，美国高校教师来去比较自由，"此处不留爷，自有留爷处"，相当多的晋职失败者另谋他就，走为上策，不似中国高校那样硬争、死等，越评不上职称越不便流动，评职成为"华山一条路"，成为拥挤不堪的独木桥。德州农工大学给我一个数据：该校 1993 年申报教授的 97 人，获准 21 人，离去 34 人，剩下 42 人；到了 1994 年，获准 27 人，离去 7 人，只剩下 8 人。这样，评职的矛盾就比中国高校小得多了。

美国高校教师的工资与中国高校教师的工资，两相比较，有天渊之别。即便将美国房租贵、消费高的因素考虑在内，那也是颇为丰厚的。但是，美国高校教师的工资与美国其他行业相比，只居于中等偏上水平。我们重点考察的德州农工大学的情况是：工资最高的是一位获得诺贝尔奖的教授，年金 22 万美元；工资最低的助教，年金 3.5 万美元。校长年金 17 万美元，相当于全美医生的平均工资，或相当于一个大公司副总裁的工资。

从后勤管理上看，美国高校基本上社会化了，而中国高校背的包袱又大又重，学生的食宿且不说，仅教师的"安居工程"就是一道永远解不开的难题。

余　绪

之一，美国人特别注重爱国主义的形象教育。到处可见雕像，从和平女神、第一批移民到美国历史上众多英雄人物、科技文化精英，皆有艺术造像立于公众场合，供人观瞻。对开国元勋华盛顿，则格外突出。华盛顿纪念塔修得很高，且不许其他建筑物的高度超过它。华盛顿故居对外开放，虽离城较远，参观者仍络绎不绝。我们是一个雨天去的，还是排着很长的队。从国会大厦到一些州的议会大厅，均有对美国历史和本州重大历史事件的形象展示，终日接待参观者。东方的佛教重视用"像教"方式弘扬其教义,佛教传入中国后在各地搞了那么多佛像和壁画,几乎普及到家喻户晓的程度,信不信都让你略知一二,有个印象。美国人以"像教"宣扬爱国主义,效果更佳,值得我们借鉴。

之二,我们接触到的一些美国友人,公私分明,不占公家的便宜。代表团所到之处,都有主人陪同吃饭,但结账时各付各的餐费,绝不混同。接待我们的专款有专人负责,陪同者则自己掏腰包。在奥斯汀,德州高教局长艾康博士与夫人杨容珍女士(德州农工大学负责外事工作的校长助理)陪我们在一家餐馆吃饭,席间宾主谈得很融洽。负责接待我们的侯先生付费时,见艾康夫妇只顾说话未曾主动付费,就一并付清结了账,开了票。临走时,艾康才想起此事,侯表示已代为付过,艾康不依,立即掏出钱包,数了几张交给侯,且要服务员重开发票,服务员有点不耐烦,过来交涉,艾康神情严肃地坚持,服务员拗他不过,耸耸肩,只好重新开票。茄子一行,豆子一行,公费与私费了了分明,这一点在中国恐怕很难做到,我对艾康博士不禁肃然起敬。还有一点,对外交往中免不了有小礼品互赠,我们送人家的礼品都是公费开支,人家送我们的礼品却是私人开支,这样一来,我们得到的小礼品如够不上上缴的规定,岂不是占了公家的便宜,惭愧!

之三,在美国碰到不少中国人,如同《北京人在纽约》所描写的那样,日子过得也很不容易。我们常在中国餐馆就餐,那里总有同胞用汉语热情招呼,使我们顿生"宾至如归"之感。与他们交谈,才知他们都是打工族,老板并不给他们另外付酬金,全靠小费收入。有一次,带领我们的美国人忘了付小费,打工的中国女人竟追出来索要,一脸无可奈何相,令人目不忍睹,好生难受。我们离开德州时,为赶飞机凌晨5时就起床了。当我们在下榻的饭店大厅集中时,有个中国女子过来问话,说她是上海来的,丈夫在这里留学,她来陪读,为了生计,必须赶早贪黑地苦干,现在她正等着餐厅开门后去打工。听她用带着浓重上海口音的普通话，诉说自己的艰苦境况，我从心里吟出两句唐诗："座中泪下谁最多，江州司马青衫湿！"当然，也有混得好的，有个中南工学院来的教师和我们的团长相识，邀我们去他家小坐，他自己买的房子，很宽绰，布置得也豪华，门外停着一大一小两部车，真有点"乐不思蜀"的样子。是否当初他也和那打工女子一样境况，亦未可知。

之四，我们访美时，贾平凹的《废都》出版后正炒得热，代表团10人中竟有9人读过《废都》，一路上常将话题引到这本有争议的小说上。多数人都持否定态度，我说了几句模棱两可的话，他们就与我争辩，倒是未读过此书的王君，听了我的介绍，倾向于郑重对待。我感到有趣的是，在国内，许多人都是津津有味地读了，然后又痛痛快快骂一通，"打左灯，向右转"，这似乎也可视为一种"《废都》现象"。一位中国驻美领事馆教育处的官员说，《废都》在留学生中争相传看，一本书传不过来，便把它输入电脑，联网观看。一位在德州农工大学教美国文学的中国教师与我谈起《废都》，表示有意把它译为英文。在旧金山书店里摆着香港印行的繁体字《废都》，街道边广告灯打出了《废都》的封面（与大陆版不同）。杨容珍女士花十余美元（港币99元）购得一本《废都》，翻开封面，指着作者简介里"西北大学中文系毕业"字样给我看。她已知我为西北大学中文系教授，购买这本书也许只是一种友好表示。不知这位女士读过《废都》后做何感想，我不觉有些赧颜。

之五，全程陪同我们做翻译的戴先生，是一个在美国拿到绿卡的中国人，毕业于上海外语学院，先在联合国担任译员，现在的名片上写着"国务院口译员"的身份。此人不仅翻译业务强，知识面也比较宽，一路上跟我们交谈得很热烈，一般说来他的观点并无自由化倾向。例如他对张艺谋电影的看法就令我感到意外，他说不管张艺谋的主观意图如何，这些影片在国外放映产生了不良的客观效果，不大了解中国现状的外国观众看了这些影片,就认为中国至今还是《菊豆》和《大红灯笼高高挂》所描写的那个样子。一贯赞赏张艺谋电影的我,听了戴先生的话,一时无言可对。

  之六,在加州首府萨克拉门托,我们下榻于凯悦饭店,临行在饭店大厅等车时,我身旁坐着两个高大黑人。只见门外有一群少年朝里张望,有两个胆大的走了进来,拿着一叠印有篮球明星照的彩色卡片,翻出两张来让两个黑人签名。这时,我才明白身旁坐的是明星,这群少年是"追星族"。我的儿子和侄子都是篮球迷,天天都看 NBA 录像,机会难得,我拿出随身带的美国地图让这两个黑人签了名,签得很草,难以辨认。不一会儿,大厅的人突然多起来了,许多人都拿出了相机,这时楼梯上下来几个人,其中一人高大魁梧,面貌极熟,突然想起这就是 NBA 篮球名将巴克利。我惊喜地指着巴克利对同伴说:"快看,巴克利!"巴克利注意到我这个外国人指着他,做了个鬼脸,三两步便跨上了门外停放的大轿车,追星少年呼啦围在车下,车很快开走了,手慢的人恐怕来不及摁快门。回到家里,两个孩子认出签名的是凤凰城太阳队的某号和某号,还说其中一人因吸毒停赛云云,他们遗憾的是我没得到他们的偶像巴克利的签名。

(写于 1994 年)

日本见闻

1996年11月间，学校组团访日，一行5人。我们从咸阳机场起飞，在上海停留一小时，又上来一大批去日本的乘客，飞了两个小时就到了名古屋。在日本，我们先后去了8个城市：名古屋、京都、奈良、橿原、堺市、神户、高松、东京，访问了10个友好学校和机构，参观了一些地方，有不少有趣的见闻。

水野茶道

我们访问的头一家是名古屋学院大学。该校原在名古屋市，后迁濑户县境内，是一所由美国传教士创建的私立学校。校园坐落山野间，远离尘嚣，环境极幽静，地面建筑并不多，教学设施多在地下，参观时下了一层又一层。午饭后，主人带我们去校外参观，去了两个地方：水野传统陶瓷工艺作坊和丰田汽车博物馆，一土一洋，一古老一现代，形成鲜明对照。

"车到山前必有路，有路便有丰田车"。我们没有去丰田汽车制造公司，只看了他们的汽车博物馆，有相当规模，各种类型的汽车，应有尽有，既是一部形象的丰田公司发家史，又是一部汽车工业发展史。我们在那里拍了许多照片，我还坐在第一代汽车上，手扶方向盘拍了照，回来一张也没有洗出来，不知何故。水野是日本著名的工艺美术家，他的作品经常参展，获得多项大奖。作坊很简陋，世代相传，保留着原始状态。他烧出来的陶瓷作品,看上去很粗糙,色彩也单调,大概是追求一种返璞归真的风格吧。我们私下议论,如果这也算艺术品,西安的羊肉泡馍碗也是艺术品了。电影《秋菊打官司》里村主任端的那个大老碗肯定要获特等奖。后来听一个来我校留过学的日本人说,他就在中国买了两只装酸奶的粗笨陶瓷杯带回家作为工艺品。水野年纪约在六十开外,头发花白,未经梳理,相貌不俗,气质不凡,神态超然,穿着古朴,上身是一件宽敞的深蓝大襟夹袄,松松地系着一条腰带。他极随意地带领我们参观,还一边作着简单介绍。他轻轻拿起他亲手做的瓷盘、瓷碗、瓷瓶,就像一个慈祥的母亲抱起自己的胖宝宝让人瞧一样。

  随后水野领我们进入他的客室,大家围着一个四方形沙坑盘腿坐在厚厚的布垫子上。沙坑中间是火炉,上置一铜锅,水正沸着,冒出热气。水野唤他的老伴主持茶道。她先给每人上了一小碟果冻,然后用木盘端出各样用品:茶叶盒,硬竹做成的刷子,几只茶碗,一方白布,慢腾腾地一样一样放在身边顺手的地方,开始操作起来。她先拿起茶碗,用竹制长柄提子从铜锅里舀水涮一涮,用白布擦干净,放一小勺细细的绿茶末,再舀沸水冲上,拿起刷子狠刷几下,就算成了,恭恭敬敬双手献给客人。茶水稠稠的,呈碧绿色,透出一丝清香,小啜一口,略带苦涩。女主人不慌不忙,严格按照这个程序,一碗一碗端到客人面前。那茶水说是一碗,其实只有一口,我一不留神就喝干了。她收回茶碗,又如法炮制,我以为要给我上第二碗,岂料她端给了水野,因为茶碗不够,水野还空着手呢。我有点纳闷,一个陶瓷作坊就不能多拿几只茶碗出来,这又不知是何缘故?那茶碗也特别,瓷很粗,色很淡,又厚又重,大小如中国人吃元宵的碗,碗口呈不规则状,五六只茶碗,一只和一只不一样,不似我们的茶具一套总是同一规格。我们糊里糊涂喝了一通,后经内行人指点,才知那里面还有许多讲究,如端茶碗需左右旋转一下,下口有一定地方,不能随便乱喝,我们已犯规了。

告别时，水野给我们每人送了一只三彩袖珍小瓷碗。我问陪同的名古屋学院大学外事处干部，如此麻烦人家，要不要付费？答曰：水野是学校的董事，关系户，常来常往，免料（不收费）。

岚山红叶

从名古屋到京都，乘新干线电车，准时、高速、舒适，据说票价也高。

京都类似西安，是日本的古都，文物古迹甚多。同志社大学老校址就在皇宫和相国寺之间，大约该校创建者看上了这块风水宝地，但是当学校需要扩展时就受到了限制，这两家近邻都是神圣不可侵犯的。于是，该校又在很远的地方，在半山腰里建起了新校，来回很不方便。京都的佛教大学与我校关系密切，是老朋友了。佛大外事处一女干部带我们参观了平安神社、下鸭神社以及金阁寺、龙安寺等名胜。一听"神社"二字，我们顿时警惕起来，因为中国人最不能容忍的一件事就是日本阁僚参拜安置着东条英机等战争罪犯灵牌的靖国神社。经解释，我们才知道日本到处都是神社，大小不等，我们不去靖国神社，我们要去的两个神社都属于世界级文化遗产。

值得一提的是龙安寺内有一大间房子摆着长长的大屏风，上书陶渊明《饮酒》诗。房前的半亩庭院，满地铺着沙，摆放着一些形状各异的青石，我们未曾留意，随便走过，佛大那位女干部却拉我们面对这叫作"石庭"的地方坐下来，要我们仔细体味一下眼前是什么境界。我看那平铺着的沙子被犁成波浪形，就觉得这石庭有如浩瀚的大海，那石头就是海上仙山了。"结庐在人境，而无车马喧，问君何能尔？心远地自偏。"陶诗真意尽在石庭。我若有所悟。由此想到达摩面壁九年也许是坐禅悟道的一种更高境界。

我们起程时，学校已放了暖气，实实在在到了冬季，来到日本，却阳光融融，温暖如春，连毛衣也穿不着了。据说日本最好的季节，是春天樱花盛开的时候，秋天满山红叶的时候。我们正赶上后者，虽已是 11 月下旬，却秋意正浓，红叶似火。晚唐时期出生在长安的杜牧有"停车坐爱枫林晚，霜叶红于二月花"的名句，现时在西安却难见此种景致，霜降之后，气温骤寒，枫叶不等红透就纷纷落地了。小杜诗中景象，在日本却随处可见，道路旁，校园中，神社和寺院里，一棵棵枫树，一片片红叶，使人顿生"秋叶更比春花妍"之感。

京都近郊有闻名遐迩的岚山风景区，尽管主人未作安排，我们是一定要去的，一者那里秋天景色分外美丽，二者那里有周恩来总理诗碑。11 月 23 日，我们提前告别同志社大学，在我校留日教师李均洋、高海龄的导引下直奔岚山。这一天正好是日本的勤劳感恩节，日本人似乎都走出了家门，满山遍野，游人如织。虽然在日本随处可见红叶，而岚山却集其大成，如同红色的海洋，蔚为大观。我们在树木掩映之处找到了总理诗碑，逗留良久，拍照留念。1919 年，青年周恩来留学日本，写下《雨中岚山》的抒情诗，半个多世纪后，由廖承志手书，刻在一块横卧的巨石之上，成为岚山一大景观，既留下了一代伟人的足印和心迹，又象征着中日两国人民一衣带水的深情厚谊。80 年代，诗碑曾遭日本右翼反华分子用油漆污染，引起中国人民和日本友好人士的强烈愤慨，很快被清洗干净。90 年代，持不同政见的"精英"方励之游岚山时曾和诗一首，对敬爱的周总理似有不敬之意，亦引起公愤。我没有看到方的和诗，李均洋向我们提起此事，颇不以为然，足见方轻薄为文，不得人心。

唐招提寺鉴真墓

离开京都，走访橿原考古学研究所。所里有几位年轻工作人员曾来我校学习过，我校考古专业经常有一人在此合作研究。他们开着车带我们去奈良唐招提寺参观。唐招提寺是鉴真东渡日本后所建，双目失明的鉴真在此渡过余生,圆寂后即葬于寺内,现保存有鉴真墓。

鉴真,14岁剃发为沙弥,皈依佛门,青年时代曾游学洛阳和长安,在名师点拨下,成为造诣很深的高僧。他遍访各地寺院圣迹,广泛吸纳文化艺术知识,在江淮地区建寺造佛,讲律受戒,施药济灾,名望日增,遂成声名远播的一代佛学大师。唐玄宗天宝元年(724),几个日本留学僧人慕名从长安赶赴扬州大明寺,恳请鉴真去日本弘扬佛法。年过半百的鉴真慨然允诺,以其坚韧不拔的意志,历经十一载,五次受挫,终于在他66岁那年东渡成功。郭沫若有诗赞曰:"鉴真盲目航东海,一片精诚照太清。舍己为人传道艺,唐风洋溢奈良城。"鉴真在日本当时的国都奈良大显身手,广结善缘,不负众望,为传播中华文化、繁荣日本文化、弘扬佛学真义,作出了突出贡献,在日本成为声闻朝野、家喻户晓的人物。关于鉴真的事迹,日本奈良朝大文学家淡海三船用汉文写了《唐大和上东征传》,日本当代著名作家井上靖创作了历史小说《天平之甍》,曾多次被搬上舞台和银幕,产生了深远影响。我们之所以对招提寺感兴趣,还有一层意思,就是鉴真游学长安时,曾在实际寺受具足戒(相当于授予最高学位),而如今的西北大学正位于当年实际寺的旧址上,也就是说鉴真也曾在西大这块土地上生活过一段时间并得到殊荣,岂不是一种缘分。

我们来到唐招提寺,看罢气势宏伟、结构精巧的金堂,径直前往寺院纵深处的鉴真墓。在一片茂密的树林中间,鉴真御庙高高隆起,墓前贡桌上有一铜铸大香炉,上有"万世同薰"字样,是中国佛教协会在鉴真圆寂1200年(1963年)敬献。石碑上刻着赵朴初所作《迎风拜》(调寄金缕曲)。右侧有我国领导人1982年来此参观时手植琼花一株。寺内还有鉴真御影室,一年只开放一次,我们去不逢时,只能在门外张望,无缘入内细观。走出寺门时,日本朋友笑着告诉我们:"日本和尚是可以结婚成家的,到寺里就像上班一样,唯独唐招提寺,有鉴真立下的寺规,尽形寿不结婚,因此这里的和尚越来越少了。"

遭遇陕西代表团

陕西省与日本香川县结为友好省县（日本的县相当于中国的省），西北大学与香川大学建立了友好交流关系。当我们赴高松市访问香川大学时，正巧贾治邦副省长率领陕西省代表团在香川县考察。香川大学经济学部井原教授与日本的吊车大王多田野先生私交甚深，多田野在县里颇有地位，此二人曾作为香川县访华团的团长联袂访问陕西，并在程安东省长陪同下来西大参观。现在，陕西省和西大两个代表团都到了香川，多田野先生就设宴一起招待。

宴会开始，多田野致欢迎词后，贾副省长代表两团致辞答谢，贾还拉着我向赴宴的香川县各界人士一一介绍。我本来是以校务委员会主任的身份访日的，贾却脱口说我是西大的党委书记，其实对日本人也不必隐讳党内职务，陕西代表团成员大多为党内干部，如省委副秘书长冯在才，几个县委书记，都明白告诉主人，他们很了解中国的领导体制，反倒更加重视。贾治邦年富力强，既是省委常委，又是常务副省长，是有职有权的跨世纪省级领导干部，日本人很精明，看出了这一点，就格外重视。他们掌握到贾的50岁生日就在这一天，事先作了准备，待酒宴正酣时，多田野走到麦克风前作了宣布，当即一个大蛋糕放到贾的面前，五根蜡烛点燃，贾一口吹灭，大家拍着手唱起"祝您生日快乐"，气氛十分欢快、热烈。

次日，两团又一起参观了多田野吊车公司。这是日本一家世界知名的现代化企业。它是从一个小小的铁匠铺逐步发展起来的，现在拥有资本金130亿日元，年销售额1430亿日元（其中销往世界各地占15%），从业人员2000名，占地面积32万平方米，主要从事液压汽车起重机、越野和高速越野轮胎起重机、随车吊、高空作业车和钻土机等多种工程机械的生产制造。"多田野"既是企业的名字，又是创业者的姓氏。现任老板多田野康雄，已年逾花甲，性格开朗，热情好客，长期致力于中日友好交流事业。参观了生产车间，看了录像片，每人得到一件礼品，是一件小小的玩具吊车。

告别多田野，陪同的井原教授说，在香川最出名者有二，一是多田野的吊车，一是乡屋敷的面条。于是我们按照原计划，去吃面条。当然不只是面条，还有其他菜肴。日本的面条毕竟不同于中国。面条端上来，坐在我两旁的冯在才和画家王西京尝了一口，觉得缺点什么，便向老板娘要辣子，这正应了那句调侃老陕的民谚："一碗面条喜气洋洋，没有辣子嘟嘟囔囔。"辣子送来了，我也乘机调了一些，一吃却发现上了当，原来日本的辣子也不同于老陕的油泼辣子，好像是用鱼油泼的，有一股浓重的鱼肝油味，实在倒胃口。

这里顺便说说我对日本饭菜的印象，一言以蔽之，曰：多样化。我们一路吃下来，没有重样，花色品种极多，餐具也奇形怪状，一家有一家的式样。日本周边环海，菜中多海鲜，生鱼片成为日本的特色菜，可惜我们吃不惯。日本菜吸收了西餐成分，有生菜、面包、黄油之类。主食多为一小碗米饭，未见馒头、烧饼，偶有面条。每顿饭都上十几道菜，每样菜量很少，餐具也小巧。分餐吃，用筷子。我常举起筷子表明中日两国的共同点。日本酒称"清酒"，只10余度，淡淡的，略带甜味，我不解这种酒竟然也有喝醉的。青年人则流行喝啤酒。据留学人员讲，日本人做事认真，下班后则很放松，晚上喜欢喝酒，约上几个朋友边喝酒边聊天，如不尽兴，换个地方再喝，有连喝三场的。

社会掠影

（1）日本人务实，不尚空谈，功利心重，勤快，吃苦，多赚钱，好享受。

（2）生活节奏快，走路小跑，电车上抓紧时间看书，中午不休息，连轴转，神户地震后很快重建一新。

（3）注意环境卫生，自觉保持整洁，不随便乱扔东西，喝过的饮料罐都投入垃圾箱。

（4）社会秩序好，比较安全，无人售货处很多，严格遵守红绿灯的指示，上下车不乱挤，人多时出租车排队，乘客也排队，都很自觉。没有小偷，丢失的东西大都能找回来，办公室不上锁，电脑也不怕人偷。

（5）礼多人不怪，见面告别均点头哈腰，两手抚股，半个身子弯到近90度。

（6）交通方便，不论到哪里，提起手袋、皮箱就出发，不像我们还要提前买票、准备。没有火车，全是有轨电车，四通八达，有的人住得很远，也不大在乎。

（7）文化氛围俗艳，书刊封面花花绿绿，五颜六色，电视节目常是几个男女坐在那里逗趣，嘻嘻哈哈，俗不可耐。

（8）知识界对中国传统文化兴趣极浓。井原教授对中国古典诗词很熟悉，香川大学成人教育学院竟设有"古诗十九首详解"的课程。甲南大学在请我们吃饭时，饭店挂有"积善之家乃有余庆"的中堂，主人询问这句话的意思，我作了解释，并说中国农村百姓家喜欢贴这样一副对联："向阳门第春常在，积善人家庆有余"。我借题发挥，说甲南大学背靠坚实的山峦，面向太阳，一定会繁荣兴旺，学长诸公执着教育事业，积德积善，一定会多福多寿，他们听了很高兴。

（9）公立大学的教授退休后，可到私立大学任职，不但可以当教授，还可以当学长（校长）主持学校工作。如京都橘女子大学的学长和几个系主任都是京都大学的退休教授，我说"山不在高，有仙则名"，如同四医大的退休教授门诊，倒格外受患者欢迎。大阪府立女子大学的学长上田正昭也是京都大学的退休教授，他见过周总理，郭沫若给他写过字，周建人和他交谈过对孔子的看法，他是一位历史学家，写有32部专著。

（10）妇女地位有所提高。我们和日本人在一起吃饭，当谈得无拘无束时，他们总会拿"妻管严"（气管炎）开玩笑。中国相声演员讲过的这句俏皮话，在日本人人皆知，常挂口头。我说："难道日本人也怕老婆吗？我们看日本电影，女人们一个个百依百顺，小绵羊似的小心侍候夫君，大气都不敢出呀！"他们说："那是过去的事，现在翻过来了，河东狮吼，厉害得很，惧内的男人也就多了。"不知这是开玩笑，还是讲实情？

这些都是浮皮的印象，可能很不全面，记述下来，且作一夕闲聊。

(《三秦都市报》1997 年 3 月 19 日发表部分内容)

坐车的感觉

——《人生百味》之一

我生性古板,从小学上到中学极少与女生搭话。高中毕业后,一伙考取西安各大学的男女同学联袂同行。一路上春风得意,车厢里充溢着欢声笑语。到西安一下火车,大家各奔东西,作鸟兽散。车站上只剩下我与一姓张的女同学同是西大的。因心急早到了一天,迎新工作尚未开始,满车站广场找不到西大接新生的车。要是在中学,我早已掉头而去,不会去理会那个女同学。此时人生地不熟,我们谁也不愿走开单独行动。两人一合计,与其费神问路,不如叫一辆三轮车直接拉到西大,岂不省事。那时街上没有出租车,兴的是脚蹬三轮车,就像现在的出租车一样,满街都是。我们轻而易举就叫到一辆三轮车。车座虽可容两人,但颇窄狭,想要拉开距离也不行。我知道这个女同学也是孤僻成性的,两人坐上一辆车都感到浑身不自在,各人都把头偏向相反的一边,眼睛也各看一方,谁也不吭一声,心里嘀咕:"西大怎么这么远?"当时的感觉,从火车站到西大这一段路,似乎比西安到乌鲁木齐还要漫长,又怀疑车夫年老气衰蹬得太慢,仔细打量,那人不过30多岁,膀宽腰圆,气力正足。总算到了校门口,下得车来我掏出一元钱付了车费,两人便分别被所在系的老同学引导而去。次日,这个女同学找到我,塞给我五角钱就走,我明白,这叫"小葱拌豆腐,一清二白"。此后,我们两人在校园相遇,互相并不搭理,如同陌路人。后来,我发现她与一男生时常结伴而行,形影不离,我想:这样一个性格孤僻的人,上大学没有几天就开通了,如今也找到了男朋友,真是一件好事,心里暗暗替她祝福。有时见两人勾肩搭背,招摇过市,又觉得太刺眼了,不免有些鄙视。有次偶与一同学说起,他大笑起来:"你当是个男的,错了,那是个假小子。"我恍然大悟,想她原不会开放到那个程度。四年一晃就过去,毕业时,我留校,她分配到兰州,"假小子"分配陕工大。再过12年,陕工大解体,"假小子"随化工系的并入又到西大工作,此时早已蓄起长发,恢复了女儿装,且与原校足球队的中锋结为伉俪。再说那位姓张的女同学,仍与当年的女友保持着密切联系,每年利用出差机会都要相见,但却与我无缘,到西大也不找我。前年,在将要退休时,她到各地走走,突然来到西大,且与她那位女友一同登门造访,我们在一起共同回忆上大学时同乘三轮车来校报到的情景,各自都记忆犹新,"两老无猜",说得很开心。令人遗憾的是,她至今孑然一身……

(原载《陕西日报》1995年5月27日)

第一次出差
——《人生百味》之二

1958年,在"大跃进"浪潮的冲击下,大学校园也失去了往日的平静,大学生们纷纷走出校门,参与各种社会实践。我和两位同学来到省科联办公室帮助工作。当时,根据"实践出真知"的精神,要吸收一批农业劳动模范为科联会员,我们三人就带上会员登记表,分三路寻访发展对象。这是我平生第一次出公差,心情很激动。

科联办公室宁副主任带着我第一站到了临潼,他手把手地教我如何接头联系,如何掌握对象条件,如何填写表格,甚至叮咛我不要住太贵的旅社,每吃一顿饭都要记个账(因为饭馆一般不开发票),等等。我小鸡捣米似的点着头。然后他就从阎良搭火车返回西安。下面的路就得由我独自走了,这叫"放单飞"。

按老宁规定好的路线,我先去渭南。听说县上的三干会正在瑞泉中学召开,我匆匆赶去,在瑞中对面小旅社订了个铺,就到会上找刘述贤。所谓三干会实际是逼着干部吹牛皮,报高指标,刘述贤似乎压力很大,满脸倦容,对入会的事并无多大兴趣。随后,我便去双王公社,我校有一批学生在那里写社史,在他们的协助下,找到了张秋香。我参观了她的棉花试验田,那棉苗长得小树一般。在她家吃了她亲手做的饭,帮她填了会员表。我问张妈妈在科学试验上有什么想法,她说:"如果棉花长在树上像摘果子一样就省事得多了!"那时提倡敢想、敢说、敢干,比起瑞中会上提出的"脚蹬地球手搬天,亩产要过百万关"的口号,她的说法就显得冷静得多了。

听说北乡里出了个"青年鲁班"梁忠凌,我决计步行前往,穿过一大片望不到头的苞谷地,一路逢人便问,好不容易找到了这个村子。梁忠凌只有十七八岁,精干麻利,英气逼人,他会木匠活,在农具改革上有些新招,出了名。我让他填了表,吃派饭时,我身上没有零钱,拿出一元的票子找不开,主人非常慷慨地免了。那时的标准,一天四角钱,早饭一角,中午和晚上一角五分。我欠了这家一角五分钱,至今忘不了。忠凌送我到交斜,拦住一辆过路卡车,我从车后爬上去,回过身来向他挥手告别。此后就再也没得到他的消息。我的两个学生做了渭南的地方官,问他们,连这个名字都没听说过。

搭着顺路车,不掏一分钱就到了大荔,住在农校。先见到兰约瑞,又去皇甫村找马廷海。进村后方知老马上省里开会去了。见了村里的"二号人物"于得水,领我到地头,仔细观摩了他给棉花授粉的情况。在他家吃过晚饭,坐在场院一张凉席上,聊了很久。我觉得这个精瘦的中年农民是庄稼行里的能手,他谈的内容值得一写。后来,我写了一篇于得水访问记交给陕报,未见刊用,我估计主要是因为于得水的名气不像马廷海那么大。后来,我在西安人民大厦见到马廷海,这是一个高大魁梧的壮汉,朴实憨厚,他从随身带来的白布口袋里掏出几把红枣让我和在场的人吃。

从大荔坐汽车,翻了两条大沟,又上了塬,来到合阳。因是星期天,县政府找不到管事的人,就胡乱住在一家说是旅店却更像民宅的去处,卸下一扇门板就睡在院子里,一晚上才收我二角钱。合阳有个务棉能手叫李百安,一打问他家离县城50多里,又不通汽车,我只好把表交给科技站的同志代办,起身又奔韩城。

在韩城下榻于县政府的一间办公室。头一个对象是柴明选,家在芝川镇,走了一段回头路,路过司马庙也顾不得上去看看。与老柴谈了很久，又参观了他的大田，玉米长得很旺盛。原听说前几年韩城出过一个全国小麦状元，这时似乎又落后了，便没有去拜访。那时，先进人物一阵红一阵黑的现象经常发生。

第一次出差，完成任务返回西安时，穿的一条毛蓝布裤子变成了灰色，像油毛毡似的发硬，但却觉得一身轻快。我拿着几张单据到科联办公室高会计那里报账，老头很吃惊，说跑了那么多地方，怎么才花了这么一点钱？而另两路同学早已返回，他们的花销比我多出数倍，老头摇着头为我的吃亏表示不平。过些时日，我采访活鲁班刘恒杰的一篇文章在科联内部刊物发表，高会计从建国路骑自行车到西大，汗水淋淋，气喘吁吁，把三块钱稿费塞到我手里，似乎是对我的一点补偿。我感谢他，不是为钱而是他偌大年纪跑那么远的路。

妻子看了我记述自己年轻时这一段经历，笑着说："你写的好像是梁生宝买稻种。"我说："那时《创业史》还没有出版呢！"

（原载《西安晚报》1995年7月10日）

语言障碍
——《人生百味》之三

我出生于甘肃东部，与宝鸡相连，说话口音与陕西没有明显差别，不明底细者一般都视我为"老陕"，耳朵灵一点则猜出我是西府人。因此之故，我在西安生活了40年，虽然乡音未改，语言上却从未遇到什么障碍，不管是课堂讲授，大会报告，小会发言，双向交流，还没有人说听不懂或听不清。

1994年，我参加国家教委一个考察团出访美国，一行10人多为北京人和长期生活在北京的准北京人。我的陕甘口音，先在团内就遇到了麻烦，只要我一动嘴，人家便都附耳过来，并且不断发出"你说什么"的问话，当我一字一字重说一遍，他们终于听清后，往往要用北京话把我的意思朗声再说一遍，好像小学教师纠正学生发音，又像我是个外国人他们在做翻译。我感到从未有过的尴尬。

到了纽约，美方派两名口译员全程相陪。一名是戴先生，中国人，上海外院毕业生，先在联合国工作，后转而为美国国务院服务；一名是宋女士，美国人，丈夫是台湾人，曾在台湾留学，汉语说得很标准。两人一色的伶牙俐嘴。我因在同胞面前说话就遇到了麻烦，在国外更不敢多嘴多舌，学一个"哑巴进庙门，只作揖不念经"。但是我被指派为这个访问团的副团长，当团长应酬不过来时，就要我讲话，而我一张嘴，戴先生还能应付，宋女士就紧张了，翻译中间常要停下来用汉语问我:"对不起,您刚才说什么?"当我说清后,她便连声"噢!噢!"很快用英语翻过去。休息时,她走过来,提醒我:"先生,您的口音重,不好懂,请您尽量讲慢一点,最好用北京话。"我表示歉意。随后,她又说:"你的话好像《秋菊打官司》里面的话!"当时,这部中国电影正在美国放映,许多美国人都看过。宋女士听得真准,这部片子正是在宝鸡地区拍摄的,采用了当地方言,和我的甘肃话相差无几。

  我的乡音未改,不是我顽固,而是环境使然。在家乡念小学、念中学时,说外地话、普通话者反会被嘲笑为"撇洋腔"!上大学时,班上也以陕甘人居多。那时经常下乡,实行"四同",穿着、言语、行为越土越好,说明能和群众打成一片。这样一来,方言味就更重了。在农场和单位,小范围的联欢晚会上,我常用方言演小品,效果特好,连"王木椟"都向我请教过哩。这也是我方言重的一个原因。如今一大把年纪,要改也晚了。因出访时吃过方言的苦头,对方言就不那么执着了,说话时有时试图用普通话,但说不上几句便又拐回到方言去了,成为真正的"醋溜"。我是没治了。不过,我的两个儿子不知从哪里学得一口标准的普通话。

(原载《陕西日报》1995年7月15日)

善哉白衣人

——《人生百味》之四

病人在手术前要给主刀医生送"红包",这似乎已成为时下的一种社会风气,进过医院的人对此议论纷纷,新闻传媒也屡有报道和评述。有感于此,我倒想说说20年间我所遇到的三位纯洁无瑕、一尘不染的白衣战士。

70年代,顽皮的小儿在幼儿园组织游园时,从兴庆宫公园水泥座椅上摔下,造成左臂骨折,送到省人民医院时,已是下午五点多。又是周末,大夫们都收拾东西准备下班了。骨科的惠大夫接诊后,二话没说,当即决定晚上加班做矫正手术。我抱着断臂的小儿坐在医院过道的长椅上等候,不多久就见惠大夫匆匆赶来,边走边穿着白褂,随即到"光室",助手们也已到位,接骨正位的手术是在透视机前进行的,做得准确无误。术毕,惠大夫叮咛我次日上午九时带孩子来省医院门口,他再看看固定得怎么样。这是一个星期天,医院门诊不上班,我和孩子准时而来,刚在医院门口站定,惠大夫也从家属区疾步走来,最后一口早点还在咀嚼着。他观察了孩子刚做过手术的左臂,立即动手将小夹板稍稍紧了紧,并告诉我:"夹板松了,容易错位,太紧,血液不流通,又会造成肌肉萎缩,你要注意适度,自己调整。后天,你给孩子拍张片子,我再看看,到住院部病房找我,我在那里值班。"我谨遵医嘱,照此办理,一切顺顺当当,了无障碍,小儿的断臂得以恢复正常。如今，三尺童已长成七尺男，且臂力过人，擅长投掷运动项目，爱好足球、篮球等活动，谁也看不出曾经断过胳膊，惠大夫真是积德不小！当年，他做这些善事的时候，自自然然，毫不做作，就像干自己的家务事那样随意。对此我虽万分感激，但却绝无送红包、送礼的念头，那时不兴这个。

80年代，妻子患子宫肌瘤，住进第四军医大学妇产科，由郑副主任主刀手术。手术那天一早，我帮着护士一起将躺在手术车上的妻子推进手术室，然后就在门外焦急等候。两个多小时后，郑医生推门而出，我当即迎上前去，他握住拳头笑嘻嘻地比画说："放心，取出来了，就这么大！捎带着还处理了脓包、节结、肠粘连等多种病。"接着开起玩笑："你爱人肚皮脂肪厚，像一大块凉粉，颤颤悠悠，很难下手，刀口很深，简直像打了口井，一不留神把我的手指也划破了！"经切片化验，妻子是良性肌瘤，我想如果是"伤寒"一类，郑医生真的就成了白求恩了。40多岁的郑医生，性格直爽随和，他一到病房就逗得大家一片欢笑。即将出院时，我与妻子商量，要不要给郑医生送点礼略表感激之情。这时手术送礼之风已起于青萍之末，但又考虑到四医大是部队医院，怕破坏了人家规矩，影响反而不好，结果就什么表示也没有。

到了90年代，轮到我自己了。今年初查体时发现我患有胆石症，医生建议尽快做手术。听说空军医院采用腹腔镜摘除胆囊的技术很先进，有个"王一刀"手术极高明。我校几个到那里做过手术的人都满口称赞，于是我就住进了空军医院外三科病房。看到许多术后病人的良好状态，我对这里的医疗技术充满信心。只有一件事不大了然，就是不知送红包的行情如何，因为今非昔比，听许多人说，"手术前送红包"在一些医院已司空见惯、习以为常了。我问同病房已做过手术的病友，他们齐声回答："这里不兴送红包。"其中一位是西郊某厂的工程师，他说："在这里做手术，除了技术过硬、少受痛苦，就图了个不收红包。"另一位是杨陵农科城的研究员,他说:"这里收费虽然高些,但医疗作风正,明码标价,明里来明里去,我觉得这样挺好!"还有一位工人师傅在称赞空院的同时,举出一连串地方医院收取红包的事例,最后不齿地说了声:"黑得很!"他一家三口都患胆石症,孩子在另一家医院做手术时,不得不送了500元红包。听了他们的话,我就不再瞎操心了。科主任"王一刀"为我手术,刀到病除,干净利索,果然名不虚传,术后三天我便出了院,因是医院休息日,连说句感谢的话都没来得及就不告而别了,平生一件大事就这样轻而易举地过去了。

我所亲身接触过的这三位医务人员,医德、医风、医术俱佳,实属难得,我作为病人和家属受惠不浅,终生难忘,遂约略记述,既表个人衷情,亦为彰扬正气之举,可谓"秀才人情半张纸"。

善哉白衣人!美哉白衣人!但愿所有的白衣人无疵、无尘。

(原载《陕西日报》1995年12月16日)

戏 缘
——《戏迷独白》之一

我从小喜爱秦腔。这实际是一种被动的选择。我出生在西部农村,唯一像样的文化生活就是农民自娱性的演戏、唱秦腔。如果那时到处是音碟、歌带,满耳朵灌的是四大天王、当红歌星的劲歌、甜嗓,我兴许也加入追星族了。可惜,我没有如今青少年这份"幸运"。我只能选择秦腔。

和秦腔一旦结缘,感情日深,成了瘾,便"一日不见,如三秋兮"。秦腔成为我生活的必不可少的组成部分。且容我略为回顾一下我与秦腔相恋的经历。"破题儿第一遭"是在农村看大戏,我被台上台下热闹的场面所深深吸引,于是,"叫花子赶庙会一场场到",这个村看了,再到另一个村去看,风吹不散,雷打不动。上中学,进了城,城里有专业剧团,晚上演戏,有人把门收票,但是戏演过一半,就没有人买票进场了,把门人即撤去,这时我们刚下晚自习,就溜进戏园子去"拾戏把把(尾巴)",有时刚进去,戏就结束了,我们就自嘲"挨了个喇叭头"(老戏临终总要吹几声喇叭)。有次,姑母刚参加工作发了工资,便买了几张戏票请我们全家看戏,却偏偏把我留下看门,使我没有看成沈和中的《黄鹤楼》,随着老先生人去声杳,这就成为终生憾事。到西安上大学,最称心的是秦腔剧团多,秦腔名家多,每逢星期天,必去看日场戏,晚上自习,遇有好戏,也不放过,学校也不大管。晚场戏散后，校门已关，门外陆续聚了一伙人，大约都是看过戏的，其中也有老师，学生们不吱声，待老师喊工友开了门，便一拥而进。大学生也可怜，囊中羞涩，要止戏瘾，只能掏一角钱买张站票，站在座位两边或后边看戏，看得入神了，也顾不得腿酸，回校也是步行，这是"自讨苦吃"。

　　站着看戏时，偶尔也朝坐着的观众看几眼，就觉得和人家简直是两个阶级。到了三四年级，班上几个戏迷合计了一下，成立了戏剧评论组，有时又称戏剧研究组，有善搞外交的同学便打着这个牌子去剧院联系，往往不花钱就能拿到几张票，于是我们也可以坐着看戏了。当然，戏不能白看，看完戏就得写评论。我们写的剧评还真的在报刊上发表过几篇。做了吹鼓手，再到剧院讨票，就更容易得手了。低年级同学看出了这个窍门，他们便也组织了一个戏剧评论组，也打着这个牌子去剧院要票，引起剧院的警觉："怎么又冒出个戏剧评论组？你们到底是怎么回事？"票没有到手，把我们的好事也给搅了。班上还有个自乐班，现在省剧协工作的姚凌板胡拉得够得上专业水平，后来在咸阳当过剧团团长的刘凤洲拉二胡，我滥竽充数吹笛子，唱家主要是两人，临潼陶瑞亭唱得地道，甘肃灵台的姚义喊出来的只能是准秦腔，班上一些南方人攻击我们"唱戏和吵架分不开"，我们就只怪姚义把秦腔唱走味了。陶瑞亭毕业后搞过戏剧创作，是全国剧协的会员。姚义在长武工作时因把吴晗的《海瑞罢官》改成秦腔，"文革"初被打成小"三家村"，为戏吃了苦头。值得一提的是我们戏剧评论组的成员田高保，他的女儿便是近几年在秦腔舞台走红的田影文，培养这样一个秦腔后代，高保也算有功于秦腔。我们班的杜都，渭南人，长得像个标准的小生，后来当了省剧协的副主席和《当代戏剧》的主编，成为陕西戏剧界的名流。还有乾县来的韩望愈，当了文化厅的副厅长，有一次还在电视晚会上唱了一段《黄鹤楼》，我想起他在班上时也喜欢哼几句。

大学毕业后，有的同学分配到剧院工作，每逢新戏彩排时，就约我们去剧院排练场看戏，有时捎带着和演员、编剧见见面，提提意见，我们一下子打进了剧院的心脏。再往后，看戏就更方便了。我教过的学生，有一些陆陆续续进入文化界、戏剧界，有的还成为头头脑脑，他们不忘师恩，也知道我的爱好，便常常送票上门，又是最佳位置，令我赏心悦目，陶醉于剧场。因为业余常写点戏曲方面的文章，以文会友，也交了几个戏曲界的朋友，他们时不时也盛情邀我看戏，张西园想起来还给发一个帖子，请我参加秦腔大赛的评奖和颁奖，在电视上露脸。有次秦腔盛会，还宣布我为组委会副主任，台上放着写我名字的牌子，我却没有上台，我占好下面的座位，等着要看后面的演出哩。其实，最惬意的还是在家里看电视。在我们家里已形成规矩，每到星期三（以前是星期五）《秦之声》节目时间，便出现了"姜太公在此，诸神退位"的局面，我老汉一碟瓜子一壶茶，嘴哼着、手敲着、腿颤着，既饱眼福，又饱耳福，成为天地间最快活之人。

（原载《西部周末》1996 年 1 月 5 日）

戏 怨
——《戏迷独白》之二

《谢瑶环》的老本是碗碗腔传统剧目《万福莲》,经黄俊耀整理改编为《女巡按》。戏剧大师田汉来陕时看了《女巡按》,很感兴趣,将剧本携回北京,再度加工,改成京剧《谢瑶环》。省戏曲研究院复又将田汉的京剧本移植为秦腔《谢瑶环》,经短期排练,搬上舞台。

学友王志直,在省戏曲研究院工作。《谢》剧在剧院排练场彩排时,他邀我和几位同志先期观看,希望能写点评论。同去的几位同志看完戏也就把这事丢过手了,我却按捺不住,连夜写了很长的观后感和对剧本及演出的意见、建议,直接寄给剧院。当时,我并没有想着要在报纸上发表,只是作为看白戏的一种回报而已。岂料过了些时日,《陕西日报》登出一篇剧评,题目是《〈谢瑶环〉的美中不足》,署着我的本名。看过文章内容,才知是摘了我给剧院写的意见的一小部分。后来,我又将观后感中对《谢》剧思想意义的理解,改写成一篇短文,正题是《载舟之水也翻舟》,副题是"《谢瑶环》点滴谈",在《西安日报》发表了。想不到这下惹了麻烦。"文革"初期,"四人帮"及其御用打手,头一个批吴晗的《海瑞罢官》,第二个就批田汉的《谢瑶环》。报纸通栏大标题,拳头大的字,宣布《谢瑶环》是反党反社会主义的大毒草,直吓得我心惊肉跳。我很纳闷,一个写武则天时期的历史剧,怎么能扯到反党反社会主义上去呢?仔细看了批判文章的内容,才知作者正是抓住戏里武则天的一句唱词："太宗的言语说得透，须提防载舟之水也覆舟"，来妄加罪名，说什么"覆舟"就是要颠覆无产阶级专政、推翻共产党的领导，就是反党反社会主义。我的文章标题正好撞到这个要害上了，而且我在文章中分析了《谢》剧所展示的戏剧冲突后，明确地指出它不但具有深远的历史意义，而且具有重要的现实意义。我有口难辩。我预感到自己在劫难逃。果然，《西安日报》在转载声讨《谢》剧的文章时，加了一个编者按，把我抛了出来，在点我的名时连"同志"二字都没有，显然我的问题已经不在人民内部的范围了。我倒不怪《西安日报》，在当时的形势下，不做这个姿态就过不了关。

我的文章发表时并不起眼，没有几个人记得它，《西安日报》一点名，才引起一些人的注意。学校的造反派几次酝酿着要把我揪出示众，最终却没有采取行动，大概是考虑到我只是一个小小不言的青年教师，不属运动的重点对象，揪了我就会转移斗争大方向。俗话说，"大树底下好乘凉"，我这是"大树底下好避难"。造反派是要捞大鱼，于是我这只小虾米便漏网了。这件事还牵连到我爱人。她家庭出身好，个人历史清白，没有什么把子好抓，就因为报上点过我的名，便成为同单位与她平时不睦的个别人的口实，借此给她身上泼污水，弄得她很觉委屈。后来，一个偶然的机会，我看到省委某部门整理的一份内部材料，题目是《田汉在陕西的反党反社会主义活动》，除了引述田汉两次来陕在文艺界的一些讲话，主要还是《谢瑶环》的事，其中几次点了我的名，说我吹捧大毒草，为田汉摇旗呐喊。我不禁出了一身冷汗，又庆幸自己福大命大，有惊无险。

乌云散去后，得知田汉大师"文革"中遭受毒打，含冤而死，我激愤难平，于 1979 年 9 月 6 日在《西安日报》发表《田汉同志在西大》的短文（署名钟较弓），略述怀念之情。我在文中追忆了田汉来校为学生讲戏剧知识的情况以及这位艺术巨匠留给我们的鲜明印象，最后写道:"他还像谱写《义勇军进行曲》歌词时那样精力充沛、满腔热情!前进!前进!前进进!田汉同志虽然惨遭林彪、'四人帮'和那个'顾问'的迫害,离开了我们,但是他那种火辣辣的性格,他那种永远年轻、永远前进的战士形象,是不可磨灭的,他还在继续鼓舞着我们!"我在这篇文章里并未提及我与《谢瑶环》的事,我顾不得清理旧账,我以空前高涨的激情投身于建设性的工作,直到近30年后的今天我才得空作了如上回顾。

(原载《西部周末》1996年1月26日)

戏 魂
——《戏迷独白》之三

"剧本,剧本,一剧之本"。在秦腔史上,从编剧的角度来说,有两个功臣,一个是范紫东,一个是马健翎。范以易俗社为基地,走的是旧民主主义革命道路;马以民众剧团为基地,走的是新民主主义革命道路。二人殊途同归,相映生辉,成为秦腔剧目建设的巨匠。异日有暇,当作范、马比较研究。这里单说秦腔现代戏之魂——马健翎。

初识"马健翎"这个名字,是刚解放时看了他编剧的《血泪仇》《穷人恨》《十二把镰刀》之后。不久,我又买到了新编历史剧《鱼腹山》的本子,纸质又粗又黑,编剧署名"马健翎"。少年时代正做文学梦,对作家异常崇拜,曾在笔记本上录下第一届全国作协理事名单,用现在流行的话说都是文学界的大腕,我发现这里面就有马健翎,于是他在我心目中分量更重了。

上大学到西安,对马健翎就知道得更多了。他担任陕西省戏曲研究院的院长,兼着省剧协的主席和西安作协的副主席。听说他"龙体欠安",常住常宁宫。但他并没有闲着。观众经常可以看到他新创作和改编的戏,也可以明显地感觉到他在艺术上日臻成熟。据说在排戏的关键时刻,他便坐在躺椅上带病现场指导,有时由于演员悟性差表演不到家,反复点拨,仍不能领会意图,他突然甩下披在身上的衣服,亲自做一个大动作(如翻跟头一类)来示范,往往使在场的人大吃一惊，同时也为他精益求精磨砺艺术的执着精神深深感染，从而鼓舞了排练场上的士气。

怀着对这位心仪已久的艺术家的崇敬，戏曲剧院的戏我是每戏必看，旧戏反复看，新戏争先看。1962年，为纪念毛泽东同志《在延安文艺座谈会上的讲话》发表20周年，东风文艺出版社编印了《马健翎现代戏曲选》，使我得以认真研读我早已熟悉的这些戏的文学脚本，并撰写了《谈马健翎的革命现代剧作》的文章。岂料这时风向变了，阶级斗争的弦绷紧了，整治的重点是文艺界，特别是戏剧界，借用"反右"时说过的一句话，此时的形势亦可谓"黑云压城城欲摧""黑云"者，极"左"思潮也。我那篇不合时宜的文章投出去如石沉大海，询问处理结果，得到的回答是："你不看现在是什么时候？马健翎还不知是人是鬼呢！"迟钝的我如同挨了一闷棍。后来听说剧院开展社教运动，马健翎的日子不大好过，没有多久就去世了，时间是1965年10月18日。据黄俊耀回忆，他和马健翎最后一次见面时，马健翎像小孩子死了妈妈一样大声哭着说："咱想为党为人民做点事情，人家不要咱了！""我马健翎一生问心无愧啊！"马健翎死不瞑目，在这之前他还谋划着要和黄俊耀合写三个剧本哩。

十年一觉荒唐梦。当兴妖作怪的"四害"被剪灭之后，文艺界、戏剧界迎来了花木复苏的春天。但是"柯马黄反党集团"案并未立即平反，我去有关部门打问此事，回答是："还得等一等。"大概改变认识要有一个过程，具体工作也有一个过程。我却等不及了。我要为马健翎鸣不平。我采取的第一个行动是与省戏曲剧院的王志直同志一起合写了马健翎生平及创作简介，正好山东师院的冯光廉教授修订他们过去出版过的《中国现代作家小传》，想要把马健翎增补上去，却苦于手头没有资料，我们写的简介就派上了用场。这本书于1978年11月印行，第一次以"传略"形式向全国介绍了马健翎的身世和戏剧创作成就。接着我翻出旧稿，把那篇被退回的《谈马健翎的革命现代剧作》

稍作修改，发表于 1978 年第三期《西北大学报》，我在文章开头加上这样的话："马健翎同志毕其一生，为革命的戏剧工作作出了卓著的贡献，产生了深远的影响，在我国革命戏剧史上理应有他的一席地位。"后来，《陕西戏剧》（今名《当代戏剧》）创刊号又在显著位置转载了这篇文章。此时马健翎的平反结论仍未做出，文章发表时遇到了阻力，但是主持西大学报的符景垣同志和主持《陕西戏剧》的周军同志颇有识见，力主发表，他们以为马健翎的正式平反只是时间问题，提前刊登正面评价文章造造舆论，也是对平反冤假错案工作的一种促进。不久，马健翎的冤案（连同柯仲平、黄俊耀的冤案）终于昭雪，1980 年 4 月 7 日在西安举行了他的骨灰安放仪式。马健翎的英魂可以安息了。

这以后，我又搜集掌握了大量关于马健翎和民众剧团的珍贵资料，在此基础上较为系统地写了几篇文章：《马健翎的现实主义戏剧观》，发表于西大学报 1981 年第二期，被中国人民大学报刊复印资料收入；《马健翎与传统戏》，发表于《西安戏剧》1981 年第五期；《马健翎延安时期的戏剧创作》，发表于《延安文艺研究》1985 年第二期。这三篇文章都收入史雷主编的《陕甘宁边区民众剧团艺术纪实》一书中。在这些文章中，我提出：马健翎一生的戏剧创作活动，以全国解放为界限，明显地划分为前后两个时期，即以延安为中心的戏剧创作时期（1937—1949）和以西安为中心的戏剧创作时期（1949—1965）。两个时期各有不同的成就。在前期，虽然也搞过一些传统戏，但其主要成就却在现代剧创作方面；在后期，虽然也搞过一些现代剧，但其主要成就却在传统戏改编方面。不论是现代剧创作，还是传统戏改编，他的贡献都是无与伦比的。马健翎在总结《血泪仇》的创作经验时提出了他创作的四条原则：坚持从生活出发，不写世上没有的人和事；注重真情实感，不写不受感动的人和事；既要近情近理，又要红火热闹；加强现实性，改造旧形式。联系他的创作实际，我以为他已经形成了比较完整的现实主义戏剧观。这些文章在一定范围引起重视，有的还获得陕西省优秀社科论文奖。澳大利亚高级讲师霍大卫以及上海某高校中文系教师顾智敏先后来访，我们交流了研究马健翎的心得，我向他们提供了自己掌握的资料。我发现别人写的有关马健翎的文章，明显地吸收了我的研究成果和具体观点，我由衷地感到喜悦。民众剧团老演员史雷同志也对我的研究工作鼓励有加，有的同志还称我为"马健翎专家"。"专家"是谈不上的，但是我确实做了我应该做的事情。

（原载《西部周末》1996年2月9日）

初登讲台

——《杏坛忆旧》之一

60年代初,第一次登上大学讲台,讲的是《中国古代文学作品选》中的《寒花葬志》。这是明代著名散文家归有光写的一篇短文,只有112字。寒花是一个陪嫁丫头,到归家时只有10岁,天真无邪,稚气十足。也许这段时间内有光夫妇还没有孩子,寒花就成为活跃分子,为这个家庭增添了不少乐趣。大约有光也不是唐伯虎那样的轻薄公子,其妻也不是《白毛女》中黄母那样的恶婆,他们和寒花处得挺不错,留下了颇值得思念的印象。一次寒花削了一小盆荸荠准备煮熟了吃,有光从外边进来,伸手想取个削好的生荸荠吃,寒花却连盆端走,不给他吃,可见小小年纪,脑子里并没有"主人"的概念,一点畏惧感都没有。归妻待寒花如同己出,并无严格的主仆界限,开饭时就让她靠在桌旁一起吃,夫妻俩看着寒花吃饭时的神态,充满温馨、喜悦之情。寒花命薄,年轻轻就死了,归有光怀着深深的惋惜写了这篇墓志,正如王锡爵所评论的:"无意于感人,而欢愉惨恻之思,溢于言语之外",显示了归有光文章老到的笔力。

以上是我现在出于平常心的介绍,而当时可不是这样讲解的。60年代,正是大讲阶级斗争的年代,人们都把阶级斗争这根弦绷得紧紧的,凡事都要刨根问底,上纲上线。所谓"上纲"就是上到阶级斗争的"纲"上,所谓"上线"就是上到路线斗争的高度。一时之间,大家都说"阶级斗争无时不有时时有,无处不在处处在"。在这样的背景下,我讲解《寒花葬志》就必须贯穿当时流行的所谓"阶级分析"的方法。我首先深挖作者的阶级立场,指出归有光虽是一介寒儒,毕竟是地主阶级的一员,他后来中了进士,做了小官,进入封建官僚阶层。这篇短文虽然写的是生活小事,但作者的封建地主阶级意识表现得仍很明显。文章头一个字就是"婢",全文五处出现"婢"字,由此可见,寒花因年幼,缺乏"婢"的自我意识,而她的主人视其为"婢",却是毫不含糊的。文章前边有句"事我而不卒,命也夫",实际是说剥削得还不够,压榨得还不够,伺候他时间太短了,如同一匹马,没有骑多久就死了,不免感到遗憾,作者的地主阶级思想感情在这里暴露无遗。文章后边又说,寒花"即饭,目眶冉冉动。孺人又指予以为笑"。我分析,小丫头饿坏了,见到饭菜眼睛发亮,急着想吃,主人夫妇倒看得高兴起来,这不是把寒花当作小猫小狗一类宠物来玩吗?这是什么阶级的感情,不是昭然若揭吗?现在看来,对这样一篇寄托作者真挚的思念之情的优美散文,作这样的"阶级分析",真是离题万里,荒谬之极。我当时还以合乎时代潮流而自鸣得意,脸不红,耳不烧,理直气壮地对着学生宣讲,而学生满脑子也是"阶级斗争观念",听来也就耳顺,自然不以为怪,并未提出什么质疑。

对这一套荒谬的"阶级分析"法开始犯疑,是在"文革"期间。我始终认为"文革"百害而有一利,这一利就是把事情做绝、把错误的东西推向极端,反而使人们看清了真相,不再跟着跑。"阶级分析"原本也是一种很好的方法,马、恩、列的理论著作和《毛选》四卷,运用"阶级分析"的方法就很成功。真理向前跨出一步就是谬误。"阶级分析"法在1962年以后开始扭曲变形,到"文革"中就泛滥成灾了,分析来分析去,"洪洞县里没好人",遂酿成"怀疑一切,打倒一切"的极"左"思潮。什么"龙生龙,凤生凤,老鼠生儿会打洞""老子英雄儿好汉,老子反动儿混蛋"等谬论,都曾招摇过市、喧嚣一时。

两派辩论时先报出身，参观展览登记成分，理发馆门上贴着"红五类请进来，黑五类滚出去"的条子。对这些说法和做法，我真是反感透了。特别是"文革"后期，《红旗》杂志刊登了一封读者来信，认为"大庆人""大寨人"的提法缺乏阶级分析，应该说"大庆工人阶级""大寨贫下中农"，这人看来走得更远，认识更绝对化，以致引火烧身。因为这个读者署名"肖学军"，照他的逻辑也是缺乏阶级分析的，"军"是形形色色的，希特勒有党卫军，日本鬼子有皇军，国民党有遭殃军，你难道也去学它吗？用子之矛攻子之盾，"肖学军"一名就该改为"肖学中国人民解放军"才对。我所在的系里还发生了一件事，一个贫农出身的党员干部管着总支的党费，发现少了若干，他交代不清，被定性为"贪污"，挖犯错误根源时就挖不下去，因为他是贫农出身，怎么会干这种事呢？有人便下功夫查他的档案，发现他的父亲农闲时做过小生意，于是恍然大悟，他和资本主义有着千丝万缕的联系，难怪会贪图小利。后来，丢失的部分党费又找到了，证明这个同志并没有贪污，冤枉了他，人们就懒得再作分析了，也分析不清。这一切荒诞不经的事情，都促使我的反思和转变，这才认识到当初对《寒花葬志》的讲解实在离题太远，必然影响学生的思想也发生扭曲，真是后悔不迭。

（写于 1996 年）

我做班主任
——《杏坛忆旧》之二

大学里原本不设班主任。我上大学的前两年，就没有班主任，一应事务概由系秘书负责。大约在"反右"以后，我们班有个年纪较大的调干学生提前调出来工作，系上便派他做了我们的班主任，由同学身份一下子变成了老师，但我们并不把他当回事。待我毕业留校后，学校似乎对班主任工作特别重视起来，一个班竟配备了两个班主任，一是行政干部，管政治思想，一是教师，管业务学习。我做了1962年进校的一个班的班主任。我分工负责学生学习方面的事情，但与我搭班的那位同志是系总支的干部，工作很忙，难得下到班上来，实际上我就成为这个班的总管。我几乎天天都要到班里视察一番，有一段时间干脆住到学生宿舍去，和学生整天泡在一起。当时学制是五年，我也整整做了五年班主任。

我做班主任，管学生的业务学习并不多，因为当时正常的学习秩序被打乱了，强调走出校门参加社会实践。我和这个班的学生一连参加了三期农村社教。头一期是在西安市郊区，在市党校集训后，分配到曲江公社各大队。我和公社杨副书记驻在金滹沱，远远可以看到大雁塔的雄姿。我除了自己队上的任务，还要关照分散在各队的学生。隔上个把月，我就出巡到各个村子转转，看学生们干得怎么样，存在什么问题。我从金滹沱出发向东，途经羊头镇、春临、五典坡，到达三兆,三兆是个大堡子,东西南北四街一一走遍,再向北到新开门、缪家寨、岳家寨、北池头。一路步行,春日融融,桃红柳绿,我只觉得自己如同唐代落第书生崔护一般,被长安城南的景色所陶醉。学生们主要汇报他们下来的体会,所做的工作,和干部群众的关系,"四同"的情况,也反映了一些问题,如某男生用自行车带某女生回了一趟学校,某女生跟着某男生在曲江池饭馆吃了一顿饭,某男生下工时采了一束野花送给房东的女儿,太骚情了,等等。我表面上装出很重视的样子,心里却想这类芝麻小事还是不管的好,越管同学间的是非越多。此后,我和这个班的学生又参加了高陵和咸阳的社教,我被抽调到县团写材料,随后又跟学校一位领导下队蹲点,与我的学生暂时脱钩了。

我做班主任也干过蠢事。有一次人民大厦礼堂为贵宾演出,为安全和文明计,不对外售票,要求派大学生陪同观看。系团总支书记要我从班上挑选一批"政治可靠"的学生,我很为难,因为我不知道哪一个学生政治上不可靠。这位团干拿来现成的学生名单,让我画圈,我不愿画,他就自己画起来,每圈一个都要征询我的意见,就这样在50多名学生中挑选出二三十名,去执行这一特殊任务。如果是只去少数几个人,不一定会引起多大注意,这次是一半兴高采烈去看演出,一半灰不溜溜在宿舍,于是就在班里引起了轩然大波,没有去看演出的学生就认为自己被打入了"另册",成为组织上不信任的人,把问题看得很严重。"文革"开始,气候一到,就闹开了。他们断定这是政治班主任搞的鬼,与我这个业务班主任无关,就勒令政治班主任到班上接受批判,批判会上被剥夺看演出权的学生一个个义愤填膺,争相发言,刺刀见红,火药味很浓。事后我才知道他们搞错了对象,连忙自首说:"这是我干的,与李老师无关。"学生们却说:"即使是你干的,也是她的看法,你不过执行而已。"我又向姓李的班主任表示歉意:"这是我干的,你却代我受过,实在对不起。"她却大度地说:"他们把我叫去，气那么大，我是丈二和尚摸不着头脑，只好都应承下来，只怪我平日和学生接触少，不像你那样和他们建立了深厚的感情，即使做错了事，也容易取得他们的谅解。"有了这次教训，当系里召开大会批判我带的班的一个学生并要我作批判发言时，我便逃之夭夭，躲到交大看了一天大字报。因为我知道这个学生是冤枉的，他家只有十几亩地，社教中被补定为"地主"，他不服，就说是为剥削阶级"翻案"，在当时的政治气氛下，我无法替他辩护，但我无论如何不愿违心地去批判他。

"文革"期间，班主任靠边站了，但一部分学生仍与我保持着密切的联系。在我影响下，这个班在内乱中相对比较平稳，虽有思想激进的，却没有搞打砸抢的。他们对我的态度一直很好，没有一个人跟我翻过脸，没有一个人对我说过伤感情的话。"文革"结束后，在各地工作的这个班的学生，普遍接受了清查，组织上一般都要来校调查他们"文革"中的表现。接待外调的任务自然落在我的身上，口头说过之后，还得写一份书面证明，盖上公章，来人便满意而去。我写得很简单，但也很明确，最要紧的一句话是：该同志在"文革"中没有打砸抢行为。此刻，我觉得我在继续履行班主任职责，我要为我的学生负责到底。经过清查，大家平安无事了，许多都在工作岗位上干出了成绩，有的入了党，有的提了职，他们或登门或写信或打电话报告近况，我甚觉欣慰。

班主任不算官，但"主任"二字有时也能吓人。我派一个学生去三意社请曾留学美国的项宗沛导演讲课，这个学生口口声声"我们主任让我来的"，人家也弄不清是多大的主任，不敢怠慢。后来我对项导挑明了："我只是个学生班主任！"

（写于1996年）

告别讲台
——《杏坛忆旧》之三

我任教至今已历 36 个年头,以"文革"为界,大致可划分为两个阶段:"文革"结束前 16 年,政治运动频繁,极"左"思潮泛滥,好些年都处于"停课闹革命"的状态,没有正经上过课,零零碎碎教过"古典文学作品选""革命现代戏""文学基本知识",倒是带学生参加农村"四清",与学生一起搞"大批判",花费的时间更多,反思起来,这其中难免有许多"误导"之处;"文革"结束后的 20 年,拨乱反正,正本清源,解放思想,改革开放,知识分子消除余悸、心情舒畅,我较为系统地给本科生和研究生开过"文学概论""古代文论""文心雕龙研究"等课程,在担任系里和学校的领导工作后,仍未脱离教学岗位,一直是"双肩挑"。去年下半年,我把我所承担的教学任务一揽子移交给青年教师。从今年起,我就要对着讲台说声"拜拜"了。

告别讲台,心情很不平静,我想了很多很多,但一时还理不出个头绪来,这里且记下我的教学生涯中的一些琐事。我教过的学生中有一些好苗子,本科毕业后,又考取我所在专业的硕士生,学完留校,又与我在同教研室共事,只是因为我们没有申请到博士点,他们便一个接一个考到外面去,远走高飞,不再回来,使我不免怅然若有所失。有个姓吴的学生,我在本科招生时就发现他颇有才气,他写的作文《漫步橘子洲头》出手不凡,进校后一接触,果然聪慧绝顶。我讲"文学概论"特准他免修。他本科毕业论文《王国维文学思想述评》和硕士论文《刘勰的通变观》都是由我指导和审阅的,我给予高度评价,鼓励他继续钻研下去,形成专著出版。后来他考取著名美学家蔡仪的博士生,毕业后未回西大,而是去了开放的深圳,虽然还是在大学教书,但据说炒股也炒得很精,真是"文武双全"。

"有心栽花花不开,无心插柳柳成荫"。前面所说接了我的课的青年教师,也是我的学生,系农家子弟,本科学习期间并不突出,毕业后分配到汉中地区工作,凭着一股牛劲,经过多年拼搏,终于在35岁那年考回母校,攻读硕研,由我指导。他不受世风浸染,坐得住冷板凳。他写的关于《文心雕龙》的论文很有深度,硕士学位拿到后,他再接再厉,又考取本校张岂之教授的中国思想史博士生,学业结束后回到系里接了我的班,我终于长舒一口气,如今总算后继有人了。他的博士论文《魏晋六朝文学与玄学思想》近日已在三秦出版社出版。

课堂是平静的,但是平静的湖面有时也会激起波澜。几十年间,我在课堂上动过三次火。一次,我正给作家班上课,有个学生出出进进,很随便,自己出去,还喊别人出去,眼里根本没有讲台上讲课的老师。我不能容忍,暂停讲课,喊住他训斥道:"课堂可不是自由市场,愿来就来,愿去就去!你虽然是个作家,但你到西大来上学,就得遵守校规校纪,上课期间绝不允许你如此放肆地扰乱秩序!"这个学生老实坐下来,但下一节课没有再来,我始终不知他姓甚名谁,也不知他现在混得怎样。再一次,我在教学楼二层上课时,听见隆隆的摩托车从远而近,在楼下刹住,随即传来呼喊声,喊的正是听我课的一个学生。那学生闻声朝窗外看了一下,未敢轻举妄动,下面的呼喊声却一声高过一声。我停止讲课,从窗口向下厉声问道:"正在上课,你乱喊什么?你是谁,从哪里来?"戴头盔的车手也不答话,掉转车头加速向校门外开去。还有一次,就是为擦黑板的事,我动了感情,我曾在《谁来擦黑板?》一文中作了叙述,此处不赘。

此外，在课堂下面，我也曾严厉地批评过学生，都是为旷课、考试不及格、补考的事，我想他们该不会记恨吧。在校内听说由于考试成绩不及格，还有拿着刀子威胁老师的。我上了这么多年课，接触的学生少说也有上千人，却还没遇着这种亡命之徒。回顾几十年教学生涯，不无遗憾的是，随着我年龄的增长，与学生之间的距离越来越大，关系越来越疏远。"文革"前，我曾与学生"三同"（同吃、同住、同活动）；"文革"中，工农兵学员进校，教师常到学生宿舍去，我还带他们去工厂、农村实习，也算打成了一片；"文革"后，开头招的几届学生与教师的关系也很密切，有次我利用晚自习时间去教室辅导，被77级同学包围起来，问题提个没完，班长王晓安见时间太久，很懂事地让同学散去，请我早点休息。后来，渐渐地，情况就变了，学生对我敬而远之，我也懒得接触学生，上完课拿起讲稿就走，我想起鲁迅和成年闰土的关系，心里不免有些悲哀。

在告别讲台的时候，我想要说的话很多，留待以后有机会慢慢说吧。最后我要郑重指出一点，现在大学课堂上比较普遍存在"三无"现象，即老师上下课，无人喊起立；黑板写满了，无人擦黑板；堂上堂下，无人提问题。这是很不正常的。我恳切希望年轻教师注意这个问题，扭转这种现象。

（写于1996年）

绵绵师生情

——《杏坛忆旧》之四

新近调到《三秦晚报》做副刊编辑的方英文忽来一函,开首唤过"老师"后,便是自报家门:"我叫方英文,是西北大学中文系79级学生。"他是怕我淡忘了他这个学生,故而先有这一笔。恰如在某个场合,偶尔遇到多年未见的学生,往往不等你作出反应,便抢先说一声"我是某某",如果你当真一时想不起这个学生的名字,这一声还真管用,就将可能出现的尴尬消除在萌芽状态中了。方英文却完全用不着自我介绍。他在校时固然不大爱找老师,但他留给我的印象却是极深的:商洛人,长得眉清目秀,文章写得不错,而且双管齐下,既写小说、散文,也写理论文字,多少带点恃才傲物的神气。他来函是约我写稿,而我知道现在写稿者多如牛毛,编辑手头都是非常宽绰的,所谓约稿无非是顾念师生情分的一种联系方式罢了。这倒勾起我关于师生关系的一番感慨。

我被称为"老师"是从1960年留校任教时开始的,屈指算来已历34个春秋。这期间总共送出去30届毕业生,"文革"前9届,工农兵学员5届,"文革"后13届,作家班3届,人数大约1500名。最早的几届,我一般不把他们当作学生,而是以先后同学视之。"文革"前和"文革"中的学生,我给他们上课并不多,但却经常在一起搞活动,因而特别熟悉。其中一个班,我整整当了5年班主任,领着他们参加了

3期"四清"运动。"文革"开始后,这个班的一部分学生跟着我"保皇",后来形势逆转,他们处境不大好,我觉得怪对不起他们。其中一人,毕业后在中专当教师,几年前考取《女友》杂志编辑,跑来征求我的意见,我说"还是安安生生当你的教师吧",他听了我的话,没有挪窝,后来听说这个杂志发行量很大,效益很好,我又以自己的"误导"而歉疚。这个班出了个人物,就是一度在国内诗坛叫得很响的雷抒雁。抒雁在校时,和我很接近。"四清"集训时,成百人在高陵县棉花仓库打通铺,抒雁就睡在我旁边,贴着我的耳朵,什么心里话都给我掏,还拿他的日记让我看,我曾两次在他的日记本上写了鼓励他创作的话。他成名后见到我,说本子找不到了,但我写的话他还记得。这个班只有五六个女生,却分成三派,矛盾纠葛如一团乱麻,拆解不开,而在我冷眼看来都是上不了串的琐事。有的女生还爱偷看别人的日记,发现什么"情况",就抄在纸片上交给我,我看后一笑了之,回头却像地下工作者那样将"情报"处理干净,免得因此而生出是非。现在她们人到中年,都大了,有机会聚在一起,亲热得如同老姐妹似的,我暗暗思忖,我当时搞"阶级斗争熄灭论"还是对的。

为人父母者皆望子成龙,为人师长者皆盼手下出高徒,这是人之常情。文科学生的成果多表现为文字。翻开报章杂志,我最喜欢读的就是自己学生的文章。这种感觉就像老农轻轻抚摸着自个儿地里硕大的麦穗一样。前面说到方英文,他的文章我就仔细读过几篇。他发表在《人物》杂志上的那篇《矮小的巨人》,把他的师兄贾平凹写神了。因为作者是我的学生,写的也是我的学生,读起来就格外亲切。这篇文章最后写到贾平凹回答文学爱好者"创作凭什么"的问题时,指着自己的脑门子说:"凭气,一股子气!"我做了卡片,当我讲"古代文论"讲到曹丕"文以气为主"时便拿来举例。这些年,我过去的学生经过一段时间的奋斗,开始有所收获了,我经常收到他们送来或寄来的自己的成果,如贾平凹的小说,雷抒雁、陈敏的诗,张君宽(月人)

的词，杨闻宇、肖重声的散文，赵发元的杂文，张孝评的诗论，温源的诗词注释，张保琛、刘百顺的语言研究，李志慧的古典文学研究，阎广林的喜剧美学，李浩的唐诗美学，张书省的新闻写作，吴予敏的传播学，陈学超的博士论文，倪文东的书法教程，李均洋的译著，薛宝勤的访日考察报告，等等。两位在中学任教的学生李善武、刘彦春也摸索出一套作文训练法，出版后反映不错。我非常珍视这些赠书，集中起来摆在书架上，足有三四十本，闲下来看一看，翻一翻，甚觉畅心快意。我曾在李浩写的一本关于姓名学的书的序里表达了我的这种由衷喜悦的心情。

师生之间有些事，细细品味起来，亦很有趣。我在省里开会，喜欢坐在后排或不引人注意的角落，偏不偏摄像机镜头却对准了我，高强度的灯光照到我的脸上，定睛一看，原来扛机器的摄像师正是在电视台工作的学生，他也顾不得说话，笑一笑，又忙他的去了。我并不想多上镜头，但是学生的一份情意我是欣然领受的。只可惜我不是烹饪老师，如能有几个掌勺把的学生，不就可以实实在在享受一番口腹之乐了？不过，知识分子还是看重精神享受，常有在戏剧界工作的学生将戏票送上门来，使我赏心悦目，陶醉于剧场，可谓独得我心。对我这个老戏迷来说，这样的赏心乐事，自然胜过一顿美餐了。今年正月初一，张保琛登门拜年，礼品是他手写的条幅，已装裱好了，当即挂了起来，看着我所熟悉的隽秀飘逸的笔迹，我立即进入了一种独特的审美境界。最近贾平凹为我书写一联，含义深邃，字体老到，令人喜不自禁。赵发元为我写专访，倪文东为我刻印章，在山东大学读博士的牛宏宝老远托人给我捎来几只大蜜桃，以及许多学生写来的情真意切的信函和贺年卡，这一切都使我兴奋不已。有的学生做了官，有的学生成为名人，他们在社会上产生了较大影响，而当这些学生在公众场合喊我一声"老师"时，就会招来周围惊异的目光，我不免有几分得意。我本平平无奇，却隐约觉得被众位学生用力往上抬举，使我的位置似乎稍稍突出了些。我是一介穷儒，但有了这么多好学生，就感到非常充实，非常富有。

正是：师生情义长，绵绵无绝期！

（原载《三秦晚报》1994年11月2日）

言论篇

YANLUN PIAN

二月的哀思

2月19日晚，小平同志挥手离开了我们，这是永别，在无比悲痛之中，我们更加感到他老人家对于我们是多么重要……

12年前，小平同志会见了美国时代公司组织的美国高级企业家代表团。《时代》杂志海外版编辑普拉格对小平同志说："我想问一个关于你个人的问题，在你漫长的革命经历中，你多次改变了中国人民的命运和方向。如果今后你不在了，你希望人民如何来怀念你？"小平同志的回答是："永远不要过分突出我个人。我所做的事，无非反映了中国人民和中国共产党的愿望……"

作为党和国家的领导人，国策的总设计师，他所做的事反映了人民的愿望，这便是小平同志最宝贵的政治品格。普拉格说得不错，小平同志是一个曾经多次改变中国人民的命运和方向的伟人，他是中国人民伟大的儿子。没有他，我们也许还生活在"文革"的沉沉黑夜中；没有他，广大知识分子也许还在"资"字大帽下苦苦挣扎着；没有他，就没有黎明，没有曙光，没有中国人民的第二次解放；没有他，就没有拨乱反正，没有百废俱兴，没有改革开放，没有日新月异，没有蓬勃生机，没有翻天覆地的变化；没有他，就没有科学的春天、教育的春天、知识分子的春天。

在奸佞当道时，知识分子被打入社会最底层，被称为"臭老九"。毛泽东说："老九不能走"，他借用京剧《智取威虎山》的台词，幽默地对"老九"作了一定程度的肯定。小平则说:"要把'文化大革命'时的'老九'提到第一,科学技术是第一生产力嘛,知识分子是工人阶级一部分嘛。"(《邓小平文选》第三卷 275 页)这是对知识分子最彻底的平反。

小平同志是广大知识分子的贴心人。他多次表示愿意给教育、科技部门的同志当后勤部长。他为广大教师和科技工作者办了许多实事。在古今中外的领袖人物中,关于教育和科技的话没有比他讲得更多的了。他讲科技的重要性,讲教育的战略地位,讲宁可牺牲一点速度也要优先发展教育,讲改善教师和科技人员的生活条件、工作条件,讲不重视教育的领导人是不成熟的领导人……他一次又一次的讲话如春雨般"随风潜入夜,润物细无声"。正是在他的关心和督促下,我们的工资大幅度增长了,我们的住房越来越宽敞了,我们的工作环境大为改善了,有突出贡献者拿到了政府特殊津贴,用非所学者调换了岗位,有了用武之地,正是在他的大力倡导下,我们过起了一年一度的"教师节","尊师重教"蔚然成风,"尊重知识、尊重人才"的思想观念在全社会深深扎根。小平同志从根本上改变了知识分子的命运。

在哀思中,我追寻昔日对小平同志的印象。

我清晰地记得,第一次阅读小平同志的著作,是小平同志在党的八大关于修改党章的报告,那是我 1956 年刚上大学时在校内书店买到的;第一次聆听小平同志的声音,是 1957 年春天,当时学校组织全体师生在礼堂广场收听了小平同志在兰州讲话的录音;而亲眼看到小平同志平生只有一次,那是 1966 年 10 月"文革"开始后,他跟随毛主席乘车检阅红卫兵,虽在刹那间,却确确实实看到了他,这时他的位置向后挪了,一场政治灾难已经临头。我清晰地记得,1975 年小平同志复出搞整顿时人们对他怀有的爱戴之情,我曾在《"四五"在延安》一文中简略记述人们对"批邓"的反感、抵触,当时人们私下传唱新编陕北民歌《绣金匾》,一唱毛主席,二唱总司令,三唱周总理,还加一段"四唱总书记,人民的好书记,你为人民把气受,我们心疼你",充分表现了广大人民群众对小平同志的深厚感情,这真是"天地之间有杆秤,这秤砣就是老百姓"。

我在西安二十中学住家时听人说过,20年代小平同志在西安冯玉祥部队开展工作时,就住在这里的一间小屋里,如果此说真确,那么,小平同志就和西北大学有了一点缘分,因为此处一度正是西北大学旧址,1924年鲁迅在西大讲学就在这个地方。据有的材料介绍:西安解围后,西大校园已无多少学生,经费人才两感困难。国民联军总司令部,在苏联顾问和共产党人倡议下,决定收束西大,筹办中山学院。1927年3月,中山学院成立。小平同志任职于中山军事学校,他曾来中山学院讲课。当年的学生张子敬,还清楚地记得,小平同志在这里作报告时,双手卡腰,生动地讲述苏联革命和建设的情形。我曾询问对此事作过深入调查的省党史办主任吴崇信同志,他肯定地说:小平同志当时确曾在东厅门西大旧址住过一晚。

1986年9月2日,小平同志接受美国哥伦比亚广播公司记者迈克·华莱士电视采访。华莱士提问:"每个人都会问这样的问题:在过去几年中,邓小平干得不错,现代化搞得不错,经济在发展,人们不像以前那样担心害怕,但邓小平以后情况会怎样?是否会回到以前的状况?"小平同志回答:"肯定不会。因为确定现行政策会不会发生变化的主要根据是,现行政策对不对,对国家来说对不对,对人民来说对不对,人民的日子是不是逐步好过一些。我相信人民的眼睛是雪亮的。现行政策只要一改变,人民生活肯定会下降。如果人民认为现行政策是正确的,谁要改变现行政策,谁就要被打倒。"这是一种完全以人民为本位的人生观、世界观。小平同志在其一生的实践中,贯彻着共产党人"全心全意为人民服务"的伟大宗旨。

在这次采访中,小平同志还对华莱士说:"我相信,在我有生之年退休,对现行政策能继续下去比较有利,也符合我个人向来的信念。"

对于小平同志的政治远见，当时党内一些同志尚不完全理解。现在，他不在了，以江泽民同志为核心的第三代领导集体早已上路，义无反顾地带领全国人民沿着小平同志所指定的航向阔步前进，政局稳定，社会安定，经济繁荣，股市没有大的波动，一切都很正常，没有造成空白，没有什么后顾之忧，我们才真正体会到小平同志生前早做政治交代、政治安排的英明，他作为一个伟大政治家的深谋远虑，在他身后更加清楚地显示出来。

小平同志永远活在我们心中！

（原载西大校刊1997年3月7日）

在纪念辛亥革命 80 周年时所想到的

1991 年,历史好像在沉思。在刚刚纪念完鸦片战争爆发 150 周年之后,我们又迎来了辛亥革命 80 周年纪念日。

一阵风吹来,晚秋的树叶在窗外纷纷飘零。我忽然想起了西北大学的历史。

西北大学最初的创立,与辛亥革命的发生有着直接的渊源关系。1911 年 10 月武昌首义,陕西省是最早起来响应的,头面人物就是张凤翙。正是这个张凤翙,在起义不到半年的 1912 年 3 月,提出要办西北大学,并自任西北大学创设会会长。他在给教育部的函中陈述了革命后要建设,建设急需人才,培养人才就得办教育的道理,结论是:"求根本之解决,固之有西北大学之发生。"我们真应当佩服张凤翙当时的远见卓识。可以说,没有 1911 年辛亥革命的发生,就没有 1912 年西北大学的创立。

初创的西北大学文科学长崔云松曾感慨系之地说过:"吾陕之西北大学,苦学校也,经过之历史苦历史也,诸君之人校肄业,苦学生也……"可见当时办学之艰难。如今历史揭开了新的一页,我们西北大学的面貌已非昔日可比。只是我们仍脱不了一个"苦"字。由于地盘小、住房紧、设备老、经费短缺、生活条件和工作条件都比较艰苦。我们应当继承和发扬学校初创者们的艰苦奋斗精神,干部要苦干,教师要苦教,学生要苦学,在困难中求生存、图发展。通过苦干、实干,逐渐改变我们学校的面貌。

　　明年是我校建校 80 周年，届时 13 层的科学大楼和 3 座宿舍楼将竣工并投入使用。西北大学在社会主义旗帜下欣欣向荣，前驱们若地下有知，一定会感到欣慰的。

（原载西大校刊 1991 年 11 月 15 日）

从一副对联说起

全国解放之初，有一副流行的对联："用手用脑创世界，全心全意为人民。"用语通俗易懂，意思显豁明白，适用范围广。我那时还是一个小学生，走到街上东张西望，到处都可以看到这副对联，上学时出来进去，只见学校门口也贴着这副对联。无意之间，这14个字就深深铭刻在我的心里。

这副对联看似平平无奇，却包含着马克思主义的大道理。上联说的是劳动创造世界（包括人自身），这是历史唯物主义的一个基本观点。劳动有用手和用脑之分，劳动者有体力劳动者和脑力劳动者之别，只有把体力劳动和脑力劳动结合起来，统一起来，才能改造旧世界，创造新世界。下联说的是劳动者——人民群众是社会实践的主体，是社会历史的创造者，共产党人把"全心全意为人民服务"作为自己的宗旨。"我们一切工作干部，不论职位高低，都是人民的勤务员，我们所做的一切，都是为人民服务"（毛泽东语），对人民群众的态度正是共产党同国民党以及一切剥削阶级政党的根本区别所在。这副对联以简练的语言明确回答了"人生态度"和"人生目的"两个大问题，高度赞扬了无产阶级革命者的人生价值观。

随着岁月的流逝，现在已经很难看到这副对联了，但是这副对联所昭示的"实践第一""劳动光荣""全心全意为人民服务"的人生真谛，并未过时。我之所以旧话重提，是有感于时下一些人确实已经淡忘了这些至理名言，有的甚至背道而驰。拜金主义、享乐主义、极端个人主义沉渣泛起是不可否认的社会现实。有些人不是通过用手用脑的诚实劳动为创造美好世界而添砖加瓦，相反却是不择手段、巧取豪夺、坑蒙拐骗、不劳而获，为营造自己的安乐窝，不惜毁坏社会主义大厦的根基。有些人不是把人民的利益看得高于一切，以个人利益服从人民利益，而是见利忘义、损人利己、"一切向钱看"，他们抛开人民的利益，千方百计为自己捞取好处，可说是全心全意为人民币服务。可悲的是，这些人这样做的时候，不以为耻，反以为荣，心黑脸厚，财大气粗，他们的灵魂已经被铜臭污染侵蚀而生锈了。

面对这种社会现象，我以为在加强法制建设、廉政建设的同时，应当多做正面宣传。现在人们怕讲大道理，但是有些大道理不能不讲。我倒不是说要把解放初期流行的那副对联重新贴出来，我觉得当年那种以朴素的宣传方式，不知不觉地使马克思主义的大道理家喻户晓、深入人心的做法，是很值得继承和借鉴的。这种方式，对于病入膏肓的人也许不大起作用，但是对于初涉人世的孩子却可以潜移默化，奠定一个良好的思想基础。

（原载《读读写写》1996 年 11 期）

像钱钟书那样钟爱读书

提起钱钟书,在下早闻其名,也读过他的书,还知道他是近代大学者钱基博的儿子,但对他在文坛的地位、在学术界的分量,仍估摸不准。一次,曾任中国社科院文研所副所长的校友何西来研究员回校时,谝起他们所里的"人物",对钱钟书有一番评价:"钱钟书这个人可不同凡响,就说他的文学史知识吧,无论先秦两汉、魏晋南北朝、隋唐五代、宋元明清,都比专门搞那一段的教授、研究员知道得多,我说他是'教授的教授',甚至他的英文程度,也比英国人、美国人高出一筹,说他是中国学术界的'稀有金属''文坛奇人',不算过誉。"何西来一向口大气粗,傲得可以,眼里放不下几个人,却独服钱钟书,不能不引起我的注意。

钱钟书的大名为更多的人知晓,是他 40 年代写的一部小说《围城》被拍成电视连续剧映出之后。《围城》在国外已有七种译本,电视剧《围城》被称为"第八种译本"。电视剧一放,书商为赶生意,把这本旧小说一印再印,一时之间《围城》满天飞,成为小书摊的抢手货,连带着把钱氏的理论著作也摆出来凑热闹。与此同时,研究钱氏生平的小册子也出来了,某大学中文系还开出"钱钟书研究"专题课。还有人花样翻新,搞了一个《〈围城〉汇校本》,引出一场打了五年半的官司。现在社会上,要想抬举什么人,就称他"著名××家"。人们发现,钱钟书这样的大专家,却很难归入哪一家。他是颇具权威的文艺理论家,因有《谈艺录》《管锥编》和《七缀集》在;他是高品位的小说家,因有《围城》在;他是散文高手,因有《写在人生边上》在;他精通英、法、德、意等国语言,是《毛选》英译委员会主任委员,他称得上是一个大翻译家;他对哲学、心理学的精深造诣,显示他是一个成色十足的哲学家、心理学家。博大精深的"钱学"已成为一个独特的研究领域。现在,国内凡知有钱氏其人者,无不以"国宝"视之,赞誉他为"文化昆仑"。

钱钟书被炒热了,但他本人却一如既往,淡泊清心,深居简出。有位英国女士读过《围城》打电话求见,他回说:"假如你吃了鸡蛋觉得不错,何必要认识那只下蛋的母鸡呢?"据说过去连毛泽东主席举行的国宴邀请他都不去,现在更不会像某些作家那样在大街闹市签名售书。他对一些不大务实的学术会议也不感兴趣,说这是"招邀不三不四之闲人,谈讲不痛不痒之废话,花费不明不白之冤钱"。在他看来,"大抵学问是荒江老屋中二三素心人商量培养之事,都市之显学必成俗学。"80多岁的钱老,一辈子离不了书。他的夫人杨绛说他:"只要有书可读,别无营求。"抗战时期,到处漂泊,旅途中大家都百无聊赖,唯独钱钟书抱着一本《英文字典》读得津津有味。"文革"期间,在"五七干校",只允许读马列、毛泽东的著作,钱钟书找来一部德文版《马恩书信集》,读得兴味盎然。据说,他幼时"抓周",在众多物什中只抓了一本书,因名"钟书",取其对书专注、钟爱之意。他一生嗜书如命,真是名副其实。

钱钟书令人惊服的渊博的学问,来自他几十年如一日对知识的渴求,对书籍的钟爱,来自他对人类文明结晶、各种精神营养品的广泛汲纳、消化、再创造,也是他排除干扰、不为世俗名利所惑、甘于寂寞、把精力和时间集中到自己钟爱的事业上的结果。如今,市声喧闹,海风诱人,校园里心猿意马者多,很需要提倡钱钟书那样执着的读书精神。我们不一定都要去做钱钟书那样专门的学问大家,但是我们在求学期间、工作期间，能像钱钟书那样钟爱读书，定会受益无穷。当然西大若能出一两个钱钟书那样的大学者，我们作为西大人就三生有幸，倍感荣光了。

（原载《西安晚报》1994 年 4 月 23 日）

"追星族"引起的话题

近日报刊连续登载有关"追星族"的消息和议论。这里随手拈出几条：某次，诺贝尔奖获得者、物理学家杨振宁博士与香港影星周润发同机到达东北某地，"追星族"一拥而上热烈欢迎周润发，当介绍到杨振宁时，人们茫然问道："这位杨先生是唱什么歌的？"今年上半年在南京举办的十大青春偶像评选结果，前九名为港台歌星，雷锋仅陪末座。不久前又传出天津三名初中女学生得了"追星梦幻症"，不思茶饭，只想嫁给男歌星，云云。这些当然都是比较极端的例子。至于一些青少年不惜耗费大量时间和金钱，购买歌带，购买晚会票，整天沉湎于劲歌狂舞或靡靡之音中，而无心正常学习，则更是司空见惯的事了。

说起来，"追星族"的出现并非自今日始。过去，差不多每一个出名的戏曲演员背后，都有一批捧场者。所谓"缠头"，就是戏迷们对其倾慕者的奉献之物。白居易《琵琶行》："五陵年少争缠头，一曲红绡不知数。"说的就是古代的"追星族"。民间有"看了三场戏，就想跟着去"的说法。山西人为了赶看王存才的戏，就有"快走，快走，存才的《杀狗》""让驾，让驾，存才的《挂画》""宁看存才的《挂画》，不坐民国的天下"之类顺口溜。陕西人则说，"看了《梁秋燕》，三天不吃饭""宁吃××（演员名）的一团鼻涕，不吃十全的酒席"。还有热心观众端一碗热馄饨穿过剧场直奔后台孝敬演员的，也挺够意思了！但是，严格说来，那时出现的充其量不过是个别的"追星者"，还远远不能成"族"。所以，人们只是茶余饭后作为笑话说说而已，并没有产生什么"忧患意识"。现在则不同了。论规模，追星者不仅成"族"，而且是无处不有的大族，说不准你家里就有一两个"追星族"成员呢；论程度，许多人已到了发烧的地步，因而又有了"发烧友"这一称呼，甚至还出现了上述莫名其妙的怪病。这就不能不令人倍感忧虑了。

从报刊报道的情况看，"追星族"多半出于中学生群体。其实，在我们大学校园，"追星族"也并不少见。因为大学原本就是中学的延续，一些"追星族"发着"高烧"，搭上直通车，从中学来到大学，一时退不了烧，继续"追星"不已，眼巴巴贻误大好时光。此种情形应当引起我们的充分注意，为人师者除了指导学生集中精力学好专业课，还要引导学生多阅读些各个学科的经典著作，多接触些古今中外的文化精粹，以便开阔学生的知识领域和视野，使他们知道山外有山，天外有天，识破"天王巨星"们那点玩意儿顶多算个"亚文化"，从而增强自己的审美鉴赏能力，提高自己的文化品位。我们不玩假深沉，但是大学生总要像个大学生的样子。在更高层次上追求内涵与包装、风度与修养的统一，是当代大学生的一个鲜明特征。孔夫子曰："文质彬彬，然后君子。"信哉斯言！

(原载《西安晚报》1993年12月23日)

是非之心不可无

离休老干部张宣，擅长书法，在校内外颇有一点名气。常有风雅学子，自备纸张，求他写字。遇此情况，张老兴致极高，从不推辞。书写的内容则由学生自选。他发现大多数学生所选的中国古典诗词、格言、成语、名人名言，都是健康的，促人向上的，也有少数学生要他写什么"难得糊涂""能忍自安""知足长乐"之类条幅。张老是位根基很深的理论家，马列的东西读得很熟，是非分明，心如明镜。写着写着就停下笔来，给学生剖析这些话的思想实质，指出其中包含的消极因素。前人使用这些短语，也只有在特定条件下才具有合理性，而郑板桥所谓"难得糊涂""聪明难糊涂难，由聪明而转入糊涂更难"，包含着封建末期一个清醒的知识分子愤世嫉俗的深深感慨。我们生活于改革、开放的新时代，怎么能和他同日而语呢？学生听了，虽点头称是，却仍坚持要他写下去。他看一看单纯幼稚的学子，不愿扫了他们的兴，也就照写了，但在后边郑重地注上一笔："此过时之古训也"！

张老向我述及此事，引出我的一番感触。"教书育人""德育首位"，我们喊了多年，成效并不明显。关键不在学生，而在于老师。现在的问题是，我们有些老师是非观念淡薄，对一些错误的、消极的、低格调的说法，不加分析，原装迳给学生，学生发表一些模糊的意见，听之任之，也不作纠正。这样长期下去，学生也就真的"难得糊涂"了。我们作为教育工作者，不管是教师、干部，还是职工，都应像张宣同志那样,抓住一切机会,把"教书育人""管理育人""服务育人"落到实处。重要的是,是非之心不可无!

(原载《西安晚报》1994 年 4 月 11 日)

且说"父子同学"现象

大约30年前的暑假后,中文系张志明副教授在资料室闲聊时发布了一条新闻:"王敬尔毕业没有几年,他的女儿王腊梅又来上学了。"张先生是搞考据的,对日常生活中不为人所注意的现象,他也喜欢琢磨琢磨,常有新发现。这回他揭示的就是高校存在的一种"父子同学"现象,当然也包括"父女同学""母子同学""母女同学"在内。所谓"同学",非指父母与子女同时在校上学,那是极罕见的,这里是指父母与子女不同时而同校上学,或称"先后同学"。

自张先生发现王氏父女先后来我校中文系上学的事以后,我就开始留意这种现象了。作家杜鹏程的爱人张文彬是中文系61届毕业生,后来老杜夫妇非要让儿子也来西大上学。我曾担任中文系67届的班主任,这个班的刘兴民毕业后,他的儿子刘小荣1980年也考到中文系来了,我开玩笑说:"我是你父亲的老师,你该叫我师爷了。"与刘兴民同班的张长生,也送女儿张凤池来西大经济系学习。一次,我给中文系89级上课,点到"王磊"的名,站起来一个憨小子,像神了66届的王仓虎,下课一问,果然是仓虎的儿子。再细问,光66届的下一代就有好几个在西大上学,宋桂嘉的女儿、任希祥的儿子、胡周凤的女儿、刘建勋的儿子……我暗暗称奇:"怎么顺着熟门熟路都来了!"

这种"父子同学"现象颇值得研究。抛开一些具体因素不论,它至少可以说明,西大的办学水平还不错,还有一定吸引力,还有一定信誉。道理很简单，如果父母在这里上学，很不称心，印象不佳，就绝不会让自己的儿女重蹈覆辙。就像现在市场上出售假冒伪劣商品，只能是一锤子买卖，顾客是不会再次上当受骗的，而做生意，质量上乘，价格公道，童叟无欺，就会招来"回头客"。许多商家就靠着"回头客"，滚雪球似的把经营搞得越来越红火。高校"父子同学"现象，就相当于生意场中的"回头客"，是学校教育质量可靠可信的标志。听说某牙膏厂的职工，绝不使用本厂生产的牙膏，某电池厂的职工，绝不使用本厂生产的电池，这无形中就给这两个厂的产品质量打了个大问号。西大有这么多"父子同学"，有这么多"回头客"，还有相当多的教职工子弟郑重选择报考本校，足以增加我们的自信。但是，我们也不应当自满，在办学的各个环节上，我们还有许多不尽如人意的地方，和一些一流大学相比，我们还有不小的差距。我们应当加倍努力，不断提高办学水平，以良好的信誉和形象，吸引更多的报考者，吸引更多的"回头客"。

张志明先生已故多年，他揭示的"父子同学"现象，在西大已非个别，张先生地下有知，当会欣慰。

（原载《西安晚报》1994年4月20日）

团拜会上的家常话

猴年正月初一，学校在大礼堂举行团拜会，我讲了几句家常话。会后听到不同反应，有人说我讲得实在，有人则认为不够严肃。这里将我讲话的大概意思追记如下：

过年时人们互相祝愿，都爱说"合家幸福，万事如意"。实际上，"万事如意"是不可能的，正如一个再伟大的人也不可能"万岁"一样。恰恰是"不如意事常八九——不离十（实）"。例如职称没评上或迟评了几天，工资少拿了一点，房子住得不够宽敞，子女待业或工作安排不理想，科研经费申请不上，出书没有钱，职务提不上去，离休问题办不成，退休太早，身体有这病那病，年轻人对自己不够尊重，子女不孝顺，如此等等，谁都会遇到这样或那样一些不称心、不如意的事。

作为一个彻底的唯物主义者，不必祈求"万事如意"，而是要正确对待已经出现的不如意之事。我介绍两位先生的经验，供大家参考。

一个是华东师大历史系的苏渊雷（仲翔）教授。10年前，他来西安参加我校发起主办的全国唐代文学会，已77岁高龄，却鹤发童颜，精神矍铄，谈话笑声朗朗，走路健步如飞。据了解，他一生很不如意，坐过监，当过右派，流放黑龙江多年。我曾当面请教过他的健康之道，他讲了三句真言："凡事要看得透，想得开，放得下。"我领会，"看得透"就是认清事情的来龙去脉、本质、主流，发展规律和前景，利和弊，得和失，克服盲目性，增强自觉性，做一个明白人；"想得开"就是在问题面前采取最佳对策，"两利相权取其重，两害相权取其轻"，不被眼前的困难所吓倒，不被暂时的阴影所迷惑，相信"天无绝人之路""西方不亮东方亮，黑了北方有南方""冬天来了，春天还会远吗"，做一个达观者；"放得下"就是善于自我调适，保持心理平衡，具有较强的心理承受能力和抗挫折能力，心放宽些，眼光远些，不妨皮实些。知识分子遇到的不如意事，多是"提起来千金重，放下去四两轻"，中文系有位教师评职受挫，一时难以接受这个事实，待到病危住院时才悟透了，看开了，说："教授不如长寿"，职称的事虽然放下了，人也不行了，他觉悟得太迟了。

我要介绍的另一位先生是我校文博学院的老师，这里就不点名了。此人50开外，生得宽眉大眼，虎背熊腰，器宇轩昂，仪表非俗。一日路上相遇，但见他红光满面，笑嘻嘻，乐呵呵，我不由得发问："你怎么总是这么乐观，就没有发愁的时候？"他故作神秘地说："你附耳来，我有四句秘诀，从不外传，既然见问，我就如实相告。"他不紧不慢说出四句真言："少生闲气，多吃肉，听老婆的话，跟党走。"我一听扑哧笑了。细一想，虽是笑话，却不无道理，果能照此办理，必定受益匪浅。这四句话，顺口好记，方方面面都顾到了。"跟党走"是大方向，领导我们事业的核心力量是中国共产党，全体党员、全体公民都应当跟党走，同党中央在政治上保持一致，我们要讲政治，首先要懂得这个大道理，并且把它落实到行动上；"多吃肉"就是古人"努力加餐饭"的意思，"肉"在中国人的概念里是好吃的东西的代表，增加营养，保持身体健康，革命和工作就有了本钱，"留得青山在，不怕没柴烧"，毛主席提出的"三好"里头一条就是"身体好"；"少生闲气"，这一条和苏渊雷教授的说法一致，人生在世，要豁达大度，不要小肚鸡肠，"宰相肚里能撑船"，只要胃口好，就不怕吃生冷，生活中、工作中那些小不如意，何必耿耿于怀、斤斤计较、闷闷不乐呢？生闲气不划算;"听老婆的话",四句中此句最具特色,讲话时引起哗然者也就是这一句,鉴于此,我打乱顺序,置于后边,想多说几句:这句话看似片面、绝对、没神,其实正中要害,搔到了痒处。要说无原则的矛盾,就数家里多,夫妻厮守一起,勺把碰锅沿,天天都演奏着锅碗瓢盆交响曲,上不了纲,上不了线,却往往闹得不可开交,轻则伤了和气,重则造成离异。我大学同班同学,已死去五人,四人都是家庭关系处理得不好。近两年,偶尔也调解家庭矛盾,我的方针一般都是劝慰女方,批评男方。如住在我上面的一对夫妇,一日发生争执,女方要我评理:"他刚摸过生鸡蛋,就抓馒头吃,让他洗手,他还嫌我啰唆……"我不等她说完,就故意对男方大喝一声:"听话!洗手!"夫妇俩都笑了。我以为处理家庭纠纷时,通常向女方倾斜一下,有利于问题的解决。一般说来,家里的事,妻子操心多,管得细,何不多尊重她们的意见,这没有坏处,张岂之、侯伯宇都不大管家里的事,才能集中精力搞研究、出成果。所以,家里的事"听老婆的话",放手让人家去管,不要在柴米油盐的琐事上费心思,避免在葱胡子、蒜皮子的问题上争长论短,又有何不好呢?当然,"听老婆的话",应当只限于家务范围,超出这个范围就不好说了。

如果我们按照苏教授的三句话和某先生的四句话身体力行,庶几可以接近"合家幸福,万事如意"了。

(写于1992年)

短论三则

（一）

共产党员在市场经济大潮面前将何以自处呢？这里提出三句话供大家考虑，即"市场经济要适应，适应之中有选择，选择之中有准则。"

建立社会主义市场经济体制，是党中央的战略决策，关系到我国经济的发展，关系到综合国力的提高，关系到国家和民族的前途，是历史向前推进的大潮流，我们只能顺应，不可逆反。社会主义市场经济，无论其理论还是实践，都是一个崭新的课题，因此，首先要认真学习这方面的知识，认识建立社会主义市场经济体制的重要意义，弄清它的基本特征、主要内容和运行规律，这样才能尽快地熟悉它、适应它，在工作实践中更好地掌握它、驾驭它。

与此同时，我们也要清楚地看到，市场绝非君子国，市场活动中存在和出现的东西，并不都是高尚的、健康的、合理的。金钱是市场的宠物。"有钱能使鬼推磨"。有一幅漫画，画的是一只黑猫和一只白猫，不去捉老鼠，却争先恐后直奔孔方兄，标题是："现代猫"，意味深长。有个地方，为了收几个"买路钱"，连执行死刑的警车也挡住不放行。当前社会生活中拜金主义、享乐主义和极端个人主义的滋长，已成为不容忽视的事实。我们浮游在市场经济的大海中，绝不能随波逐流，必须有所辨别，有所选择，择其善者而从之，抵制消极的东西，克服其负面影响。

那么，如何辨别美丑、良莠，作出正确的选择，就要坚持起码的准则，对于共产党员来说，这个准则就是党性原则，为人民服务的宗旨，就是共产主义的世界观和人生观，具体表现为江泽民同志所说的"五种精神"：解放思想、改革创新的精神，尊重科学、真抓实干的精神，顾全大局、团结协作的精神，谦虚谨慎、崇尚先进的精神，艰苦奋斗、无私奉献的精神。以这个基本要求为准则，我们每个党员都要真正弄清和处理好实行等价交换原则与坚持党的宗旨的关系，坚持物质利益原则与发扬奉献精神的关系，贯彻执行现行政策与坚持远大理想的关系，要用共产党员的党性和"五种精神"去保证社会主义市场经济体制的建立、完善和健康运行。总之，我们要熟悉水性，学会在市场经济的大海中游泳，但愿："弄潮儿在涛头立，手擎红旗旗不湿"。

（1993年6月30日"七一"表彰会讲话）

（二）

现在"节"很多，除了传统的节日，国家规定的纪念日，还有各种名堂的"节"，什么石榴节、桂花节……这个节，那个节，唯有教师节意义重大。

翻开小平同志的著作，就可以发现他一贯重视教育，复出后头一件事就是抓教育，他反复阐述：四个现代化的关键是科学技术现代化，而科技现代化，关键是人才，是教育。他提出科技是第一生产力，要从战略高度考虑教育问题。正是在小平同志这种具有远见卓识的思想指导下，我们国家特别设立了教师节。过教师节不是图热闹，而是要在全社会形成"尊师重教"的浓厚风气。我们现在正在深入学习小平同志关于建设有中国特色的社会主义理论，而小平同志关于科技和教育的一系列论述，正是这一理论的重要组成部分。我们庆祝教师节，就要认真学习和深刻领会小平同志的教育思想，进一步增强作为一个教师和教育工作者的责任心和使命感。

关于知识分子下海的问题,这一段时间议论很多,各人有各人的看法,各人有各人的态度。我以为教师的天职是教书育人,培养人才。我们的心思和精力,应当主要用在教学、科研的本职工作上。教师还是要像个教师的样子(以教学、科研为主),学生还是要像个学生的样子(以专业学习为主)。今天受到表彰和奖励的一些同志,大多都是在一片喧闹的市声中,不为所动,我行我素,甘于寂寞,一门心思搞教学、搞科研,从而取得了出色的成绩。这是难能可贵的。记得陈直教授生前说过,不管天上飞机声多大,西工大的机器声多响,我照样写我的书。现在真应当提倡一下这种排除干扰、潜心治学的精神。

(1993年9月8日教师节表彰会讲话)

(三)

古人云:"变则通,通则久"。这是讲继承和革新的辩证关系,也是社会发展的基本轨迹,我们国家现在之所以充满生机,就因为执行了改革开放的基本方针。这是从上而下,主动地变革,就其深度和广度而言,是又一次革命。从计划经济到市场经济,也是经济体制上带根本性的变革。但是,变中也有不变。变来变去,社会主义制度不能变,而是通过变革,更加显示社会主义的优越性,这就是"通"。我们学校现在之所以充满活力,就因为加大了内部管理体制和教学科研改革的力度,打破了一些不适应经济建设和社会发展的旧体制、旧模式,挖掘了潜力,调动了积极性,解放了教育生产力。但是,变中也有不变。变来变去,教育自身固有的基本规律不能变,党的教育方针不能变,培养目标不能变,社会主义办学方向不能变,这就是"通"。今天这里挂上"应用社会科学系"的牌子,是一个新事物,是一个变化,大家都很高兴,学校也支持。但是,不管名堂怎么变,教学的内容和方式怎么变,指导我们思想的理论基础不能变,马列主义的旗帜不能变。当然，马列主义本身也有个"通"和"变"的问题，一要继承，继承就是"通"，二要发展，发展就是"变"。学习马列主义，要坚持理论联系实际的原则。"实际"是动态的，不断变化的，因而理论联系实际就意味着承认变化。僵化、滞而不变，是这一原则的对立物。我们相信，在继承和发展中，在不断变革中，马列主义红旗会更加鲜艳，马列主义基本理论将更富于生命力。毛泽东同志曾经说过：不如马克思，不是马克思主义者；等于马克思，不是马克思主义者；只有超过马克思，才是马克思主义者。这里就包含着"通"与"变"的深刻的辩证思想。看来，只有继承，只有百分之百的照搬，不是真正的马克思主义者；一个真正的马克思主义者，应当是既善于继承，又善于发展，既勇于坚持，又勇于超越，谙于"通变"之理者。

（1993年9月10日在应用社科系的讲话）

校园细事问答录

问：进得校门，迎面是一条"庆祝校庆"的标语，一些同志对此颇有非议，认为只有四个字，前后两个"庆"，语义重复，叠床架屋，出现在高等学府，简直有辱斯文！请问这条标语到底通不通？

答：这是一个由述宾词组构成的短语，以"庆祝"这个动词性词语为述语，以"校庆"这个名词性词语为宾语，前者支配、关涉后者，符合现代汉语语法规范，没有什么不妥。关键是对"校庆"这个词属性的确定。应当说，"国庆""校庆"这类词，在长期的语言交流中，早已成为专用名词。《现代汉语词典》释"国庆"为"开国纪念日"。"庆祝国庆"的横额是常见的，不足为怪。同样，"校庆"就是"学校成立纪念日"，"庆祝校庆"就是"庆祝学校的生日"，也无可非议，类似的短语构成方式，还可举出若干例子，如"记笔记""吃小吃""跑长跑""唱合唱"等，其中的"笔记""小吃""长跑""合唱"都形似动词而实为名词，前边的"记""吃""跑""唱"才是动词呢！更简单的述宾词组，如"画画""锁锁""串串""堆堆"等，同一个字，前者为动词，后者为名词，意思也很清楚。

问：过了喷水池，在教学六楼和教学七楼之间的花坛里，有两座仙人球、蘑菇造型的白色雕塑十分显眼，它们有无确定的内涵？有人颇不以为然地说，这是提倡"身上长刺"的造反派脾气和磨磨蹭蹭、拖拖拉拉的不良作风，这种说法对吗？

答：这两件雕塑作品出自西安美院著名雕塑家马改户之手，他所作的"丝绸之路"群雕，气势磅礴，驰名中外。大型雕塑作品主要是用来装饰、点缀环境的，就其内涵和象征意义来说，有的明确、具体，如西安西郊的"丝绸之路"，有的含蓄、抽象，如我校校园的"蘑菇""仙人球"。照我看来，这两件作品显示的是一种蓬勃的生命力。你看，只需些许雨露滋润，蘑菇一夜之间就会从地面冒出，顶着小伞，排成队列，多么可爱！而在干旱的沙漠中，骄阳似火，百草不生，唯有仙人球嫩绿如常，无畏地生长着、挺立着，何等坚强！高校是育人的场所，我们所培育的人才，就应该充满朝气，充满活力，耐严寒，抗风霜，百折不挠，对社会的适应性特强。当然，对于比较抽象的艺术品，可以有各种不同的理解和阐释。但是硬要把一朵花说成是一堆臭狗屎，就无异于煮鹤焚琴，太煞风景了！

问：电教中心摄制的电视片，名曰《十丈龙荪绕凤池》，是什么意思？

答：如果你去过学校办公楼第一会议室，就会注意到那里悬挂着陕西著名书法家菇桂书写的清人郑板桥的咏竹诗："新竹高于旧竹枝，全凭老干为扶持，明年再有新生者，十丈龙荪绕凤池。"电视片名就取自这后一句。"龙荪"，应作龙孙。"龙孙"为"笋"之别称，"笋"即老干之新生者。辛弃疾《满江红》词："春正好，见龙孙穿破，紫苔苍壁。"新生之笋生长势头甚好，超过了旧竹枝，故曰"十丈龙孙"。"凤池"，是凤凰池的简称，原指掌握机要、接近皇帝的中书省，后泛指中枢机要位置或参与高层决策者，如宰相。电视片取郑板桥此句为名，是旧瓶装新酒，赋予了新的内涵，意谓：我们如今培养的是跨世纪的栋梁之材，这批新生力量成长壮大起来，必将在社会主义现代化建设的主战场和关键岗位发挥难以估量的重要作用。

问：看校史展览，见有蒋介石的题词："械朴多材"，"械朴"一词现在很少有人使用，能解释一下吗？

答：棫，音域（yù），白桵，一种丛生的灌木；朴，一种落叶乔木。棫朴共生，根枝茂密，比喻人才密集。《诗经·大雅·棫朴》篇有"芃芃棫朴"之句。高等学校，知识分子成堆，智者如林，并且不断培育众多的良才，因而蒋氏给西大题了"棫朴多材"四字。

问：逸夫图书楼外面正上方有曾任西大校长的著名历史学家侯外庐题写的"图书馆"三字，顺序是由右向左，到了二层又见当代著名书法家启功题写的"珍藏室"三字，顺序却是由左向右，这是什么缘故？

答：这反映了不同时代的不同书写习惯。过去的书刊都是从右向左竖排的，人们写东西也习惯竖行从右向左书写，侯校长的题字写于50年代前期，是按照旧的书写习惯写的；50年代后期，国内书刊改为横排，人们写东西一般也改变为从左到右横着写，启功先生的题字写于80年代，是按照新的书写方式写的。所谓书写习惯，只是就一般而言，并不强求一律，至今有些老先生写信仍习惯于竖着写，书法作品大都也竖着写。

问：办公楼内厅西侧墙上镶嵌着一方石匾，刻着"西岐有凤，鸣于昆冈"八个金字，是什么意思？

答：这是新疆校友会在75年校庆时赠送给母校的，寄托着他们对母校长久的怀念。"西岐有凤"：借用周文王时凤鸣岐山的典故，喻地处西秦的西北大学培养的人才。"鸣于昆冈"：昆冈即昆仑山，泛指西部地区，包括新疆，此句是说西大培养的一批毕业生在新疆地区的建设中作出了贡献，产生了较大的影响。

（原载西大校刊·校庆专刊 1992 年 11 月 3 日）

西大的未来不是梦

西大向何处去 客观而论,西大虽是一所老校,忝居全国重点高校之列,但毕竟不似北大、清华、交大那样实力雄厚,没有多少老本可吃,在全国一千多所高校中,比上不足,比下有余,而面对当今高教事业迅猛发展、群雄争霸的形势,西大就遇到了尖锐的挑战。"逆水行舟,不进则退",上坡掀碌碡不上则下,西大如不发愤图强,再上台阶,就保不住"全国重点",势必沦落为师范性一般院校。何去何从?西大人普遍怀着深重的忧患意识,担心着西大的未来。

京华寻梦 一度人们分析,西大的发展之所以受到限制,皆因"省属"体制所致。于是,学校领导人奔波于京华,希望国家教委平反"冤假错案"(指当年西大从部属下放为省属),再把西大收回去。几年苦苦求告,最终却是一场梦。据了解,国家教委对现在直属的36所高校,已不堪重负,岂有再背包袱之理?梦断京华后,西大人开始安分下来,实实在在背靠省上,多方争取省委、省政府、省教委的重视和扶持。现在看来,省属固然有其局限,但也不无优越性,至少西大放在地方院校中就冒了尖,从而作为这类院校的代表得到格外关照。

"211"情结 "忽如一夜春风来",国家"211工程"要上马的消息传到校园,西大人看到了新的希望。抓住这个千载难逢的机遇,争取进入"211工程",就有可能跻身"百强",上水平,上档次,向"国内一流,国际知名"迈进。振兴西大,在此一举。自此以后,从校长到每个教职工甚至学生,便生出一个"211"情结,牢牢占据心头,斩不断,解不开。党政领导班子成员紧急行动,到处游说,到处磕头作揖,寻求理解和支持,用自己的一片赤诚来感动"上帝"。连退居二线的名誉校长张岂之教授也频繁活动,利用熟门熟路,跑省上,跑国家教委,在关键环节起到了重要的疏通作用。宋汉良学长也利用来西安开会的机会,专程到学校为母校的"211工程"出谋划策。有两位同志平日不和,卖石灰的见不得卖面的,为了"211",他们走到一起来了,及时交换信息,商量对策,互相密切配合,关系分外热乎。许多年轻干部也在争取"211工程"中增长了才干,显露出头角。有些学术骨干不满于西大的工作条件,本来想挪窝,得知"211"的消息就稳住了。"211"是动员令,是兴奋剂,它具有巨大的号召力和凝聚力。

梦想成真 起初,人们难免疑惑:进"211",是否又是一场梦?两年实践证明,梦,正在变成现实,且看以下时间表。1992年12月15日,省政府常务会议决定"同意将西北大学作为我省重点建设院校,积极争取第一批进入国家'211工程'"。1993年1月5日,姜信真副省长在全省高教工作会议上宣布:"我省将集中力量办好西北大学,使西北大学在校舍、设备、师资队伍、学科建设和教育质量等方面得到较快发展,争取首批进入国家'211工程'。"1993年2月22日,省人民政府致函国家教委申请将西大列入国家"211工程"。1993年3月20日,郑斯林副省长到国家教委与柳斌副主任商谈西大进入"211工程"问题。1993年7月14日,白清才省长带领省政府有关部门负责人来我校召开现场办公会议,定下了为西大进入"211工程"投资三个亿的总盘子。1993年5月28日,省委副书记刘荣惠来校视察,明确表示:省委、省政府将全力支持西大进入"211工程"。1993年12月11日,省委书记张勃兴听取我校汇报后,再次强调:"西大是全国重点大学,也是我省唯一的综合大学,省委、省政府一定全力支持你们早日进入'211工程'。"1994年6月28日,白清才省长主持省政府常务会议，审议并原则同意西大"211工程"建设规划，并决定将此列入省重点建设项目和中长期发展规划。省上主要领导易人后，新任省委书记安启元和新任省长程安东先后来校表示继续支持西大"211工程"建设。不仅仅是一连串的口头表态，不仅仅是一系列文件，随之而来的是实打实的东西——钱。财政窘困的省政府已先后拨出3500万元给西大，二环路附近236亩土地已基本征到手，学校的地盘扩大了1/3还要多，西大新区建设即将破土动工。如今全校一片热气腾腾，正在紧锣密鼓地迎接国家教委的"211工程"部门预审。毋庸讳言，在前进的道路上还有这样那样的困难，眼前是一个接一个不易跨越的陡坡，但是西大人相信，只要万众一心，练好内功，一步一个脚印扎扎实实地干下去，梦想就必定会成真。

西大的未来不是梦！

明天肯定会更好！

（原载西大校刊1995年4月24日）

补记

1996年10月6日西北大学"211工程"建设部门预审顺利通过。1997年6月4日至5日西北大学"211工程"建设立项论证顺利进行。省政府对西北大学"211工程"建设投资进一步落实。

党代会感言

时近岁末,我校第九次党代会胜利召开。这是年内学校最大的新闻了,笔者特借校刊一角略陈感言。

党代会的召开,是学校政治生活的大事,它不仅关乎我校党的自身建设,也关乎整个学校的发展前途。当下高校多实行党委领导下的校长负责制,我校亦然。在这种体制下,党委班子的领导水平、思想作风和整体素质如何,必然影响到整个学校的面貌。而这次党代会的主要任务,就是实行换届,组建一个新的更有朝气、更得人心、更具有战斗力的领导班子。明乎此,党代会的重要意义就不言而喻了。

我曾连续参与过学校四次党代会的工作。1971年初召开的六次党代会,我是"报告"起草组成员。1980年后半年召开的七次党代会,我是代表资格审查委员会委员。1991年召开的八次党代会和最近召开的九次党代会,我就介入得更深了。别的不说,单说时间。从六届到七届,将近10年。从七届到八届,总共11个年头。八届到九届,刚好4年,符合党章的规定。这说明,多年来学校党的生活还不能说是很正常的,直到这一届才算真正正常化了。党章规定,党的各级领导机关,除它们派出的代表机关和在非党组织中的党组外,都由选举产生。在一般情况下,不按期召开党代会,党委领导总是由上级委派,党员没有机会参加党内选举,这就意味着对党员民主权利的侵犯和实际剥夺。我校这次一到届就开党代会,一天也不拖延,从选举党代表到酝酿选举党委委员和纪委委员，充分发扬党内民主，就是对党员应有权利的尊重和维护。这应该说是这次党代会的特殊意义所在。

过去党代会不能按期召开，一拖再拖，主要是因为人选定不下来，说到底是一个观念老化的问题。有些拿事的领导同志不大理解"雏凤清于老凤声"的自然规律，总认为年轻干部肩膀嫩，挑不起重担，因而在新老更替上下不了决心，迈不开步子，结果老的更老了，年轻的也拖老了，甚至出现断层现象。近几年，党委遵照干部"四化"的方针和德才兼备的原则，大力推动干部年轻化，一些优秀中青年干部陆续进入校党政领导班子，逐步形成了合理的梯次结构。这次党委换届，又有一些老同志退下来，一批中青年同志补充上去。可以说，我校领导班子的新老更替至此已经进入良性循环状态。现在学校党政班子成员，除两位老同志尚需过渡一下，其余均是可以跨世纪的干部。长江后浪推前浪，一代新人趱旧人，这种形势是非常喜人的。

值得注意的是，这次党代会产生的新一届党委领导班子正处于世纪之交这样一个特殊的历史时期。按照四年一届的规定，这届党委将工作到1999年12月底，就到了新世纪之门。我校将以何种姿态跨入21世纪，就要看新一届党委的精神面貌和工作状态了。窃以为这届党委面临两大工程建设，一个是"党建工程"，一个是"211工程"。"党建工程"是动力，是保证，是坚强后盾，"211工程"是成果，是落实，是物质兑现。两大工程相得益彰，相映生辉，包含着"两手都要硬"的哲思。关键是跨世纪人才的培养。通过两大工程建设，造就两支队伍：跨世纪的优秀学术骨干队伍、跨世纪的优秀管理干部队伍。有了这两支队伍，才能真正实现教学上质量，科研上档次，管理上水平，学校整体上台阶，才能保证西大以崭新的面貌跨入21世纪。为迎接新世纪做人才准备、干部准备，正是这届党委的历史使命。

党代会是鼓劲会、战斗动员会。我们要响应党代会的号召，抓住机遇，迎接挑战，努力工作，团结奋进。我们应当对未来充满信心。

我校"211 工程"建设虽然至今尚未进行部门预审，但是我们深信这只是个时间问题。毛泽东同志在《星星之火，可以燎原》一文的最后预见中国革命高潮快要到来时说过几句颇有激情和诗意的话："它是站在海岸遥望海中已经看得见桅杆尖头的一只航船，它是立于高山之巅远看东方已见光芒四射喷薄欲出的一轮朝日，它是躁动于母腹中的快要成熟了的一个婴儿。"当前，我校争取进入"211 工程"的态势，亦可作如是观。

让我们振奋精神，在新一届党委带领下，踏上新的征程，去迎接新世纪的曙光！

（原载西大校刊 1996 年 1 月 10 日）

西大人的精神魅力

写下这个标题,绝非自夸,这是"211工程"预审中专家组成员的一个共同看法。这个看法不仅讲在个别接触中,也讲在公众场合。在隆重的闭幕式上,十位专家发表了简短讲话,他们无一例外地讲到了西大人的精神魅力。

中国科协副主席、内蒙古大学校长旭日干院士说:"到了西北大学,我强烈地感到一种艰苦创业、自强不息、热爱西大、热爱陕西、热爱大西北的精神。这种精神是非常宝贵的,我们正是在这种精神中,看到西北大学未来的希望和灿烂的前景。"

全国人大常委会委员、西安交大党委书记潘季教授说:"毛主席讲人是要有一点精神的。两天多的时间,我比较系统地了解了西北大学,深深地感受到了西北大学有一股奋发图强的精神。"

北大副校长李安模教授说:"来西大后最大的感受就是西大人从上到下各方面,为争取'211工程',焕发出一种奋斗进取、团结拼搏的精神,我认为这的确值得我们学习。我一定要把这种精神带回北大。"

杭大校长郑小明教授说:"在几天的学习中,我看到西北大学全体师生体现出一种艰苦奋斗、奋发向上的创业精神,形成了一股高度的凝聚力,表现出一种建设新西大的强烈自信心。"南大原副校长孙钟秀院士说:"我觉得这里的师生有一股顽强拼搏和追求上进的精神。"

新疆大学党委书记鲍敦全教授说:"西大人在艰苦的西部地区,承受着比别人更大的压力,却能创造出今天的辉煌,这全靠一种强大的精神力量的支持。我很受感动。"据说他回去后立即召集全校干部介绍了西大人的这种精神,号召大家学习这种精神。

对于西大人的这种精神力量,云大副校长林超民教授用"团结务实、开拓进取、艰苦拼搏、自强不息"来表述,辽大校长刘祁涛教授用"不甘落后、力争上游、在顺境中不骄不躁、在逆境中不屈不挠"来形容,西工大老校长傅恒志院士则从领导、学术带头人、广大师生员工几个层面详加论述后,一言以蔽之,曰:"我认为这就是今天的延安精神。"

专家组组长,吉大校长刘中树是一位用词精审的文学教授。他说:"这几天来,我们感到西北大学在精神力量方面有那么一股劲,那么一股氛围,就想用什么话把它概括一下,一直没有想出很好的词,只有反复讲艰苦创业、自强不息,但这还不足以概括这种精神。"他用中国传统绘画"烟云模糊"的手法,更增添了西大人精神力量的深邃感,收到了"曲终奏雅"的效果。

笔者作为一个西大人,也许是"入芝兰之室久而不闻其香",平日并不曾过多留意这种精神,现经诸位专家反复指出,倒真的觉得是这么回事儿。下面是我受到启发后的一些思考。

精神,确实难以简单概括。它不似校园、建筑物、仪器、电脑那样形象鲜明、具体、便于描述。它是一种无形的东西。如同空气,虽然看不到它的影子,却须臾不可离;如同飓风,虽然识不透它的面目,却有摧枯拉朽之力;如盐溶于水,虽然显不出颜色,却味在其中。精神虽然无形,却可以强烈感受,可以深深体味。西大人的精神,虽然一时难以用语言表达,但每一个外来的同志却都深深地感受到了。

西大人的精神,自有它的载体。它体现于领导层,也体现于群众;它体现于教职工,也体现于学生;它体现于教书育人的课堂,也体现于紧张攻关的实验室;它体现于集体活动,也体现于个体行为;它体现于严肃的会议决策，也体现于轻松的文艺演出；它体现于巍然高耸的科学大楼，也体现于装修一新的大礼堂；它体现于朝气蓬勃的校园，也体现于市声嘈杂的新村。西大人的精神无所不在，它更突出、更集中地体现在争取进入国家"211工程"的一系列工作部署和实际行动中。

西大人的精神不是空穴来风，它有着坚实的思想基础。

第一，穷则思变。陕西是一个穷省，西大是一所穷学校，底子薄，欠账多，日子难过。但是西大人不甘于落后，不甘于潦倒，人穷志不穷，要干，要奋斗，要改变自己的处境。西大人对于贫困的回答是，与其坐以待毙，不如奋力一搏，杀出一条生路。

第二，压力愈大，反弹力愈强。西大远在西部，又属地方院校，不免被人小看，承受一些意想不到的压力，遭遇不公平的待遇。劲儿常常是憋出来的。压力使人产生紧迫感，增强抗争力。没有压力，反而容易松弛。越是被歧视，被排斥，被挤兑，西大人越是要挺直身躯，自立自强，扬长避短，发挥优势，干出个样子来，让某些人刮目相看。

第三，兴衰荣辱总相关。西大有如风雨中艰难行进的一只航船，西大人的命运皆系于航船一身，一损俱损，一荣俱荣，于是形成了同舟共济的局面。建设西大，发展西大，是全体西大人的共同使命。我校"211工程"预审的头一天早上，有个女职工送小孩上幼儿园，走到校门口，孩子哭闹起来，这个女职工急忙哄孩子说："别哭！今天预审。"可见"西大兴衰、人人有责"的思想已经深入人心。

第四，团结就是力量。预审期间安排的一台晚会也给专家们留下了深刻印象，特别是校领导班子的合唱非常振奋人心。唱的是一首旧歌《团结就是力量》，稍作改动的歌词是："团结就是力量，团结就是力量，这力量是铁，这力量是钢，满怀振兴西大的理想，我们的事业充满希望。团结奋进，改革开放，向着新世纪，再创明日辉煌。"只有领导班子的团结还不行，指挥者转过身来，面向广大师生，领着大家齐声高呼"团结奋进、振兴西大"，把晚会推向高潮。这不是一般的表演,是西大人群体形象的生动展现。

近日又见校刊上彭树智先生的文章,他把西大人精神概括为"困而知之,勉而行之"(缩略为"困知勉行"),我觉得提法新颖,也很有道理。

具有如此丰富内涵的西大人精神,必定会产生巨大的魅力,它像火一般灼人,像诗一般感人,像歌一般动人。省市各级领导和兄弟院校的教授专家们,被打动了,被感染了,被点燃了,他们因此而对西大的事业充满信心,寄予厚望。

这里还要指出,西大人的精神既扎根于现实的土壤,又来源于历史的积淀。中华民族自古崇尚的"天行健,君子以自强不息"的精神,民主主义者的革新精神,共产党人的革命精神,红军不怕远征难的长征精神,自力更生、发愤图强的延安精神,皆如春风化雨、涓涓细流,融入西大人的精神之中。辛亥革命后西大的创设,抗日战争时期西大在城固的苦斗,建国初期西大的复苏,"文革"后西大的开拓发展,都有一脉相传的精神力量支撑着。张凤翙建校的远见卓识,鲁迅讲学的思想启迪,杨钟健办学的精心筹谋,侯外庐治学的韧的追求,刘端棻的求真务实,郭琦的拨乱反正,巩重起、张岂之的开创新路,以至在争进"211工程"的过程中,郝克刚的抓住机遇、义无反顾,陈宗兴的化险为夷、志在必得,都汇进现代西大人的精神宝库,放射出异样的光彩。

西大人的精神将在"211工程"建设的实践中更加丰富,更具魅力。

西大人的精神力量必将转化为强大的物质力量。

愿西大人的精神代代相传,发扬光大。

(原载西大校刊 1996 年 12 月 10 日)

送陈校长市府赴任有感

1997年5月11日，西安市第十二届人大会议选举结果揭晓，我校校长陈宗兴教授当选为副市长。在陈校长即将离校赴任之际，我想略抒感言。

陈校长并非西大出身。他在北师大地理系读的本科，1967年毕业时正碰上"文革"，经过几年劳动锻炼和基层工作实践，又回母校北师大读研究生，获得硕士学位后于1981年来西大工作。他在西大一路顺风，从一个普通教师提升为副系主任，系主任，科研处长，教务长，副校长，一直干到校长，深得全校师生拥戴。这说明：①改革开放的盛世，使他得以"好风凭借力，送我上青云"；②他个人良好的素质和道德风貌以及较强的管理才能，赢得了大家的信赖；③西大人具有"四海之内皆兄弟"的胸怀，无小肚鸡肠，无排外情绪，不拘一格降人才，从而义无反顾地把一个并非西大出身的人尊为一校之长。由此可见，西大的软环境确实不错，有利于人才的成长。

陈校长也不是中共党员。原先他是一个无党派人士，前不久加入了农工民主党。这个事实也可以说明一些问题。一方面说明各民主党派成员和无党派民主人士，在学校发展和建设中发挥着不容忽视的积极作用，另一方面也说明西大党组织注意调动和凝聚各方面的力量，广大共产党员有容人之量，无门户之见，真正做到了肝胆相照，同舟共济。80年代，我校化工系主任姜信真教授出任西安市副市长，后又出任陕西省副省长，至今还在任上。90年代，陈宗兴校长又众望所归，被选为西安市副市长。此事绝非偶然，这是西大党组织长期重视统战工作的必然结果。前些年，我校党委关于落实非中共人士政治待遇若干措施的文件，引起中央统战部的重视，被转发全国，省委统战部也曾多次表彰西大的统战工作。值得注意的是，像陈校长这样担任实职的党外人士，绝非出于某种政治需要只挂个名、摆摆样子，而是有职有权，真抓实干，这一点西大人都看得十分清楚。

西大是省属地方院校，理应更多地考虑为地方经济建设服务。服务可以有多种方式、多种渠道。刘源发教授搞出农药"野燕枯"是一种服务，张国伟教授研究秦岭造山带是一种服务，张富昌教授从事秦巴山区弱智人综合防治是一种服务，而姜信真、陈宗兴两位教授一前一后去做"京兆尹"也是一种服务。前几年，市外办出事，急需外事管理干部，冯煦初市长（当时任副书记）求助于我校。我校外事处副处长李雪梅受命当了市外办副主任，主持日常工作。市委书记崔林涛极为满意，要求再推荐几个这样的人才去市上工作。现在李雪梅又被任命为市旅游局局长，干得有声有色。高校本来就是培育高层次建设人才的地方，我们为陕西培养和输送了大批高素质的人才（包括各种专门人才和管理人才），应该是为地方服务的最重要的体现。我粗略统计了一下，西大自建校以来共培养大学生5万多名，新时期以来毕业3万多名，其中大部分留在陕西各地区、各部门工作。西大毕业生和校友先后担任省、市副厅级以上领导职务者将近百人，我相识并能写出姓名者70余人。我曾写过一篇纪实性短文，题目是《省里开大会，满座西大人》，我说了一句开玩笑的话：在省委大院内掉下一片树叶，能砸着三个西大人！我校为陕西地方培养输送人才方面的贡献不可低估。

最后，衷心祝愿陈校长为官一任，造福一方，不辜负西安父老乡亲和西大师生员工的殷切期望。

（原载西大校刊1997年6月2日）

校园诗话

偶翻旧日笔记，见有几首随手抄录的与校园人事相关的诗作，重读之，似觉别有一番滋味在心头。这几首诗发表于不同的时间和场合，出自不同作者之手，体制风格各呈异趣，简介于后，以飨读者。

咏物诗二首

顺大道以进校兮，
礼堂背之高耸。
奇花异树林立兮，
心神犹入仙境。
北门两扉敞开兮，
攒天杨之入云。
竖铁栅之伟严兮，
"西北大学"鲜红。

图书楼之嵯峨兮，
惟西大之宝盆。
百科全书内藏兮，
满目琳琅书林。

> 天花板悬飞扇兮,
> 旋旋乎之有风。
> 电棒条条横空兮,
> 闪闪夺目之明。

抄录自60年代初历史系学生所办板报《春秋笔》。作者佚名。仿辞赋体。艺术上并不见佳。后来成为著名诗人的雷抒雁当时正在中文系上学,他站在板报前一边念着,一边笑着,评道:"毕竟是历史系学生写的,直是实录啊!"斗转星移,春秋代序,物色渐变,旧景不再,几十年后再读这两首诗,倒引发若许沧桑之感。那时校内人员出入主要走北门,进北门可直通礼堂背后,中间了无障碍;现在呢,热了西门,冷了北门,北门与礼堂之间,矗立着两座高大建筑物;七层的化工楼和十三层的科学大楼。至于老西大人都非常熟悉的"北门两扇"和铁栅上鲜红的"西北大学"字样,早已杳无踪影了。诗中称之为"嵯峨"的旧图书楼,与新起的逸夫楼相比,就再也"嵯峨"不起来了。

悼亡诗二首

> 细雨声中懒问琴,
> 锦弦漫拨泪盈襟。
> 繁花满面殷勤意,
> 芳草天涯几故人。

> 日烧柏子夜焚香,
> 子夜孤灯暗断肠。
> 十万诗书翻破卷,
> 独无一字祭石郎。

1984年夏,石昭贤先生骤亡,他的好友高扬教授作诗悼念,并亲笔书写于挽幛。我是在追悼会上匆匆抄录下来的。四年后,高扬先生也一病不起。我从箧中捡出此诗,发表于校刊,以悼念两位逝者。我在诗后附识曰:反复吟诵此诗,悼者与被悼者的音容笑貌活脱脱宛在目前。高与石,一治史,一治文,都是满腹经纶的饱学之士,平时为人喜接交,善言谈,性情爽朗。两人相较,石则透出一股灵气,而高却更添几分豪情。西大校园少了这两个热闹人,听不到他们的高谈阔论和朗朗笑声,真是寂寞了许多。当时,因我称这诗为"悼亡诗",曾引起一位老同志的异议,说自潘岳之后悼亡诗专指悼念内人而言,不可滥用。他说得固然有理有据,我却以为词语乃公器耳,不必过于拘泥。

讽喻诗一首

鸟雀窥帘不敢喧,
红楼晓梦正缠绵。
羲和已乘残阳去,
新月依稀似当年。

题名《校园抒怀》,是中文系一学生为"诗词格律"课所写的作业。此诗为时为事而作,有深意存焉。时值1985年,主持多年校政的郭琦调往省社科院,学校领导班子进行大的调整,而新用事者一时尚无大的举措和建树。具有强烈参与意识的大学生,热切企盼学校加快改革与发展的步伐。但他们毕竟是学生,人微言轻,鸟雀似的探头探脑、欲窥帘内人情物事,却不敢大声喧嚷,生怕惊动了主人。"红楼"者,学校首脑机关所在地,主人们晓梦缠绵,尚未觉醒呢!前任领导如残阳般离去了,新班子似乎并无什么新招,可慨也夫!这是一首典型的讽喻诗,深得传统比兴手法之三昧,出自年轻学子之手,亦属难得。不管其批评讽喻是否得当，用意显然是积极的、促人奋进的。后来的事实证明，以张岂之校长为首的这届班子，并非"晓梦缠绵"，而是大有作为，校园和新村矗立的一座座高楼便是明证。

（原载西大校刊 1994 年 12 月 28 日）

讲点"关系学"

通常把对外拉关系，走后门称为"关系学"。其实，内部各种关系的处理，也是一门大学问，也可称为"关系学"。前者是不正当的，带贬义的，后者则完全是从正面讲的。

这里，我举出校内十大关系，谈谈自己的看法。

第一，党政关系。我校的领导体制是党委领导下的校长负责制。对这一体制要全面地理解和执行，切忌片面性、走极端。要充分发挥党委领导和校长负责两个积极性，并把这两者有机地统一于工作实践之中。作为高校的党组织和校行政，虽然有不同的分工和工作重点，但目标只有一个，即培养合格的建设人才。从这个意义上讲，党政是同耕一块田，同拉一挂车，应当齐心协力，拧成一股绳，而不是各搞一套，各唱各的调，更不能互相掣肘，互相拆台。党委和校行政是这样，总支和系主任、支部和教研室都应当是这样。

第二，校、院、系关系。这是纵向的上下关系。总的来说，还是要发挥上面和下面两个积极性。该集中时要集中，该放手处且放手，使上面有必要的权威，使下面有活动的余地。重要的是要处理好学校整体和各单位局部的关系，要增强全局观念，克服分散主义、单位和部门保护主义。局部利益一定要服从学校整体利益。学校如同一部机器，如若某个部件或环节不得力，发生故障，就必定会影响整部机器的运转，这个道理是显而易见的。

第三，两支队伍的关系。即从事教学、科研业务工作的队伍和从事行政管理、党务工作的队伍。两套人马，文武配合，相辅相成，缺一不可。《三国演义》形容曹操实力雄厚，有两句话是"谋士如雨，猛将如云"。一个学校的实力也主要表现在两支队伍上。只要有一支过硬的教师队伍，又有一支过硬的干部队伍，我们的事业就必定会兴旺发达。教学、科研人员是战斗在第一线的将士，出人才、出成果主要依靠他们，因此在物质待遇上应当适当向他们倾斜，尽力做好后勤保障工作，为他们创造充分效力的良好环境。当然组织管理、总务后勤工作也是不容忽视的，各类干部的实际问题也必须妥善解决。

第四，文科与理工科的关系。我校是陕西唯一的重点综合大学。文理并重，学科门类齐全，有利于交叉学科、边缘学科的生长、发展，是我校的一大优势。现在，我校文科与理工科的比例基本保持一半对一半，两者齐头并进，这种发展态势是正常的、均衡的。我们既不能搞重理轻文，也不能搞重文轻理，对工科和技术学科也要大力扶持。我校的数、理、化等传统理科基础很好，文、史、经等社会科学实力也相当不错。我们时刻不要忘了综合发展，理科要上，工科要上，文科也要上。

第五，教学与科研的关系。我校一贯坚持教学、科研两个中心的基本格局。这两者虽在实际操作中有不同分工和侧重，但说到底还是统一的。学校是育人的场所，教学工作无疑是根本、是基础。而我校又是重点高校，以培养高层次人才为己任，名师才能出高徒，教师的学术水平，学校的科研档次，直接关系到教育质量的高低。整个学校工作的安排部署，既要下大力气组织好日常的教学工作，维护正常的教学秩序，深入进行教学改革，逐步提高教学质量，还要在科研上舍得投入，多出成果，跻身科技前沿，为学校扬名声、创牌子。教学与科研可说是学校工作的内核，练内功最终要体现在教学与科研水平的提高上。这二者最终统一于学校的根本任务：人才培养。

第六，基础理论学科与应用性学科的关系。现在，这两者的比例大致是1∶5，应该说是比较合理的，符合"保住一头，放开一片"的基本要求。我校在数学、物理、化学、生物、地质、历史、经济七个基础学科专业，实行学士—硕士贯通制，并获准建立了地质、物理、化学、史学四个国家基础科学研究和教学人才培养基地，保持并提高了基础理论学科这一头，同时又大力进行学科改造，从适应国民经济主战场和地方经济发展的实际需要出发，增设了数十个应用型专业和专业方向，放开了一片，增强了对考生的吸引力，受到社会的欢迎。

第七，基本建设与业务工作的关系。基本建设，指工作条件和生活条件的改善，业务工作即教学与科研。这两者是硬件与软件的关系。这里有个合理投资的问题。有的同志担心在征地和基本建设上投资过大，势必挤占学科建设和科研方面的经费投入。需要说明的是，征地费用是省上拨的专款，不能挪作他用。要建设国内一流大学，扩大一下地盘势在必行。就像刘皇叔欲图王霸之业，局促于新野小县是绝对不行的，"刘备借荆州，只借不还"，也出于无奈。我们征了地，再把别人强占的地方要回来，日子就会好过些。而今后几年如何保证加大学科建设和科研上的投资，真正把钢用在刀刃上，确实不能不引起格外注意。

第八，老、中、青的关系问题。教师队伍存在这个问题，干部队伍也存在这个问题。老教师治学有方，老干部经验丰富，他们的作用要充分发挥。但我们必须把眼光"朝后看"，注意中青年教师和中青年干部的培养、使用。两支队伍都要形成合理梯次结构，使教学、科研和管理工作都能自然衔接，不致造成空当。老教师、老干部在搞好自己的本职工作的同时，应以高度的使命感和责任感，搞好"传、帮、带"，"扶上马，送一程"，培养好接班人。中青年教师和中青年干部是跨世纪的一代，是我校的希望之星，"211工程"建设的成败，西大能否在新的世纪跨上一个新的台阶，要依靠他们。所以，"向后看"（注目于中青年)也就是"向前看"(为迎接新世纪作人才准备)。这是具有战略意义的大事,必须高度重视。

第九,个体与群体的关系问题。主要指科研攻关而言。个体具有高素质、大能耐,个体之间又有亲和力、凝聚力,从而形成强劲的群体合力,显示出巨大的战斗力,这是一种理想境界。而在现实中,科研力量的聚合常常是很艰难的事,有的同志宁可单枪匹马干,或者开一爿夫妻店,却不愿意网罗更多的人搞大兵团作战。我曾建议某个课题负责人多吸收一些人干,他摇头回答:"那样一来,我的精力主要得花在处理人际关系上。"他的苦衷我是能够理解的,但是一个学校要在科研上显示实力,拿大项目,出大成果,产生震撼效应,单靠无组织的个体小打小闹是不行的。我校已形成的以侯伯宇教授为首的现代物理科研群体,以张岂之教授为首的中国思想文化研究群体,以张国伟教授为首的秦岭造山带科研群体,高鸿院士组建的分析科学研究群体,开创了合作科研的新风气,起到了带头和示范作用。希望在我校有更多能打大仗、打硬仗的科研群体涌现。

第十,外向攻关与练内功的关系。自打1992年获悉国家教委即将设立"211工程"项目的信息,我校即闻风而动,积极开展外向攻关活动,争取省教委、省委、省政府和国家教委的了解和支持,至今已取得显著成效。现在,工作的重心应逐步从外部转到内部。"211工程"重在内部建设,重在练好内功。上面所述九种关系,都属内功范围,搞好了就能有力地推动这项工程建设。大家都重视,大家都用力,全校一条心,我们的事业就一定能够成功。

以上所谈十大关系,也许是老生常谈。但是,要想把这些关系真正协调起来,谈何容易。最近召开教代会时,大礼堂门口贴了一副对联:"跻身百强须党政同心,兴校千载要员工协力",与我的想法是一致的,可见人同此心,心同此理。

(原载《高教发展研究》1995年第1期,有改动)

校园何事起纷争

表面看来,校园如同桃花源,呈现一派和平景象;深层考察,则摩擦频生,风波迭起,是是非非无穷尽。

据我所接触和了解的实际情况,校内矛盾(主要指教职工中间的矛盾)起因较带普遍性者大致可举出下列十种:

(1)职称。因它和待遇挂钩,含金量大,人们就看得重。再说一般文化人也比较爱面子,重名分,宁愿少拿钱,也要个牌子,要个体面。而职称评定是有限额的,不可能百分之百解决,这就势必造成矛盾。争先恐后,争过独木桥,暂时过不去,就觉得丢脸,心理难以平衡。有个教师申报教授职称,几次未过,他的妻子就对我说:"你还想在新村增加一个寡居者吗?"(我曾写过一篇题为《新村的寡居者》的文章,故有此说)有人联系古代"二桃杀三士"的故事,发出"职称堪杀士"的呼声,令人身心为之震颤。

(2)职务。牵涉面要比职称小,但牵涉的却是一些骨干人物,影响就大了。矛盾的出现,一是神多庙少,没有那么多位子,二是自我评价与群众评价、领导评价轩轾,自己一厢情愿,却往往不能如愿以偿。于是,怨天尤人,牢骚满腹,甚至疑心别人穿板子,和自己过不去,以致影响同事之间、上下级之间的关系。还有人总爱攀比,都是同学,一茬子干部,你上去了,我还在原位子,面子就搁不住。更有年轻同志后来居上,自己就越发不自在了。

（3）住房。与前两条有联系，因为房子主要是按职称和职务分的。总的是学校有限的房源和教职工日益增长的住房要求之间的矛盾。学校常常顾此失彼，难以两全。基建经费紧缺，到底先盖哪类住房？有的强调雪里送炭，有的强调锦上添花。前年就为多盖四室的，还是多盖三室和两室的，争执不下。学校最后的决策，总有一部分人不满意。眼下青年教师住房困难的问题显得特别突出，在最近的一次问卷调查中，许多人在"你最想说的一句话"一栏中写的是"解决住房问题""安居才能乐业"。

（4）工资。现在调资，多是硬杠子，齐步走，学校倒好操作，矛盾相对较少。一旦要搞百分之一、千分之二，或搞一定比例浮动，就麻烦了。还有考评，得了优秀就多拿奖金，难免也会出现"几家欢乐几家愁"的局面。这些问题都不算大。教师想不通的是，与社会上比，与个体户比，与晚辈们比，自己的收入要少得多，就觉得多年的书白念了，知识太不值钱了。目前，我校35岁以下的青年教师475人，月均工资低于300元的就有434人，占91.4%，他们捉襟见肘，入不敷出，生活十分窘迫。校内各单位亦贫富不均，因而造成校内分配不公的现象。

（5）评奖。现在奖项很多，层次繁杂。这是好事，却难尽人意。在少数人中间就发生"争奖"现象，争教学、科研奖，争"特殊津贴"，争"505"，有奖就争，争不上就觉得亏了自己，气就不顺了，甚至要走人。有个系几位老师编了本教材，上下册，很不错，报奖时商量不到一起，并且闹得沸沸扬扬，伤了和气。还有，对别人的著作、成果，有意见不是开诚布公、与人为善地提出来，单等评奖、评职的关键时刻抛出来，这动机就不纯。

（6）合作。科研上有些大项目、大工程，须组织人力，合作完成。这中间往往矛盾重重。从确定主编或主持人及编委排名，到经费分配，完成后的署名，稿费或奖金处理，都会产生分歧，甚至反目为仇。有一项巨大编写计划，很有价值，搞出来就是传世之作，主持者的学术水平和能力也足以担当此任，开头进行得很顺利，中间却因主持者失和，只得搁浅。我曾出面多方调解未果，很可惜。安旗先生主编的《李白全集编年注释》是合作成功的例子，其成功的基本经验就是组织了一个互相尊重、互相谦让、颇有君子之风的写作班子。

（7）离退休。本来各人的身体状况、工作状况大不一样，有的应当提前，有的应当缓后，却因工作难做，只好搞一刀切，到了国家规定的年龄，都退。此前一段时间，稍微灵活些，可以根据实际情况适当延长，最迟不超过65岁。某系两位同志，都已63岁了，自觉自愿办了退休手续，但全校的名单一出来，发现别人都是65岁才退，就对系里有了意见。为避免这种矛盾，干脆都到60岁退，退后根据工作需要再返聘。这样也解决了"老的下不来，中青年上不去"（占职称指标）的问题。现在学校对院士、博导实行缓退，这大家都能理解。去年学校做出规定，教师以外的其他系列女高职仍按55岁退休，引起很大争议，至今尚未平息。面对退休制度的改革，一些人出尔反尔，进退维谷，自身就很矛盾。

（8）出国。有的是个人行为，自费出国，只要符合政策，这倒没有什么。公派的，校际交流的，名额有限，有谁没谁，孰先孰后，就有了矛盾。几年前，为选派留德人员就引发了错综复杂的矛盾，真是"风乍起，吹皱一池春水"。选派的人已出国多日了，向上告状的信才转回来让"严肃查处"。有个小语种教师，受聘短期出国，却遭到匿名信、匿名电话的诬陷而使其不能成行，令人殊难理解。外事部门工作的人"近水楼台先得月"，接待外宾（尤其是日本人）殷勤些，印象好了，就会接到邀请，捷足先登，从而引起不平。

（9）小团体利益。在经济利益的驱动下，部门保护主义大有蔓延滋长之势。有些单位领导总是着眼于局部利益，而不顾及学校整体利益。例如，办公用房就很难合理调配。我曾遇到一件事，很有意思，有个老教师先是遵照系领导的意思,串联一帮人到学校争房子,后来因别的事他对系领导有了意见,就反戈一击,向学校揭发系领导如何煽动本系教职工对抗校方。至于创收提成方面,一些单位背着学校"瞒产私分"现象,并非绝无仅有。学校有时也想"抽富济贫",却常会遇到"铁公鸡——一毛不拔"。

(10)历史旧账。多年来政治生活不正常,一个运动接一个运动。几乎人人都受到过这样那样的伤害,都有一些委屈。党的十一届三中全会后,拨乱反正,平反冤假错案,对建国后的重大事件做出了明确的结论,大的是非早已厘清。但是一些同志过于看重某些个人的责任,怨气和隔阂总难消除。前不久,一个老同志去世,家属要求把逝者"文革"中在另一单位遭受的错误批判,戴了什么"帽子"都一一写在讣告上,为的是出一口恶气,这就没有必要。还有,由于年深日久,找不到直接证明,或不符合上级文件规定,一些老同志提出的要求(诸如离休、更改参加革命时间、提高职务待遇之类)不能满足,不仅自生烦恼,还对组织上多所指责,令现职工作干部十分为难。

校内矛盾起因绝不限于上举十端,我曾在《高教发展研究》发表《正确处理校内十大关系》的文章,其实十大关系处理不好,就是十大矛盾,这回着重从教职工个人的角度提出问题,以期引起注意。校内存在种种矛盾,这并不可怕,也不必大惊小怪。"没有矛盾就没有世界"。而且越是社会发展、工作向前推进、改革增强力度、新的举措出台,越是要触及各方面利益的调整,矛盾也就越多、越复杂、越尖锐。过去工资差不多20年不动,倒没有调资的麻烦,过去多年也不评职称,倒没有评职称的麻烦,谁又希望回到那个时代呢?因此,有矛盾不见得是坏事,没有矛盾不见得是好事。

校内矛盾的产生,原因是多方面的,究其根本,无非是:一是社会原因。即大环境、大气候的影响。当前我们处于从计划经济到社会主义市场经济的转型时期,从人们的生活方式、思想状态到整个社面貌都正在发生或将要发生深刻变化,每一个社会成员都不可能自外于日新月异的社会环境,如同天冷了要加衣服、天暖了要减衣服一般。社会转型犹如蝉蜕,一时之间新老体制并存且互相碰撞,新老观念交替且互相抵牾,便生出种种前所未闻的社会矛盾。特别值得注意的是,与过去相比,现在的社会改革明显增强了竞争激励机制,一些习惯于平均主义干多干少一个样的人就不能适应,从而作出反弹。再说一部分地区先开放,一部分人先富起来的政策,本身就是承认差别的。从社会风气看,则讲精神、讲风格的少了,重实惠、重眼前利益的多了。二是工作原因。应该承认,在职称评定、干部任用、房屋分配、工资调整、各种奖励等方面,我们确实还没有一个十分完善的、万无一失的好办法,在具体操作中难免会有这样那样的疏漏。如职称只要是由人来评定,就难以杜绝人情因素,而且再公正的人都会有局限性、片面性;职务也一样,干部管理部门和主管领导虽尽力深入考察、广泛听取意见,仍免不了有盲区、盲点。教师业务能力的确认和干部德能勤绩的鉴别,也不可能搞得像天平戥子一样准确。三是个体原因。毋庸讳言,在知识分子中间,不仅在业务上有高低之分,就是在素质上、思想境界上、道德水准上也是有很大差别的。一部分人的个人本位思想是相当严重的,校内矛盾闹得大,这些人起到了酵母的作用。毛泽东同志在《整顿党的作风》一文中十分赞许地引述了刘少奇同志曾经说过的话:"有一种人的手特别长,很会替自己个人打算,至于别人的利益和全党的利益,那是不大关心的。'我的就是我的,你的还是我的'。"接着严肃地指出:"这种人闹什么东西呢?闹名誉,闹地位,闹出风头。在他们掌握一部分事业的时候,就要闹独立性。"我觉得现在有些人闹的东西,在表现形态上虽有不同,但是实质上还是毛泽东同志和刘少奇同志当年在延安指出的这些东西,只不过在市场经济活动负面影响下,见利忘义、拜金主义的问题更突出些罢了。许多不正常的事情,揭开面纱,都是孔方兄在作祟。

社会问题，工作问题姑且不论，这里单说个人思想问题。现在，对社会全体成员或学校全体教职工提出"专门利人，毫不利己"，也不切合实际。但是，总该要求人们有一个起码的是非界限吧。我个人以为，当前应当特别注意划清三个界限：一是划清合理欲求与追名逐利的界限。尊重人们的合理欲求，而以追名逐利，搞拜金主义、极端个人主义为耻。二是划清正当竞争与互相拆台的界限。鼓励人们进行正当竞争，而以脚下使绊子、背后穿板子、互相拆台为耻。三是划清发挥部门积极性与部门保护主义的界限。打破大锅饭，在一定范围实行承包制，适当放权让利，鼓励激发部门和小单位的工作积极性，这是应该肯定的、允许的。但是，那种不顾大局、不识大体，以损害整体利益而牟取小团体利益的错误行为是必须坚决纠正的。我们要造成以分散主义、地方保护主义、部门保护主义为耻的舆论环境。这一问题多出在单位和部门领导人身上，重点要做好他们的工作，当然也要教育群众树立全局观念。

为正确处理校内矛盾，除了改善社会环境、完善有关制度办法，改进工作，最具基础性的工作就是提高教职工的思想素质。党的群众工作，主要就是生动具体的思想政治工作。我们所有党的干部，都要在工作实践中不断探索正确分析和处理校内矛盾的方法、途径，使党的思想政治工作在化解矛盾、理顺情绪、增强凝聚力方面发挥威力。根据我的经验，在做教职工思想政治工作中，以下十点值得重视：①具体问题，具体分析，具体对待，一把钥匙开一把锁。②尊重人，理解人，平等待人，善解人意，循循善诱。③不妨换个位置来考虑，假若我是他，遇到这种情况会怎么样。④坚持用大道理管小道理，只讲小道理，公说公有理，婆说婆有理，什么问题也解决不了。⑤软着陆，冷处理，不要在气头上点火，相信人家冷静下来会想得开。⑥求大同，存小异，寻找共同点，促使矛盾双方互相靠拢。⑦"不争一日之短长"，"退一步，海阔天高"，只要大家都有这样的胸怀，许多矛盾就会迎刃而解。⑧既要与人为善,又要是非分明,坚持"团结—批评—团结"的方法。⑨把握知识分子主体心理性格特征,对症下药,耐心开导,动之以情,晓之以理。⑩扶正祛邪,抓好两头,一方面大力进行正面宣传,树立典型,弘扬正气,一方面严肃处理个别心怀叵测、有意制造矛盾、唯恐天下不乱的人,使这些人没有活动市场。除此之外,也不排除借助法律手段或版权局一类权威机构的裁决,但却不可滥用,不要搞得满城风雨,不要雪上加霜,应当尽量把校内矛盾消化在校内。

(原载《高教发展研究》1996年第2期)

校徽亮晶晶

多年来，我校被称为"西北公园"，什么人都可以自由出入。你看，一清早附近的居民就来校园内锻炼，树木葱茏中人影绰绰，有的打太极拳，有的做鹤翔庄；到晚上，他们吃得饱饱的，又优哉游哉，来到校园散步消食；仲夏夜，酷热难熬，他们便早早在喷水池边占个位置，进入清凉世界。学校虽设有门卫，对这些多为老年的消闲者，却睁一只眼闭一只眼，随他们出入，并不理会，因为这些人一般都比较文明，无害于学校。但良莠难辨，难保有偷鸡摸狗者潜入校内，干些撬门扭锁、顺手牵羊的勾当，更有甚者杀人越货之事也曾发生。

近日，为迎接"211工程"预审，学校着力整顿校园秩序，门禁也严格了，重申进入校门以校徽为凭。上班时间，人流潮涌，着制服的门卫，横列成排，一一验过，如有未戴校徽者必询问之，弄清是校内人员，门卫则客气地叮咛："下次戴上！"如此查验多日，多数师生都佩戴了校徽。教职工的校徽，红底白字；研究生的校徽，黄底红字；学生的校徽，白底红字。无论红、黄、白，一律鲁迅体"西北大学"四字。可惜并非鲁迅亲题，乃集鲁迅字而成。文学大师茅盾过世前，倒亲题我校校名一幅，写得飘逸隽秀，十分珍贵。但人们觉得鲁迅字体浑厚有力，落落大方，略胜茅公，且鲁迅又有1924年来校讲学的缘分，于是未曾更换，茅公绝笔遂致埋没，殊觉遗憾。

佩戴校徽，本属平常之事。细察之，却隐含种种微妙之情，戴与不戴，往往是时代使然，社会风气使然，个人特殊心理使然。

新生报到后，小心翼翼将新领的校徽别在胸前，手抖抖的，心颤颤的，庄严得透出一种神圣感。这是可以理解的，想想看，十二年寒窗苦读，这回总算中了，千军万马争过独木桥，今朝总算过来了，是何等心情？更有那穷乡僻壤，文化落后，方圆百里，多少年出不了一个人物，众乡亲都属"打牛后半截"一族，却让自个独占鳌头，又是何等风光？从平凡的中学生一时成为出众的大学生，难免有几分得意。古人中了进士，雁塔题名，曲江聚会，"春风得意马蹄疾，一日看遍长安花"。今人考取大学，乡亲祝贺，父母相送，喜气洋洋进了龙门，戴上大学校徽，标志鲜明，货真价实，显派显派，风光风光，也属人之常情。但是，过不了一个学期，新鲜感就渐渐消退，看老生们都不大在乎佩戴校徽，自个又何必多此一举，时光一久，当门卫检验校徽时，就茫然无从寻觅了。

回溯历史，50年代至60年代前期，大学师生佩戴校徽都很自觉，习惯成自然，走到街上，谁是哪个学校的，一目了然。对佩戴校徽产生心理障碍，是十年"文革"中一种不大引人注意的现象。初始，被"造反有理"的极左口号煽动起来的大学生，狂热地冲向社会，破四旧，造反夺权，打、砸、抢，搞"红色恐怖"，"和尚打伞，无法无天"。他们穿上黄军服，戴上红袖章，以"革命小将"自居，而善良百姓背地里却以"土匪"目之，大学生的形象被糟蹋了，大学的声誉被败坏了，此时谁还愿意堂而皇之地戴上校徽？再后，造反派内部分裂，大学首当其冲，"交老总"和"三家村"，互以对方为仇家，水火不能相容，武斗愈演愈烈，死伤者超过一些小国的流血政变，此时若戴上校徽，一旦被对立面认出，轻则遭受皮肉之苦，重则有性命之忧，谁还敢冒此风险？据说当年铜川两派武斗时，有个过路人被一持枪者喝问："你支持哪一派？'八一八'，还是'八一九'？"此人弄不清问话者是哪一派，心想说支持"八一八"，万一他是"八一九"呢？说支持"八一九"，万一他是"八一八"呢？说错一个字，就会遇到大麻烦，急中生智,答曰:"我是走资派。"持枪者即不再深究,摆摆手放他过去。这就足以说明,武斗炽热时,戴上校徽是多么危险。就在这种情况下,在高校不戴校徽便成为正常现象,有谁戴了校徽,反倒觉得奇怪了。当然,对于广大教师来说,还有一层原因,就是"文革"中知识分子成了"臭老九","知识越多越反动",戴上校徽就等于自报家门,自我暴露,让别人另眼看待,瞧不起。那时,最流行的称呼是"师傅",工人阶级领导一切嘛,不戴校徽,别人摸不清你的身份,兴许能赚得"师傅"长、"师傅"短的几句奉承话呢!可以说,不戴校徽是"文革"劫难中知识分子的韬晦之计。

以上说的是一般情况,也还有个别特殊情况。有的学生高考时,并未填报西大,却被西大录取,虽然他在表上有"服从分配"的话,心里总不满意,勉强来上学,却是强扭的瓜不甜,如同宝玉想的是黛玉来的却是宝钗,没有多大兴致,校徽也就扔在一边了。我有个中学同学,毕业于某名牌大学,有次来校看我,又在我的陪同下看望在我校工作的他的大学同学,两人见面说些怀恋其母校的话,这我可以理解,但是我校那位接着又说了一些鄙薄西大的话,甚至说他连西大校徽都不愿戴,戴上太掉价,这我就听不下去了。其实据我随后留意观察,此人业务平平,不过尔尔,并未因出身高门楼而高人一头,1962年几乎被下放,评高级职称也犯难,我心想,有什么了不起,差一点叫你戴不成西大校徽呢!

依我看,爱国、爱乡、爱校应该是相通的、一致的。我们既有幸就读于西大、服务于西大,我们就应该像热爱母亲那样热爱西大。现在,历史已翻开新的一页,"文革"遗风扫除殆尽,"尊重知识,尊重人才"蔚然成风,西大也在国家教委和省市地方政府的支持下蒸蒸日上。我们何不把亮晶晶的校徽经常佩戴起来,昂首挺胸,向社会、向世人骄傲地显示:我是西大人!

(原载西大校刊 1995 年 5 月 17 日)

对新生说

新同学进校,作为老教师总要对他们叮咛一番。

(一)

我对新生说,要尽快适应新环境。从中学到大学,要实行两个转变——生活上从靠父母、靠家庭转变为主要靠自己,这就要特别注意提高生活上的自理能力,学会自己操自己的心,自己料理自己的生活;学习上从以灌输为主的被动状态转变为以自学为主的主动状态,这就要特别注意提高自学能力,学会科学地支配时间,学会查阅资料,摘录卡片,记笔记,开动脑筋,独立思考问题,动手写一些东西。

我强调这两个转变,是有针对性的。现在有些父母望子成龙心切,家务一点也不让孩子干,惯得孩子又懒又傻,什么活都干不了。有幅漫画画一个大姑娘在炉子旁边喊:"妈呀,水开了!"她连往热水瓶里灌水都不会。学习上也是手把手,耳提面命,不是他自己主动学习,而是父母命令他学习。中学生回到家里,做作业时身后站着两个警察,一个是父亲,一个是母亲。有感于此,我才对新生说"两个转变"。

(二)

我对新生说,来到大学,环境变了,要小心走入误区,我把丑话说在前头,千万要留意。

大学不是游乐场。有的学生在中学时代忙于高考"备战",没有玩耍的时间,考上大学,松了一口气,玩心复萌,又没有人盯着,很容易放任自流,把大学误认为游乐场,交上几个"志同道合"的朋友,哪里好玩就到哪里去。学校周围又尽是诱惑,通宵电影、录像、歌舞厅、卡拉OK、电子游戏、各种小吃摊,西大附近的边家村如今成了五光十色的花花世界。据说财院两边竟有二三十家歌舞厅。意志薄弱的学生经不起这些诱惑,一路玩下去,到毕业时就抓瞎了。

大学不是商场。有的学生利用上大学的机会,做生意,搞经销,充当家乡亲友所办公司的代理,虽然赚了不少钱,却耽误了学习的大好时光,得不偿失。我接触过一个学生,一阵子开书店,一阵子开发廊,一阵子又包电影,忙得不亦乐乎,最后还赔了钱,两头都落空。李嘉诚、邵逸夫是大生意人,他们也不会赞成大学生搞这一套,他们拿出巨款支持教育,绝不是为了培养一批没文化的小摊贩。

大学不是情场。男儿女儿长大时,这个问题要特别提醒注意。不要把校园当成谈情说爱的地方,不要过早地、轻率地涉足爱河。大学生是绝对禁止结婚的,这不含糊。对大学生谈恋爱,只是不提倡,而无法绝对禁止,有的学校对谈恋爱学生实行罚款的办法并不可取。这是一个教育和引导的问题。谈恋爱要花费大量的时间、精力,必然影响学习。谈恋爱要花钱,必然增加经济负担。谈恋爱需要成熟的思想基础,幼稚者早恋必然产生不良后果。前些年北航有个姓刘的学生(陕西兴平人),为谈恋爱,杀人自杀,轰动一时。我校两个女生自杀,深层的原因也是个人感情问题未能处理好,实在可惜。

说一句大实话,学校就是学校,学校是求知"充电"的地方。学生还是要以学为主,珍惜难得的深造机会,莫贪玩,莫贪小利,莫沉湎于恋情,把精力集中到学习上来。

（三）

我对新生说，做了大学生，眼界宽了，接触的东西多了，信息交流量大了，可能出现眼花缭乱、莫衷一是的状况，甚至作出错误的选择，走进五里雾中，这就要求我们必须抓住主要的东西。社会上对当前的大政方针会出现各种不同的议论，不同的声音，我们应当牢牢把握改革与发展这个主旋律，改革是时代特征，发展是硬道理，凡不利于改革与发展的议论和声音，都不是积极的东西，我们不能盲从。

随着对外开放的扩大，各种西方文化和社会思潮涌入国门，良莠不齐，鱼龙混杂，糟粕与精华共存，我们应当牢牢树立马克思主义这个主心骨，提高分析问题、辨别是非的能力，就像《红灯记》中李玉和临行喝妈一碗酒，有这碗酒垫底，便什么酒都能对付了。

大学里有第二课堂，有丰富多样的课外活动、社团活动，这是对专业学习的必要补充，但必须分清主次，牢牢占领专业学习这个主阵地，切不可颠倒主次，喧宾夺主，只有搞好专业学习，才有条件、有资本从事其他校园文化活动，收到相辅相成、相得益彰的好效果。

我讲这三个"主"，也是有针对性的。有的学生在学校里明明白白，一返乡，一到社会上，接触到一些阴暗现象，听到一些奇谈怪论，就迷乱了、糊涂了，所以要突出"主旋律"；有的学生以"拾到篮篮都是菜"的态度学习知识，各种思想、各种学说、各种主义熬成一锅粥，脑袋变成西学的跑马场，一会儿萨特，一会儿尼采，一会儿弗洛伊德，陷入盲目状态，所以要突出"主心骨"；有的学生一进校，凭着自己的兴趣，整日热衷课外文化娱乐和体育活动，却不把专业学习放在心上，导致考试不及格，升不了级，毕不了业，后悔莫及，所以要突出"主课堂""主阵地"。

（四）

我对新生说，大学时期是人生的重要转折点，未来对社会贡献大小，全凭这一段奠定怎样的基础，一个有志气的青年应当珍惜大学的学习生活，对自己提出高标准、严要求。

为全面提高大学生的素质，我提出三个字的要求：

"高"。思想境界要高。核心是树立为人民服务的人生观。围绕这个核心，培养集体主义、爱国主义和社会主义的思想，形成良好的、文明的行为习惯，关心集体，尊敬师长，勤奋好学，团结互助，遵纪守法。我们要学习杨拯陆（地质系毕业生）为边疆建设奉献青春的精神，要学习罗健夫（物理系毕业生）为科技工作鞠躬尽瘁、死而后已的精神，要学习郭峰（地理系学生）临危不惧、见义勇为、舍生忘死的精神，使自己的精神面貌达到高境界。

"精"。专业学习要精。不要把学习看成只是个人的事情，爱怎么就怎么。要有社会责任感、历史使命感。你们是跨世纪的建设人才，能否实现"三步走"的战略目标，赶上发达国家，希望就寄托在你们这一代大学生、未来的建设者身上。任重道远，为了明天的伟大事业，今天就一定要抓紧宝贵时间，刻苦学习，掌握本领，武装自己。过去常说，不想当元帅的士兵，不是好士兵。我说，不想当科学家、技术专家、管理专家的大学生，不是好学生。不仅要当科学家，还要当大科学家。希望我们西大能多出几个华罗庚、钱学森、杨振宁、李政道、爱因斯坦、居里夫人，多出几个科学技术上的顶尖人物。

"雅"。文化品位要雅。现在社会上低俗文化泛滥，高雅文化冷落，并不是一种正常现象。我认为，高等学府应当限制低俗文化，抵制文化垃圾，而让高雅文化登堂入室。作为一个大学生应当增强自己的审美鉴赏能力，提高自己的文化品味，不要去凑低俗文化的热闹，当什么"追星族""发烧友"，更不要被那些反科学的、迷信的东西所诱惑，干与自己的大学生身份不相称的事。有人把街头占卜算卦的请到大学讲台，我的态度只有两个字："撵走！"歌舞厅老板派人把招聘服务小姐的启事贴到大学校园，我的态度还是两个字："撕掉！"我们要营造一种高雅的文化氛围。

（五）

我对新生说，近代大学者王国维提出的人生成大事业、做大学问必经之三种境界的说法，可资借鉴。他说的三种境界，也可说是三个阶段，是借用宋人的词句来形容的。第一个阶段，"昨夜西风凋碧树，独上高楼，望尽天涯路"，说的是人生在世，要站得高，看得远，有一个追求的目标，不能浑浑噩噩混日子，处于无主题的盲目状态之中。第二阶段，"衣带渐宽终不悔，为伊消得人憔悴"，这是说为了达到既定目标，就要义无反顾，苦苦求索，不达目的，绝不罢休，这是一种对事业的苦恋精神、献身精神、韧性战斗精神。第三个阶段，"众里寻他千百度，蓦然回首，那人却在，灯火阑珊处"，意思是经过艰苦努力，终于达到目的，获得成功，皆大欢喜。大学一年级正是成大事业、做大学问的人生道路的入口，首先要高标准要求自己，有一种崇高的志向和远大的抱负，然后就一步一个脚印，向前迈进，向上攀登，锲而不舍，直至攀上光辉的顶点。如果上大学只是为了毕业后端一个铁饭碗，得过且过，不图进取，60分万岁，到头来是不会有多大出息的。

（写于1996年，摘自作者在开学典礼的多次讲话）

看我学子多风雅

（一）

在今年纪念"五四"的文艺晚会上，有一个很别致的节目。五男一女六名学生，上得台来，当场在一大块长长的白纸板上同时作画，片刻工夫，一幅松竹梅岁寒三友图，豁然出现在观众眼前，顿时赢得一片热烈的掌声。

这六名学生是：

93 经管的曹振亚；

92 经管的王永坡；

93 化学的刘江锋；

91 化工的蔡卫平；

91 旅游的王瑾（女）；

91 地质的刘颖宇。

最近，他们又在学生活动中心，举办了"学生六人书画展"。展出有书法、绘画、篆刻三大品类，书法中真、草、隶、篆，一应齐全，绘画则有工笔、有写意，山水、花卉各呈异彩，几十枚篆刻印章也仪态万方。

挂满两间展室的这些艺术品，如此精致，如此高雅，如此富于神韵，不由我要为他们叫几声好！在历届学生中，书画爱好者不乏其人，而达到他们这样水平的,尚不多见。在展室与这几位同学略为交谈了几句,发现他们都是那么温文尔雅,秀于外而慧于中,绝无浮躁虚张之气。大概他们在美的创造中,也注意陶冶自己的情操,追求人品与书品、画品的统一吧!

我曾倡言,当代大学生,不但要着力提高自己的思想修养和精神境界,提高自己的知识层次和科学技能,与之相应,还要提高自己的审美情趣和文化品位。"学生六人书画展",正是我所期望的高品位的东西。我提议大家都去看看,你一定会浸沉在美的享受之中。这些作品如有机会拿到兄弟院校展出,定能从一个侧面显示我们西大学生的风采。

"小荷才露尖尖角,便有蜻蜓立上头"。祝愿这六名学生,学业有成,艺术精进,更上一层楼!

(1994年6月2日)

(二)

四月的最后几天,逸夫楼前的牡丹花刚刚开过,却闻楼内有异香扑鼻,原来四层正在举办学生四人书画展。也许是自己既不能书又不能画,却偏偏对书画艺术心向往之的缘故,对这类事我总是兴味盎然,有邀必到,热心支持。去年我就情不自禁地叫过一次好,这回是再次叫好了。

我一面欣赏挂满展厅的 70 余幅书画作品,一面注意在人群中搜索和观察四位美的创造者,他们都是一、二年级学生,稚气未消。但在书画园地已勤奋耕耘了不少时日。据张煜的父亲说,张煜童年在认字的同时即已开始写字训练,难怪小小年纪,又是个女孩家,字却写得那样老到大度,透出须眉气象。曹振亚、王永坡、张国荣三位同学也都是自幼习字、习画,继承先辈,学慎始习,坚持不辍,遂有长进。看着他们今日的成就,真是"功夫不负有心人"。愿他们虚怀若谷,转益多师,百尺竿头,更进一步。

书画艺术,是民族艺术、传统艺术,也是高雅艺术。我一贯主张大学生在课余，应多参与这类活动，培养高雅的审美情趣，提高自己的文化品位。中文系的"黑美人"戏剧节，一年一届，已经办了八届，学生自编自导自演，在艺术上已渐入佳境，且当刮目相看。去年的学生六人书画展和今年的学生四人书画展，艺术品位都比较高，令人欣喜。此外，诸如器乐、歌咏、诗词、棋艺、影视和图书评论等健康有益的文化活动，也应该积极开展起来。让我们的大学生都能成为品学兼优、文质彬彬的风雅之士！

（1995年5月17日）

（三）

新苗的茁壮成长，靠的是阳光雨露，靠的是园丁的辛勤培育。曹振亚的成才就和他的父母分不开。有次画展，他的母亲来了，匆匆一面，未及细谈。最近，与他的父亲偶然相遇，说起许多他儿子的事，令人感动。

我原以为小曹大概出身艺术之家，谁知他父母都是工人，住在纺织城。他父亲50岁了，还在开出租车，那天我们几个人刚好在校门口上了他的车。一路上，他热情搭话，说个不停："照我家里的经济情况，我完全可以不开车，我主要是为儿子服务，与其让他坐别人的车，不如我给他开车，每天下午准六时我来把他接回家，第二天一早又送他到校，晚上在家里学习，无人干扰，效果好些。"他突然说了一句："这小子真不是个东西！"我们同车几人都吃了一惊，他却笑着补了一句："是个人物，志向大着哩！他专业课、外语都学得好，书法、绘画、作文、写诗，样样都行，还能弹钢琴。他发誓不在大学谈恋爱。儿子争气，我也舍得投入，光集邮就给了他一万多块钱……"小曹真幸福，有这样好的父母！

夏天，小曹就要毕业了，他老早联系好了工作，是中央电视台。

（1997年6月4日）

惜乎，年轻的生命

几十年间，校内亡故者不计其数，差不多每年都要去三兆告别几回，那些熟人同事的音容笑貌，时常在脑际叠印复现，令人缅怀不已，而最感痛惜者，莫过于一些死于非命的年轻大学生。

非正常死亡的学生主要是三种情况：

（1）他杀者。据我所知，只一二例。

（2）自杀者。又可分两种情况：一是为外部压力所迫。如"文革"中生物系一男生被发现有生活作风问题受到审查，其"丑行"被抄成大字报，公布于众，一日中午他摆脱监管人员奔上生物楼顶端，高呼"毛主席万岁"，纵身跳下，当即死亡。中文系一女生据说手脚不大干净，有小偷小摸行为，被造反派拉到学生大食堂示众，脖子上挂着破鞋烂袜，因不堪羞辱在学校南边菜地投井而死。二是自身心理失衡。如今年5月初，新闻系一女生请病假回家，却在汉中被火车撞死，有迹象表明系自杀。据辅导员事后检阅她的日记，主要是因为不能正确对待个人感情上的挫折而轻生。

（3）意外事故死亡者。这种情况居多。外出实习时，从山崖滚落者有之，不谙水性溺死者有之，上街遇车祸者有之。这里且举两例，都发生在不平静的1989年。6月间，即将毕业的投资经济专业两名甘肃籍女生林燕和陈绪珍，在西五路北新街附近横穿马路时，被由东向西超速行驶的个体户东风大卡车和由西向东快速行驶的黄河厂中型面包车挤压而死，横尸街头，惨不忍睹。9月初，校团委委员、世界史博士研究生张润民因钥匙锁在房间，遂从高一层房间窗户结绳而下，意欲从窗户进入自己房间，不料中途绳断，坠楼重伤，死于医院。这两起意外事故，家属得知凶讯，怀疑与动乱有关，其实不相干。

这里有血的教训值得记取。

第一，学生遭他杀，主要须整治社会治安和校园秩序，使坏人不易下手。对遇害者而言，则应注意人际交往，谨防上当受骗。从校内发生的一些事来看，有的学生，尤其是女生，实在太单纯，太幼稚了！

第二，增强心理承受能力，增强抗挫折能力。正确对待政治上或生活上遇到的挫折，做到"泰山颓于前而色不变"，相信"天无绝人之路""车到山前必有路""希望在人间"，永远向前看，"没有过不去的火焰山"。自杀是最不值得的，只有希特勒才自杀，王宝森才自杀，一个年轻学生有什么大不了的事，要选择这条路呢？

第三，尊重人，包括那些犯有过失的人。"浪子回头金不换"。我们应当春风化雨般做好转化工作。"文革"中那些丧失人性的狂暴做法绝不应重演。有同学看了电影《霸王别姬》，不相信会发生那样批斗人的事，我说还有厉害的呢，但愿都成为历史。

第四，谨慎行事，牢固树立"安全第一"的观念，切勿以生命为代价做毫无意义的冒险动作。林、陈交通事故，主要肇事者为个体户司机，黄河厂司机也负有重要责任，而两位死难者未通过人行横道，属违章穿越马路，也自负一定责任。张润民则纯是一个傻博士，学问很好，发表了不少论文，却不懂得"麻绳从细处断"的道理。出事后，我曾仔细察看那根挣断了的麻绳，几股黄麻松松地合在一起，哪里经得住百多斤重量。据说，他已经干过一次，那次成功了。这回如法炮制，却大意失荆州，送了自己的性命，真可惜！

生命诚可贵，岂可任意抛。年轻的朋友，要珍惜自己宝贵的生命。这生命不仅仅属于自己。子女乃是父母身上掉下的一块肉，血肉相连，休戚与共。失子之痛,乃人生之大痛。你可曾想过,当你轻率地结束了自己的生命,父母将会如何呢?记得60年代初,生物系一个女生因意外事故死后,她的母亲就经常到校北门口找陈宗岱要人,其实那时曾任生物系主任的陈宗岱教授已经过世。应该说,你的生命也属于社会、属于学校、属于国家。从小到大,从幼儿园、小学、中学到大学,确实不易,眼看着就要成才,走向社会,报效国家,大家都对你寄予厚望,你却不管不顾,匆匆归去,遗恨人间,给人们留下永远不能平复的切肤之痛,这也实在不公啊!

总而言之,冒失者须慎行,绝望者要达观,幼稚者"防人之心不可无"。切望我们年轻的朋友,遇事沉着些,老练些,把社会看得复杂些。

至于郭峰之死,虽属意外,乃无私无畏之志愿行动,为救助他人而英勇献身,自当不在本文议论范围内,读者必能理解之、明辨之。

(原载西大校刊 1995 年 6 月 24 日)

谁来擦黑板？

过去，常用"粉墨"二字形容戏曲表演行当的特征。演员登台演戏，免不了要化妆，化妆就离不开粉墨。盖叫天的艺术传记即题名为《粉墨春秋》。我以为，教师也是离不开粉和墨的。"粉"就是粉笔，意味着教书；"墨"就是墨水，意味着写作。因此，教师的生平经历，也可说是"粉墨生涯"。

这里单说"粉"。有粉笔，就有黑板，二者是孪生物。用粉笔在黑板上写字，随写随擦，随擦随写，可以反复使用，这就比在一次性的纸上写字方便得多，也节约得多。所以，发明粉笔和黑板的人也很了不起。我去美国参加一些小型会议，报告人用很粗的油笔在悬挂着的一叠纸上写字，又省事，又干净。人家不大在乎耗费纸张。但是，在大教室里，面对几十名、上百名学生，这种办法就不行，字太小，看不清。当教师的到头来还是离不开粉笔和黑板，因而还是应该感谢粉笔和黑板的发明者。

转入正题，教师上课，粉笔在黑板上唰唰地写着，一会儿工夫就写满了，那么，谁来擦黑板呢？这本来是一个不成问题的问题。50年代，我做学生的时候，一见老师在黑板上写满了字，不论课上课下，立即有人上台轻轻擦个干净，大家都很自觉，争着去干。不管是班干部，还是任何一个学生，谁先发现黑板写满了，谁就上台去擦，一切都很自然。60年代，我当了老师，学生们还是这样，我上课时从来没有为擦黑板的事费过心,我甚至从来也没留神黑板是谁擦掉的。70年代到80年代,擦黑板的事发生了些微变化,我注意到一般总是课代表和学习委员来擦,偶尔班长、团支书也上来擦,再就是党员学生、申请入党的学生、年龄大些的学生自觉来擦。进入90年代,情况又有不同,基本上还是学生干部擦黑板,但没有过去主动了,明明黑板已经写满了,却无人动弹,开头我就自己随手擦掉,后来就下命令,他们这才缓缓起身,上得台来,三下五除二,擦得马马虎虎,很有点不屑一为的样子。

上学期上课,为擦黑板的事,我发了一次火。我教的是中国古代的东西,多是文言,如不写在黑板上,学生就听不清、弄不懂,因而我使用粉笔的时间要比别的老师多。这样,在我的课堂上,擦黑板的任务就要重一些。每次上课,我先看课桌上有无粉笔,常常是没有,或者只有短短的几截,我打发坐在头排的学生去拿,利用这点时间,我把狼藉的课桌稍加清理,没有抹布,用嘴将桌上厚厚的一层粉笔灰吹落。粉笔拿来了,回头一看,满黑板都是字,是学生在课间胡写乱画的,我再叫学生上来擦掉,往往没有板擦,还得去寻觅,如隔壁或对面教室没有上课,学生就把那里的板擦就近拿过来用。我指挥学生干这些事,一次又一次,心里倒也平静。后来,我和学生比较熟了,我发现当我发出指令后,起来响应的、听使唤的多是进修生和旁听生,好像人家是来打工的,理应干杂活、服劳役似的,本科生却稳坐下面无动于衷,似乎干这种事与他们无关。这下我就火了,我破例停了讲课,批评教育了几分钟。我提高嗓门责问道:"怎么擦黑板的都是进修生、旁听生?本科学生为什么不上来?你们就高人一等吗?擦黑板就委屈了你们吗?你们有什么心理障碍?难道是集体无意识吗?"我想也不能打击一大片,就抓重点:"谁是班长?谁是学习委员?"无人应声。我又说:"请班长和学习委员站起来!"无人起身。我不再恋战,开始讲课了。当下课铃响时,我写满了一黑板粉笔字。休息十分钟后,接着上第二堂课，我注意到黑板已擦过了，但如老爷画胡子一般，看样子是勉强应付差事，那擦痕表明似乎还带着一股不平之气。我没有再说什么，自己又动手把黑板仔细擦了一遍，心想这回肯定不是进修生、旁听生干的，也许是本科生中某位"长官"屈尊而为……

此事引起我的一番思虑。常说不能扫一屋焉能治天下，此言有理。现在的大学生有所谓"志愿者行动"，隔三岔五到社会上学雷锋、做好事，这种活动值得提倡。但是，我觉得首先应从眼前做起，从身边做起，把日常那些看似琐碎、但却责无旁贷的事做好。化学系团总支制作了一些动员学生擦黑板的小标语，张贴在每个教室的黑板旁边，这说明他们已经注意到这件事。令人遗憾的是，许多学生对此熟视无睹。此文写成待发期间，看到《光明日报》上，也有关于擦黑板的报道，说的是某校学生在教室贴着"请为老师擦黑板"的标语，有人却把"为"字抹掉，变成了"请老师擦黑板"，真是无独有偶，而且更恶作剧。我建议每位老师上课时拉下脸来，偏要学生自己擦黑板，就像要求自己的孩子吃过饭洗碗一样，长期坚持，就会促使学生养成良好的习惯。校园文明建设就该从小处入手。

（原载《教师报》1996 年 1 月 14 日）

我看《半边楼》

今年教师节,除了常规的庆祝活动,又增添了一个新节目,省电视台播出了新摄制的反映高校教师生活的电视室内剧《半边楼》。看完全剧23集,喜出望外,颇多感受。

一是亲切感。《半边楼》的编剧是西大的一位青年教师,他的生活基地当然是在西大。他十分自然地把学校发生的一些事、一些人物和一些场景概括进作品里。半边楼实有其楼,至今仍坐落在西大的西北角。半边楼左邻右舍的那种生活情景,我自己就曾亲身经历过。剧中呼延东的原型,也许就是生物系的一位中年教师,他满腔热情从美国回到学校,却由于实验室条件太差,无以施展,不得不再次踏出国门,学校眼巴巴看着这个业务上已经崭露头角的人才怅然离去,却爱莫能助。当然,《半边楼》并非个别学校的生活实录,也不是"报告剧",它借校园一角,相当真实地表现了整个中国知识分子的际遇、命运和心态,并且辐射到全社会,使观众强烈感受到变革时代的浓重气息。《半边楼》所创造的环境、氛围是比较典型的,所设置的情节、事件合情合理,所塑造的主要人物有血有肉,全剧艺术风格朴实而典雅,可以说是一部思想、艺术、格调都堪称上乘的作品,也是一部不可多得的描写高校教师生活的电视室内剧。

二是新颖感。《半边楼》所表现的虽然是一些熟人熟事,但经过作者的集中、提炼,摄制组的再度创造,就当刮目相看了。剧中的老教师黄耕默默奉献,淡泊名利,任劳任怨,甘当人梯,是在高教园地辛勤耕耘30余年的"老黄牛"。按照惯常的创作模式,黄耕无疑应该是"第一号人物",但作者却另辟蹊径,换个新角度,从中年教师呼延东身上找"戏"。呼延东是影视屏幕上的一个"新面孔",他是高校教师队伍中承前启后、不老不少这一茬的代表。他经历过"文革",下乡插过队,"世事洞明,人情练达",为人倜傥,足智多谋,仗义执言,又有局长老子的背景,在实验室为漂亮女生所倾慕,在半边楼众人眼里就像一个"小诸葛",科研上异军突起,是系里正在升起的一颗新星。但他并非彻头彻尾、彻里彻外都潇洒,事业的挫折、家务的烦扰、婚姻的变故、感情的折磨,诸多困惑、苦恼郁结成一个复杂的、多棱的内心世界。不同于老一辈知识分子的是,他不会逆来顺受,他不会向命运低头,他为自己抗争,也为别人鸣不平,他有一股气、一股劲,敢闯敢冒,这是改革时代所赋予人物的新的性格特征。正是从呼延东身上,我们看到了国家的前途,民族的希望,社会主义现代化建设事业的勃勃生机。在剧中,呼延东最后去了日本,但观众不会怀疑,这位抱定"科学无国界,科学家有祖国"宗旨的中年知识分子,必将学成归来,报效祖国,他的跨世纪科研课题必定会在伟大祖国的土地上结出硕果。呼延东这个人物贯穿始终,与黄耕、范校长、朱二虎的活动交织起来,就深化和丰富了全剧的内涵。

三是凝重感。《半边楼》不是影视屏幕上常见的那种轻喜剧。它的基调是凝重的,几个主要人物的性格都有凝重的一面:呼延东潇洒而凝重,黄耕朴实而凝重,范校长执着而凝重,就连没文化的朱二虎也跟着这帮文化人沾上几分凝重。看完全剧,心里确实感到沉甸甸的。剧中所揭示的问题,盘旋脑际,久久不能消失。它勾引起我在学校日常工作中遇到的种种烦恼,诸如中青年教师工资待遇低、住房拥挤、科研经费拮据、职称不能及时晋升,等等,致使队伍不稳,人才流失,有的"弃教经商",有的"孔雀东南飞",有的则当了"托派"(考托福出国），还有的英年早逝，更叫人黯然伤怀。但是，正如毛泽东同志所指出的，悲观的论点，无所作为的论点，都是错误的。解决教育问题的根本出路仍然是改革。首先通过加快改革、扩大开放，使整个国民经济不断上新台阶，大河满小河也满，锅里有碗里才有，国家富裕了，教育的投入也就可观了；其次高校内部也要通过改革，转变机制，增强活力，大力发展校办产业，多渠道筹措办学资金，走自我发展的道路，并且能够主动适应经济建设的需要，解放"第一生产力"（科技），为国家培养合格的建设者和接班人。目前，高校和全国各行各业一样，在邓小平同志南行重要谈话精神的鼓舞下，热气腾腾地进行着校内管理体制改革和其他各项改革。尽管我们的翅膀是沉重的，起飞是艰难的，但是我们仍然要鼓起一股气、一股劲，腾飞上天。有了好的路线、好的政策，经济、科技、教育等各项事业就会蓬勃发展。这样，牛奶会有的，面包会有的，住房会有的，各种工作条件都会有的。

写到这里，我要告诉读者，正如剧中所交代的，触发了作者创作灵感的西大校园内那座"半边楼"，并未拆去，还进行了加固以作它用。而在"半边楼"不远处，由省政府拨专款为中青年教师修建的两座新楼已经拔地而起，即将交付使用。

（原载《陕西日报》1992 年 9 月 14 日）

《半边楼》与西大

《半边楼》缘何能获全国"飞天"大奖？据圈内人称，此剧导演平平，摄影无甚特色，演员也非一流，之所以撼场取胜者，乃剧本也，《半边楼》的主要功臣理应是编剧延艺云。

延艺云何许人？西大文博学院青年教师。他在西大学习、生活、工作了整整 16 个年头。无疑这一经历是他创作《半边楼》的生活基础。《半边楼》之与西大，犹如《创业史》之与皇甫村，《白鹿原》之与白鹿原。电视剧制作过程中，摄制组也紧紧黏上西大，许多场景（实验室、紫藤园、半边楼）是在西大拍摄，有些群众角色也是拉西大老师担任的，那些天涂着五颜六色的"《半边楼》摄制组"字样的面包车在西大校园出出进进，来来去去，就像在自己家里一样。类似这种情况，按照惯例，制作者应当在片末申明：此剧在拍摄过程中得到某某单位大力协助云云，以示谢忱。岂料《半边楼》拍成播出，片后附着一大串的鸣谢单位，唯独没有西大。校内知情同志对此颇有微词。后来，剧组人员与西大师生见面，当时的省广电厅长、现任广电部副部长同向荣也来助兴，学校有关同志向他提出这一问题，他承认这是一个明显的疏漏，但已无法补救，只能表示遗憾了。

补救无方亦有方。《中国教育报》一位编辑访知此事，甚感不平，挺身而出，特意写了一篇《〈半边楼〉与西大》的文章。此文在今年教师节前发表，虽然题目变了，内容却未变，通篇介绍西大近年来改善知识分子生存状态,为教师解决职称、住房等问题的情况,并称作者延艺云为"半边楼主人"。通过此文,读者自会知晓《半边楼》与西大的不解之缘。对《半边楼》正式播出时埋没西大之功,延艺云本人亦心存歉意,遂隐身萃园宾馆,日夜搦笔,将《半边楼》原稿28集文学剧本,约62万余字,整理成书,交付校出版社印行,扉页上作者恭致:"谨以此书献给我的母校西北大学"。成都领奖归来,他又给《大众电视》撰文谈到自己在西大浓厚的文化氛围里如何受到熏陶浸染,提高了文化艺术素质,又如何从西大繁富的人和事中受到启迪感悟,从而孕育了这部力作。10月12日晚,在省电视台庆功晚会上,在主持者限定"只能说一句你此刻最想说的话"的情况下,延艺云破例说了两句话,而这两句话都是感激西大培育之恩的。《半边楼》与西大之关联,至此也该大白天下了。

这正是:青山遮不住,毕竟东流去!

(原载《西安晚报》1994年1月28日)

校园文化与人才成长

注重办学的开放性、包容性和多科互补的综合性,是我校的一个特色。我们在教育活动中,注意把主课堂和第二课堂结合起来,把专业课学习和广泛的文化渗透结合起来。我们一向重视和文化艺术界、学术界的联络、交往,使校园文化生活丰富多彩。就在西大校园里,就在大礼堂这个舞台上,当代中国第一流的艺术家、文化名人都来表演或讲演过,康巴尔汗(中国文联副主席、老一辈舞蹈家)在这里跳过舞,盛中国在这里拉过小提琴,李德伦在这里讲解和指导过交响乐,鲍蕙乔在这里弹过钢琴,田汉讲过戏曲知识和话剧史,萧军讲过他富于传奇色彩的经历,唐兰、陈梦家讲过史学,李泽厚讲过美学,周策纵讲过红学,黄宗江讲过"海魂",武兆堤讲过电影知识,张贤亮讲过"绿化树"。至于省内的作家、艺术家和学术文化界名流更是西大校园的常客,有的还担任兼职教授。我们要使学校真正形成一种活跃的、宽松的、百花齐放、百家争鸣的学术空气,形成一种以马克思主义为主导的中西文化交融、传统文化与现代意识结合的文化氛围,形成一种有利于创造性人才脱颖而出的文化环境。换句话说,就是要千方百计把西大校园培育成一方沃土,为人才的成长提供丰富多样的养料,包括政治思想的、哲学伦理的、科学技术的、文化艺术的多种"维生素"、多种"微量元素"。为了做到这一点,不仅要调动和发挥本校教师和管理队伍的积极性,让大家各显其能,各尽其才,还要打破封闭状态,敞开学校大门,吸收和引进外面的文化精品、学术荟萃和最新的信息,广泛深入地进行学术文化的交流、融汇,如此方能真正"面向现代化,面向未来,面向世界"。

西大刚刚过了80岁生日,回顾我校在人才培养方面的成绩,确实值得自豪。过去人们常常提起石油地质战线的许多"老总"都曾就读毕业于西大,故有"中华石油英才之母"的美称。其实,我校文科也曾培养出一批文化精英,如齐越、贾平凹、雷抒雁、黄建新、和谷、宏甲等,小有名气的作家、艺术家还可举出一长串名字,许多文科毕业生,担任了我省文化事业的领导工作。省文化厅有一正二副三位厅长是我校毕业的,省广播电视厅厅长和两台台长都是我校出去的,省文物局有两位副局长是我校毕业的硕士生,省博物馆正副馆长、正副书记有四位是我校毕业生,西影厂正副厂长、正副书记也有四位是我校毕业生,还有《陕西日报》、《共产党人》杂志、省图书馆都由我校毕业生担任主要领导。这些人才的涌现,当然不全赖学校教育之力,但是学校奠定基础、起根发苗之功是不可没的。

最近路遥英年早逝,《人民日报》报道这个消息时只强调其长年扎根黄土地深入生活,而只字不提其在延大中文系读书深造的经历,这是很片面的。如果说扎根黄土地深入生活,就能成就一个作家,那么亿万农民不都成为作家了吗?事实并非如此,也许长年生活在基层的人中间,有许多作家坯子被埋没了,那正是因为他们缺乏起码的文化知识之故。高玉宝若非参军后有了学文化的条件,"半夜鸡叫"的故事也只能停留在口头上。他后来在中国人民大学整整学了八年,才有了不少新作。我省的崔八娃也曾是颇有名气的战士作家,回乡后由于文化水平的限制,写不出新的作品,就不再为人所知了。客观而论,成就一个作家,必须具备两个基本条件,一是生活实践,一是文化素养,缺一不可,脱离生活死读书不能成为作家,只有生活实践而缺乏文化知识也不能成为作家。贾平凹在校庆大会上说他成名后到处要他的"自传"，他每次都不忘写上"毕业于西北大学"，我说这叫不忘本，平凹既没有忘了商州老家这个根本，也没有忘了西北大学这个根本。可以说一句绝对的话，不在西大这块文化沃土上打几个滚，熏陶渐染，就不会有被三毛尊为大师的贾平凹。现在又出了个延艺云，他的《半边楼》是写高校生活的，所以说他从两面都受惠于西大，既从学校获得了生活经验和素材，又从学校获得了文化知识和审美认识能力，一举两得。

十四大后高校将更加开放，更加充满生机。西大这块地方原本就有深厚的文化积淀，而今阳光和煦，雨露滋润，土壤疏松，文化气息更加浓厚。在这方沃土上将会有更多的人才破土而出，迎着阳光雨露，茁壮成长起来。

（原载《科技·人才·市场》1993年2期）

孝顺未必是亲儿

——《屠夫状元》的启示

70年代末,一出《屠夫状元》唱红了西安城。剧情是落难的忠臣遗孀党母,被其投靠奸党而发迹的亲生儿子党金龙一脚踹于灞桥之下,险乎丧命,幸遇质朴、善良、厚道的单身屠夫胡山,将其背回家中,视若亲母,百般孝顺,遂乐享天年。此剧后面还有"戏",我只取其前段就够用了。前段给人的重要启示是:孝顺的不一定是亲儿。切入本栏议题,如把西安看成一个伟大的母亲,孝顺她的有众多亲生儿女,但也不一定都是亲儿。西安拥有一批"胡山"似的养子,对母亲的奉献胜于亲儿。空口无凭,就我所知略举数例以为证。

柯仲平,著名的狂飙诗人、革命诗人,原籍云南广南,却在陕西、在西安度过了大半生。他的光辉业绩都与陕西、西安紧密相连,他的代表作《边区自卫军》(长篇叙事诗),他的绝笔长诗《刘志丹》,都是歌颂陕西的革命英雄和革命群众的,前者备受毛泽东赞扬,后者却被诬为"反党",荣辱皆在陕西。他亲手创办了唱秦腔的边区民众剧团,并担任第一任团长,该团进城后就成为秦腔艺术的最高学府——陕西省戏曲研究院。他是陕西文坛的无可争辩的绝对班首,从解放之初到他1964年去世,一直稳坐作协西安分会主席的交椅。晚年为写《刘志丹》,常常通夜不眠,"不知东方之既白",陈毅元帅亲切赞扬他永远洋溢着青春的热情,"不知胡子之已白"。一个外地人,不远数千里,来到陕西，来到西安，为陕西和西安的文化建设付出了毕生心血，他不是西安人，胜似西安人。

还有：

一生辛勤浇灌文学新苗，惠及几代陕西作家而为老少钦服的著名文学评论家胡采，是河北人；创立"长安画派"并成为众所公认的"长安画派"代表人物的国画大师石鲁，是四川人；唱眉户、唱碗碗腔，又唱秦腔，演梁秋燕、演曲江歌女，又演杨贵妃的尖子演员李瑞芳，是甘肃人；西安歌坛挂头牌，擅唱陕北民歌，把"山丹丹花开红艳艳"唱绝了的冯健雪，是上海人；为《秋菊打官司》配乐，以浓重的秦声秦韵饮誉海内外，如今担任陕西省歌舞剧院院长的赵季平，是河北人；以出色的文笔写出大量通讯报道、散文随笔、报告文学，为秦人立传，为秦地添彩，又以研究"西部文学"著称的文学理论家肖云儒，是江西人。

还可以举出许多。

对西安母亲来说，他们都像"胡山"那样孝顺，那样亲昵，那样贴心。他们不是西安人，也不是陕西人，但却在陕西、在西安这块土地上，埋头苦干，无私奉献，闪光发亮。他们不是西安母亲的亲儿，却胜过亲儿。

这里，我还要特别介绍一位我所熟悉和敬仰的前辈学人郭琦，他是四川乐山县人，早年参加革命到延安。全国解放后，在西安主持几所高校的工作，先在陕西师大担任副校长、党委副书记，后在西北大学担任校长、党委书记，治理校园环境，扶持学术发展，培育人才成长，功勋卓著，成绩斐然，有口皆碑。年过花甲，又担任陕西省社科院院长，省社联主席、名誉主席，全身心地投入陕情的调查研究，为发展三秦经济、繁荣陕西社科事业，作出了重要贡献。1988年离休后，他仍壮心不已，继续参与主持当代陕西研究工作，主编《陕情要览》《当代中国的陕西》《陕西五千年》等大部头著作，并主持《陕西一百个著名人物》《当代陕西简史》和《当代陕西丛书》的撰写工作。1990年8月，酷暑未消，已届古稀之年的郭琦病倒在他所主持的《陕西通史》编纂工作讨论会上，终于不起。弥留之际，还念念不忘陕西，深情地说："我虽非陕籍，但在陕西工作和生活了几十年，全家人都喝着陕西的水，吃着陕西的饭，晚年能为陕西做点事，更多地报答陕西人民的养育之情，是感到有所欣慰的，遗憾的是总感到时间太短，精力不足，做得太少。"他不是西安人，但他为西安、为陕西做到了"鞠躬尽瘁，死而后已"，他是西安母亲值得骄傲的好儿子。

说了"胡山"，再说"党金龙"。极少数土生土长的西安人，虽是西安母亲亲生亲养，吸吮着西安母亲的乳汁成活、长大，却丧尽天良，"党金龙"似的反来伤害、糟践自己的母亲。使在外地工作的散文家杨闻宇蒙羞（见他发表于《光明日报》的文章）的那些败坏古城声誉的西安人，就无异于一脚将亲母踹到灞桥之下的党金龙，西安的乡党们对这些败类只能说一声："羞先人！"西安母亲对这些不孝逆子也只能说一句："你们不是我的儿子！你们不是西安人！"

（原载《西安晚报》1995年4月15日，收入《外向型城市·西安人》一书）

也说戴厚英

这几年文坛真是多事。笔锋正健的小说家路遥、莫应丰、周克芹、邹志安,还有我们的校友、女散文家李佩芝,一个跟着一个英年早逝,令人不胜叹惋;新潮诗人顾城在海外杀人自杀,引起舆论哗然,经久不息;新近上海女作家戴厚英在家中遭人杀害,一时又成为新闻热点。

戴厚英是一位大学教师,教文艺理论的,与我同一行当,年纪也相近,却不曾相识。她之所以闻名于世,一是因为她写了几本有争议的作品,二是因为她坎坷而奇特的身世。"文革"前后,关于她的事,我时有所闻。

1960年,还是华东师大中文系学生的戴厚英,在批判她的老师钱谷融先生的《论"文学是人学"》时冲锋陷阵,一马当先,很出风头,被称为"革命的小辫子"。后来中宣部组织批判田汉,各处调兵遣将,把戴厚英抽去了,我校刘建军老师也去了,刘老师头脑清醒,处事冷静,对风风火火的戴厚英很看不惯,回校后颇不以为然地对我说:"上海去的那个女将调子最高,'左'得出奇……"于是,在我的最初印象中,戴厚英差不多是一个反派角色。

70年代初,我在西大街省文化局招待所参加一个会,会间休息时,与会的老作家王汶石说起不久前他的老战友、诗人闻捷之死:闻捷在干校边劳动、边受审查,搞专案的是一个年轻女同志(后来得知即戴厚英),两人接触多了,慢慢有了感情,从对立关系变成了恋爱关系,并张罗着要结婚,这事一传开,就被工宣队当成黑线人物拉拢腐蚀革命小将的典型,便发动革命群众进行反击,肃清流毒,一夜之间大字报贴得铺天盖地,闻捷受不了,就把房间门窗封了个严实,打开煤气自杀了。那时,王汶石也刚刚"松绑",对闻捷的痛惜之情尚不便充分溢于言表,只是客观地叙述了事情的经过。我听了这番话却受到深深触动,"文革"中的一些专案组对待审查对象,如狼似虎,近乎中美合作所之对待革命者,残酷得很,而这个女青年却不顾一切,不计后果,大胆地去爱审查对象,一般人是做不到的。"文革"结束后,戴厚英根据这一段经历写出她的成名作《诗人之死》,这本书我至今未能拜读,但我对戴厚英的看法却有了改变,增加了敬佩之意。

《诗人之死》在出版社拖了很久出不来,戴厚英又一本小说《人啊,人!》却在开放的广东先行出版了,随即引起争议。当时,我校党委书记兼校长郭琦读了这本书,就有不同看法,他要我写一篇批评文章,我推辞了。郭琦便带着这本小说来到中文系,召集全体教职工座谈,不料大家都说没有看过这本书,无法发表意见。眼看座谈会开不下去,郭琦就唱起独角戏,把这本书的情节详细叙述了一遍,中间加上他的评论和批判。大家听了也没什么反应,把这位学校一把手晾到一边了。郭琦是拨乱反正时来校主持工作的,他精明干练,思想开放,作风民主,他也对中文系教师格外信任,不料这一回却碰到个软钉子,弄得很尴尬。我暗自揣度,郭琦对《人啊,人!》如此反感,当然主要是不能接受书中张扬的人性论、人道主义思想,此外是否对小说把一个大学党委书记写得坏有意见,从而引起物伤其类的本能反应,也未可知。至于中文系教师对批判《人啊,人!》表现出的冷漠,这我是知根知底的。多年来大家经历了批《武训传》,批肖也牧,批丁玲、陈企霞,批胡风,批胡适,批众多右派,批"四条汉子",批"修正主义俱乐部",批"文艺黑线""横扫一切牛鬼蛇神""怀疑一切,打倒一切""七斗八斗",对搞运动和搞大批判实在烦透了。再说戴厚英这部小说虽然说不上尽善尽美，挑毛病也还不少，但毕竟在一定程度上真实地反映了高校知识分子的心路历程，她的写作态度还是蛮真诚的。至于人性和人道主义问题，应该联系实际，深入思考，重新认识，何必再去大张挞伐，什么时候了，谁还愿意继承姚文元抡棍子的衣钵呢？

这以后，环境越来越宽松，戴厚英成了名人，传媒对她的创作和生活状况多有报道，人们对此逐渐恢复了平常心，不再一惊一乍了，却不料这次发生意外事故，令善良的文化人又一次震惊不已。

震惊之余，我脑海里浮现出过去对她的种种印象，并生出一点新的认识。我认为戴厚英其实是我们这一代知识分子的一面镜子，通过这面镜子多多少少可以反映出我们这一代知识分子的共同际遇和普遍特征。她以批判人道主义起家，最后却成为人道主义的鼓吹者；她审查闻捷，最后却爱上了闻捷；"文革"期间，她先是"保守派"，后来又成为"造反派"。这种大幅度跳跃，一百八十度大转变，固然和她敏感多变、执着纯情的思想性格有关，而最根本的原因仍是社会的，一言以蔽之，乃时代使然。我们中的多数也许比戴厚英表现得含蓄、沉稳一些，但说到底，大致上也都经历了类似的转变。现身说法，我本人就是这样。1957年夏，我曾积极参加"反右"斗争，20年后我又积极参与了为"右派分子"平反的工作；1958年"大跃进"，我曾深信不疑亩产百万斤的神话，后来出现的却是祸延己身的饥荒；"文革"之初，我也相信过"大乱而后大治"的战略部署，后来看到的却是忠良遭诬陷、奸佞弹冠相庆、豺狼当道、国无宁日。我是一个涉世不深的书生，因而不可避免地存有最初那些幼稚的想法；我又是一个有良知的知识分子，因而我不能不尊重现实。在客观现实面前，思想和立场的变化是必然的。于是，我开始理解戴厚英。

最后，还要说几句题外话。我曾在《校园命案纪实》一文中，提醒人们关好防盗门以防不测，现在看来，这也太幼稚了。从戴厚英遇害的情况看，防盗门也无济于事。凶手是戴厚英中学老师的孙子，老师写信要她关照，难道能把这个小老乡拒之于防盗门外吗？人心难测，防盗门难防人心啊！

（原载西大校刊 1996 年 11 月 5 日）

武复兴《乡情秦韵》序

复兴是我大学的同窗好友,一起毕业留校,又是多年的亲密同事。后来,他赴陕西省图书馆馆长任,我则仍在学校工作。虽然见面的机会少了,但是两心相知,岂在朝朝暮暮。他酷爱古典诗词,时有作品见诸报端,我一旦发现,从不轻易放过,总是欣喜赏阅,权当一夕之谈。现在他把历年诗作近300首,收为一集《乡情秦韵》,送我先阅,好似满盘珍馐,饱餐之后,犹有余味。

复兴诗词造诣深厚,是有些缘故的。一是家学渊源,其父武伯纶先生是秦中久负盛名的学者,曾任博物馆长,著有《西安历史述略》等,流行海内外,家中藏书甚丰,复兴耳濡目染,旧学根底自然不浅;二是师从著名唐诗专家傅庚生教授,两人除一般师生缘分,还有一层特殊关系,傅先生担任古典文学教研室主任,复兴留校后是教研室秘书,教学上是傅的助教,工作上是傅的助手,切磋诗艺极为方便;三是他主观上勤奋努力,这是他取得创作成绩的根本条件,正如他在诗中所言:"人生竞比高,勤奋架天桥。步履时分计,彩图冬夏描。功深砖石破,情至雪霜消。飞眼群峰上,万千云锦飘。"(《说勤》)"守拙投长路,积年成大功"(《做人篇》)。他确实是身体力行的。

诗无达诂。复兴的旧体诗,据我读后的粗浅印象,有如下特点:

乡土气息浓。集名《乡情秦韵》,名副其实。我约略统计一下,大凡三秦风物、古都名胜尽皆入诗。如西安的钟楼、城楼、八仙庵、植物园、新建火车站、碑林、大雁塔、兴庆宫公园、寒窑、荆峪沟、半坡遗址、青龙寺、杨虎城纪念馆、浐河、灞河、周秦汉唐遗址等。以西安为中心,辐射开去,则有兴教寺、杜公祠、樊川、少陵原、翠华山、秦岭、骊山、华清池、秦始皇陵、咸阳桥、霍去病墓、杨贵妃墓、蔡文姬墓、蒙恬墓、楼观台、乾陵、黄帝陵、张良庙、周公庙、太史公祠、五丈原武侯祠、勉县武侯祠、汉中拜将台、蓝田、祖庵、药王山、白云山、华山、黄河等。真可谓"笼三秦于形内,聚乡情于笔端"。

　　文化气息浓。作者是一个典型的文化人,毕生致力于文化事业,诗词题材多涉及各种文化活动,诸如对中日文化交流的吟唱,对各地诗词团体的祝贺,对戏剧演出、绘画展览的观感,对古代杰出诗家的缅怀,对文化遗址的凭吊,等等。即便抒写风俗(守岁、春节灯会、七夕、中秋),描写景物(玉兰、牡丹、春柳、荷花、老槐),都颇具文化内涵。古有"学问诗",复兴诗堪称"文化诗"。

　　时代气息浓。作者所咏虽多为古人、古迹、古代事物,但绝非仅限于发思古之幽情。他善于"观古今于须臾",把古今的距离拉近,抚今追昔,开掘新意。正如他所写:"河山不老情难老,日月常新意更新""几度沧桑天地转,烟花满眼树森森""隆汉盛唐成故事,晚霞扑面染春风""农家笑指村头地,好是政平致岁丰"。他把深沉的历史感与强烈的时代感,极自然地融化在诗中了。复兴曾有《西安史话》行于世,如今又出一部《乡情秦韵》,一为散文,一为诗体;一为知识性,一为抒情性,二者相得益彰,相映生辉,想读者诸君入乎其内,定能获益匪浅。

(写于1994年)

赵发元《曲江雨》序

我与发元过从一十八载,对其为人为文颇有所知。日前,他将近几年写的文章结为一集,要我写序,我迟疑不定,细想又觉义不容辞。义者,情谊也,义务也,理所应当也。

1978年,发元上大学已过而立之年。他像一粒迟发的种子,深埋在"文革"的积雪中难以出头,当拨乱反正之后,新时期的春风化雨催发了他,滋润了他,使他结束"冬眠",抽条发芽,绽开绚丽的花朵。他最终是一个幸运者。

大学毕业,步入社会,他先后换过几个岗位,虽然都干得不错,但似乎还不能尽其所能,只有来到《西安晚报》主持副刊后,才算得其所哉。这两三年,他是如鱼得水,如虎添翼,干得风风火火,有声有色。副刊在他手里大为改观,这不只是我个人的印象,一些老作者、老读者都很看好。

照我看来,他成功的原因大致有这样几点:

首先是"人和"。晚报的老总们支持他,信任他,让他甩开膀子干。偶有疏漏,还替他担待着。"士为知己者死",知识分子就是这种脾气。发元一面竭尽全力报效晚报,也善待他的麾下,"六七个人,七八条枪",形成一个团结、精干、高效、出活的编辑班子。几杆"老枪"奋勇当先,积极效命,新手们也脱颖而出,派上大用场。他待人热忱、宽厚、实心实意,为部下排忧解难不遗余力。有的编辑先于他评上高级职称,他处之泰然,不为所动,表现出一种大气度。这对某些业务人来说,是很难做到的。

其次是有一支相对稳定的作者队伍。甫到副刊,他就以个人名义四处函告新朋旧友,恳请赐稿,态度十分虔诚。他过去与全国各地许多杂文作者保持着联系,这回都吸引到晚报来了,其中不乏如严秀、牧惠那样的知名者。这就为副刊增色不少。他的母校师长多染经院习气,不大为报纸写东西,却被他三顾茅庐请出山了。安旗、张华、薛迪之、赵俊贤、薛瑞生、费秉勋、李志慧诸教授的文章频频见报。连一向述而不作的赵俊玠教授也来了兴致,接连在副刊发稿。我本人平日公务缠身,心力交瘁,连家书都懒得写,却也经不住他一再动员,而入其彀中。他还注意以副刊为园地,精心培育文学新苗,短时间内,已有一批后起之秀异军突起。新人新作,花团锦簇,文采斐然,清新可喜,为副刊平添几分新锐之气,显示出蓬勃常青的生命力。

还有一点,也很重要,就是他具有明确而又切实的办刊宗旨。也许他为此经历了一段探索过程。1994年初,他邀请30多位专家讨教如何办好副刊。大家进言:必须处理好"雅"与"俗"、"软"与"硬"、"新"与"旧"、"零"与"整"等几组矛盾,在贴近时代、深入生活、提高品位、引导读者上下功夫,才能把副刊办出特色。他虚心吸取,认真实践,副刊开始有了特色。后来看到他为《外向型城市·西安人》征文写的一篇总结性文章,就比较全面地表述了他办副刊的宗旨:副刊既要成为"以科学的理论武装人,以正确的舆论引导人,以高尚的精神塑造人,以优秀的作品鼓舞人"的最佳载体,又能保证副刊的知识性、趣味性、调侃性、文化味,做到老少咸宜、雅俗共赏、官民同好。

这里提出的"官民同好"有独到之处。按说共产党的根本宗旨就是全心全意为人民服务。共产党与国民党以及一切剥削阶级政党的最大区别,就在于对人民群众的态度如何。毛泽东早就说过:"我们的一切工作干部,不论职位高低,都是人民的勤务员,我们所做的一切,都是为人民服务。"共产党的官员理应与民同好,如果与民不同好,那就不是共产党的官员。这又近乎抬杠了。客观而论,在社会主义国家,官民在根本利益上当然是一致的,而对具体的报刊文章的好恶,应该承认是有差别的。发元在引用"横看成岭侧成峰,远近高低各不同"那首诗后,说:"对同一事物,人们处的地位不同,立场不同,看法和观点就可能不同。领导和被领导、官与民,由于所处地位不同,对同一事物的看法也可能不同。只强调统一,不承认矛盾是不唯物、不客观的。现实生活中,我们也发现,同一个人,负责同一件事,当他在台上和台下的时候,其心态是不一样的,对同一个问题看法甚至是大相径庭的。"这是言之成理的。他还说:"办报的实践常常教训我们,有时候老百姓爱看的东西,领导干部,尤其正在台上的领导干部不爱看;而按领导意图弄出的东西,老百姓又不买账。挨批评的文章,市井细民常称道,反之,管得太紧,卡得过死,面孔太正,又失去了读者大众。"这是大实话。这说明发元敢于面对这一事实,正视办副刊的这个最大难题。因此,他才能在办刊实践中,自觉地寻找官民同好的切入点,从而解开这个难题。《外向型城市·西安人》征文就是成功一例。当然,他还需不断实践,继续探索。

最后,我想特别指出发元的一个突出的优点,就是一手编报,一手写作,两手都硬。他在下大力气编好副刊的同时,放弃休息,在别人下棋、搓麻、进歌舞厅的时候,埋首书案,笔耕不辍,两三年下来,已积累了近百篇文章。现在这本集子,从内容到形式都比较杂,多姿多态,不拘一格。总观这本集子的内容,不由你不惊服发元的勤奋、多产和驾驭多种文体的能力。

我不打算对发元的文章作全面、细致的评述,这里只就他的杂文和人物特写的特点略抒己见。发元的杂文,写得明快、泼辣、痛快淋漓,说的尽是掏心话,具有很强的穿透力。《同是治丧,官声两样》,抓住一正一反两个典型,在鲜明的对比中,弘扬美好的东西,鞭笞丑恶的东西，爱憎分明，正气凛然。《文坛让人"荒诞"了一回》，表现出作者对文坛行骗者的不共戴天的愤慨，同时也不客气地批评了随意题词吹捧骗子的大人物，行文恣肆无忌，挥洒自如，被评为1995年全国副刊作品一等奖。意犹未尽，他还写了《再说文坛让人"荒诞"了一回》和《重提"人贵有自知之明"》。这三篇杂文充分显示了发元"金刚怒目"的风格。《我说西安人》，对西安人心理品性的数落也是秉笔直书，毫不留情："西安人封闭保守，容易满足，当官的做不了大官，经商的挣不了大钱，做学问的没有京派、海派的地理优势，搞企业的没有南方人的精明，没有山东、河南人的吃苦肯干……大事干不来，小事不肯干。"这篇文章也得到好评。获1996年全国副刊作品一等奖。文如其人，发元平时言谈也是直戳戳的，对人对事对作品的评价，不拐弯抹角，好就是好，坏就是坏，从不有意掩饰自己的真实看法。他有时也不无偏颇之处，但却是一碗清水可以看到底，与他交往不必设防。我希望他的杂文在继续保持原有锋芒和棱角的同时，能够写得更含蓄、更深沉、更幽默。他的人物特写，包括"人物专访卷"和"纪实文学卷"中的那些作品，写得质实诚朴，优游彬蔚，从容得体，文情并茂，具有很强的感染力。我最赞赏的是写秦腔演员杨凤兰的那篇报告文学，算是把这个虽命运不济却自强不息的敏腔传人写到家了。其后报刊上陆续发表了不少评论杨凤兰及其《王宝钏》的文章，却都未能超越赵、徐所论及的广度、力度与高度。这不是无聊的捧角，不是例行公事式的鼓掌喝彩，这是写一种饱含血泪的艺术追求，一种不屈的苦斗，一种可贵的精神品格，它深情地呼唤着真善美，呼唤着人间至爱。当写到杨凤兰克服疾病的后遗症，顽强地改编演唱、拍摄电视艺术片，她的丈夫为此而积劳成疾，献出生命时，心硬的读者也会潸然泪下。他收在"散文随笔卷"中的《我的农民父亲》，没有着意渲染，没有矫情夸饰，以朴实的笔调，拉家常的口吻，写出了农民父亲的平常事、平常心和父子之间的平常情，读之却令人心灵为之震颤。

这篇文章获得陕西省报纸副刊学会二等奖,说明评委是有眼力的,是识货的。我建议发元今后不妨多写些人物特写或纪实文学,他有这个条件,一是人在新闻圈,接触范围广,便于发现生活中的典型人物。二是从《敏腔传人杨凤兰》一文可以看出,他写这类体裁是有潜力的。

我对发元有三愿:一愿进一步办好晚报副刊,使它更加赏心悦目;二愿坚持一手编报、一手写作,写得更多些、更好些;三愿向文学领域开拓,使自己的作品打出潼关,在全国产生影响。我想这三愿并不算过分吧。

(写于1996年)

李焕卿《心理障碍的消除与预防》序

李焕卿同志是一位基层党务工作者,又有多年学生工作经验,现在主持着一个系的党总支工作。他平日勤于学习,勇于实践,善于思考,工作实绩相当出色,他领导的单位生气勃勃,凝聚力很强,思想政治工作、体制改革、学科建设均居于先进行列。他有一个习惯,一件事干完了,并不就此罢手,总要反复捉摸,提炼出一点结晶性的东西保留下来,天长日久,脑子里便有了丰厚的积累。那些零碎、片段的认识、体验、心得、感受,经过集中、概括、总结、再创造,逐渐系统化、科学化,上升到理论高度,于是便产生了强烈的写作冲动,他开始著书立说了。

1990年,他牛刀初试,与几位同志合写了《烦恼与解脱》,副标题注明"献给当代大中学生",书的内容是针对青年人在生活、学习、择偶、择业、人际交往等现实问题中引发的种种烦恼心境,试图应用心理学、生理学、哲学、社会学、伦理学等方面的知识和理论,论述其产生根源和表现特征,提出解脱烦恼的有效途径和可操作的方法。这本书在陕西人民出版社出版后,引起了良好的社会反响。接着他又独立写了一本题为《人体的潜能与开发》的小册子,选题很有意思,也很有意义,他从有关人体潜能的一些基本知识的介绍入手,着重论述了潜能开发的几种途径、激发潜能的方法与手段、几种能力的培养和提高、科学研究对潜能开发的作用、如何在生活实践中完善自我,等等。这本书于1992年在陕西人民教育出版社出版,同样产生了积极的社会效果。近日他又写成《心理障碍的消除与预防》一书,将由西北大学出版社出版。他携来书稿要我在书前写几句话,我满怀兴味,先睹为快。我的印象,这本新著与他的第一本书内容上有些关联,但又不是重复,可以说从深度到广度,从框架到细部,从基本观点到叙述方式,都进入一个新的更高的层次。这本书的内容仍涉及心理学、医学等学科的理论知识,我于此较为隔膜,在专业方面卑之无甚高论,但从学校的实际工作来说,却深感这本书是非常适用的,我愿意郑重地向读者推荐并借此说几句题外话。

思想政治工作是我党的传统,在革命和建设中发挥了巨大的威力,被誉为"精神原子弹"。而在一个时期内,极"左"思潮兴风作浪,思想政治工作被严重扭曲了、变形了,出现简单化、教条化、庸俗化倾向,把什么问题都上升到政治高度,挂到阶级斗争的纲上,以致闹出许多令人啼笑皆非的笑话,发生了一些不该发生的悲剧,教训是深刻的、惨痛的。反思起来,从50年代后期到"文革",在这种错误倾向的影响下,我自身就有过这样的经历,自己曾不公正地对待过别人,别人也曾不公正地对待过自己,相互都有所伤害,时过二三十年,当政治生活恢复正常之后,人们才恍然大悟,"相逢一笑泯恩仇",而对有些人来说,那恶果却是要相伴一生的。进入新时期,随着政治上、理论上的拨乱反正,思想政治工作也步入健康的轨道,并且从新的实际出发有了新的发展。最突出的一点,就是不再把心理学当成姓"资"的货色一概拒斥,承认一个人除了政治倾向、思想认识而外,还有丰富的感情表现、微妙的心理状态,做深入细致的思想政治工作,要具体问题具体分析,一把钥匙开一把锁,注重科学性,贯彻实事求是的原则。具体而言,就是在坚持政治分析、思想分析的同时,还应该重视心理分析,在加强思想政治教育的同时,把心理咨询、心理治疗作为重要的辅助手段。既不能把政治问题、思想问题当成一般心理问题来处理,把癌误认为痣,抓不住根本,贻误工作,又不能把心理问题动辄上升为政治问题、思想问题,重犯过去的错误,为林妹妹治病而误用虎狼药,导致不堪设想的后果。"心病还需心药医",这已成为大家的共识。焕卿同志的新著列出了心理障碍诸种表现,开出了对症的药方,又举出若干病例以为实证,一定会对思想政治工作有所助益。

凡接触过学生工作的同志,都有一个感觉,就是现在学生当中心理障碍多发多见,患各种心理疾病者比例相当大。我寻思造成这种情况的主要原因大概在于社会环境的巨变。改革开放,新旧转换,观念更新,知识爆炸,西方思潮的涌入,生活节奏的加快,市场经济带来的激烈竞争,各种光怪陆离的社会现象的出现,主客观错位,差距越拉越大,这是大的背景。当代大学生又有其自身的特点和弱点,信息量大、知识面宽却一知半解,敏感、求新、求异却不无片面、偏颇,勇于参与竞争、迎接挑战却一时难以适应,自视甚高、以"天之骄子"自居而稍遇挫折即产生失落感,受传媒影响而早熟早恋却又不切实际、横生烦恼,有的甚至胸无大志、恋爱至上,因失恋而绝望轻生等,再加之有的小环境不利,人际关系疏远,人情淡漠,各顾各,班级和宿舍缺少"老大哥""老大姐"式的人物,同学中的异常思想情绪和心理反应,问题并不算大,却因不能及时发现、及时开导、及时化解,以致酿成大祸。因此在学生工作中,要有针对性地开展国情教育、形势教育,教育他们全面正确地认识国情社情,也正确认识自我,树立正确的世界观、人生观、价值观,在努力学习、充实自己的同时,增强社会活动能力和自我调适能力,增强抗挫折能力和心理承受能力,并注意改善小环境,形成和谐、温馨、互助友爱、积极向上的群体,以利于个体的健康成长。焕卿同志长年和大学生打交道,深知大学生的特长和特短,他是大学生的良师益友,他的书对于所有大学生和社会青年以及学生工作者和青年工作者肯定会有重要的参考价值。

党的十四届六中全会作出了《关于加强社会主义精神文明建设若

干重要问题的决议》,号召全党同志和全国人民在建设有中国特色社会主义的伟大事业中,既改造客观世界又改造主观世界,既抓物质文明建设又抓精神文明建设,以收相辅相成、协调发展之实效。在学校教育中,《决议》要求"切实加强和改进思想品德课程、政治理论课程,把传授知识同陶冶情操、养成良好的行为习惯结合起来,把个人成才同国家前途、社会需要结合起来,形成爱党爱国、关心集体、尊敬师长、勤奋好学、团结互助、遵纪守法的风气"。加强两课建设,做到两个结合,形成良好风气,要采取一系列切实的措施,有许多浩繁的具体工作要做,其中心理咨询、心理治疗也是不可忽视的一个方面。因此,《心理障碍的消除与预防》一书的出版,对于实现社会主义精神文明建设的大目标,无疑会起到积极的建设性的作用。

我想焕卿同志不会就此止步,我企盼着他的下一部著作!

(写于 1996 年)

李浩《姓名与中国古代文化》序

李浩君扣我柴扉,拿出一部书稿清样,请我作序。我为难了。我生平最怕的是僭越名分,做自己本不该做的事情。就我的学力和名气,自以为不能跻身作序者之列。但是,看着李浩那副真诚而恭谨的神情,一个"不"字难出口。再想想近些年朱紫相夺,"八佾舞于庭",也算不得什么严重问题,脑子一热,就点头允诺了。

一口气读完这部书稿,突出的感觉是有趣,且有益,确是一部知识性和趣味性结合的好读物。李浩治学,虫龙并雕,锲而不舍,知识面宽,见解新颖。本书涉猎的姓名学方面的资料,都是冷僻不易得的,亏他搜求得这般翔实、齐全,足见是下了不少功夫的。作为一个教师,看到自己教过的学生成长起来,做出优异的成绩,我感到由衷的喜悦。

中国人的姓名真有文章可做。操斧伐柯,取则不远。我就现身说法,说说自己的名字吧。我的名字起得怪,不循常规,意思难明,从未发现同名同姓者。一些相熟的同志百思不得其解,常向我发问:"你的名字究竟是什么意思?"说来话长,我也懒得分解,便推说:"符号而已,没有什么意思。"其实,还是有点意思的。李浩在书里说:姓名是一种文化现象,姓名产生于一定的文化背景之中,蕴藏着特定的文化内涵。我的名字也不例外。我出生于陇南偏远的山乡,民风淳厚,习俗独特,封闭的文化氛围,充满浓重的迷信色彩。人们对小孩的名字,十分看重,有许多讲究。我是我母亲连生两个女孩之后生的第一个男孩,因而对我的命名就格外小心认真。当地以父子同相(生肖)为忌。我与父亲同属牛,两牛相抵,谓之"顶牛",凶多吉少。怎么办呢?乡人憨直,遇有这种情况,既不回避,也不隐晦,干脆揭明叫响,把矛盾暴露出来,把问题公开化,径直把孩子命名为"丁相",常呼常唤,以为这样反倒可以相克,消灾免祸。我外祖父主持我的命名,决定采用"丁相",又考虑到同名者太多,就变通了一下,正式定名为"丁成"。最初只是口头呼唤,后来要用文字写出来,我父亲又自作主张给"成"字加了个"言"边,大概他是嫌这个名字太少意味了,故而添上一笔,增加一点思想性。这里自然包含着他对我的期望,他是以诚教子;我也谨遵父命,以诚律己,"诚"成了我的人生信条、座右铭。行年五十有余,从乳名到官名,一个名字用到底,这个"诚"字对自己立身行事、自我修养是起到了潜移默化的积极作用的。李浩在书中论道:"透过一个人的名字,可以窥见他的心灵和生活历程。"信乎斯言!

我的自白意在助兴,却难免扬名之嫌,就此打住。末了,再提点小小的建议,供李浩君及有志于姓名研究者参考。一是关于姓名学的资料尚可深入挖掘,特别是民间流传的不见诸经传的东西是很丰富的,应引起重视;二是加强理论研究,把微观和宏观结合起来,把多种相关学科交叉起来、密切联系起来,并且能够注意古今中外的比较考察。切望再接再厉,在姓名学这棵大树上结出更多果实。

(写于 1995 年)

笔名千里青

敝姓董。小时，粗通文墨的祖父，常给儿孙辈分解："咱们董家这个姓有点说道，一个字可以拆成好几个字，从上到下，从繁到简，就是草、重、千、里、土。"上了几年学，认得一些字，便抱起父亲房里线装的《绣像三国演义》，一知半解、半通不通地看起热闹来。先翻看前面的人物图像，发现有两个姓董的：董卓和董承。待看了故事内容，才知是一奸一忠。那董卓的形象十分丑恶，权倾朝野，坏事做绝，当他将要恶贯满盈时，就有童谣流传开来："千里草，何青青；十日卜，不得生。"这里隐含"董卓"二字。这首童谣因与"董"字相关，给我留下的印象就特别深，到上中学给墙报写文章时就起了个"千里青"的笔名，心里想，董卓虽声名狼藉，"董"字本身却无好坏忠奸之分，于是便无所顾忌了。

上大学头一个寒假，回到天水老家，闲来无事，写了篇杂文投给《甘肃日报》，是揭露批评文坛抄袭行为的，题为《折来的花不鲜》，署名"千里青"。待文章发表后，稿费寄到家里，我已返校。家里人不知"千里青"是谁，还以为送错了。亏得父亲熟读《三国》，知道这是"董"字分解而成，便断定是我之所为。为领取稿费，家里人还专门刻了一方"千里青"的印章，后来就交我保存，至今仍留在箧中。

1958年，"大跃进"热风吹到校园。中文系学生也受到新民歌运动的影响，自发地在宿舍走廊东贴一张，西贴一张，仿民歌体写起诗来。我出身农村,放羊时跟着大孩子打过山歌,记下了不少歌词,又爱看戏,满肚子戏词。这时我便大显身手,结合班里时事,编了不少顺口溜,以"千里青"的笔名张贴出来,一时颇引人注意。王生耀同学写道:"听说有个千里青,冲锋陷阵是英雄。"团支书林昱宁与我对歌,自称"万年红"。我对曰:"万年红,万年红,我要与你争先锋。你跑百公尺,我追一溜风。你行千里路,我过八百城。你手擎红旗万年红,我眼望晴空千里青。万年红红得胭脂样,千里青如同雨后笋。"如今看来,这些所谓"新民歌",和整个"大跃进"一样,都是鼓虚劲,没有半点实在的东西。

  浮夸风之后是大饥荒,人们情绪低沉,再无写作兴致,我也把"千里青"的笔名封存起来,多年不用。"文革"前夕,我在《西安日报》上写了篇赞扬《红灯记》十年磨一剑、不断加工提高的文章,题为《好一个再改上十年》,偶尔启用了"千里青"的笔名。70年代后期和80年代初期,我在《舞台与观众》《西安戏剧》上参与传统戏《五典坡》《三娘教子》的讨论时,用"千里青"的笔名发表过两篇文章。80年代后期,我在西大校刊上发表《老游印象》和《纪念辛亥革命80周年所想到的》时,又用了"千里青"的笔名,并未引起注意。直到开辟了《紫藤园夜话》专栏,发表过若干篇之后,校内读者寻问:"千里青是谁?"著名学者霍松林先生与我常相过从,他在《西安晚报》上看到这个名字,结合文章内容,就断定是我的笔名。校友陈清泉是个谜语专家,出版了几本有关谜语的书,他来校看到我写文章用的这个笔名,便不假思索地说:"这是一个字谜嘛,谜底就是'董'。"学生吕海涛在《陕西日报》撰文曰:"千里青是谁?是谁在这么亲切地拨动着多少西大学生回忆的心弦呢?像一声声充满乡愁的鹧鸪的呼唤,心窝里涨满了甜蜜的惆怅。终于有一天,我一下子明白了……千里青不正是'董'字富于诗意的美好分解吗?"可见我虽有意隐蔽真名,却瞒不过明眼人。

这两年，我以"千里青"的笔名，先后在《西安晚报》《陕西日报》《三秦都市报》《教师报》《延河》《当代戏剧》《统一战线纵横》《陕西文史》《当代中学生》等报刊发表散文随笔数十篇。又以此笔名先后在《西安晚报》周末版开辟《学府轶闻》专栏，在宝鸡《西部周末》开辟《戏迷春秋》专栏，在《教师报》开辟《杏坛忆旧》专栏，在《科技·人才·市场》杂志开辟《学苑纪事》专栏。渐渐地，我也喜欢起这个笔名来了。不过，有位同志在《西安晚报》上写文章盛赞"杂文的春天"，其中称我为"著名作家"，我总是怀疑他搞错了，莫非他把我的这个笔名和"远千里"弄混了，也未可知。因为我既称不得"作家"，更遑称"著名"？

（写于 1997 年）

闲话"作家"

对于"作家"的社会定位,仁者见仁,智者见智,常有轩轾。历史上就曾有扬雄、曹植小看文学而曹丕抬高文学的事例,迷恋文学的梁简文帝萧纲甚至扬言要治他的老前辈扬雄、曹植的罪。当代文坛上先有王蒙呼吁"作家学者化",近日又有人逆向思维,提出"学者作家化",孰是孰非,很难一概而论。

80年代初,我在华东师大进修班学习时,该校延请了许多外地著名学者授课,一般都住在校内招待所,唯有北大吴组缃教授被安排在锦江饭店,课时费也比别人高,就因为他除了教书,还是个作家,出过一本小说集。解放前也是这样,同为大学教授,朱自清、闻一多的名气就特别大,因为他们写散文、写诗,是作家化的学者。前几年,文艺圈还流行这样的说法:最有才华的搞创作,当作家;搞不了创作,就搞研究,当学者;搞不了研究,当不了学者,就去做官。作家被置于金字塔的顶尖。

也有不同的议论。我曾对从事当代小说研究的赵教授谈起,因我写过几篇小散文,便有人称我为"作家",实不敢当。赵却说:"那不是抬举你而是贬低你。"他讲了一个亲身经历的故事:某次,省作协在止园饭店召开长篇新作讨论会,参加的除了一批作家,还有几个评论家和文学教授,他是其中之一。已安排他住在一层,突然有个会务人员闯入,不客气地命他搬到高层去,他正在审读研究生的论文,未予理睬，闯入者更加声色俱厉，他便火了，大喝一声："滚出去！"此人立即向作协领导反映，却遭到作协副主席王愚的批评："人家是教授，你怎么敢这样对待？"此人于是又来向老赵赔不是，再三说："对不起！实在对不起！我不知道你是教授，还以为你是作家哩……""作家"在这里又贬值了。我想起60年代初省作协请傅庚生教授讲古典诗词，作协主席柯仲平毕恭毕敬，礼遇有加，宛如文盲见了识字先生。一次，我曾和老作家杜鹏程谈起公木。公木原先是一位很活跃的诗人，《解放军进行曲》的词作者，曾任中国作协秘书长，打成右派后到了吉林大学，从事古典文学研究，出了许多学术成果，我曾得到他赠送的一本《老子校读》，他不再使用"公木"这个人们熟悉的笔名，而使用"张松如"这个儒雅的大号。杜鹏程与公木在延安时期就相识，听我介绍公木的近况，老杜油然生出一片敬佩之情，连说："人家能当教授，真不简单，我们这些人无用啊！"这感慨是真诚的，他晚年已经写不出令自己满意的作品了，干别的又不行，而公木治学越老越辣，他不能不服。这当儿，教授似乎又高于作家了。

如前所述，有人不知出于何种心理故意贬损当官的，可是在一些场合，作家也罢，教授也罢，都黯然失色，当官的赫然居于上位。如最近我去陇海大酒店参加《陈忠实文集》首发式新闻发布会，省人大来了一位副主任，省政协来了一位副主席，被请到最显要的地方坐定，还有一些带"长"字的分列两班，作家陈忠实陪于末座，老作家、省文联主席李若冰却坐在下位，且不安排他讲话，待官员们一个接一个讲毕，宣布自由发言时，他才说了几句。我想如果他还挂着省委宣传部副部长兼文化厅厅长的头衔，恐怕就是另一番景况了。这还属于文艺圈的活动，就如此按"官本位"行事，更不要说那些政治活动了。我自己也算一介芝麻小官，参加一些学术活动时，主持者总要加重语气介绍我的官衔，让我坐在台上，我感到很不自在。我觉得在这种场合，不是凭自己的学术成就而是靠官阶取得荣誉和某种尊重，总有点虚。

窃以为,作家、学者、官员各有奥妙,都不容易,不应以己之所长比人之所短。作家也好,学者也好,官员也好,都得以各自的工作实绩来考评。虚名如浮云,刹那间就会飘散。

(原载《西安晚报》1997年5月6日)

"随笔"随谈

这几年,"随笔热"悄然而起。拿起报纸,副刊上满是随笔;到书店转一转,书架上摆放着新出的古今中外各种随笔类书籍。一不留神,我自己也染指此道,写起了随笔,且一发而不可收。

粗略考察"随笔热"的起因,我以为以下几点是值得注意的:

第一,政治环境宽松,思想冲出牢笼,人们较少顾虑,敢于坦诚直言,把心里话掏出来。叶燮说:"无胆则笔墨畏缩",一个作者如果总是顾虑重重,战战兢兢,就不会写出真正的随笔。只有消除顾虑,解放思想,敢说真话,敢说自己想说的话,才会有真正的随笔。而摒弃"文革"中的"假大空",厌恶时下的"假冒伪劣",呼唤良知、渴望真诚已成为一种普遍的社会心态。巴金老人的《随想录》五卷,就是"文革"结束后敢说真话的产物,其中一卷就命名"真话集"。巴老在新时期之初,在他的随笔写作中带了一个讲真话的好头。

第二,变革时代,转型时期,社会生活丰富多彩,如同多棱镜、万花筒,给随笔写作提供了取之不尽、用之不竭的源泉。社会巨变,新老更替,新旧对比,良莠杂陈,美丑碰撞,更容易显露事物的本质,迸发出思想的火花,从而产生强烈的创作冲动。巴老说:"50年代我不会写《随想录》,60年代我写不出它们。只有在经历了接连不断的大大小小政治运动之后,只有在被剥夺了人权在牛棚里住了10年之后,我才想起自己是一个'人',我才明白我也应当像人一样用自己的脑子思考。真正用自己的脑子去想任何大小事情，一切事物、一切人在我眼前都改换了面貌，我有一种大梦初醒的感觉。只要静下来，我就想起许多往事，而且用今天的眼光回顾过去，我也很想把自己的思想清理一番。"老作家带着深深的伤痕进入新时期，再反思"文革"，自然有许多话要说。而面对改革开放的深入，市场经济的活跃，日新月异，稍纵即逝，五光十色，无奇不有，中青年随笔作者便大显身手了。

第三，"文革"是难忘的，"文革"也是不能遗忘的，"文革"的历史教训永远值得记取。但是，"文革"毕竟已经过去20多年了，我们总不能老是抚摸着旧日的伤疤叹息。作家当然要紧跟时代，面对现实，关心大事，高扬主旋律，这是一方面。另一方面还有个多样化的问题，随笔这种体裁当然也可以如巴老那样写得带脓带血，非常严肃，始终皱着眉头，而更多的随笔作品却是含着微笑随意而写，一人，一事，一议，一片羽毛，一朵浪花，一点思绪，皆可成文，只要适度，调侃之笔、游戏之笔也无不可。现在人们都承认，生活的节奏加快了，那么，在快节奏的奔忙之后，需要调整，需要休闲，需要轻松有趣而又不乏真诚的一夕之谈，随笔就正好适应了这种社会需要。

第四，还有个生存环境问题。各种刊物，各种报纸副刊和周末版，以及各种名目的随笔类丛书，如雨后春笋，竞相出现，就为随笔创作的繁荣提供了广阔的园地。作者写随笔，如同使用轻武器，不用费很大功夫；读者读随笔，如同吃即食快餐，不用花很多时间；老编们则希望文章短而精，活泼有趣，可读性强，版面多姿多彩，具有更大的吸引力。三方默契，何乐不为，于是随笔备受青睐。

当然，"随笔热"还可能有更多方面、更深层次的原因，我所想到的就是这些。

我写随笔，还有个人原因：

第一，学校是社会的缩影，我在西大这所古老的学府生活了40多年，这里的人，这里发生的事，我太熟悉了，有许多东西都值得写，我早有把这些很有意思的人和事诉诸笔端的愿望。

第二，从教学岗位到领导岗位，我的大半生都奉献给了西大，我一家四口全是西大培养出来的，生我者父母，培养我者西大，我对西大的感情太深了，我试图采用不同于新闻报道和经验介绍的随笔形式，不知不觉地、细水长流地宣传西大。

第三，我是"双肩挑"，学校公务加上教学任务，占满了我的日程，我没有完整的时间供自己支配，但零碎时间还是可以挤出来的，篇幅短小的随笔便成为我唯一的选择，这等于逃出公务围城的一种放松，如别人下棋、跳舞、唱卡拉OK。

随笔是散文的一种。散文可分为叙事性、抒情性、议论性三大类，随笔属叙事性散文，以叙事写人为主，亦可夹以抒情和议论。收入本集的少数文章，并非严格意义上的随笔，有的也许可称为特写、杂文或思想评论，所以以"随笔"命名只是就其大概而言。我所写的人物，包括四代知识分子。第一代指19世纪末和20世纪初出生者，如黎锦熙、罗章龙、王耀东、许兴凯等；第二代指20世纪二三十年代出生者，如张岂之、宋汉良、靳仰廉、梁文亮等；第三代指20世纪四五十年代出生者，如孟凯韬、张再林、贾平凹等；第四代指20世纪60年代出生者，如郭峰、陈辉等。我不是为他们全面立传，我只是写他们的一鳞半爪、瞬间亮相，多少透露一点他们所生活的时代的气息。把这四代知识分子的点点滴滴，集合起来，也多少可以感受到社会前进的脚步声。我所写的事件，除了《二刘事件》，全是自己的亲身经历和见闻。时间跨度从我1956年8月来到西大直到1996年10月学校通过"211工程"预审，整整40年。其间，经历了"反右"斗争、"大跃进"、三年困难、社教运动、"文化大革命"、粉碎"四人帮"、拨乱反正、改革开放。我没有全面记述这些事件的过程，我只是以此为背景，写下了西大发生的一些比较典型的事情。把这些零零碎碎的片段，拼凑起来，也多少可以领略到时代的风云变幻。言论部分比较杂，多为有关学校工作的议论和感言,还有几篇为同学、学生、同事的著作所写的序言。我过去写过不少文艺随笔、戏剧随笔,因与学校无关,没有收入本书。收入本书的100多篇文章,基本上是写校园生活的,更确切地说,是写西大的,是通过西大的人和事反映当代高校知识分子的精神风貌和生存状态的。

在写作过程中,我有这样几点体会:

第一,随意而写。我教过"文学概论",教过文体分类,但我写这些文章时,丝毫没有想到散文的特点是什么,随笔、小品应该怎么写。我只是顺着自己的思路,把想要表达的内容落到纸上,不管它是什么样子。我注重真情实感,追求"天然去雕饰"的状态,最反感矫情、作态、扎势。

第二,选好视角。我的文章没有太多形容词,语言较为平淡,但比较注意选择一个独特的视角。如与世纪同龄的体育老人王耀东,我从他那枚失落的奖章写起,展示他昔日的辉煌。写陈直,我探究了"墙里开花墙外红"现象。写单演义,则抓住他的"鲁迅研究情结"。写李继闵,我突出了他在临终前还想着"拥抱明天"的情怀。还有,"三子":名实相背,"两弥勒":外松内紧,孟凯韬:执拗,贾平凹:低头走路,走向世界。这就像照相一样,要选择最能反映对象特征的角度。

第三,写出历史纵深感。郁达夫说:"一粒沙里见世界,半瓣花上说人情。"我写的一些事情很具体,很琐细,但却是在一定的社会大背景之下发生的,也渗透着时代的沧桑变化。主席台的变迁,广场的今昔,农场生活,新村的寡居者,戴校徽,擦黑板,都与整个社会相连,不是孤立的生活现象。刘端棻与霍力攻之间不寻常的师生关系,则包容着更多历史内涵。《发生在〈半边楼〉的故事》,写了逆境中大人物与小人物的关系,反映了小人物的真情至诚。《李熙波与"捷径事件"》就更典型了,直接挂到林彪、叶群、康生的账上,从一个小小的侧面暴露出这帮奸佞的丑恶面目。至于罗章龙政治上的大起大落,与毛泽东的离合聚散,本身就是一部历史。

第四,注意分寸感。对所要写的人物和事件,应有一个公允恰当的评价。罗章龙的问题,党中央并未翻案,罗去世后新华社的消息回避了他开除党籍的情节,我的文章则直言不讳,既与党中央保持一致,又流露出自己的感情倾向。"老太婆"许兴凯,在世时曾遭严厉批判,许多人把他看成反面人物,我仔细研究了他的身世和言行,认为他行为怪诞,却绝非反动,只是带有浓厚的名士遗风罢了。刘不同在解放前的历史是很复杂的,对这个人物如何评价,我颇费踌躇,最终我认为他投奔共产党后,还是想进步的,只是包袱沉重,旧习气一时难改,别人很难看得惯,他学雷锋、学毛主席著作都被看成别有用心。我想,我们能改造好一个末代皇帝,就不能改造好一个历史复杂的教授吗?"文革"前后,对刘不同的批判和处置显然是不当的,应从中吸取教训。

第五,结尾要有余味。随笔篇幅短,应尽量做到言有尽而意无穷。《马路喋血记》最后提到学校准备架过街天桥,落到王栓才副校长说的一个"能"字上。一字重千斤,栓才压力很大,最后在他的努力下办成了这件事。《宋汉良情系母校》最后邸世祥教授在送宋汉良离校时说"老宋不忘本",便是画龙点睛之笔,我们众多校友都对母校怀有深情,宋汉良只是一个代表。《奖章不了情》最后祝愿"奖章分,归来!"在遗憾之后加上一线希望,留有想象余地。《想起了"黄飞虎"》最后写"黄飞虎"失踪后,农场的黑狗产下一窝小狗,是否"黄飞虎"的子嗣,待考。考什么?能考清吗?不过留下一点幽默而已。

第六,适当用典,不掉书袋。我是研究古代文论的,但我写随笔很少用典,用典时也注意活用,将其化开,不贴标签。当读者一旦发现你在掉书袋、卖弄知识,就失去了真诚,败了读者的胃口。《戏说"三子"》结尾"石君与高君早殁。唯张君宝刀不老,健笔如椽,声名远播,成一家言。"仿曹丕《典论论文》语式,却非照抄,读之多少有一点情趣。《贾平凹在西大》写到贾平凹自谦为"假(贾)教授"时,我加了一句"贾不假,白玉为堂金做马",引用《红楼梦》中语,说明贾平凹是西大出的一个宝贝,也比较恰切。

关于随笔,我结合自己的写作体会谈了这些浮浅的看法,卑之无甚高论。

(根据作者1995年7月19日为第二期文学爱好者暑期讲习班讲课提纲整理)

校园故事多
——答客问

双休日小坐紫藤园,遇一熟人,自称是《紫藤园夜话》专栏的热心读者,于是就围绕本专栏闲聊起来。

问:《紫藤园夜话》专栏是怎样办起来的?

答:在下本是一个俗人,百事缠身,平时绝无写作之雅兴。前年夏天,偶遇《西安晚报》周末专刊主编、散文家商子雍先生,客气地对我说:"如蒙不弃,请为小报赐稿。"假期有暇,突然来了兴致,便撰成《李熙波与"捷径事件"》(署名钟较弓)一稿寄去,发表在头版头条位置,李熙波老人看了很激动,说这是对他的"第二次平反"。报社内部反映也不错,评为"好稿",这就激发了我的写作热情,心想西大是一所老校,值得写的东西很多,何不一一写来,也算一种宣传。加之省市新闻单位校友特多,他们也愿意尽力宣传西大,很欢迎这方面的稿子。再说自己虽总是穷忙,零碎时间还是挤得出的。我不会跳舞,1958年扫舞盲时漏网了。我也不会"搓麻","文革"中倒是常打扑克,现在牌友星散,也打不起来了。有空随意写点短文,算是业余自娱吧。又见晚报辟有个人专栏,颇具特色,遂照着这个样儿在校刊上开设了《紫藤园夜话》专栏。借用巴金老人的话来说:"我做了我可以做的事。我做了我应当做的事。"(《随想录》合订本新记)

问:为什么以"紫藤园"命名?

答：过校庆时，和外地来的校友交谈，他们对母校的印象一般都不是抽象的，往往和他们在校时熟悉的人、事、物紧密相连，他们怀念母校时，神与物游，脑海里浮现的是"西树林""玫瑰路"、女生院的"月亮门"，等等；现在，这些旧景有的已不复存在，有的则很模糊了，不再能代表西大。新时期以来，西大又开新生面，增添了不少新的景观，如"紫藤园""木香园""喷水池""草坪"、仙人球与蘑菇雕塑、鲁迅花岗岩雕像、孔子青铜塑像、张学良题词、茅盾手书，等等。我选用"紫藤园"作为专栏名，一是它富有诗意，是西大的一个美丽的象征和标记；二是借以缅怀校园新景的创建者、我素所景仰的已故的郭琦校长；三是中国古代以红为正色，以紫为杂色，据此，深红的《校史稿》乃为正，淡紫的《夜话》乃为辅，也算自我定位罢。

问：专栏文章内容很杂，是否有一个大致的范围？"夜话"又取何意？

答：要说范围，无非是逸闻逸事、眼前时事、杂感随想吧，这三者大抵都与西大相关。名为"夜话"，一则说明这些东西乃是公余熬夜之作；二则顾名思义，就是晚上聊天、闲侃，乃是常见的一种消闲方式，图一个轻松，自己写得轻松，读者读得轻松，读了多少有些裨益，至少可以了解学校发生的一些趣事，也许因此而增强了学校内部的亲和力、凝聚力，哪怕是一丁点儿，我也就心满意足了。这样说来，"夜话"虽尽是闲言碎语，却绝不是言不及义的"瞎掰"。如《马路喋血记》一文发表后，就对解决过马路难的问题有所促进。当然，夜话毕竟是夜话，顶多造造舆论，敲敲边鼓而已，实际作用是很有限的。我写了《校徽亮晶晶》，学生照样不戴校徽，我写了《谁来擦黑板》，学生照样不擦黑板，我写了《惜乎，年轻的生命》，有个学生照样从12层楼上往下跳……

问：你写西大的轶闻遗事，有不少鲜为人知的材料，这些材料从何而来？

答：我在西大整整 40 年了，关于西大的掌故，我脑子里装了不少，至今记忆犹新。再者，从上大学到"文革"，我一直坚持记日记。这便是我写作的主要材料来源。此外，也有些材料是从别处获得的，如《毛泽东的老师黎锦熙》取自台湾一家刊物发表的文章，《黎锦熙写校歌》《〈放下你的鞭子〉与二刘事件》取自台湾校友编印的一本西大校庆纪念文集。还有几篇文章是以当事人（李熙波、张宣、霍力攻）的第一手材料为基础写出来的。有的文章写作中曾查阅学校有关档案。

问：你发表于外报、外刊的文章，有的与专栏重复，有的则未见专栏刊登，是怎么回事？

答：校刊属内部报纸，不对外发行，但每期都给省市报刊寄送。他们见有的文章可用，就转载了。有时打个招呼，大多不打招呼。这就造成多家刊载的情况，如《新村的寡居者》竟有四家报刊登载，《肖华的自强之路》也有三家报纸发表。《刘端棻与霍力攻》一文经《陕西日报》和《教师报》刊登，上海的《报刊文摘》予以详细摘要发表，读者面就更广了。需要说明的是，我从未一稿多投；出现一稿多发，非我有意而为。有些文章本来是给校刊专栏写的，因校刊周期较长，就在外报、外刊发表了，为免炒剩饭，便不再在校刊发表，如《发生在"半边楼"的故事》《梁文亮和他的水彩画》《想起了"黄飞虎"》《不绝如缕秦之声》《陈直现象反思》《久违了，王木楞！》《书道高手谢德萍》《校园拗相公》《他在拥抱明天中逝去》《明星啊，明星！》《新村两弥勒》《"老太婆"传奇》《听侯外庐讲大课》《杨教授的粉墨生涯》等。

问：今后有何打算？

答：《紫藤园夜话》两年内出了 50 多期，校内读者反映尚好，外面一些校友偶尔看到，也很感兴趣，因此，我决定继续写下去。现在，我手头积攒的文章还有不少，够专栏用一个时期了。我的感觉是，不写则已，一写便不可收，西大校园的故事是写不完的。西大是块风水宝地，曾出土过大量"开元通宝"，近年又有考古新发现，我们的校园考古陈列室受到参观者的交口称赞。我以为,西大80多年艰苦奋斗历程,众多的典型人物和典型事件,也是西大的宝贵财富,应当尽量挖掘出来才是。根据许多同志的恳切建议,我拟将专栏文章以及外报外刊发表的相关文章结集出版,待明年85周年校庆时,与《西大校史稿》《英才谱》《学人谱》一起,作为向校友们和关心西大的社会人士的赠品,亦不失为高等学府的风雅之举。诚望校内读者和知情人士,对《紫藤园夜话》已发文章中的错漏予以指正,以便在出集子时加以校改。至于专栏,我建议在适当时候改为多人执笔,你写一组,他写一组,形成一个作者群,这样就会更加丰富多彩。

闲话至此,天色已晚,清风徐来,紫藤摇曳,忽闻远处仙乐阵阵,有谁轻声哼唱着台湾影片《小城的故事》插曲,侧耳细听,歌词似略有改动,道是:

> 校园故事多,
> 充满苦和乐,
> 假如你到西大来,
> 收获特别多。
> 看似一幅画,
> 听像一首歌,
> 人生境界真善美,
> 这里已包括。
> 看的看,说的说,
> 校园故事真不错,
> 亲密的朋友一齐来,
> 紫藤园里来做客。

(原载西大校刊1996年12月23日)

附录

学府春秋新篇章
——读千里青《紫藤园夜话》

赵弘毅

牛年刚过,千里青就抱来他待出版的书稿《紫藤园夜话》,让我"过目",要我"把关"。"把关"实在不敢当,因为这超越了我的名分与水平;然而拜读,却是求之不得。于是,我就怀着先睹为快的心情,欣然允诺了。

《紫藤园夜话》中的一些文章,我过去在西大校刊"紫藤园夜话"专栏中零星读过。当时就感到非常有趣,很有吸引力。这回系统读完全部书稿以后,感慨系之,因此不得不多说几句。

这部书稿,收录了作者"紫藤园夜话"的专栏文章和部分报刊发表过的文章,还有30余篇,是作者首次公之于世的。全书分为"人物篇""纪事篇""言论篇"三部分。内容记述的大都是发生在西大这所古老而美丽的高等学府校园的逸闻逸事,或者是与西大这块热土上的人和事有关联的故事,也有一些是作者个人的所见、所闻、所感、所思。其内容之丰富,题材之多样,见解之新颖,哲理之透彻,史料之翔实,叙述之形象生动,文字之优美流畅,实乃不可多得,堪称学府春秋新篇章。可以说,是一部有思想、有创见、有深厚文学艺术涵养和深刻哲理及其重要校史价值和社会价值的力作。

这部书，用作者"献词"中的话来说，是"献给西大人、西大校友和所有关心西大、支持西大的朋友们"的"赠品"。在西大建校85周年之际，西大学人及其朋友们，能有幸获得这份高雅的礼品，定会感到十分亲切和欣慰。巍巍学府，人才荟萃；悠悠岁月，依依情深。在神州大地这块具有传奇色彩的黄土地上，在饱经85年沧桑的校园里，经过数代西大人的辛勤耕耘，哺育了一代又一代科技精英，涌现出了众多举世闻名的专家、学者、教授以及具有显赫社会历史地位的杰出人物，创造出了许多史诗般的文化、教育、科学成果，演出了许许多多可歌可泣，可叹可悲的历史壮剧，确确实实留下了许许多多令人怀恋、仰慕、欢欣、回味的人和事。作者独具匠心，将自己感受最深的事物记载下来，写出情真意切的回忆文稿，汇聚成书，可赞可贺！记得早在80年代中期，学校为回顾办学历史，总结办学经验，发扬办学优良传统，弘扬西大精神，促进学校改革与发展，就倡导开展校史研究，并成立了以著名历史学家张岂之校长为首的校史研究领导小组，做了大量调研工作。在建校75周年时，出版了《西北大学校史稿》；近几年来，学校领导继续支持校史研究，又相继出版了《西北大学英才谱》《西北大学学人谱》和《西北大学教授专家名录》等校史丛书；在建校85周年之际，《西北大学大事记》也即将问世。这些书稿都满怀对西大的深情，探讨西大历史演变历程，颂扬学校学人为祖国经济建设、社会进步和民族振兴，辛勤培育人才，繁荣科学所作出的种种贡献。这些书稿，无疑都是为母校的献礼。然而，由于种种原因，《校史稿》，只写到建国前夕；《录》《谱》与《大事记》，因严格的体例限制，前者只记述了具有高级职称者的简明传略与具有突出贡献的校友中代表人物的一些特写镜头；后者，也只能是对学校历史上当时影响大、事后影响远的大事，作一客观的记载，不容有一言半语出之于己口。现在问世的《紫藤园夜话》就不同了，它将丰富的内容、新颖的形式、准确翔实的史料、生动形象的叙述、朴实无华的文体融为一体，给人以多姿多彩、耳目一新的感觉,在西大校史丛书中放出异样光彩。

这部书,记述了作者从1956—1996年整整40年亲身经历过和感受过的人和事。尽管它是通过写人物、纪逸事、谈感受、做回忆等方式,记述某些人和事的"一鳞半爪"或"瞬间亮相",但却鲜明地勾画出了在西大发展历程中极为重要的这40年的发展轮廓,窥视出西大的兴衰与变迁。书名虽曰"夜话",却有强烈的文学艺术感染力;说它是文学艺术,可所写的一个个故事,毫无虚构,记载的全是有名有姓、有血有肉的真人真事;有人说它是西大的"野史",然而,"野史"并不野,因为作者在学校身居帅位,并非在野之人,所记人和事也是站在官方立场,颂扬时代的主旋律。大概由于我与作者属同龄人之故,尽管比作者晚进校两年,然而作者所见所闻之大部分,也是自己亲身经历和感受过的,因而读后倍感亲切和温馨。书稿中所提及的一件件往事,一幅幅画面,一个个镜头,都促人遥想过去,浮想联翩,激人感慨,让人快慰。正如作者所说:"有过多少往事,仿佛就是昨天;有过多少朋友,仿佛还在身边。"我真诚感激作者那枝生花妙笔,将我们曾经历过、感受过,然而却视而不见,或见而不思,更未留下片言只语的寻常事物,再现于面前,我更为作者那惊人的记忆力、敏锐细微的观察力、深刻的文学艺术感受力和深厚文化知识底蕴与独到见解所折服。

这部书稿之所以能使我们身边许多寻常事物现出灵气,闪现出耀眼的思想火花,使读者对它产生新的认识、新的感悟,还在于它具有如下几个鲜明特点:

(1)强烈的时代气息。书中所记人和事,虽都是近几年所作,时间跨度却长达40年,笔底写着学府春秋,反映着发生在我们足下这块极为熟悉土地的具体事物,胸中都怀有大千世界,体现着整个时代的岁月沧桑、风云变幻的大背景。"反右派""大跃进""三年困难""社教运动""文化革命""拨乱反正""改革开放"等不同时代留下的深深印记,历历在目。即使对学府几代知识分子个人精神风貌、生存境遇和心态特征的描写,也无不打上时代变迁的烙印,无不将具体事态的变化、敏锐的感应、理性的思考与社会时代特征相结合,把深沉的历史感和强烈的时代背景很自然地融化在人物故事中,使读者从他们身上闻到不同时代的浓厚气息,感受到社会前进的脚步声。

(2)突出的真实感受。文如其人。作者为人坦率耿直,为文亦坦诚直言。反映在书稿中又一个共同闪光点,就是从头至尾,贯穿着求实写真的精神,篇篇都是大实话。对具体人物的评价是很复杂的事,对有争议人物的评说则更难。而作者却能巧妙地选择某个独特视角,如实写来,使人物的风度、气质、思想感情与命运都显得更客观、更真实。譬如,对新中国成立后在西大校史上"主事时间最长、影响最大的领导人",被人尊为"党的教育家和理论家"的前校长刘端棻,没有颂扬他"出五关斩六将"的功绩,却选择了其败绩"夜走麦城"片段——"反右扩大化错误方针的执行者"和学校"反右"斗争的"幕后导演",怎样同"一个资深的革命家和理论家"张宣,错误地批判当时划为"极右分子"的学生霍力攻和在"文革"中都在劫难逃的厄运及其运动之后又怎样相遇相处的尴尬情景,再现了历史的真实。对在"文革"刚结束后,在干部中颇有微词的前校党委书记吴大羽,他却从初见"多才多艺,文武双全"的领导形象,到"文革"之初对运动不理解,表现"忧心忡忡,满脸抑郁"的神态和思绪以及晚年"壮心不已"的情怀的描述,非常符合老吴同志的实际。这种既不有意扬善又不曲意隐恶的客观态度,使所写人物显得更真实、更可信。更为难能可贵的是,作者在书稿中敢于端出鲜为人知的个人某些短处或不足,譬如,"惭愧自己'文革'刚结束的那段时间,曾冒犯过老吴同志,多有不敬之处";公开披露自己60年代"初登讲台",用阶级分析法分析古典文学的"荒唐情景";"平生参与过一次不成功的电影创作";访美途中遭遇"从未有过的尴尬"——"语言障碍",等等。这种实事求是的态度，坦荡磊落的胸襟，乐观豪爽的情怀，是全书稿活的灵魂。而要做到这一点，没有一定的胆略和足够的勇气是不行的。

（3）深厚的爱校情怀。感人之心者莫过于情。书稿不论记人、纪事或述言，都充满着与西大同呼吸、共休戚的深厚情怀，满腔热忱地为西大的振兴而鼓呼，为西大人的喜怒哀乐而抒发激情，热爱西大的情结渗透全书。缅怀故人，情意绵绵；感旧述怀，深情依依；写景状物，也赋予真切情意，为勤于治学，精于探索，在教书育人中作出突出贡献的老一辈学人而欢歌；为年轻学子健康进步成长而称颂；为英年早逝者而哀婉；为逆境中遭遇不幸者而同情；为"省里开大会，满座西大人"而自豪；为勤勤恳恳、兢兢业业给大学生一日三餐而辛苦操劳的火头军——炊事工，也"打心底赞一声：真棒"；赞美西大精神魅力"像火一般灼人，像诗一般感人，像歌一般动人"；赞美校园"看似一幅画，听像一首歌，人生境界真善美，这里全包括"；祈望西大"能出一两个钱钟书那样的大学者"，"就三生有幸，倍感荣光"；坚信"西大未来不是梦"，"明天肯定会更好"；倡导"我们现在有幸就读于西大，服务于西大，就应该像热爱母亲那样热爱西大"。这种情真意切热爱西大的情怀与精神，确实是难能可贵的，也是西大现实生活中所急需的。把它作为爱国爱校教育的生动教材是当之无愧的。

（4）简朴明快的文风。笔者不懂文体，但《夜话》文章短小精悍，笔法自由灵活的特点，却一目了然。一篇文稿，长者数千字，短者仅数百字，多数为千字左右，堪称千字文，文风简明朴实，没有华丽的辞藻，没有深奥的典故，也没有太多的形容词，似乎无所雕琢，仿佛信手写来，篇篇都以朴实的笔调，写实的手法，拉家常的口吻，行云流水般的语言文字，述说着人和事。读起来犹如饭后茶余，促膝谈心，轻松愉快，引人入胜。

（5）深刻的思想启示。书稿没有居高临下的说教，并无板着面孔教训人的感觉，然而其蕴含的深刻思想内涵和育人警世之心，却跃然纸上。篇篇都是有感而发，有的放矢，不说他笔下那扭转乾坤的一代伟人，也不说那作出重大贡献的著名学者、教授和校友，就是那普通的书店老板、炊事工，他们热心本职工作，顽强拼搏的精神，也催人奋进。特别是一些文稿的精彩结尾，画龙点睛，点化主题，启迪思想，启示后人，意味尤为深长。譬如，《黄晖与〈论衡校释〉》一文，在评述黄的生平之后说，"恕我断言，《论衡》不朽，《论衡校释》亦将随之不朽。百年后，千年后，许多名噪一时的歌星、影星、畅销书作者，难免灰飞烟灭，了无痕迹，而'黄晖'这个名字却不会在图书典籍中消失。"短短数语，既高度评价了黄的学术贡献，又深刻地切中社会时弊。又如《刘不同走出"阴阳界"》一文的结尾说，"我们能改造好一个末代皇帝，就不能改造好一个历史复杂的教授吗？"仅一句话，不但对刘晚年的不幸遭遇深表同情，又鞭挞了社会邪恶对知识分子的不公。《马路喋血记》一文，仅以副校长王栓才同志"想了想，说出一个字：能！"作结尾，既表达了作者和西大人对修桥的强烈愿望与祈盼，又显示了校领导修桥的坚定决心。现在，一座壮观的过街天桥已经腾空而起，人们的愿望终于变成现实。

  这部书稿的特点与价值，可能还会列出许多，然而仅就这些，已足以领略到它是一部值得细细品味的佳品。尽管所述人和事，大都局限于文史学科领域，有些也有"生活琐事"之嫌，但却给西大积累了珍贵的校史史料，给西大人留下了精美的篇章，为人们开辟了一条多视角、多层面深入了解西大、认识西大、研究西大的新途径。我们有幸生活在这"百花齐放"的太平盛世，身处在这人才辈出、群贤荟萃的学府圣地，知遇众多饱学博识、德高望重的专家、名流，拥有取之不尽，值得仰慕、怀恋、颂扬、欢怡、哀婉、回味的人和事。我真诚祝愿作者能继续坚持写下去，并愿涉猎领域更宽广，视野更开阔，题材更丰富；更愿西大学人中能再多一些人，也拿起自己的生花妙笔，共著学府春秋新篇章。若果能如此，定会对弘扬西大精神，扩大西大影响，增大校内凝聚力，增强办学自信心和使命感，促进学校改革与发展，产生积极而深远的影响。

（1997 年 3 月 15 日）

读《紫藤园夜话》

申必华

夏日的紫藤园,绿荫掩映,藏着清凉。夜幕降临后,邀二三校友,聚坐园中回廊,啜茗聊天,以消长夏。当此时也,月影斑离,紫藤泛香,廊中数人,一身的轻松,精神浸沉于款款夜话中,暑热尘俗一概俱忘,都成了林下的神仙,视卡拉OK的扰闹为何如哉!

我读《紫藤园夜话》,感受到的正是这种境界。西大已有80多年的历史,现在发展为万名师生的大校,也算得一个小小的有质量的社会了。这里有多少西大人忘却不了的人和事,不尽的仰慕、怀恋、欢怡、哀婉,回味起来,如诗如酒。《夜话》赓续我国笔记稗乘的风范,专就西大凡常的新旧掌故逸事叙谈开来,读来平易隽永,情味深长。我在西大读了七年书,后半生又将以此为安身立命之所,对西大的感情是极深的。所以,我读《夜话》,殊觉亲切,欲罢不能,从读赏中又加深了对西大的热爱。

在我的心脑中,西大以外的大学如北大、清华,并不以空泛抽象的大概念出现,而总是一些具体而微的人物或意象。是蔡元培、胡适之、朱自清、闻一多、未名湖、荷塘,等等,除此而外,再无别的清华、北大。现在中国各层学校里干巴巴的历史教本,已经背离了《左传》《史记》以来的鲜活,人们从新编的历史教科书中,永远不能真正进入和体察历史。我由此想到,西大应当有一部或几部带有文学色彩的轻松通脱的历史。要向外宣传西大,新闻报道是有作用的,但我以为应有更多的《紫藤园夜话》式的文章在全国报刊发表,这样,西大才能撼动国人的魂魄,从感情和审美的路径钻入国人永恒的记忆中。

(原载西大校刊 1995 年 1 月 10 日)

熟悉的地方也有风景

水中月

这是一方我极为熟悉的热土,它的一草一木都让我感到亲切和温馨;这是一处我安身立命的人生驿站,它留有我青春的步履、生命的印痕。

由此,在这个市声如潮,刊物如林的时代,我对西大校刊仍情有独钟;也由此,每当拿到校刊,我的目光首先瞄准了《紫藤园夜话》专栏,细细品尝着作者那行云流水般的语言、清新缜密的思维,更深深感谢着作者那枝生花妙笔——它使我对身边许多视而不见或见而不思的事情有了新的认识、新的感悟。

新村的寡居者本是我熟视无睹的现象,可作者却从她们苍凉的背影、坎坷的际遇引发出长长的感慨。人生的艰辛、职称的困境、命运的无情、未亡人的寂寞……都在作者的字里行间渗透着。这是一个充溢着爱的灵魂在透视人类苦难和不幸时的深沉感喟和省思。读着它,我的心灵震颤不已,我不由得想起盲流作家杨牧的诗句:

> 我常想,多难的人生应当有张巨伞
> 这张巨伞应该是一片辽阔的蓝天
> 我常想,郑重的生命应当有只托盘
> 这只托盘应该是一片坚实的地面

作者在他的专栏里，不仅仅关注着那些平凡普通而又命运多舛的生命，祝福好人一生平安，也展示着我们脚下这块土地上所曾发生的岁月沧桑、风云变幻、时代变迁；他描述改革开放带给西大的变化，也蓦然回首荒唐岁月中校园里矗立的伟大领袖的高大塑像——在这尊塑像前，他曾经一度虔诚得丢失理性，对此作者毫不隐讳。

　　总之，《紫藤园夜话》让我对西大这块"精神家园"有了更多的体察和热爱，也让我明白了一个简简单单却为我们常常忽略的人生道理，熟悉的地方也有风景。

（原载西大校刊 1994 年 12 月 7 日）

千里草青青

诺 思

大约两年前,我从大学同学杨建洲寄的西北大学校刊中,发现了《紫藤园夜话》专栏里一篇题为《新村的寡居者》的文章。读毕文章,一种无法述说的感觉笼罩了我,我感到眼前只有一望无涯的光鲜亮丽的泛着露光的绿草,在金色阳光中浩浩荡荡伸延至很远很远的地方……

那是我第一次踏入千里青老师的《紫藤园夜话》的感觉。嗣后,我便特别留意这个"富有诗意"、成为母校"美丽的象征和标记"的紫藤园,随读随剪随贴,两年光景,便有27篇文章集腋成裘了。我曾多次为这发生在校园里的逸闻逸事、眼前时事、杂感随想所吸引,为《夜话》深处的气氛所魅惑,更为其中涌动的力量所感动。

《紫藤园夜话》大致可分为四类:一类写校园里发生的事件,如写西北联大时期的"二刘事件",发生在校园内外的诉讼案《泱泱学府诉讼忙》;一类是针对校园某种现象而发的议论,写传统文化在校园遭遇的《孔子像前漫思》,写培养良好校风的《校徽亮晶晶》等;还有一类是写人物的,如《戈壁舟与将进酒》《毛泽东诗赠罗章龙》;最后一类,写西大毕业生的《绵绵师生情》等。《夜话》里洋溢着沛然的生命力,叙事娓娓,语调平和,大到历史事件,小至生活琐事,有本质,有现象,甚至还有许多不为人在意的近乎婆婆妈妈之类的事,比如擦黑板问题、恋爱婚姻、人际关系处理等。冒失者须慎行,绝望者要达观,幼稚者防人之心不可无这样近于平俗的劝告,却恰恰是对人生境界的关注、理解、投入乃至热爱的集中表现。但并不止于如此。《夜话》作者的特殊身份地位决定了作品的另外一面,作为学校的最高领导,他的文章中表现出高度的全局观念、负责精神和体恤通达以及排忧解困意识,偶尔也流露出一种无奈的叹息与惆怅,这依然是作者深厚的人间情怀的流露。面对校园外扰人的市声以及教职工联名要求迁移的呼声,千里青得出的结论是"没有顾客就没有市场……市声是卖家与买家的二重唱……那烦人的市声中兴许就有你的声音……"面对侵扰学校的诉讼官司,"校方劝阻激愤的学生顾全大局,维护社会稳定,千万不要上街游行,不要集体上诉",但这并不等于认输,"几场官司下来……挽回了经济损失,也增强了西大人运用法律武器维护自身权益的能力"。"新村"的寡居者三多一少:一是原先家在农村的多,二是中年教师的家属多,三是家计艰难者多,再婚者少。千里青充满深情地写道:"寡居者的问题,必然涉及生者与死者两面,甚至涉及整个知识分子的生存状态问题……唯愿更多的人理解和支持她们,唯愿新村的寡居者诸事遂意,多有后福!"理解中有同情,同情中有遗憾,理性中有无奈,无奈中有希冀,一个达观、善良、尽职尽责的长者、领导者形象跃然纸上。

令人感动的还有《夜话》中流注的"人文情怀"。作为学者,千里青的《夜话》并不如作者所谦言,仅仅提供给读者一些"轻松""有所裨益",而是体现着真正学者式的认真、执着、清醒的理想品格追寻、道德个性自省与文化价值认同。对孔子和鲁迅,千里青的看法是:"倘若两位圣人同时生活于当今之世……排除诸种政治因素,兴许他们可以做到'和而不同'。"从早年毛泽东赠诗罗章龙一事,作者看出"两个不寻常人物的离合聚散,挟着时代风云,具有深厚的历史内涵"。对于颇受非议的校园"三子"现象,千里青得出了"不恭不敬,无颂无誉,才情自显,风流自在"的剀切之论。从张再林让教授,作者希望

"让生活充满诗意！让人人都达到如此境界"！通过老教育家张宣与他的两个学生的恩恩怨怨，作者看出了"人性总有善恶之分，人心总有好坏之别"。并对其中一个学生恶整自己老师的事疾恶如仇，正言厉色地表示了厌恶态度。尤为可贵的是，通过与老革命家吴大羽的交往，作者披露，"说来惭愧，在'文革'刚结束的那段时间，我也曾冒犯过老吴，多有不敬之处"。多年后面对故人旧事重提，显然出自真诚的自省。而对早年"左"得出奇，晚年死于非命的戴厚英的认识过程以及作者自己在历次运动中经历追述，则更体现了千里青襟怀坦白、勇于解剖、追寻人格完善的勇气："戴厚英其实是我们这一代知识分子的一面镜子……我是一个涉世不深的书生，因而不可避免地存有最初那些幼稚的想法，我又是一个有良知的知识分子，因而我不能不尊重事实。在客观现实面前，思想和立场的变化是必然的。"

行文至此，十三年前的清晰的往事袭上心头：还记得千里青老师讲《文心雕龙》时的谦谦君子风度，还记得他夫人刘秀兰老师讲马列文论时温厚恭谨的情景，更记得临离母校的前天晚上去辞别时，千里青老师夫妇为我留下的那一段殷殷祝语……言为心声，鉴文知人，正是《夜话》中盈盈的人间情怀与人文关怀打动了我及广大读者，我想真诚地说一声：但愿永远"千里草青青"。

（原载《西安晚报》1997 年 5 月 26 日）

注：《泱泱学府诉讼忙》《白幡高高挂，奇文细细品》《三角官司两面打》等文，未收入本集。

少年临江仙

月 人

欣读西大校刊连载千里青专栏《紫藤园夜话》数十期感赋

风流千里絮青烟,
高阁虹栏杆。
杏坛银月,
星云宣竹架,
夜话紫藤园。

锦笺玉宇珠玑露,
佛语颂长安。
西大传奇,
古今夸俊杰
俗雅列仙班。

(1997 年 4 月 10 日于陕西电大南华阁)

注:"虹"读去声,音 jiàng。